MARCADOS

UM CÓDIGO DETERMINARÁ O FUTURO
UMA CICATRIZ REVELARÁ O PASSADO

CARAGH M. O'BRIEN

MARCADOS

**UM CÓDIGO DETERMINARÁ O FUTURO
UMA CICATRIZ REVELARÁ O PASSADO**

TRADUÇÃO DE PETÊ RISSATTI

Copyright © 2010 Caragh M. O'Brien
Copyright © 2010 Roaring Book Press, a division of Holtzbrinck Publishing
Holdings Limited Partnership
Copyright © 2014 Editora Gutenberg
Título original: *Birthmarked*

Todos os direitos reservados pela Editora Gutenberg. Nenhuma parte desta
publicação poderá ser reproduzida, seja por meios mecânicos, eletrônicos,
seja cópia xerográfica, sem autorização prévia da Editora.

GERENTE EDITORIAL
Alessandra J. Gelman Ruiz

EDITOR ASSISTENTE
Denis Araki

ASSISTENTES EDITORIAIS
Felipe Castilho
Carol Christo

PREPARAÇÃO DE TEXTO
Flavia Yacubian

REVISÃO
Vero Verbo Serviços Editoriais

PROJETO GRÁFICO
Diogo Droschi

LETTERING DE CAPA
Marcelo Martinez | Laboratório Secreto

DIAGRAMAÇÃO
Tamara Lacerda

Dados Internacionais de Catalogação na Publicação (CIP)
Câmara Brasileira do Livro, SP, Brasil

O'Brien, Caragh M.
  Marcados : um código determinará o futuro, uma cicatriz revelará o pas-
sado / Caragh M. O'Brien ; tradução de Petê Rissatti. -- Belo Horizonte :
Editora Gutenberg, 2014.

  Título original: *Birthmarked*
  ISBN 978-85-8235-138-3

  1. Ficção norte-americana I. Título.

14-02870   CDD-813

Índices para catálogo sistemático:
1. Ficção : Literatura norte-americana 813

A **GUTENBERG** É UMA EDITORA DO **GRUPO AUTÊNTICA**

São Paulo
Av. Paulista, 2.073, Conjunto Nacional,
Horsa I, 23º andar, Conj. 2301
Cerqueira César . 01311-940
São Paulo . SP
Tel.: (55 11) 3034-4468

Televendas: 0800 283 13 22
www.editoragutenberg.com.br

Belo Horizonte
Rua Aimorés, 981, 8º andar
Funcionários . 30140-071
Belo Horizonte . MG
Tel.: (55 31) 3214-5700

Agradecimentos

Quero agradecer aos meus alunos da Tolland High School, que me fizeram querer escrever. Sou grata a Kirby Kim, meu agente, e a Nancy Mercado, minha editora, que me levaram a fundo na história de Gaia. Agradecimentos especiais a Amy Sundberg O'Brien, Nancy O'Brien Wagner e à minha mãe, Alvina O'Brien, pelos comentários aos primeiros rascunhos. Obrigada a Kate Saumweber por suas informações sobre a profissão de parteira. Agradeço ao meu filho, William, por seu incentivo sem limites, e à minha filha Emily, por insistir que eu não "matasse" bebês.

Finalmente e sempre, meu muito obrigada ao meu marido, Joseph LoTurco, por tudo.

Sumário

Capítulo 1: A cota de bebês 11

Capítulo 2: O pequeno pacote marrom 19

Capítulo 3: Rapunzel 35

Capítulo 4: O triângulo dobrado 43

Capítulo 5: Bolsa-de-pastor 58

Capítulo 6: O obelisco 65

Capítulo 7: Meio-dia 77

Capítulo 8: Primeiro a vida 87

Capítulo 9: As médicas da cela Q 101

Capítulo 10: Mirtilos no Deslago 108

Capítulo 11: O espelho dourado 122

Capítulo 12: A visita do pombo 134

Capítulo 13: Marcas de nascença 142

Capítulo 14: Um crime contra o Estado 167

Capítulo 15: A almofadinha amarela de alfinetes 176

Capítulo 16: Cooperação 185

Capítulo 17: O código dos bebês 198

Capítulo 18: Uma chance 213

Capítulo 19: A padaria dos Jackson 224

Capítulo 20: Quarenta e seis colheres cromadas 237

Capítulo 21: Felicidade 254

Capítulo 22: As mulheres da torre sudeste 273

Capítulo 23: Maya 285

Capítulo 24: Um lago perfeitamente circular 300

Capítulo 25: Os túneis 311

Capítulo 26: Botas brancas 329

Capítulo 27: Confiança 347

Capítulo 28: A quem de direito 353

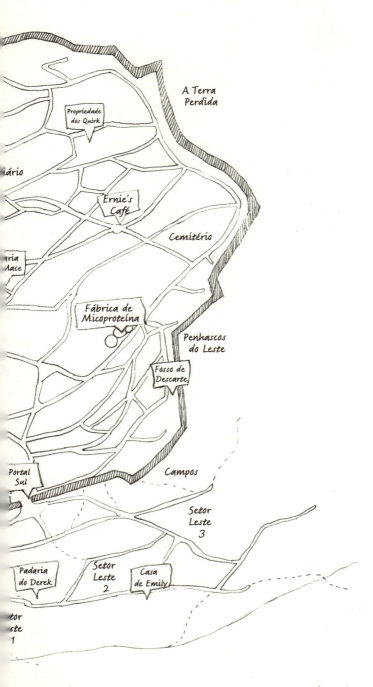

Capítulo 1

A cota de bebês

Na barraca mal iluminada, a mãe contraiu o corpo num último esforço, e o bebê caiu nas mãos posicionadas de Gaia.

"Bom trabalho. Que maravilha. É uma menina."

O bebê chorou, indignado, e Gaia suspirou de alívio ao analisar os dedinhos dos pés, das mãos e as costas perfeitas. Era uma criança ótima, saudável e bem formada, ainda que pequena. Gaia envolveu o pequeno ser vivo numa manta e depois segurou-o contra o fogo tremeluzente para que a mãe o visse.

Gaia queria que sua mãe estivesse ali para ajudar, principalmente para lidar com o pós-parto e o bebê. Sabia, claro, que não deveria entregar o bebê para que a mãe o segurasse, nem mesmo por um instante, mas naquele momento a mãe estava com os braços estendidos, e Gaia não tinha mãos o suficiente.

"Por favor", sussurrou a jovem mãe. Seus dedos agitavam-se com ternura.

O choro do bebê cessou, e Gaia o entregou à mãe. Tentou não ouvir os ruídos amenos e tranquilizadores da mãe ao limpar entre suas pernas, agindo com cuidado e eficiência, como sua mãe havia lhe ensinado. Estava empolgada e até mesmo orgulhosa. Aquele era seu primeiro parto, e sem ajuda também. Gaia ajudara a mãe várias vezes e havia anos que sabia do seu destino de parteira, mas agora finalmente era real.

Quase pronto. Voltando-se para a bolsa, pegou a chaleira e duas xícaras que ganhara de sua mãe em seu aniversário de 16 anos, apenas um mês antes. À luz do carvão incandescente, verteu água de uma garrafa na chaleira. Gaia atiçou o fogo, vendo a luz amarelada brilhar sobre a mãe com seu pacotinho silencioso.

"Você foi ótima", disse Gaia. "Quantos são agora? Você disse quatro?"

"Ela é a minha primeira", respondeu a mulher com uma voz amena e reverente.

"Quê?"

Por um instante, os olhos da mulher brilharam enquanto olhava para Gaia, e ela sorriu. Num gesto tímido, contido, ajeitou uma mecha de cabelo úmida com suor atrás da orelha. "Não falei antes porque tive medo de que não aceitasse fazer."

Gaia sentou-se ao lado do fogo, colocou a chaleira na haste de metal e a empurrou sobre o fogo para que esquentasse.

Primeiros partos são os mais difíceis e arriscados e, apesar de este ter sido fácil, Gaia sabia que tiveram sorte. Apenas uma parteira experiente deveria ter atendido a mulher, não só pelo bem da mãe e da criança, mas pelo que viria a seguir.

"Eu teria ficado", disse Gaia, "mas só porque não haveria mais ninguém. Minha mãe já tinha saído para outro parto."

A mulher parecia não ouvir. "Ela não é linda?", murmurou. "E é minha. Vou ficar com ela."

Ah, não, pensou Gaia. Seu prazer e orgulho evaporaram e agora ela queria, mais do que nunca, que a mãe estivesse ali. Ou até a Velha Meg. Ou qualquer pessoa, na verdade.

Gaia abriu a bolsa e pegou uma agulha nova e um frasquinho de tinta marrom. Balançou a lata de chá sobre a chaleira e deixou cair alguns flocos. O aroma logo se espalhou pelo cômodo com a fragrância recendente, e a mãe sorriu novamente, cansada.

"Sei que nunca conversamos", disse a mãe da criança. "Mas já vi você e sua mãe passando pelo Quadrilátero, indo até a muralha. Todos dizem que você será uma ótima parteira, como sua mãe, e agora posso dizer que isso é verdade."

"Você tem marido? Mãe?", perguntou Gaia.

"Não. Ninguém mais."

"Quem era o menino que você mandou que me buscasse? Irmão?"

"Não. Um menino que estava passando na rua."

"Então, você não tem ninguém?"

"Não mais. Agora tenho meu bebê, minha Priscilla."

O nome não é bom, pensou Gaia. E o pior é que não importava, porque o nome não duraria. Gaia pôs um pouco de agripalma na xícara da mãe e, em silêncio, despejou o chá nas duas xícaras, tentando pensar na melhor maneira de fazê-lo. Deixou os cabelos caírem para a frente, protegendo o lado esquerdo do rosto enquanto guardava a chaleira vazia e ainda quente na bolsa.

"Aqui", disse, entregando a xícara com agripalma para a jovem mãe na cama e tirando com cuidado o bebê do lado dela.

"O que está fazendo?", perguntou a mãe.

"Apenas beba. Vai ajudar a aliviar a dor." Gaia bebeu um pouco do seu chá para dar o exemplo.

"Não sinto muita dor. Apenas um pouco de sono."

"Isso é bom", disse Gaia, colocando a xícara no chão.

Silenciosamente, guardou suas coisas e ficou observando enquanto os olhos da mãe pesavam cada vez mais. Gaia descobriu as pernas do bebê com cuidado, revelando um dos pés e, em seguida, pousou o bebê sobre um cobertor no chão, perto da fogueira. Os olhos do bebê se abriram, brilhantes contra as chamas: olhos escuros e sombrios. Era impossível saber de que cor ficariam. Gaia molhou um pedaço de pano limpo no chá, que absorveu o restante do líquido quente, e depois passou pelo tornozelo da criança, limpando-o. Mergulhou a agulha na tinta marrom, segurou-a contra a luz e, com habilidade, como já havia feito sob a orientação de sua mãe, pressionou a agulha contra o tornozelo do bebê em quatro espetadas rápidas. A criança gritou.

"O que está fazendo?", perguntou a mãe, agora totalmente desperta.

Gaia voltou a cobrir o bebê marcado no nascimento e segurou-o com firmeza com um dos braços. Guardou a xícara, a agulha e a tinta na bolsa. Depois, deu um passo adiante e pegou a outra xícara que estava ao lado da mãe. Ela ergueu a mochila.

"Não!", gritou a mãe. "Você não pode. É 21 de abril! Ninguém entrega crianças nesta época do mês."

"Não importa a data", disse Gaia, com tranquilidade. "São os primeiros três bebês de cada mês."

"Mas você já deve ter feito o parto de meia dúzia até agora", a mulher chiou, erguendo-se. Lutou para mover as pernas para o lado da cama.

Gaia deu um passo para trás, preparando-se para ser forte. "Minha *mãe* fez o parto delas. Este é o meu primeiro", ela falou. "São os três primeiros bebês de cada parteira."

A mãe a olhou com uma expressão de surpresa e horror. "Você não pode", sussurrou. "Não pode levar o meu bebê. Ela é minha."

"Eu preciso", disse Gaia, recuando. "Sinto muito."

"Mas você não pode", a mulher ofegava.

"Você terá outros. Vai ficar com alguns. Eu juro."

"Por favor", a mãe implorou. "Esta não. Não a minha única filha. O que eu fiz para merecer isso?"

"Sinto muito", Gaia repetiu. Havia chegado à porta. Viu que tinha deixado a lata de chá perto da lareira, mas agora era tarde demais para voltar. "Seu bebê será muito bem cuidado", ela disse, usando as frases que aprendera. "Você prestou um grande serviço ao Enclave e será recompensada."

"Não! Diga para ficarem com a indenização nojenta deles! Quero o meu bebê."

A mãe se arrastou pelo quarto, mas Gaia já esperava por isso e num instante estava fora da casa, esgueirando-se com destreza pelo beco escuro. Parou na segunda esquina, pois tremia tanto que tinha medo de deixar tudo cair. A recém-nascida fez um barulhinho angustiado e solitário, e Gaia segurou com mais força sua mochila, ajeitando-a sobre o ombro, para que pudesse apaziguar o bebê com os dedos trêmulos.

"Quietinha", murmurou.

Atrás dela uma porta se abriu, e Gaia ouviu uma súplica distante. "Por favor! Gaia!", gritou a voz, e o coração dela disparou.

Segurou as lágrimas e olhou para a colina. Era muito pior do que imaginava. Com os ouvidos atentos, ouvindo outro choro naquela noite, ela avançou novamente, trotando colina acima rumo ao Enclave. A lua derramava uma luz azul sobre as construções sombrias de madeira e pedra ao seu redor, e ela tropeçou. Em contraste com a urgência que a empurrava para a frente, um silêncio sonolento e oco preenchia o ar. Gaia fizera este percurso em várias oportunidades antes, para a mãe, mas até aquela noite a jornada nunca lhe pareceu tão longa. Sabia que o bebê ficaria bem, mais do que bem. Sabia que a mãe teria outros filhos. Mais do que qualquer outra coisa, Gaia sabia que a lei mandava que ela entregasse o bebê e que, se não o fizesse, sua vida e a da mãe parturiente estariam em perigo.

Sabia de tudo isso, mas por um instante quis que não fosse assim. Contrariando tudo o que aprendeu, Gaia desejou que pudesse devolver o bebê para a mãe e dizer: "Aqui está, pegue a pequena Priscilla. Vá para a Terra Perdida e nunca mais volte".

Ela virou a última esquina, e havia luz sobre os arcos do portal sul; um único bulbo brilhante num lampião espelhado refletia a luz sobre os portões e o chão de terra batida. Dois guardas usando uniformes escuros protegiam a entrada de madeira maciça. Ela deixou os cabelos caírem para a frente, cobrindo o lado esquerdo do rosto e, por instinto, virou-se para mantê-lo nas sombras.

"Uma pequena entrega", disse o guarda mais alto. Ele tirou o chapéu de abas largas com um floreio e segurou-o sob o cotovelo. "Trazendo um dos bebês da sua mãe?"

Gaia avançou lentamente, seu coração palpitando forte contra as costelas. Teve de parar para respirar. Ela quase podia ouvir o lamento da mãe atrás de si e temia que a mulher a estivesse seguindo, com as pernas pálidas e trêmulas. Um pássaro adejou sobre a cabeça, agitando as asas. Gaia deu mais um passo à frente para a luz tranquilizadora do lampião.

"É meu", disse Gaia. "Meu primeiro."

"É mesmo?", perguntou o segundo guarda, parecendo impressionado.

"Sem ajuda", ela disse, incapaz de resistir a um lampejo de orgulho.

Gaia pôs o dedo sob o queixo da criança, dando uma olhada satisfeita em seus traços, a covinha perfeita, convexa, sobre o lábio superior. Os grandes portões estavam se abrindo, e ela ergueu os olhos para ver uma mulher de vestido branco se aproximar. Era uma mulher baixinha, com a circunferência saudável de alguém que comia bem. Seu rosto era maduro, disposto e, se Gaia estivesse correta, ávido. Não a reconheceu, mas havia visto outras como ela no Berçário.

"O bebê é perfeito?", perguntou a mulher, aproximando-se.

Gaia concordou com a cabeça. "Não tive tempo de limpá-la", disse, desculpando-se.

"Não tem problema. Não houve nenhuma dificuldade com a mãe, houve?"

Gaia hesitou. "Não", respondeu. "Ficou feliz por servir ao Enclave."

"E quando foi o parto?"

Gaia puxou a correntinha em volta do pescoço e tirou o relógio-medalhão do decote do vestido. "Há 43 minutos."

"Excelente", disse a mulher. "Você deve se lembrar de verificar o nome e o endereço da mãe no Quadrilátero amanhã de manhã para garantir que ela receba a indenização."

"Farei isso", disse Gaia, deslizando o relógio sob o vestido.

A mulher tentou pegar o bebê, mas então seu olhar se voltou para Gaia, e ela parou. "Deixe-me ver seu rosto, menina", pediu a mulher com delicadeza.

Gaia ergueu um pouco o rosto e, relutante, ajeitou o cabelo atrás da orelha. Virou-se completamente para a luz do lampião que iluminava o grande portão. Como se os olhares fossem feitos de flechas finas e invisíveis, seis olhos concentraram-se na sua cicatriz e lá ficaram com curiosidade silenciosa. Gaia se obrigou a ficar imóvel e suportar o escrutínio.

O guarda mais alto pigarreou e levou a mão à boca, dando uma tossezinha.

"Muito bem, Gaia Stone", disse a mulher, afinal, com um sorriso sábio. "Sua mãe ficará orgulhosa."

"Obrigada, Irmã", disse Gaia.

"Sou a Irmã Khol. Dê um oi para a sua mãe por mim."

"Pode deixar, Irmã."

Gaia deixou que seus cabelos caíssem sobre o rosto novamente. Não estava surpresa pelo fato de a mulher do Enclave saber seu nome. Em várias ocasiões, Gaia era reconhecida pelas pessoas pois já tinham ouvido falar dela, a filha de Bonnie e Jasper Stone, aquela do rosto queimado. O reconhecimento não a surpreendia mais, mas não gostava muito. Irmã Khol tinha as mãos estendidas, à espera, e Gaia tirou a criança do aconchego do seu lado esquerdo e a entregou com cuidado. Por um instante, as palmas de suas mãos pareceram leves, vazias e frias.

"Ela se chama Priscilla", disse Gaia.

Irmã Khol olhou-a com curiosidade. "Obrigada. Bom saber."

"Você terá muito trabalho pela frente", disse o soldado mais alto. "E você tem o quê? Dezessete anos, certo?"

"Dezesseis", corrigiu Gaia.

De repente, ela se sentiu mal, como se fosse vomitar. Gaia sorriu, trocou a mochila de ombro e virou-se.

"Adeus", disse a Irmã Khol. "Mandarei a indenização para a casa da sua mãe, no Setor Oeste Três, sim?"

"Isso", Gaia concordou, gritando. Já estava descendo a colina com as pernas bambas. Fechou os olhos por um instante, depois os abriu e encostou os dedos na parede do prédio ao lado, em busca de equilíbrio. O luar parecia menos potente agora do que antes de ela entrar na luz do lampião; por mais que piscasse, não conseguia fazer com que os olhos se acostumassem com a escuridão. Teve de ficar em pé, esperando ao lado do portão com seu lampião reluzente. Em meio ao silêncio, ouviu um choro próximo, baixinho e solitário. Seu coração estacou. Por um instante, teve certeza de que a mãe de Priscilla estava por perto, nas sombras, pronta para implorar mais uma vez ou para acusá-la. Contudo, ninguém apareceu e, depois, quando o choro parou, Gaia conseguiu descer a colina, afastar-se da muralha e seguir para casa.

Capítulo 2

O pequeno pacote marrom

Gaia virou a esquina da Sally Row e ficou aliviada ao ver o brilho da luz de vela na janela de casa. Sua mãe devia ter voltado do outro parto que a fez sair antes dela. Gaia seguia a passos largos quando ouviu seu nome sussurrado com urgência nas profundezas escuras entre duas construções.

Gaia paralisou. "Quem é?"

Uma forma recurvada surgiu do beco apenas para chamá-la e voltou a se refugiar na escuridão. De relance, reconheceu o perfil único da Velha Meg, amiga fiel e ajudante de sua mãe. Gaia entrou nas sombras, olhando mais uma vez para a fileira de casas antigas na direção da luz na sua janela.

"Seus pais foram levados pelo Enclave", contou a Velha Meg. "Os dois. Os soldados vieram há uma hora e um deles ficou para pegar você também."

"Para me prender?"

"Não sei. Mas ele está lá agora."

Gaia sentiu suas mãos esfriarem e, devagar, deixou a mochila no chão. "Tem certeza? Por que levariam meus pais?"

"E desde quando precisam de motivo?", perguntou a Velha Meg.

"Meg!", Gaia engasgou. Mesmo no escuro, escondidas como estavam, Gaia temia que alguém pudesse ouvir a senhora.

A Velha Meg segurou-a pelo braço, agarrando o cotovelo.

"Ouça. Voltamos do outro parto, e sua mãe estava saindo para encontrá-la quando os soldados vieram buscá-la e ao seu pai", disse a Velha Meg. "Eu estava indo para os fundos, então eles não me viram. Me escondi na varanda. Já é hora de você saber, Gaia. Sua mãe é uma fonte importante. Ela sabe muito sobre os bebês, e as autoridades do Enclave estão começando a querer mais informações."

Gaia sacudiu a cabeça, envolvendo a si própria com os braços. O que a Velha Meg estava dizendo não fazia sentido.

"Do que você está falando? Minha mãe não sabe de nada que todos os outros já não saibam."

A Velha Meg aproximou-se de Gaia e puxou-a ainda mais para a escuridão. "O Enclave acha que sua mãe pode levar os pais aos bebês entregues."

Gaia riu, incrédula.

"Menina estúpida", disse a Velha Meg, segurando o braço da garota com seus dedos que mais pareciam garras. "Ouvi o que estavam dizendo, o que os guardas perguntaram, e não vão soltar seus pais. Isso é o que importa!" "Ei! Me solte!", reclamou Gaia.

A Velha Meg recuou ainda mais, olhando em volta, furtiva. "Estou indo embora de Wharfton" ela disse. "Eles virão atrás de mim. Só esperei para ver se você queria vir comigo."

"Não posso ir embora", discordou Gaia. "Aqui é a minha casa. Meus pais vão voltar." Ela esperou que a Velha Meg concordasse, mas quando o silêncio se transformou em dúvida, o medo de Gaia ressurgiu. "Como podem prender minha mãe? Quem vai cuidar dos bebês?" Uma risada horrível veio da escuridão. "Agora eles têm você, não é?", Velha Meg murmurou.

"Mas não posso assumir o lugar da minha mãe", sussurrou. "Não sei o bastante. Tive sorte esta noite. Você acredita que a mulher mentiu para mim? Ela disse que era seu quarto filho, mas na verdade..."

A Velha Meg lhe deu um tapa forte, e Gaia caiu, levando uma das mãos ao rosto dolorido.

"Pense", sussurrou com aspereza a Velha Meg. "O que seus pais gostariam que você fizesse? Se ficar aqui, será a nova parteira do Setor Oeste Três. Cuidará das mulheres das quais sua mãe cuidava e fará os partos que ela faria. Aumentará sua cota. Resumindo, fará exatamente o que mandarem, como sua mãe fez. E, assim como aconteceu com ela, pode não bastar para manter você segura. Se for embora comigo, teremos chance na Floresta Morta. Conheço pessoas lá que nos ajudarão, se eu conseguir encontrá-las."

"Não posso ir embora", disse Gaia. A possibilidade a aterrorizava. Não podia deixar sua casa e tudo o que conhecia. E se seus pais fossem soltos enquanto estivesse fora? Além disso, não fugiria com uma paranoica que a estapeou e que lhe dava ordens como se fosse uma criança desobediente. A falta de confiança e o ressentimento de Gaia se manifestaram. Aquela era para ser a noite de celebração do seu primeiro parto.

Uma nuvem saiu da frente da lua, e Gaia pensou ter visto um brilho nos olhos pretos e ferozes da mulher. Depois a Velha Meg lhe deu um pequeno embrulho, macio e leve, como um rato morto. Gaia quase o deixou cair, enojada.

"Idiota", disse a Velha Meg, segurando com firmeza as mãos de Gaia sobre o embrulho. "Isso era da sua mãe. Guarde. Com a própria vida."

"Mas o que é isso?"

"Coloque na sua perna, embaixo da saia. Ele tem cordinhas."

Ouviram um barulho na rua, e as duas se sobressaltaram. Gaia e a Velha Meg se recostaram à parede, encolhidas e em silêncio, até que se ouviu um bater de portas a distância, e tudo ficou quieto novamente.

A Velha Meg aproximou tanto a cabeça que Gaia conseguiu sentir seu hálito contra o rosto.

"Pergunte por Danni Órion se conseguir chegar à Floresta Morta", disse. "Ela ajudará se puder. Lembre-se. Como a constelação."

"Minha avó?", Gaia perguntou, confusa. Sua avó havia morrido anos antes, quando a garota ainda era um bebê.

A Velha Meg lhe deu um tapinha. "Você vai se lembrar, não vai?", perguntou.

"Não me esqueceria do nome da minha avó", disse Gaia.

"Seus pais foram tolos", Velha Meg resmungou. "Pacifistas confiantes, covardes. E agora vão pagar por isso."

Gaia ficou horrorizada. "Não diga isso", repreendeu. "Sempre foram leais ao Enclave. Entregaram dois filhos. Serviram durante anos."

"E você não acha que se arrependem dos sacrifícios?", perguntou a Velha Meg. "Acha que não sentem quanto custou todas as vezes que olham para você?"

Gaia estava confusa. "Que você quer dizer?"

"Sua cicatriz", insistiu a Velha Meg.

Gaia teve a impressão de que era para ela entender alguma coisa, mas não havia mistério sobre a cicatriz. Era falta de respeito e até crueldade que a Velha Meg a mencionasse agora.

A Velha Meg exalou um suspiro de asco. "Estou desperdiçando tempo precioso", disse. "Vem comigo?"

"Não posso", repetiu Gaia. "E você deveria ficar. Se eles a pegarem fugindo, vai presa."

A Velha Meg deu uma risadinha e se virou.

"Espere", disse Gaia. "Por que ela mesma não me deu esta coisa?"

"Ela não queria lhe dar. Esperava que não fosse necessário. Mas há algumas semanas ela começou a ficar preocupada e então deixou comigo."

"Preocupada... por quê?"

"Digamos que, pelo que aconteceu hoje à noite, tinha seus motivos", disse a Velha Meg, ríspida.

"Mas por que você não fica com ele?"

"É para você", disse a Velha Meg. "Ela disse que se algo lhe acontecesse, eu deveria dar para você. E agora cumpri minha promessa."

Gaia agora via que a velha tinha um pacotinho amarfanhado encostado na parede e, quando ela o vestiu, ele se ajustou ao redor do seu tronco, acrescentando outra década à sua idade. Pegou seu cajado e, pela última vez, aproximou o rosto velho ao de Gaia.

"Depois que eu for embora, tome cuidado em quem você confia. Use seu instinto, Gaia", disse a mulher. "Lembre-se de que somos todos vulneráveis. Especialmente quando amamos alguém."

"Você está enganada", disse Gaia, pensando em seus pais. "O amor é o que nos fortalece."

Gaia sentiu o olhar da mulher e o devolveu de forma desafiadora, sentindo-se de repente mais forte. Essa velha era uma pessoa amargurada que havia afastado todos os outros de sua vida e agora não conseguia nem mesmo dizer adeus com compaixão. Gaia prometeu a si mesma que jamais seria como a Velha Meg, seca, mal-amada e covarde. Talvez a Velha Meg, com suas mãos trêmulas, estivesse com inveja do trabalho de parteira ter sido dado a Gaia, e não a ela.

Sentiu um calafrio de esperança. Seus pais voltariam como todos os outros que foram detidos por um breve período. Voltariam a ter a vida que tinham antes, porém, haveria duas parteiras na família, e duas vezes mais dinheiro. Gaia podia ter cicatrizes e ser feia, mas, ao contrário da Velha Meg, tinha esperança e pessoas que se importavam com ela.

A Velha Meg balançou a cabeça e se virou. Gaia observou enquanto a velha seguiu pelo caminho até o fim do beco estreito e desapareceu. Depois olhou para o pacotinho que tinha nas mãos. Sob a fraca luz do luar, notou que havia um pedaço de pano ligado a ele. Gaia levantou a barra da saia, sentindo o ar frio da noite em suas pernas, e rapidamente amarrou o pacotinho à coxa direita, conseguindo que ele se ajustasse à perna. Depois, abaixou a saia e deu alguns passos hesitantes. O objeto parecia gelado contra a pele, mas Gaia sabia que passaria despercebido, mesmo quando ela se movesse.

Ao voltar a Sally Row, a luz da vela ainda brilhava na janela de baixo da sua casa, e ela manteve o olhar no trapezoide amarelo quando passava diante da casa com cuidado. À sua volta, as casas da vizinhança estavam em silêncio, com as cortinas fechadas. Gaia pensou em ir à casa dos Rupp, mas se houvesse mesmo um guarda esperando por ela, a encontraria de qualquer maneira. Era melhor enfrentá-lo agora e descobrir o que poderia fazer a respeito de seus pais.

O degrau do alpendre rangeu quando pisou, e Gaia quase pôde sentir a casa ansiosa reagindo à proximidade dela. Com mais três passos, alcançou a porta e a abriu lentamente.

"Mamãe?", disse. "Papai?"

Ela olhou de imediato para a mesa, onde havia uma vela queimando num pires raso de barro, mas a cadeira ao lado estava vazia.

O último sopro de esperança de que sua mãe estaria ali para recebê-la se evaporou. Em vez disso, um homem apareceu do lado da lareira, e Gaia imediatamente viu o uniforme preto e o rifle preso às costas. A vela iluminava as laterais do rosto e a borda larga do chapéu dele, escondendo seus olhos nas sombras.

"Gaia Stone?", perguntou. "Sou o sargento Grey e gostaria de lhe fazer algumas perguntas."

A luz da vela tremeluziu com uma corrente de ar. Nervosa, Gaia engoliu em seco e fechou a porta, sua cabeça pensando freneticamente. Será que ele iria prendê-la?

"Onde estão os meus pais?", perguntou ela.

"Foram levados ao Enclave para um interrogatório", ele respondeu. "Só uma formalidade." Sua voz era grossa e paciente, e Gaia o observou com atenção. Parecia vagamente familiar, mas não se lembrava de tê-lo visto antes no portal ou na muralha. Muitos guardas eram pessoas fortes e simples de Wharfton, selecionadas para o treinamento militar e orgulhosas de ganhar a vida servindo ao Enclave, mas ela sabia que outros eram de dentro das muralhas, homens educados com ambição ou uma tendência natural para a estratégia e que optavam por servi-lo. Gaia supunha que este homem era da segunda categoria.

"Por quê?", perguntou.

"Só temos algumas perguntas", disse ele. "Onde você esteve?"

Ela se obrigou a ficar calma. Sabia que podia responder com a verdade; Gaia não havia feito nada de errado. Seus instintos a alertaram para cooperar com ele e não trazer mais problemas para si mesma e para os pais. Ao mesmo tempo, ela o temia. Ele não precisava apontar a arma para a cabeça dela para ser uma ameaça. Ao colocar sua mochila sobre a mesa, percebeu que tremia e escondeu os dedos atrás de si.

"Num parto. Meu primeiro", ela respondeu. "Foi na última casa da Barista Alley, uma jovem chamada Agnes Lewis. Teve uma menina e eu a entreguei."

Ele concordou com a cabeça. "Parabéns. O Enclave ficará feliz pelo seu serviço."

"Fico feliz por servir", ela respondeu, usando a frase educada.

"Por que fez o parto no lugar da sua mãe?", ele perguntou.

"Ela já estava ajudando outra mãe. Deixei um bilhete para que me encontrasse quando terminasse, mas…" O bilhete ainda estava sobre a mesa ao lado da vela. Ela vasculhou o ambiente, sentindo traços de medo que aniquilavam o calor habitual da casa. Os tecidos, os cestos de materiais de costura, as panelas, meia dúzia de livros da mãe e até o banjo do pai na prateleira eram estranhos, como se tivessem sido sistematicamente investigados. O sargento Grey sabia muito bem por que a mãe não se juntara a Gaia.

"Então você foi sozinha?", perguntou ele.

"Um menino veio até mim e disse que era urgente", ela explicou. Gaia aproximou-se do fogo, pegou a pá de ferro e remexeu o carvão. Até que ele fizesse um movimento para prendê-la, podia agir como se estivessem tendo uma conversa inocente. Uma conversa inocente, tarde da noite, para finalizar a prisão de seus pais. Gaia estava pegando um toco de lenha quando ele estendeu a mão.

"Permita-me", disse ele.

Ela recuou ligeiramente enquanto ele jogava dois pedaços de lenha no fogo, e as fagulhas iluminaram o ambiente com a promessa de mais calor. Gaia tirou o xale das costas e sentou-se ao lado da mochila. Para a surpresa de Gaia, o soldado tirou o rifle do ombro e o deixou perto da lareira. Era quase como se estivesse se acomodando, como se uma cortesia inata sobrepusesse seu treinamento formal. Ou, de modo deliberado, estivesse manipulando-a para tentar deixá-la mais à vontade.

"Você disse que foi sozinha?", repetiu ele. "Não levou a ajudante da sua mãe?"

Gaia levantou os olhos para ele, notando que tinha um nariz bem reto e cabelos castanhos cortados ao estilo militar, curto atrás e um pouco maior no topete. Apesar de não poder ver os olhos dele com clareza, sentia um vazio que equivalia à compostura controlada dos outros traços. Aquilo lhe deu um calafrio.

"Quer dizer a Velha Meg?", ela perguntou. "Não. Não a levei. Ela não estava com a minha mãe?"

O guarda não respondeu. Gaia franziu a testa e aproximou-se dele, desejando ver seus olhos para verificar a frieza que sentia ali, apesar do tom gentil e dos modos educados.

"Por que o senhor está aqui?", perguntou ela.

Ele se virou sem falar na direção da prateleira sobre a lareira e tirou de lá o que parecia ser um panfleto ou livro. Jogou-o sobre a mesa com um giro para que ele caísse de frente para ela. Gaia mal conseguia ler o título sob a luz da vela.

Solstício de Verão de 2403
Membros existentes do Grupo
de Entregues de 2390 são convocados
neste ato a solicitar a devolução

"Reconhece isso?", perguntou ele.

Ela não fazia ideia do que era. "Não", Gaia pegou o folheto e o abriu na primeira página, encontrando uma lista de nomes.

Jacob Abel	*Ziqi Amarata*
Mara Ageist	*Greta Appling*
Dorian Akimo	*Kirby Arcado*
Dawn Alvina	*Sali Arnold*
Francesco Azarus	*Zephryn Broda*
Jack Bartlett	*Milo Brosen*
Bintou Bascanti	*Chloë Cantara*
Jesse Belletier	*Brooke Connor*
Alyssa Benson	*Tomy Czera*
Zack Bittman	*Yustyna Dadd*
Pedro Blood	*Isabelle Deggan*

A lista continuava em ordem alfabética por várias páginas e, num rápido olhar, nenhum dos nomes lhe eram familiares. As folhas tinham furinhos feitos ao acaso. Gaia sacudiu a cabeça, negando.

"Você nunca viu sua mãe com isso? Seu pai?", ele perguntou.

"Não. Nunca vi. Onde conseguiu? Parece coisa do Enclave."

"Estava no fundo da caixa de costura do seu pai."

Ela deu de ombros, devolvendo o livreto à mesa. "Faz sentido. Ele pega todos os tipos de papel para prender os alfinetes."

"Que tipos de papel?", perguntou o sargento Grey. "Algo mais que lhe venha à mente?"

Gaia franziu a testa. "O senhor mesmo não perguntou a ele?"

O guarda pegou o panfleto e guardou-o devagar no bolso do casaco.

"Preciso saber se sua mãe lhe deu algo recentemente: uma lista ou livro de registros ou algum tipo de calendário."

Confusa, Gaia olhou de imediato para o calendário pendurado na cozinha, ao lado da janela. A folhinha trazia as datas de entrega das roupas do pai, quando planejavam se encontrar com amigos no Tvaltar e quando uma das galinhas pôs seu primeiro ovo. Havia vários aniversários da família, incluindo os de seus irmãos. Só então se lembrou do que a Velha Meg havia lhe dado. O coração de Gaia acelerou ao pensar no que estava preso contra a perna naquele instante. Não sabia o que era, mas se ele a revistasse e o encontrasse, será que acreditaria nela? Gaia tentou adivinhar, observando as curvas de seu rosto e os lábios minuciosos e sem cor.

"Há um calendário ali", disse ela, apontando para a folhinha na parede.

"Não. Outra coisa. Talvez uma lista."

"Tudo o que ela me deu está na minha mochila", disse ela. "Não há nenhuma lista."

"Posso?", ele perguntou, erguendo a mochila de cima da mesa.

Ela fez um gesto de permissão, como se tivesse poder de decisão.

O sargento Grey abriu a bolsa e examinou com cuidado cada item que tirava lá de dentro: a chaleira azul de metal e as xícaras, o kit de ervas, uma toalha de bolsos com frascos e garrafinhas de comprimidos, ervas e bolsas que seu pai costurara para ela e que sua mãe enchia com seu próprio estoque de remédios; fórceps, uma bacia de metal, tesouras, um kit de bisturis, uma faca, agulha e fios, uma seringa, um bulbo de sucção, o frasco de tinta que ela não teve tempo de devolver ao kit de ervas e um novelo de linha vermelha.

Então, virou a mochila do avesso e examinou o tecido, cada costura da fazenda marrom, cinza e branca. O pai de Gaia havia dado cada ponto, criando um objeto belo e forte, uma bolsa prática que se acomodava confortavelmente nos ombros de Gaia. Ela sentia que a mochila era uma parte dela e, ao observar o sargento Grey examinar o tecido e o conteúdo, era como uma violação da sua privacidade, principalmente porque seus dedos tinham movimentos meticulosos e cuidadosos.

Suas mãos se detiveram no tecido e, por fim, olhou para ela com uma expressão neutra. Gaia não sabia dizer se ficou aliviada ou decepcionada.

"Você é jovem", disse ele.

O comentário a surpreendeu e ela não viu motivo para responder. Além disso, Gaia podia dizer o mesmo a respeito dele. O guarda se ajeitou, deixou escapar um suspiro e começou a devolver as coisas à mochila.

"Tudo bem", ela disse, aproximando-se da mesa. "Eu faço isso. Preciso limpar minhas coisas mesmo."

Ela estendeu a mão enquanto ele pegava o frasco de tinta e, como ele não o entregou de pronto, Gaia levantou os olhos para observar seu rosto. O brilho da vela por fim iluminou os seus olhos. A tristeza que sentiu nele era real como uma pedra achatada, cinza, mas também tingida por um quê de curiosidade. Por um instante, ele a encarou, até colocar o frasquinho na palma da mão dela e recuar para longe da chama.

"Quero saber sobre meus pais", disse ela, obrigando-se a manter a calma. "Quando vão voltar para casa?"

"Não sei", ele respondeu.

"Vai ser logo? Posso vê-los?", ela perguntou. Por que ele abriu mão da farsa de que tudo estava bem?

"Não."

Cada uma das respostas aumentava não apenas o pânico de Gaia, mas também sua raiva, como se areia subisse pela sua garganta. "Por que não?"

Ele ajustou a aba do chapéu sobre os olhos. "Você deve se pôr no seu lugar", disse ele, calmo.

Demorou um instante para que Gaia percebesse que ele a repreendia por sua impertinência. Podia ser educado desde que fosse eficiente, mas era um soldado do Enclave e, como tal, tinha mais poder sobre ela do que Gaia imaginava.

Ela abaixou a cabeça, o rosto enrubescido, evocando as palavras de deferência. "Desculpe, Irmão", disse ela.

Ele pegou a arma, e Gaia ouviu o barulho de seu casaco escuro enquanto passava a faixa pela cabeça até o ombro oposto, para que o rifle ficasse em diagonal sobre o tronco.

"Se você encontrar uma lista, um registro ou um calendário entre as coisas da sua mãe, deve levá-lo imediatamente, e sem demora, para o portal, pedindo para falar com o Irmão Iris, e ninguém mais. Entendido?"

"Sim, Irmão", disse ela.

"Você assumirá as funções de sua mãe como parteira e servirá ao Enclave nos partos do Setor Oeste Três de Wharfton. Entregará os primeiros três bebês do mês para o Enclave, cada qual deixado no portal sul em no máximo uma hora e meia após o parto.

Gaia recuou. A ideia de continuar com o trabalho de sua mãe sem tê-la como orientadora era horrível.

"De acordo?", insistiu ele, a voz mais áspera.

Surpresa, ela o encarou. "Sim, Irmão", ela respondeu.

"Você será recompensada. Receberá uma cota dobrada de micoproteína, água, tecidos, velas e lenha. Terá catorze horas semanais em Tvaltar, horas que poderá acumular ou dar aos outros, como desejar."

Gaia baixou a cabeça, sabendo que esta última compensação lhe permitiria trocar por qualquer coisa de que precisasse. Era um pagamento incrível, em essência o dobro do que a sua mãe ganhava e muito mais do que Gaia esperava.

"Sou grata ao Enclave", ela disse num sussurro.

"O Enclave sabe que você entregou seu primeiro bebê sem ajuda", disse ele, a voz um pouco mais grave. "É um bebê que poderia facilmente ter sido ocultado, vendido ou dado à mãe. O Enclave sabe que você demonstrou lealdade, e a lealdade sempre é recompensada."

Gaia cruzou as mãos nas costas. Era quase como se o Enclave soubesse da indecisão que enfrentou antes de entregar o bebê. Apesar de ter feito a coisa certa e de ter sido recompensada por isso, Gaia também estava assustada. Também sabiam que parou para conversar com a Velha Meg? Sabiam que trazia o pacote de sua mãe preso à perna? O que o Enclave sabia ou não nunca havia lhe interessado, pois antes não tinha segredos. Queria que a Velha Meg nunca tivesse lhe dado o embrulho.

De repente, Gaia pensou em algo e olhou para o sargento Grey. Podia lhe entregar o embrulho agora mesmo. Seu coração acelerou. Podia pedir para que ele esperasse, erguer a saia, pegar o embrulho e entregá-lo. Seria o mais seguro a fazer. Podia dizer que nem mesmo o viu com cuidado e não tinha ideia do que era. Os guardas podiam prender a Velha Meg antes que ela fosse muito longe.

Ela mordeu o lábio.

"Sim?", perguntou o sargento Grey. "Pensou em alguma coisa?"

Ela virou o lado esquerdo do rosto para ele, o lado da cicatriz, que mostrava por instinto sempre que queria esconder seus pensamentos. Por um instante, lembrou-se do grito de Agnes Lewis ao implorar por seu bebê, Priscilla. Agnes Lewis! Gaia não havia pensado na mãe como uma pessoa de verdade até agora. Tal apego materno não era natural e era desleal perante o Enclave, e ainda assim havia algo de poderoso e desesperado nele. Não podia se apegar à dor de Agnes, e era algo relacionado com o embrulho que a Velha Meg lhe dera, como se sua mãe tivesse lhe entregado um presente misterioso como antídoto.

"Gaia?"

Ela sacudiu a cabeça, surpresa por ele estar usando seu primeiro nome. Era uma completa falta de educação. Gaia olhou para ele com curiosidade. A linha rígida de sua mandíbula estava relaxada ou talvez fossem os ombros que não estavam mais tão rígidos.

"Desculpe, Irmã", disse ele. "Achei que tinha se lembrado de alguma coisa."

Um pedaço de lenha acomodou-se no fogo com um ruído de queda, de estalo, e um brilho emanou da lareira, deixando à mostra seu perfil sério. Gaia precisava confabular algo que lhe desse a certeza de que não tinha nada a esconder.

Ela abriu um sorriso que, esperava, parecesse apenas vaidade constrangida. "Estava só pensando que talvez pudesse arranjar um par daquelas botas que exibem em Tvaltar. As botas femininas de caubói."

O soldado deu uma risada seca e breve. "Com certeza poderá comprá-las. É seu direito."

Gaia se aproximou da mesa com um ar mais determinado e começou a guardar com cuidado as coisas na mochila, deixando de lado o que precisava ser limpo. Respirou fundo, obrigando a manter as mãos firmes.

O soldado foi para a porta e Gaia pensou que ele a abriria e se despediria. Quando parou ali, ela ergueu a cabeça mais uma vez.

"O que aconteceu com o seu rosto?", perguntou ele.

Ela sentiu o familiar soco no estômago e depois uma pontada de decepção. Duas vezes na mesma noite. Ela supôs que ele fosse educado demais para perguntar ou que, conhecendo sua família, já soubesse da história.

"Quando eu era pequena, minha avó estava fazendo velas e tinha uma panela com cera de abelha quente no jardim", contou. "Caí na panela." Aquilo geralmente encerrava a conversa. "Eu não lembro", acrescentou.

"Quantos anos você tinha?", perguntou ele.

Ela inclinou um pouco o rosto, olhando para o sargento. "Dez meses."

"Já andava com dez meses?", quis saber.

"Pelo visto, não muito bem", ela respondeu, ríspida.

Ele ficou em silêncio por um instante, e Gaia esperou que ele pousasse de novo a mão sobre a maçaneta. Sabia no que ele estava pensando. Como a menina carregava aquela cicatriz, não teve chance de ser entregue ao Enclave. De certo modo, seu caso era o melhor exemplo de por que era melhor entregar os bebês com poucas horas de vida. Há alguns anos, deixavam que os bebês vivessem com as mães durante o primeiro ano de vida, mas as mães ficaram cada vez mais descuidadas e as crianças estavam se machucando ou ficando doentes antes das cerimônias de um ano. Com o sistema de cotas atual, o Enclave recebia bebês saudáveis no dia em que nasciam, e as mães podiam engravidar novamente se quisessem.

Bebês com deformidades jamais eram entregues ao Enclave, em nenhuma circunstância. Para Gaia, um acidente lhe garantiu uma vida de pobreza fora das muralhas, sem educação, sem chance de boa comida, lazer ou amizades fáceis, enquanto as meninas da sua idade que foram entregues ao Enclave viviam agora com eletricidade, alimentos e educação sem limites. Usavam belas roupas, sonhavam com maridos ricos, riam e dançavam. Gaia as vira certa vez, quando criança. A irmã do Protetorado se casara e, por um dia, as pessoas de Wharfton puderam se espremer numa rua do Enclave com grades para ver o desfile matrimonial. Tudo pareceu um sonho para Gaia naquele momento, as cores e a música, a beleza e o luxo. Se comparados, os itens especiais de Tvaltar eram ridículos. Aquele único vislumbre, mais tarde ela percebeu, era uma amostra da vida que podia ter sido dela se não tivesse sido tão desastrada ou se tivessem instituído a política de segurança antes de Gaia nascer.

Ela garantiria que os bebês sob seus cuidados tivessem as oportunidades que nunca teve, aqueles três sortudos por mês. Se o restante, aquela meia dúzia ou mais de bebês, não fosse entregue, seria o destino deles. Eles teriam em Wharfton a vida que Gaia teve.

Gaia não tinha ideia se seu semblante traía as nuances de seus pensamentos, mas o sargento Grey observava sua imobilidade com expressão atenta e ansiosa.

"Fico feliz por servir ao Enclave", disse ela por fim.

"Eu também", ele respondeu.

O homem se virou e ela observou seus dedos envolverem a maçaneta. Pouco depois, a porta se fechou de mansinho, e ela ficou sozinha em casa, com o brilho da lareira iluminando as cordas silenciosas do banjo do pai e o fato de que ele e sua mãe não estavam lá.

Capítulo 3

Rapunzel

Quando Gaia terminou de limpar a chaleira e as xícaras e de repor as ervas que usara no parto de Agnes, arrumou sua mochila com cuidado, mantendo-a preparada como sua mãe havia lhe ensinado. Em seguida, ajeitou tudo o que fora desarrumado pela busca do guarda, tentando fazer com que a casinha parecesse um lar novamente. Até mesmo as duas velas amarelas que acendiam todas as noites em honra a seus irmãos foram tiradas alguns milímetros dos lugares de costume. Apesar do retorno da ordem, Gaia continuava incomodada e, quando desabou na poltrona do pai diante das cinzas quase apagadas na lareira, não conseguiu relaxar o bastante para dormir, nem mesmo quando o cansaço se infiltrou em seus músculos com suave calor.

Alguém bateu de leve na porta dos fundos. Gaia se levantou. "Quem é?"

"Sou eu, Theo. Amy me enviou aqui para ver se você está bem."

Ela abriu a porta e Theo Rupp entrou, abrindo bem os braços. "Te assustaram, né?", ele perguntou.

Gaia ficou feliz com o abraço dele, fechando os olhos quando os braços fortes do homem a envolveram. O oleiro cheirava a argila e pó, como sempre, e batia em suas costas com a mão pesada. Ela espirrou. "Tá tudo bem", disse ele, soltando-a. "Por que não vai lá em casa conosco? Não vai querer ficar sozinha aqui."

Gaia voltou à lareira e jogou um naco de lenha no fogo. "Não", disse ela, sentando e apontando a poltrona mais confortável do pai para ele. "Quero ficar aqui. Eles podem voltar a qualquer momento."

"Na verdade, não vi você chegando, senão teria vindo mais cedo", disse Theo, se desculpando. "Amy viu um guarda sair há dez minutos e disse que você estava aqui. Era só um guarda, então?"

Ela assentiu. "Um foi o bastante."

Theo sentou-se devagar, e ela procurou algo a mais na expressão dele. Theo e sua mulher, Amy, viviam do outro lado da rua e, como os outros vizinhos, deviam ter visto os pais sendo presos.

"Me diga o que você sabe", ela pediu. "Tem alguma ideia de por que meus pais foram presos?"

"Nenhuma. Mistério total", disse ele. "Você sabe, às vezes isto acontece. O Enclave prende alguém, faz algumas perguntas e depois solta. Seus pais deviam estar perto de alguém ou talvez viram alguma coisa, e agora o Enclave quer informações."

"Mas, se é algo tão simples, por que os prenderam? Por que não fizeram as perguntas aqui? Meus pais teriam cooperado."

"Sei lá", disse Theo. "É o jeito deles."

Gaia olhou para as mãos e abriu os dedos na direção do fogo. Confiava em Theo. Ela o conhecia desde pequena e sua filha, Emily, era a amiga mais querida de Gaia.

"Sabe alguma coisa sobre minha mãe manter algum tipo de lista?", ela perguntou. "Um calendário?"

Ele apertou os lábios. "Sua mãe tem várias listas. Não há nada de mal nisso."

"Era isso que o sargento Grey queria saber."

Theo cruzou os braços diante do peito, a expressão intrigada. "Bem, por isso eles poderiam prender praticamente todo mundo da cidade."

Gaia viu o cantinho de costura do pai atrás de Theo, com caixas e cestos de tecidos, agulhas e estampas. O porta-agulhas amarelo do seu pai rolara para baixo de um dos fios da máquina de costura.

"Você não acha que devo me preocupar?", perguntou ela, pegando o porta-agulhas.

"Não diria isso, querida. Diria que se preocupar não vai te fazer nada bem."

Gaia ergueu os olhos e o viu sorrindo para ela, os olhos ternos.

"Venha comigo agora", tentou mais uma vez. "Amy nunca me perdoará se eu deixar você aqui. Ela arrancará minha cabeça."

Ela respirou fundo e fez que não. "Quero ficar aqui."

"Mas você vem jantar, certo? Amanhã? Até lá, vai ficar sabendo de alguma coisa."

Gaia girava o porta-agulhas na mão e assentiu. Estava cansada e, com o bom senso de Theo para tranquilizá-la, achou que conseguiria dormir. "Obrigada por ter vindo", ela disse. "Me sinto muito melhor agora. Tudo vai dar certo, não vai?"

Theo levantou-se e lhe deu um tapinha no braço. "Eles voltarão logo", disse. "O melhor é se ocupar, fazendo o que sempre faz. Continue dando comida às galinhas."

Ela riu. "Fiz o meu primeiro parto hoje à noite."

"Fez?! Que bom! Celebraremos isso quando vier jantar conosco. Imagine nossa pequena Gaia como uma parteira de mão cheia! A Amy vai ficar impressionada. Vou pedir para a Emily e o Kyle virem também."

Gaia via que ele ficava feliz por ter uma desculpa para reunir a família. Ela sorriu, segurando a porta. Quando Theo se foi, ela finalmente conseguiu deitar na cama dos pais, puxar a coberta, sentir o cheiro deles e dormir.

Sob o sol brilhante do meio-dia, ela levou o terceiro bebê de maio para o portal do Enclave, e desta vez Gaia não sentiu nenhum orgulho, nenhuma emoção residual do parto que havia acabado de fazer. Sentia apenas cansaço e uma apreensão eterna em sua mente. Os sapatos se arrastavam pela poeira seca da rua, cada passo a levava até a muralha. Enrolou as mangas compridas do vestido marrom, feliz pelo tecido leve não ser tão quente. Gaia ajeitou o chapéu para manter o rosto protegido do sol e observou os pontinhos de luz que atravessavam a trama da aba e caíam sobre o bebê em seus braços.

Nas três semanas desde a prisão de seus pais, Gaia não tivera notícias de nenhum deles — de Agnes, da Velha Meg ou dos pais — e estava começando a temer que nunca teria. Seu terror inicial havia crescido tanto e sua solidão ficado tão grave que teve medo de enlouquecer com a simples e desesperada necessidade de ter seus pais de volta. Tentava se lembrar do que Theo Rupp continuava lhe dizendo, que tudo daria certo. Somente o seu trabalho a mantinha de pé, e ela aprendeu a transformar pânico num torpor exaustivo. Suas noites eram marcadas por pesadelos.

No Quadrilátero diante de Tvaltar, várias famílias montavam barracas, e a população de Wharfton se dedicava a um animado comércio. Alguns compradores do Enclave vinham inspecionar as mercadorias e, para eles, Gaia sabia, os preços eram mais altos. Gaia acenou para Amy Rupp, que tinha uma manta estendida com vasos que ela a vira fazer em sua roda de oleiro naquele mês. O velho Perry sentava-se sobre uma sombrinha improvisada com um barril de água sobre rodas e uma fileira de copos. O cheiro do vinagre que usava para limpar os copos era o bastante para fazê-la desejar um gole de água, mas Gaia seguiu em frente. Um homem vendia esteiras e chapéus. Outros vendiam ovos, canela moída, ervas e filões de pão preto achatado.

Gaia ouviu o tilintar de moedas e viu o ferreiro trocar uma lâmina brilhante por vários ingressos de Tvaltar. No alto, uma revoada de pombos pairava com suas asas pesadas e barulhentas, desaparecendo num ninho confuso no cume do telhado de Tvaltar. Várias crianças sujas e descalças corriam pelo Quadrilátero, rindo e chutando uma bola de futebol. A velha árvore sombreava um lugar onde vários idosos se reuniam para descansar nos banquinhos que sempre esperavam por eles.

"Vai para Tvaltar mais tarde, Gaia?", perguntou Perry, abanando-se com um leque.

"Esta noite não."

"Você que sabe."

Gaia voltou a olhar para a fachada de Tvaltar e as portas fechadas para manter o interior refrigerado. Nas semanas que seguiram à prisão de seus pais, Gaia evitou o Tvaltar e seu escapismo paliativo, mas naquele momento viu uma dupla de garotas lá dentro e se lembrou de como Tvaltar era um lugar mágico para ela quando menor.

Até pouco tempo antes, ela gostava dos tecidos coloridos, da música e da dança que eram exibidos na tela gigante. Gostava dos filmes especiais sobre a vida dentro do Enclave, com sua moda, festas e glamour. Havia filmes sobre a família do Protetorado, com seu filho adotivo, o próprio filho e as filhas gêmeas, um pouco mais novas do que Gaia. Gostava dos velhos noticiários sobre a Era Fria, com toda a sua tecnologia estranha, e os filmes sobre cavalos, elefantes e outras espécies extintas.

Mais do que tudo, quando era menor, ela adorava os contos de fada que a levavam para uma vida diferente. Essas histórias permaneciam com ela por semanas. Gaia tinha apenas de fechar os olhos na sua própria varanda para ser levada novamente a um mundo submarino, onde sereias cantavam, ou para uma terra onde anões viviam num bosque ou ainda para uma torre de castelo na qual uma princesa envenenada dormia há anos enquanto a poeira juntava ao seu redor e gerações além da floresta encantada cresciam e tinham seus próprios filhos.

Ela se lembrava sobretudo de como, no aniversário de 5 anos de sua amiga Emily Rupp, os pais dela prometeram levar a filha, Gaia e sua amiga Sasha a Tvaltar para assistir ao filme *Rapunzel*. Para aumentar a empolgação, Sasha nunca estivera em Tvaltar antes, pois a família dela não podia comprar ingressos, assim Gaia e Emily tiveram o prazer de adiantar a alegria da amiga.

"É enorme", explicou Emily. "Tão alto quanto a muralha do Enclave, com filmes."

Elas estavam de mãos dadas, com Emily no meio, afastando-se dos pais de Emily rumo ao Quadrilátero.

"Fica tudo escuro antes do espetáculo", disse Gaia. "Há luzes piscantes no teto como estrelas e, nas paredes laterais, outras luzes se prolongam no horizonte como o pôr do sol. É assim que você sabe que está prestes a começar."

"E as pessoas vão todas as noites?" perguntou Sasha.

"Não. Quero dizer, talvez alguns adultos. Mas só se eles tiverem ingressos para o Tvaltar", disse Emily. Quando Emily se curvou para perto delas, Gaia ainda pôde sentir o cheiro de bolo em seu hálito. "Minha mãe ganhou ingressos especiais. Pelo meu aniversário."

Gaia só esperava que *Rapunzel* fosse tão bom quanto os demais espetáculos aos quais já havia assistido. Sua mãe lhe contou que a história tinha uma torre, como a torre do Bastião, e a princesa tinha tranças muito longas. Ela, Emily e Sasha fizeram tranças para o espetáculo, e as tranças castanhas de Gaia eram as maiores. As tranças loiras de Sasha eram as mais curtas. O cabelo ruivo de Emily era tão fino que formava uma trança só.

Logo passaram pelos altos portões. Gaia olhou para Sasha, que estava encantada com as estrelas no teto.

"O que foi que eu disse?!", comentou Gaia.

Sasha simplesmente fechou a boca, sem palavras.

Emily a cutucou. "Sabia que você gostaria. E o show nem começou ainda."

"Vamos" disse Gaia, puxando Emily, tentando guiá-la pelo corredor que dava para uma tela gigantesca. As pessoas ocupavam os bancos ao seu redor, conversando e rindo umas com as outras. Muitas das mulheres abanavam o rosto com seus leques e muitos jovens cujos braços ficavam descobertos quando trabalhavam nos campos traziam queimaduras vermelhas.

Gaia olhou para os pais de Emily, querendo que eles se apressassem, e então, para o seu assombro, ela os viu virar numa fileira de bancos no meio da plateia.

"Meninas!", gritou a mãe de Emily.

Emily e Sasha se viraram, obedientes, mas Gaia segurou Emily pela mão.

"Não", disse Gaia. "Vamos nos sentar mais na frente. Há bons lugares lá. Olhe! Vários lugares."

Emily fez que não. Um casal de adultos passou por elas.

"Não podemos ir lá", disse Emily.

"Por que não?"

"Porque é lá que os esquisitões se sentam", disse Emily.

Gaia não entendia. Ela não sabia o que era um esquisitão. Ela e seus pais sempre se sentaram na frente em Tvaltar. Era ali que estavam seus amigos. Era onde se via melhor. Ela se soltou da mão de Emily e deu mais alguns passos rumo à frente da plateia.

"Gaia!", chamou o pai de Emily com firmeza.

Mas Gaia continuou em frente, como se não pudesse evitar, como se a rampa a puxasse para baixo. Lá estavam os bancos onde ela e sua família se sentavam. Havia um menino com lábio leporino e um de muletas. Os pais deles estavam entre eles, ainda em pé, conversando. Pôde ver o menino melancólico que vivia com o artista, e uma menininha cujo um dos braços não crescera direito. A menina levantou a mão e acenou para Gaia.

Esquisitões, pensou Gaia. *Eles deixam as famílias esquisitas se sentarem na frente.*

"Gaia!", disse o pai de Emily.

Ela deu um pulo quando ele pousou sua mão em seu ombro.

"Vamos nos sentar atrás hoje", disse tranquilamente.

Um funcionários veio na direção deles. "Ei, Theo. Ela pode se sentar aqui na frente", disse o homem. "E pode trazer suas amigas também, se quiser."

O pai de Emily a pegou pela mão. "Obrigado. Está tudo certo."

Em silêncio, ela sentiu a puxadinha gentil dele. "Vamos, Gaia", disse ele com suavidade. "O espetáculo já vai começar."

De repente, percebeu que a maioria das pessoas estava sentada e que as conversas estavam cessando. Ao virar-se, Gaia viu rostos e os observou quando um a um, como que ensaiados, se viraram para olhar para ela e para o pai de Emily. Gaia estava usando um vestido novo, de um tecido marrom, que o pai dela havia feito na semana anterior, com um colarinho curvo e um laço atrás. Laços combinantes presos com cuidado nas extremidades de suas tranças. Mas ela sabia que as pessoas não notavam suas roupas. Notavam seu rosto. E enquanto ela e o pai de Emily andavam pelo corredor até o lugar onde Emily e Sasha já estavam sentadas com a mãe de Emily, Gaia ouviu sussurros. Murmúrios. Não precisava ouvir as palavras para saber que eram de pena. A única coisa que doía mais era a mensagem mais profunda: esquisitona.

Nem mesmo *Rapunzel*, o espetáculo mais incrível de Tvaltar, pôde fazer com que Gaia esquecesse o que era. Pouco antes do fim, ela implorou para a mãe de Emily deixá-la sair antes que as luzes se acendessem, para evitar a multidão. Para acabar com qualquer dúvida que Gaia talvez tivesse, a mãe misericordiosa de Emily concordou e levou a esquisitona para fora.

Capítulo 4

O triângulo dobrado

Gaia piscou e a lembrança desapareceu, deixando apenas um rastro da antiga vergonha. Até mesmo a pior sensação, com tempo e costume, se tornou tolerável. Um pombo ciscava na sujeira diante de seu pé. Perry voltou aos amigos, e o bebê se remexeu em seus braços. Ao deixar o Quadrilátero e prosseguir rumo ao portão, Gaia passou por dois homens do Enclave vestidos de branco e se escondeu do olhar deles com a aba do chapéu.

O trabalho de Gaia era entregar o bebê, e era nisso que prestava a atenção. A mãe de hoje, Sonya, não havia contestado, nem reclamado. Já sabia, quando Gaia chegou, que era o terceiro bebê do mês, e Sonya aceitou que o filho fosse entregue ao Enclave. Sua aceitação e o fato de Sonya já ter ficado com duas crianças deveriam ter facilitado as coisas para Gaia, mas ela achou a passividade da mulher perturbadora. Esperava que alguém reagisse como Agnes, com gritos atormentados. Mas ninguém o fez, e Agnes desaparecera com a agonia daquela noite. Gaia não sabia se tinha sido presa ou fugido, como a Velha Meg, para a Terra Perdida.

Gaia olhou para o bebê dormindo e tocou, fatigada, em sua bochechinha rosada. "Você terá uma vida boa" sussurrou.

Incomodada, ela ajeitou um cacho do cabelo escuro atrás da orelha e olhou para o barulho das pancadas abafadas de um menino imundo que limpava a poeira de um painel coletor de chuva.

"Você está desperdiçando água?", perguntou uma voz na porta atrás dele.

"Não, mãe", disse o menino, a esponja pingando sobre o balde.

"Se tirar o chapéu, eu juro, vou arrancar sua cabeça. Não quero você com queimaduras."

"Eu sei."

Ele ajeitou o chapéu, olhou e sorriu para Gaia, os dentes brancos e seus pés molhados num rastro escuro de lama. De cima, um homem escondido ria, feliz, e Gaia ouvia o bater das louças.

Apesar da simplicidade das casas de Wharfton e do trabalho infindável, a vida fora das muralhas tinha uma decência crua. Ao menos ninguém morria de fome. A prisão e a ausência constante de seus pais estavam fazendo com que ela questionasse coisas que lhe eram comuns e visse a comunidade pobre fora das muralhas com outros olhos. Talvez os três bebês entregues do seu setor fossem apenas um pagamento pela água, micoproteína e eletricidade que o Enclave fornecia a todos. Talvez a troca, despida do seu verniz de privilégio e promessa, fosse simples. E valia a pena? Ela passou por outra fileira de cabanas ensolaradas e remendadas e se perguntou se as pessoas por trás das cortinas de junco observavam seu avanço, celebravam em segredo o fato de este ser o último bebê da cota de maio.

O Setor Leste Dois atingiu sua cota também. Gaia ouviu a notícia no dia anterior pela mãe de Emily, que só fingia sentir muito que sua neta não fora entregue. Emily estava empolgada por ser mãe e seu marido, Kyle, exibia-se no embarcadouro com seus cabelos pretos para trás e seu orgulho musculoso. O filho deles provavelmente teria uma vida nada excepcional fora das muralhas, como Emily e Kyle, e também cresceria para servir ao Enclave. Gaia não conseguia ficar feliz por eles, sabendo quantas dificuldades teriam, mas tampouco ficava triste, o que só a deixava mais confusa.

À medida que a rua subia, Gaia tinha uma visão para o Deslago à sua direita. Era quase possível, daquela perspectiva, imaginar como o Deslago Superior foi um dia cheio de água doce, uma vasta reserva que se prolongava até o reluzente horizonte sul. Agora, Wharfton marcava a extremidade de uma bacia enorme e vazia que se transformava num vale de granito, com rochedos aluviais, choupos e flores silvestres. Onde no passado havia água, agora o único tom de azul vinha do cinza pálido visto a distância.

À sua esquerda, aumentando a cada passo que dava, estava a imensa muralha do Enclave.

Os portões da muralha ficavam abertos naquela hora e, ao se aproximar, Gaia pôde ver os prédios limpos e modernos por trás da muralha. Pedras de cantaria criavam padrões ondulados pela rua, e uma fileira de lojas arrumadas com toldos brancos criavam uma sombra convidativa. Uma dupla de meninas com vestidos coloridos estava sob um toldo, espiando uma vitrine. Outra jovem, de vermelho, as chamou e elas seguiram, obedientes, rua acima até desaparecer de vista, seus chapéus amarelos combinados brilhando à luz do sol.

"Então, este é o último do mês, não é?", perguntou o guarda com a aproximação de Gaia. "O terceiro?"

Ela conhecia-o bem agora. O sargento Georg Lanchester, o mais alto dos dois guardas que estavam de prontidão quando entregou o primeiro bebê, tinha uma personalidade afável e falante, e ela descobriu que ele crescera fora das muralhas antes de entrar para a guarda. Gaia não podia deixar de notar o pomo de adão enquanto ele falava. Um segundo soldado com o mesmo uniforme preto e chapéu de abas largas olhou-a sem se demorar, obviamente entediado. Gaia meneou a cabeça em respeito.

"Olá, Irmão", disse ela para o sargento Lanchester. "Alguma notícia dos meus pais?"

O sargento Lanchester apertou um botão no painel dentro da porta.

"Não que eu saiba, Irmã. Mas ouvi um rumor a seu respeito."

Ela olhou de soslaio e começou a balançar, instintivamente apoiando o peso de um pé para o outro, criando um ritmo calmo para a criança nos seus braços. Mesmo com dor, tentou levar a lembrança de seus pais mais uma vez para as margens da mente. "E qual seria este rumor?"

"Dizem que aumentarão a cota para cinco em junho", disse o sargento Lanchester.

"Cinco!", exclamou. "Nunca foi maior do que três e em geral era um ou dois. O que está acontecendo?"

"Não sei dizer", disse o sargento Lanchester. "Há uma verdadeira necessidade de bebês, aparentemente", ele se aproximou, "se você souber de alguma mãe que queira fazer negócios à parte, totalmente legítimos, sabe, posso colocá-la em contato com pais bem ricos aqui dentro."

Gaia manteve a expressão totalmente neutra, mas por dentro estava horrorizada. Será que a mãe dela fizera acordos como este? Não quis ofender o sargento Lanchester, mas não começaria a negociar bebês. Era isso o que ele queria dizer, não era? Gaia olhou para o segundo guarda, mas ele havia se afastado e seguia na outra direção, fora do alcance da conversa.

"Há uns bons ingressos do Tvaltar para você", disse, confirmando as suspeitas.

"Obrigada", disse Gaia. "É de se pensar. Depois lhe dou uma resposta."

O sargento Lanchester assentiu com a cabeça, parecendo feliz. "Essa é a minha garota. Sabia que você era a certa. Totalmente de confiança, entende?", disse ele. "Mas não comente com ninguém, só para mim. Conheço algumas famílias bem ricas, mas querem manter sigilo." Ele ergueu rapidamente as sobrancelhas para o outro guarda. Depois, ajeitou-se e se dirigiu ao homem. "Você deveria ver este bebê", gritou o sargento Lanchester. "É um homenzinho bem grande."

O guarda se aproximou, deu uma olhada e não disse nada. Era mais velho, com cabelos um pouco grisalhos e ombros quadrados, estreitos. Quando encarou a cicatriz de Gaia, ela ficou enrubescida e puxou a aba do chapéu para esconder o rosto.

O guarda resmungou e virou-se.

Gaia olhou curiosa para ter outra perspectiva do Enclave e na rua curva ela avistou a Irmã Khol descendo a colina com as vestes brancas esvoaçando atrás dela à luz do sol. Parou quando um homem a cumprimentou e ela arrumou o capuz para a frente ao falar com ele por um instante.

Uma mulher de meia-idade usando um vestido azul passou rumo ao Quadrilátero com um cesto no braço. "Boa tarde, Irmã", disse o sargento Lanchester, tocando o chapéu. "Belo dia, não é?"

Quando a mulher lhe deu uma resposta bem-humorada, Gaia sentiu uma pontada já conhecida de desejo. As pessoas do Enclave podiam sair se quisessem, mas poucas pessoas de Wharfton entraram nas muralhas, e somente quando convidadas a prestar algum serviço ou entregar algum produto. Nem mesmo os camponeses entravam, exceto quando levavam a produção para ser armazenada perto da fábrica de micoproteína. Não havia como adquirir um espaço dentro das muralhas? Seu desejo a confundia, mesclado ao temor por seus pais.

A Irmã Khol passou pelo portão. "Ah, Gaia!", disse ela. "Você nos traz um menininho ou menininha?"

"Um menininho saudável, Irmã", respondeu educadamente.

A mulher fez um pequeno estalido com a língua. "Meninas estão muito mais na moda hoje em dia. Mas tudo bem. Há muitos pais tradicionais que ainda querem um pequeno júnior. Venha com a Irmã", disse ela com docilidade, pegando o bebê.

Gaia inclinou o bebê com cuidado na direção da Irmã Khol e ficou surpresa ao sentir algo contra seus dedos sob o manto da criança. Ela olhou para a Irmã Khol, mas a expressão da mulher era a de sempre. Ainda assim, Gaia sentiu como se ela lhe empurrasse alguma coisa. Pegou rapidamente, enfiando no bolso sem deixar que os guardas vissem.

"Que boquinha linda ele tem", disse a Irmã Khol. "E quantos minutos de vida?"

O coração de Gaia acelerou. Ela pegou o relógio-medalhão que pendia de seu pescoço, tentando agir com naturalidade. "Setenta e dois."

"Ela chegou aqui há uns bons quinze minutos", disse o sargento Lanchester. Ele deu espaço para dois homens do Enclave entrar.

A Irmã Khol balançou a cabeça de forma tranquilizadora. "Não importa. Se tiver menos de noventa minutos está bom. Lindo, lindo", ela disse. Deu a Gaia um sorriso caloroso. "Esta é a cota para este mês, então. Provavelmente não a verei de novo até junho. Continue com o bom trabalho, Gaia. Espero que esteja sendo bem recompensada."

"Sim, tenho tudo que preciso", disse Gaia. "Estou feliz por servir ao Enclave."

"Eu também", disse a Irmã Khol.

"Eu também", disse o sargento Lanchester.

"Eu também", disse o segundo guarda.

A Irmã Khol estava se voltando para o portão.

"É verdade que a cota aumentará para cinco no mês que vem?", perguntou Gaia.

A Irmã virou-se de lado, olhando Gaia com atenção. "Onde ouviu isso?", perguntou a Irmã.

Gaia olhou para o sargento Lanchester e o viu sacudir a cabeça, negando.

"Ouvi no Quadrilátero", improvisou Gaia. "Não é verdade, é?"

Gaia viu os dois guardas trocarem olhares, e a Irmã franziu o cenho.

"Você fala como se aumentar a cota fosse desagradável para você", disse a Irmã Khol.

"Ah, não!", Gaia negou, ligeira. "Só quero estar preparada."

A expressão de reprovação da Irmã Khol suavizou-se um pouco. "Quem toma essas decisões é o Protetorado", disse ela. "Não posso confirmar ou negar. Mas posso dizer que nossos bebês vão apenas para as melhores famílias do Enclave."

"Não é sempre assim?", Gaia perguntou.

O sorriso da Irmã Khol foi comedido. "Claro. O futuro de todos nós depende disso."

Gaia assentiu. Sabia que era verdade. E sentia que não era uma boa hora para fazer perguntas. Ela pôs a mão no bolso, sentindo o objeto agudo que a Irmã Khol lhe passara. Quando percebeu que parecia um papel bem dobrado num triângulo pequenino, sua empolgação quase a fez pular.

Antes que Gaia percebesse, a Irmã Khol desapareceu dentro do Enclave com o bebê, e o sargento Lanchester estendeu a mão para a rua atrás de Gaia.

"Pode ir, Irmã", disse com gentileza. "Não queremos bloquear o caminho. E descanse enquanto pode", acrescentou o sargento Lanchester. Sob a aba larga do seu chapéu preto, os olhos estavam agitados de preocupação.

"Obrigada, Irmão", disse Gaia.

Ela estava cansada e sedenta, percebeu, especialmente ali sob o sol escaldante; porém, mais do que tudo, estava curiosa com o triângulo em seu bolso.

"Eu sirvo ao Enclave", disse ela.

"Eu também", responderam os dois guardas em uníssono.

Mantendo os dedos em torno do triângulo no bolso, ela começou a descer pela rua principal e virou numa das ruas estreitas do Setor Leste Um. Esperou até virar várias esquinas, passou por uma fila de mercadores e então, escondida numa entrada vazia, puxou o objeto do bolso. Era um pedaço pequeno e dobrado de pergaminho marrom e, quando ela o abriu, ficou surpresa ao ver a letra de sua mãe:

"Destrua. Destrua isso. Vá para WZMMR L."

Gaia fez uma careta ao ver as últimas letras, surpresa com a palavra obscura. Revirou o papel em busca de pistas, mas o verso estava em branco.

"Recebeu um bilhete de amor?", perguntou uma voz masculina.

Gaia virou-se, enfiando rapidamente o bilhete no bolso.

Um homem baixinho e barbudo estava na porta ao lado, balançando uma toalha e criando uma nuvem de farinha. Sua família sempre comprava pão de Harry no Setor Oeste, por isso ela nunca havia visitado aquela padaria. Agora, enquanto ele apontava para seu bolso, ela sentia o rosto queimar.

Ele riu e fez um gesto de provocação com a cabeça. "Deixe-me adivinhar. Uma menina linda como você arranjou um namoradinho dentro da muralha. Certo?"

Gaia ficou ainda mais vermelha e virou o rosto por completo. Ela viu a expressão amigável transformar-se em surpresa, e então, em pena involuntária.

"Você é a filha de Bonnie", disse ele. Todas as provocações desapareceram e sua voz era macia e calorosa, como um bom pedaço de pão preto. Seus olhos castanhos, gentis e preocupados, prenderam-se à cicatriz dela como se pudessem curá-la.

A surpresa de Gaia cresceu de imediato em seu peito como uma bolha brilhante. "Conhece a minha mãe?", perguntou.

Ele deu uma rápida olhada pela rua, assentiu com a cabeça e voltou para a porta. Tinha um jeito de retrair o queixo que fazia com que seu bigode e barba escuros escondessem os lábios.

"Não se lembra de mim, não é?", perguntou o homem. "Sou Derek Vlatir. Minha mulher e eu vivíamos no Setor

Oeste Três quando nossos filhos eram pequenos. Conheço seus pais há tempos. Por favor, entre. Entre."

Curiosa, Gaia seguiu-o para dentro da padaria. Na cozinha de paredes azuis, viu dois fornos grandes, sacos de farinha e uma mesa de madeira longa com pedaços de massa marrom sobre ela. O sol incidia sobre uma fileira de copos medidores. Por outra porta, separada por uma cortina de contas marrons, ela conseguiu ver o balcão que funcionava como a parte da frente da loja. Apesar de não haver nada de incomum na padaria, o movimento rápido de Derek para fechar a porta e seu olhar furtivo a deixaram em alerta.

"Temos apenas um minuto", disse ele.

"Sabe de alguma coisa", disse ela.

Ele concordou com a cabeça, e Gaia viu que sua preocupação ia muito além da mera piedade por sua cicatriz.

"Não sei como dizer isso. Seus pais estão na prisão do Enclave", disse ele. "Foram acusados de traição e foram sentenciados à morte esta manhã."

Gaia recuou e apoiou-se na porta. "Isso é impossível", disse ela. "Eles não fizeram nada de errado!"

"Pode ser", disse Derek. Olhou para trás e deu um passo na direção de Gaia, falando baixinho. "Mas serão executados na semana que vem."

"Como você sabe disso?", perguntou Gaia, desconfiada. Seu coração palpitava, amedrontado. Ele podia a estar enganando. Podia ser um guarda disfarçado testando para ver se ela era mesmo leal ou não.

"Ouça", disse ele. "Sei que é difícil ouvir isso. É difícil para mim também. Conheço seus pais desde que éramos crianças. Por isso, quando foram presos, pedi a meus amigos padeiros que estão dentro da muralha que tentassem descobrir algo. Esperava ter boas notícias, mas esta manhã fiquei sabendo disso. Você precisa confiar em mim." Ergueu as mãos, como se elas implorassem por ele.

51

"Por que não veio falar comigo?"

"Já tentei duas vezes", ele explicou. "Nas duas ocasiões você não estava e eu não podia deixar um bilhete. Estava planejando voltar hoje e esperar por você. Desculpe, mas seus pais não vão voltar."

Ela sentiu um nó na garganta e cerrou os punhos com força. Gaia não queria acreditar nele, mas o homem não tinha motivos para mentir. O bilhete em seu bolso. Será que sua mãe o enviara porque sabia que iria morrer?

"Eles me diriam", ela contestou em desespero. "O Enclave ao menos me diria." Quem mais sabia disso? Theo Rupp?

O homem inclinou o rosto para se aproximar, e foi a curva triste de um sorriso amarelo que no fim das contas a convenceu de que ele falava a verdade.

"As coisas não funcionam assim", disse ele.

Ela lutou contra a onda de terror que se aproximava. "Deve haver algo que eu possa fazer", ela falou.

"Desculpe", disse ele baixinho. "Seus pais eram duas das melhores pessoas que eu já conheci."

"Não fale assim deles!", disse Gaia. "Como se já estivessem mortos. Por favor, se você tem contatos dentro da muralha, deve haver uma maneira de fazer alguma coisa. Podemos entrar lá?"

Ele limpou lentamente as mãos no avental, hesitante. "É perigoso demais", disse ele. "Ninguém entra."

"Tem de haver um jeito", pressionou Gaia. Seus pesadelos não eram nada comparados a isso. De repente, ficou furiosa consigo mesma pelas semanas de inatividade dócil. Deveria ter feito alguma coisa. Deveria ter protestado de alguma forma. Em vez disso, serviu ao Enclave como uma escravinha estúpida! Ela tirou o chapéu e passou a mão no cabelo, pensando rapidamente. Se o Enclave podia executar inocentes como seus pais, então ela não lhe devia mais lealdade.

Se houvesse uma chance, qualquer chance de fazer algo para salvá-los, ela o faria. Gaia podia ir ao portão e pedir para ver o Irmão Iris como o sargento Grey a instruíra, entregando-lhes o embrulho que a Velha Meg lhe dera. O Irmão Iris só estava abaixo do Protetorado, então o embrulho devia valer alguma coisa. Gaia ainda o trazia preso à perna sob a saia. Ela o examinara e ele continha um laço marrom decorado com fios de seda, mas a estampa não fazia sentido para ela, assim como o bilhete em seu bolso naquele momento era um enigma. Então entendeu. O laço com certeza era a lista que o sargento Grey procurava.

Era também o que sua mãe queria que ela destruísse.

Ela se recostou numa das bancadas, sua mente girando.

"Deve haver um modo de passar pela muralha", disse ela.

Derek passou lentamente a mão pelo bigode e pela barba. "Somente a entrada do portal é lícita. Qualquer outra tentativa de entrar é punida com a morte."

Ela se aproximou dele e avaliou sua decisão como se tivesse usado um dos copos medidores. Tinha de ver seus pais. Tinha de chegar até eles de alguma forma. "Não me importo com a punição. Quero que me ajude a chegar à prisão do Enclave. Pode fazer isso?"

As sobrancelhas de Derek franziram-se, em visível alerta. "Tem ideia do que está dizendo?"

Ela não se preocupava mais em falar como uma traidora. "Por favor", disse. "Preciso ver minha mãe. Há uma coisa que preciso lhe dar e que pode salvar sua vida."

"O quê?"

Ela sacudiu a cabeça em negação. "Você brincou que eu poderia ter um namoradinho dentro dos muros. E se eu dissesse que é verdade, que preciso vê-lo? Esqueça meus pais. Só me ajude a entrar. Farei o resto sozinha."

"Não posso correr esse risco."

"Eu pago", disse Gaia.

Ele inclinou a cabeça de leve, pegou uma pilha de massa marrom e começou a sová-la, em seguida, enrolou-a no formato de um longo filão de pão. Ele o pôs sobre um tecido enfarinhado, depois comprimiu o tecido para criar uma dobra para próximo pão. Se não estivesse com o cenho tão franzido, Gaia acharia que ele a estava ignorando, mas tinha certeza de que estava se concentrando e que fazer pão o ajudava a pensar.

"Derek", Gaia disse com suavidade, "você disse que tinha filhos. Sou tudo o que meus pais têm. É provável que estejam preocupados comigo aqui, sozinha. Não iriam querer que você me ajudasse?"

Ele a encarou e deixou o próximo pão cair sobre o tecido. "Eles iriam querer que eu a mantivesse segura", disse ele, ríspido.

"Mas quero estar com eles também. São tudo o que tenho. Você tem de me ajudar a entrar lá."

Gaia se pôs ao lado da mesa e olhou de novo para a porta da frente, na direção da loja vazia. A risada de crianças passando veio da rua e uma mosca preta zumbia à luz do sol.

"Não é tão simples quanto você pensa, se rebelar", disse Derek. Suas mãos trabalhavam a massa habilmente enquanto falava, e ele nunca a olhava. "Falando hipoteticamente, claro. As pessoas desaparecem quando se opõem abertamente contra o Enclave. E muitas das nossas famílias têm filhos e irmãos na guarda. Não podemos lutar contra nossas próprias famílias. Muitos de nós têm filhos que foram entregues lá dentro, crianças que ficariam feridas se atacássemos. Como poderíamos nos unir para lutar contra o Enclave, e por quê?"

Ele apenas a convencia de que viera ao lugar certo. Derek com certeza pensava em se rebelar há muito mais tempo que ela.

"Por favor, Derek", disse ela. "Economizei quarenta ingressos para o Tvaltar. Eu lhe dou trinta se você me ajudar a atravessar a muralha."

Derek riu a valer. "Trinta ingressos!", disse ele. "Não valeria a pena nem pelo dobro."

Gaia apoiou os dedos contra a mesa de madeira, sentindo a camada de farinha. "Dou quarenta", disse ela. "É tudo o que tenho. E água para uma semana. Você precisa me ajudar."

Derek a olhou com curiosidade. "O que você acha que conseguirá entrando no Enclave? Em minutos você será presa. Pode ser presa a qualquer instante. É simples: vá até o portão e diga que está escondendo ilegalmente a lista da sua mãe."

Gaia sentiu o calor se esvair do seu rosto e ela sabia que estava tão pálida quanto a farinha que cobria a mesa. Engoliu em seco.

Derek riu novamente, apontando para ela. "Eu estava certo, então. Você tem um rosto transparente, menina, apesar da cicatriz."

"Quem mais sabe?", sussurrou com as bochechas ardendo.

"Não precisa ter medo. Há um punhado de nós que achamos que ela deixou uma espécie de lista com você ou com a Velha Meg, mas eu não tinha certeza até agora. Outras parteiras se depararam com a mesma questão", disse Derek. "Nós nos perguntamos se você faria alguma coisa."

"Quem são estas pessoas?", perguntou Gaia. Por que ninguém falou com ela desde que seus pais foram presos? Do que elas têm tanto medo?

Os lábios de Derek fecharam-se numa linha firme, e a suspeita tornou-se agitação exagerada. Ele talvez só conhecesse alguns amigos fofoqueiros, mas era possível também que as pessoas estivessem se encontrando, questionando às escondidas o direito de o Enclave ditar as regras que governavam as pessoas do lado de fora da muralha. Talvez seus pais fizessem parte destas conversas e por isso foram presos. Ela queria saber.

"A cota aumentará para cinco no próximo mês", disse Gaia.

"É mesmo?", Derek perguntou, pensativo. Fez outro pão, seus dedos se movendo com destreza pela massa. Pegou outra bandeja e a colocou sobre a mesa com um som alto e metálico.

"Tem alguém aí?", a voz de uma mulher perguntou da loja.

"Já vai", disse Derek. Olhou um instante para Gaia, que recuou para um canto, fora de visão, atrás de uma prateleira preta com latas e caixas. Ele limpou as mãos no avental e virou-se, os ombros largos rapidamente ressaltados ao passar pelos fios da cortina de contas.

Gaia podia ouvir a voz de uma cliente e a resposta melodiosa de Derek. Não sabia ao certo por que confiava nele, mas confiava. Para começar, parecia ter mais informações do que a família de Theo Rupp, mesmo que fossem más notícias. Gaia estava começando a acreditar que havia coisas que sua mãe não lhe contara, seja porque não confiava nela ou porque queria protegê-la com a ignorância. Gaia estava farta de ignorância.

Ela ouviu um adeus e um arrastar de pés, e Derek voltou pela cortina de contas. Gaia saiu lentamente de seu esconderijo.

"Você é uma coisinha teimosa, não é?", disse Derek.

Ela se aproximou da mesa, decidindo rapidamente. "Esta noite", falou. "Não há tempo a perder."

Derek franziu a testa para ela por um instante e ela se empertigou sob seu olhar intenso. Gaia tentaria com ou sem a ajuda dele, mas preferia tê-lo a seu lado. Por fim, ele assentiu com a cabeça. Derek voltou a atenção para a massa de pão e, com uma faca, fez uma pequena marca sobre a superfície de cada filão de pão.

"À meia-noite", ele disse. "Vista-se de vermelho."

Gaia suspirou. Vermelho era caro, extravagante e um tabu para os que viviam fora da muralha. "Quer que eu pareça com fogos de artifício?", perguntou ela.

Ele riu sem levantar a cabeça. "Você não sabe das coisas, não é? Vermelho. E traga os ingressos. Pode deixar a água na casa dos seus pais. Pego mais tarde."

Ela concordou com a cabeça. "Vou deixar na varanda dos fundos."

De novo, um barulho na loja, outro cliente entrando, arrastando os pés. Derek limpou suas mãos grossas no avental mais uma vez e pegou algo na prateleira de cima. Ela o viu pegar um pão e, quando ele lhe lançou, Gaia o agarrou com as duas mãos. "Você arranjou um namoradinho dentro da muralha, pequena Gaia", disse ele, rindo. "Agora vá."

Ela saiu pela porta dos fundos, ganhando a rua sob o calor do sol. Gaia sabia que ele só estava brincando para dizer que o acordo estava feito, mas a palavra "namoradinho" se agarrou a ela. Pior era o fato de ela nunca ter tido nenhum namorado. Ainda não conhecera um menino pelo qual se sentisse atraída e, claro, ninguém a considerava atraente. Gaia se lembrou das belas feições do sargento Grey, e isto a irritou ainda mais. Ela o vira por pouco tempo à noite, e com pouca iluminação. Ainda assim, seu rosto simétrico e obscuro estava claro em sua memória. *Sem dúvida ele já teve sua cota de namoradinhas*, pensou ela. Algumas meninas se sentiriam atraídas pelo seu rosto, mesmo ele sendo tão frio. Bem, não era da conta dela.

Com o pão preso ao corpo onde mais cedo estivera o bebê de Sonya, ela andou pelas ruas de Wharfton, a caminho de casa, mas sua mente já estava horas adiante, imaginando seu retorno às ruas e se perguntando como encontraria algo vermelho para vestir. Pela primeira vez em semanas, tinha um objetivo e podia canalizar toda a ansiedade que a consumia num plano para se infiltrar no Enclave.

Capítulo 5
Bolsa-de-pastor

A solução para o vermelho foi simples. Usou tintura dos artigos de costura do pai, fervendo o tecido num balde de água sobre o fogo. Tingiu sua saia marrom e uma túnica com capuz branca que usara no ano anterior para o festival de verão, e ficou observando-as na água fumegante. A saia marrom ficou vermelho-escura, enquanto o tecido branco quase ficou rosado. Gaia remexeu as roupas com uma colher de pau, sentindo o vapor no rosto. Depois, sentou-se e tirou o bilhete da mãe do bolso.

"Destrua. Destrua isso. Vá para WZMMR L."

As letras estavam em algum código que sua mãe esperava que ela reconhecesse, claro. Ergueu a cabeça para ouvir os ruídos além do silêncio da casinha, mas só havia o barulho do ferreiro ao longe, martelando o metal num ritmo ressonante, e o piar suave de um pássaro no quintal enquanto passeava pela grama e ervas da horta de sua mãe. Suavemente, o ranger de um jarro d'água em sua corrente, pendendo da soleira do alpendre de trás, a lembrou que seu pai não estava mais lá para erguer o pesado jarro quando estivesse cheio. Nada ficava certo com seus pais presos, por mais que ela tentasse viver sem eles.

Foi preciso perdê-los para que Gaia percebesse como eram pais excelentes. Eles construíram um lar sem mais dinheiro do que as outras famílias em Sally Row, mas o lugar deles sempre foi diferente, a água um pouco mais fresca, a comida um pouco mais temperada, as roupas bem costuradas. Seu pai tinha um bom olho para a beleza e funcionalidade, não apenas ao costurar as roupas que fazia, mas também nos detalhes das coisas dentro e ao redor da casa.

Quando sua mãe começou a transplantar ervas para o quintal, elas murcharam sob o sol do verão, mas seu pai montou treliças para filtrar a luz e criou drenos e cisternas de condensação ao redor da horta. Espalhou grama pelo solo para reduzir a evaporação e limpou as ervas daninhas. Eles coletavam chuva do telhado da casa num barril, a chuva do galinheiro noutro e, quando estiava, usavam a água do banho e da lavagem de roupas para aguar o jardim. Não era um sistema perfeito. Num verão, eles perderam quase todas as ervas. Contudo, em geral, o jardim prosperava e eles tinham ervas para compartilhar com os vizinhos. Seu pai até mesmo transplantou um chorão para o quintal dos fundos como espaço de brincadeiras para Gaia e fonte de casca para os chás medicinais da mãe.

Lembrou-se da primeira vez que colheram bolsa-de-pastor, há muito tempo, no verão em que tinha 9 anos. Gafanhotos ocultos na grama subiam pela saia de Gaia, e ela prendia o tecido junto as pernas para que eles não subissem por baixo dele. Ela se virou para olhar para trás e se surpreendeu com a vista de Wharfton e do Enclave daquele ângulo. Pareciam tão pequenos, como uma cidadezinha com uma colina e um castelo que ela podia ter construído com pedras na praia. Para além da muralha, podia ver as torres do Bastião e a metade mais alta do grande obelisco, não maior do que seu polegar esticado.

"Gaia, fique perto de mim", pediu sua mãe.

Gaia viu que a mãe quase desaparecia no caminho que levava até o Deslago. Outro gafanhoto saltou, pousando em sua mão, e ela o espantou enquanto corria para acompanhar a mãe. Onde o caminho circundava enormes pedras, a trilha

Era Fria sob os pés descalços, mas na maior parte era iluminado pelo sol, e Gaia sentia tudo pinicar — as pedrinhas entre os dedos, os gafanhotos na barra da saia, a coceira do calor atrás das orelhas.

Onde o Deslago se aprofundava numa baía seca de grandes pedras arredondadas, ela alcançou sua mãe. Era ali que Gaia e Emily brincavam de Rapunzel, se revezando entre a bruxa e a princesa. Mas, naqueles últimos tempos, Sasha convidava Emily para brincar e não chamava Gaia.

"Finalmente você chegou, sonhadora", a mãe falou. "Olhe aqui. Quero que você veja isso, onde ele costuma crescer. Está vendo estas folhas largas, quase peludas?"

Gaia não conseguia perceber como uma planta era diferente das outras ao seu redor. Pôs as mãos nos bolsos do vestido e torceu o tecido, esticando-o ao redor das pernas. Ela se perguntava se Emily iria para a casa de Sasha hoje de novo.

"Gaia, preste atenção. Isto é importante", disse a mãe.

Gaia não sabia o que estava fazendo de errado. Não sabia por que a mãe estava irritada. Só sabia que Emily deveria estar ali. Pendeu a cabeça, e o calor encheu seus olhos.

"Ei", disse sua mãe com suavidade. Ela estendeu a mão. Gaia não conseguia se mover.

"São as meninas, não são?", perguntou a mãe.

"Sinto saudades da Emily", sussurrou Gaia.

"Sente aqui", disse sua mãe. "Bem do meu lado."

Gaia prestou bem atenção se não havia gafanhotos pulando na área e sentou-se sobre os calcanhares, mantendo a saia do vestido bem presa ao redor das pernas. Ela enxugou os olhos.

"Vou lhe falar uma coisa sobre amigas", disse a mãe. "Sobre a Sasha não tenho certeza, mas a Emily voltará para brincar com você."

"Como você sabe?"

"Simplesmente sei. Tem a ver com o jeito das pessoas. Agora olhe com atenção." Sua mãe recomeçou, com mais paciência. E agora, como se estivesse vendo uma planta completamente nova, Gaia inspecionou as folhas verde-claras e os caules. A mãe arrancou a planta com cuidado, e Gaia viu a delicadeza comprida e fina das raízes.

"Para que serve?", perguntou Gaia. Não havia mais nada preso em sua garganta. Ela fungou.

"Esta é a minha menina", a mãe falou. "Ajuda a parar a hemorragia. Ajuda a barriga da mãe a se contrair de novo depois de ela ter o bebê."

Gaia tocou nas folhas peludas e macias.

"Quer me ajudar a encontrar mais?", a mãe quis saber.

E Gaia fez que sim. Simples assim, apenas precisando da ajuda de Gaia, a mãe sabia fazer com que ela se sentisse melhor. Não tão solitária.

Anos mais tarde, Gaia inclinou-se para a frente, encostando o queixo no joelho. Não havia mãe mais perfeita do que a sua. Ninguém era tão intuitiva, generosa e real. E seu pai era a companhia ideal para a mãe.

Gaia pegou o pão que Derek lhe dera e o inspecionou. Ela podia ver uma marca no alto da casca, a versão assada da linha que ela o vira cortar nos pães na padaria. Ele não explicou na hora, mas agora ela se perguntava o porquê daquilo. Gaia olhou para as duas velas amarelas sobre a lareira. Manteve a tradição de acendê-las todas as noites durante o jantar em homenagem a seus irmãos. Ela pensou no ramo verde que o tecelão colocava em tudo o que fazia e no ramalhete de flores frescas que o ferreiro pendurava sobre a bigorna. Parecia que todos os que haviam entregado uma criança lembravam-se do bebê com um símbolo ou um ritual diário.

Os irmãos-fantasmas estiveram ao lado de Gaia durante toda a vida, invisíveis a todos, menos a seus pais. Talvez a perda fosse o que fizera sua mãe tão terna. Talvez ela não se importasse em ser presa porque esperava ver seus filhos dentro da muralha.

Não. Seus pais mereciam estar soltos.

A impaciência a fez levantar. Todas as portas estavam abertas para deixar qualquer brisa entrar. Ela olhou pela porta da frente e a fechou com cuidado. Ergueu a saia e pegou o embrulho da mãe. Dentro havia um laço marrom cuidadosamente gravado com fios de seda. Parecia uma faixa bonita que uma menina usaria no cabelo. Era longa o bastante para dar várias voltas nela e com nós nas extremidades para que as pontas caíssem para trás. Gaia tentou entender o padrão de fios coloridos, mas apesar de as imagens parecerem números e letras, eram diferentes de qualquer alfabeto que conhecia. Gaia analisou o bilhete da mãe mais uma vez, junto com o laço, mas não havia semelhança.

Da rua ela escutou a risada de uma criança e levantou a cabeça. Ouviu-se o estalo de uma bola contra um taco. Uma das crianças gritou algo com uma voz feliz e aguda, e o tom duradouro e melódico lhe despertou uma lembrança.

"Ah!", fez Gaia.

Letras. O alfabeto. A canção do alfabeto. Seu pai adorava tocar o banjo e cantar e, quando Gaia era criança, um de seus maiores prazeres foi ensiná-la a cantar o alfabeto de trás para frente, começando com Z, Y, X. Ela usava o código em bilhetinhos também. Ela anotou com velocidade o código reverso:

A B C D E F G H I J K L M N O P Q R S T U V W X Y Z
Z Y X W V U T S R Q P O N M L K J I H G F E D C B A

Gaia olhou novamente para a mensagem da mãe e começou a decifrá-la, trocando cada letra por sua oposta no alfabeto, de modo que o *W* se tornava *D* e assim por diante.

"Destrua. Destrua isso. Vá para DANNI O."

Ela se deixou recostar, pois o mistério havia ficado ainda mais intrigante. A mensagem estava escrita com a letra da mãe, mas usando o código do pai. Eles a escreveram juntos ou a mãe apenas se lembrou do truque?

A mensagem em si era a mesma coisa que a Velha Meg lhe dissera: vá procurar sua avó, Danni Órion. Mas a avó de Gaia estava morta há mais de dez anos. Gaia mal se lembrava dela e seus pais raramente a mencionavam. Era como se houvesse algo de vergonhoso ou trágico em sua morte e, pensando bem, Gaia nem mesmo sabia do que sua avó morrera. Não se lembrava do funeral. Era possível que sua avó ainda estivesse viva? Gaia tentou adivinhar quantos anos teria, e chegou a algo próximo dos 65 anos. Certo, seria idosa, mas não era inconcebível viver tanto assim. Talvez, porém, fosse apenas a maneira que sua mãe encontrou para lhe dizer para ir para a Floresta Morta. Franzindo a testa, Gaia manuseou o pedaço de pergaminho, revirando-o até que o papel estivesse quente, e depois esticou o braço e jogou o papel no fogo, onde ele queimou num segundo e se misturou às cinzas.

Se obedecesse à ordem da mãe, ela destruiria o laço também. Olhou com atenção para os fios de seda, esperando que se transformassem numa imagem clara, mas o desenho era impenetrável.

Não fazia sentido. Ela procurou por todos os noventa centímetros, encontrando uma costura onde um segmento fora unido a outro para alongá-lo, e os fios do novo segmento eram mais brilhantes. *É um trabalho curiosamente cuidadoso da mamãe*, pensou Gaia. Fosse lá o que significasse, Gaia não suportava a ideia de destruí-lo. Ela esperava que sua mãe a perdoasse.

Enrolou-o no dedo, dando voltas num círculo bem-feito e macio que se encaixava com facilidade em uma das mãos. Suspirando, deixou-o cair na bolsinha e voltou a amarrá-lo na perna. Gaia se levantou e pôs a colher de pau novamente na tintura vermelha. Até mesmo a madeira da colher estava vermelha agora e a saia marrom estava vermelho-escura. A camisa branca permanecia obstinadamente rosa.

"Chega", Gaia murmurou. Pegou a saia e colocou-a numa bacia perto da porta. Quando esfriou, ela a pendurou no varal atrás da casa, abaixo da cerca, de onde não seria visível da rua. Acrescentou o que restava da tintura vermelha do pai no pote e observou satisfeita como a cor escura e sanguinolenta impregnava a túnica. *Se Derek me quer de vermelho, irei de vermelho*, pensou ela, com a cara fechada. Era ao menos uma instrução que poderia seguir.

Capítulo 6

O obelisco

Apesar de deixá-las no varal para secar à noite antes de vesti-las, a camisa e a saia de Gaia ainda estavam um pouco úmidas quando saiu da casa dos seus pais pelo que seria a última vez. Ela tremeu quando o vento noturno entrou pelas costuras geladas da roupa. O vermelho estava escondido sob um manto preto, e ela carregava a mochila de parteira no ombro direito. Se alguém a visse, pensaria que ela iria atender uma mulher grávida.

Um grilo trinou. Quando Gaia se aproximou da padaria de Derek, a lua havia se escondido atrás de uma nuvem, e ela sentia o coração bater mais rápido pela ansiedade e pela subida contínua da colina. A padaria estava às escuras e ela precisou tatear a porta para localizar a maçaneta. Havia acabado de encontrá-la quando a porta se abriu.

"Ei, devagar", disse a voz de Derek no escuro. Ela o sentiu tomando o seu braço e entrou, em silêncio. O carvão reluzia em um dos fornos e lançava um tom avermelhado no ambiente, criando sombras compridas nos cantos. Gaia tremeu mais uma vez no calor. A família de Derek devia estar dormindo, porque não havia mais ninguém lá. No silêncio, o carvão fazia um chiado morno, tremeluzente.

"Está pronto?", perguntou ela.

"Tem certeza do que quer fazer?", ele retrucou. "Você pode voltar para casa. Posso esquecer tudo o que falamos."

Ela balançou a cabeça. "Tenho de ver meus pais."

Ela podia ouvi-lo respirando pesadamente. "Tudo bem, então. Você está de vermelho?"

"Sim, embaixo do manto", ela respondeu.

Ele pegou um cesto com um tecido por cima. "Onde estão os ingressos para Tvaltar?", perguntou.

"Aqui."

Ela observou enquanto ele os segurou por um instante em direção ao forno e, em seguida, colocou-os numa gaveta.

"Então, vamos", falou. E abriu a porta.

A profunda escuridão violeta da rua cercou-os enquanto Gaia o seguia para fora da padaria, sentindo o aroma seco das flores noturnas e da grama. Em algum lugar ali perto, devia haver um eucalipto que ela não havia notado de dia, porque agora podia sentir a fragrância medicinal de sua casca.

No silêncio, ela o seguiu rua acima, descendo uma próxima. Subiram por quase uma hora até ela ficar aquecida por dentro e suas roupas estarem completamente secas. A lua ressurgiu, cheia e próxima, viajando sobre o ombro dela e iluminando a estrada, que ficava cada vez mais estreita e desnivelada. As casas ficavam menores e mais decrépitas até as palhoças parecerem pouco mais que caixas vacilantes, ecoando de volta o arrastar dos passos deles. Ela nunca havia chegado àquela área de Wharfton. Pensou que estavam se afastando da muralha, mas então outra virada os levou até ela num ponto remoto onde uma encosta de calcário se fundia às verdadeiras pedras da barricada construída.

"Espere", Derek falou baixinho.

Ela parou, olhando sobre o ombro. Lá de cima, ficou surpresa em ver o brilho do portal onde havia entregado tantos bebês. Conseguia até mesmo ver as figuras pequenas, alertas dos guardas, encolhidos pela distância. Ao longo do horizonte a leste, a curta noite de verão já começava a produzir um laivo púrpura. Ela se virou para a massa imensa da muralha, vendo uma torre de guarda acima e à esquerda. Ela não conseguia dizer se estava ocupada.

Derek estava fazendo alguma coisa na base, algo que fazia um tilintar baixo. Ela se agachou mais perto e esticou uma das mãos para se firmar na pedra fria e arenosa. De perto, mergulhados na luz fantasmagórica, os blocos de granito pálido pareciam talhados de forma grosseira e tingidos de líquen, mas juntos criavam uma superfície inflexível que se erguia por seis ou sete metros. À luz da lua, ela viu Derek remover uma pedra grande, achatada. Surpresa, Gaia percebeu que já devia estar solta.

"É uma passagem?", ela perguntou.

"Silêncio", ele falou. Então, a puxou para perto, e ela espiou no nível dos joelhos, onde a abertura mostrava um brilho de luz pálida do outro lado. A abertura era pouco maior do que a parte de baixo de uma banqueta de cozinha, mas arrastando-se e engatinhando, conseguiria passar. *É isso*, pensou. *Vou atravessar a muralha.* Enfiou a cabeça na abertura, respirando o cheiro mofado, terroso.

"Leve isto", ele disse.

"O que é?" Ela olhou para trás e viu uma toalha saliente na mão dele.

"Massa. Quando passar, vou mover as pedras para o lugar. Pegue a massa e espalhe como cimento entre as pedras."

"Mas e se eles me virem?", ela quis saber.

"Você estará atrás de uma cerca viva, próxima da fossa. É improvável que alguém esteja olhando. Mas precisa preencher com massa ou as pedras soltas serão vistas durante o dia. Entendeu?"

Gaia assentiu, pegando a toalha.

"Então, esconda o seu manto e mantenha o capuz da túnica na cabeça", ele avisou. "Conseguirá caminhar um pouco assim, sem ser percebida. Os serviçais do Bastião andam pela rua com frequência, e os guardas não os incomodam."

Ela assentiu novamente, mas estava ficando com mais medo. Não tinha ideia para onde ir depois que estivesse lá dentro, e não haveria ninguém mais para ajudá-la. Tinha apenas uma vaga noção de onde ficava a prisão.

"Obrigada, Derek."

"Não importa o que aconteça, não tente sair por este caminho à luz do dia. Eles pegariam você num segundo e, quando percebessem que o cimento não é cimento, logo me procurariam."

"Prometo" ela disse.

Sentiu o peso da mão dele no ombro, e então a boca estava perto do ouvido de Gaia. "Você sabe para onde está indo?", ele perguntou.

"Para a prisão", ela sussurrou. "Próxima ao Bastião."

"Vá", ele disse. "Todo o problema está monte acima, perto do obelisco. Pode usá-lo como seu ponto de referência. Se precisar de ajuda, procure o padeiro com um forno preto. Mace Jackson. Ele é amigo. Vou falar sobre você."

Gaia desejou que ele pudesse falar mais para ela.

"Ponha o capuz. Você não quer distraí-los com toda essa beleza", ele acrescentou. Ele deu uma puxadinha no cabelo dela de um jeito carinhoso. "Agora vá encontrar seu namoradinho."

Ela abaixou a cabeça, pousando a mão dentro da superfície áspera da muralha, e engatinhou na direção da luz. Mal tinha passado quando ouviu Derek fechando o espaço atrás dela, e ela olhou para trás. Bem naquele momento, a fenda desapareceu quando as duas placas de pedra de Derek preencheram o buraco. Com mãos trêmulas, desenrolou a massa da toalha e empurrou-a nas frestas em torno das pedras. Apesar da luz da rua lá adiante na estrada, estava escuro na cavidade, e Gaia tateou com a massa, raspando os dedos enquanto tentava amaciá-la nas fendas. Por fim, encheu tudo o que conseguiu.

Virou-se mais uma vez para a rua interna e viu a fossa à direita. Esfregando as mãos na toalha, ela a jogou na fossa para, então, tirar rapidamente o manto preto e enfiá-lo sob uma pilha de louças de barro quebradas. Então, arrumou a túnica vermelha e a saia e deslizou na direção da rua para a luz do poste que brilhava lá. Um inseto bateu no globo de vidro e voou novamente para a escuridão morna.

Seu medo mesclava-se à emoção de promessa e esperança. Ela encontraria os pais. Talvez visse até seus irmãos também. Em teoria, quaisquer garotos que ela visse com 19 ou 20 anos poderiam ser seus irmãos. Perguntou-se se poderia reconhecê-los apenas pelas características da família. Como aquilo seria incrível.

Imediatamente, tomou consciência de como tudo era limpo dentro das muralhas. Todo prédio era caiado de forma que à noite um pouco de luz já era suficiente. Nas ruas estreitas, as portas ficavam em umbrais altos sobre calhas muito limpas, e ela viu diversos gradis de drenagem; soube assim que era verdade aquilo que ouvira: a chuva era armazenada das ruas, guardada para ser reciclada e se tornar água potável. *Daria trabalho, mas poderíamos fazer o mesmo lá fora*, pensou. À luz dos postes ocasionais, conseguiu ver urnas penduradas em algumas das janelas, recipientes de água grandes e decorados que mantinham frio seu conteúdo mesmo no calor abrasador do meio do verão. Isso, ao menos, era igual.

Gaia caminhou com firmeza e rapidez pelas ruas escuras, assustada quando seu movimento acionava as luzes dos postes enquanto ela passava. A luz branca e fina do pequeno bulbo de cada lâmpada era ampliado e refletia-se ao redor dela. Sempre que havia uma opção sobre qual direção tomar, escolhia o caminho que seguia morro acima. Ao fim, entrou na rua principal, mais larga que as outras, ladeada por uma série de casas mais sofisticadas. Teve um vislumbre da vegetação sombria subindo pelas paredes brancas, e em um lugar ela reconheceu as folhas de uma macieira, dando a entender que os jardins tendiam a ficar do outro lado. Era tudo como tinha visto nos programas especiais do Tvaltar, apenas melhor, pois naquele momento era real.

Duas vezes ela passou por outras mulheres que andavam em pares, todas vestidas de vermelho. Mal olhavam-na enquanto ela puxava a touca da túnica para perto do rosto e prosseguia. Uma vez, um velho solitário passou por ela, e então diversos jovens, mas todos a ignoraram, e com confiança maior, percebeu que Derek estava certo: pensavam que era uma criada. Por fim, quando o céu começou a clarear a leste, chegou a uma área aberta com paralelepípedos e diversas lojas fechadas, então, mais acima, uma praça ampla e pavimentada com um prédio enorme em um dos lados que se estendia pela largura inteira do espaço. Arcadas alinhavam-se dos dois lados da praça, e um obelisco prodigioso dominava o centro, preto contra o púrpura distante do céu.

Gaia entrou sob uma arcada e descansou ao lado de uma das colunas de madeira. Próximos ao obelisco, dois homens martelavam uma plataforma, uma única lâmpada iluminando o trabalho, e suas batidas rítmicas ecoavam pela praça.

À direita do prédio maior, o Bastião, estendido no quarto lado da praça, ficavam vários edifícios com aparência funcional atrás de altas cercas de ferro. Uma arcada alta de tijolos separava dois deles e, lá adiante, Gaia viu um pequeno pátio. Estava seguindo para aquela direção quando ouviu um choro que a fez parar.

Era o choro de um bebê, e o barulho acionou diretamente o sistema nervoso de Gaia, deixando-a em alerta máximo. Ela examinou os prédios, buscando o barulho, e acima da arcada avistou uma janela com a luz acesa atrás de uma cortina. O choro cessou, então recomeçou. Um braço surgiu na janela e abaixou a persiana. Gaia ouvia com atenção, mas o único ruído que conseguia distinguir era a voz distante de um dos trabalhadores quando o martelar parava. Enervada, puxou a capa mais perto do corpo. Poderia ser um bebê que ela mesma havia entregado.

Observou o prédio, procurando sinais de que pudesse ser o Berçário, mas pensou que era mais provável que fosse um apartamento particular, como outros acima das lojas da arcada.

"Tudo bem", Gaia sussurrou, acalmando-se. Estava bem até então, mas ficou impaciente para saber mais do seu entorno. Era intimidante perceber que as informações acumuladas por ela dos programas especiais do Tvaltar que tinha visto foram pouco práticas. Concentravam-se em celebrações e feriados, quando o que ela precisava usar ali era um guia com um mapa decente.

Gaia encolheu-se ainda mais quando o barulho de pés marchando se aproximaram e, de repente, quatro guardas apareceram na arcada alta de tijolos. Passaram por Gaia batendo forte com os pés, e ela viu que no meio deles havia uma quinta figura, um homem cujas mãos estavam atadas para trás e que tropeçava com os pés descalços. Marcharam na direção do prédio grande no fim da praça e subiram as escadas baixas até a grande porta. Ela se abriu para deixá-los entrar, e todos os cinco desapareceram dentro do Bastião.

Gaia estremeceu. Virou-se novamente para a arcada da qual os guardas tinham vindo, e agora tinha certeza de que a prisão ficava depois dele. Olhando para cima, viu uma pequena torre à direita do arco, seus ângulos escuros delineados contra o céu sempre brilhante. Se um guarda estivesse vigiando a praça, estaria visível onde havia parado. Virando-se de uma vez para a esquerda, contornou a beirada do prédio e fez um círculo para os fundos do lugar. Os olhos da menina viram mais janelas fechadas e com elas suas esperanças diminuíram. Como entraria na prisão para ver seus pais? E pior, como sairia com eles?

"Ei! Você aí!", uma voz chamou.

Ela deu um pulo nervoso e virou-se.

Um guarda alto seguiu sem pressa na direção dela. "O que você está vendendo?"

"Nada", ela ofegou. "Eu estava só…"

"Então, disperse. Nada de ficar admirando. Não verá nada daqui. Volte depois, à tarde, e vai conseguir ver mais."

Gaia recuou numa reverência.

"Sim, Irmão", ela disse. Virou-se e saiu às pressas, sem dar conta da direção que tomava na sua ânsia de deixá-lo para trás. Ela o ouviu rir, e o barulho soou quebradiço e frio aos seus ouvidos.

O céu estava ficando cada vez mais claro, com um laivo de amarelo, e mais pessoas saíram às ruas. Ela manteve o passo, temendo parar, com medo de descer demais o monte novamente no caso de se perder. Lá em cima, as pessoas penduravam roupas em varais entre os prédios, e quando olhou adiante, ficou maravilhada em ver que todos usavam sapatos, até mesmo as crianças. Velhos ou novos, todos pareciam saudáveis e bem alimentados.

Fora da muralha, era comum ver alguém com uma cicatriz, mão deformada ou muletas. No entanto, ali, no Enclave, onde não havia deformidades ou limites físicos de qualquer espécie, sua cicatriz parecia ainda mais bizarra. Qualquer um que a visse saberia que era de fora, e ela caminhava num medo eterno de que alguém pudesse olhá-la de perto por baixo do capuz. Uma vez, um garoto olhou para o seu rosto e puxou a mão da mulher ao seu lado. "Olhe", ele disse, apontando, mas no momento em que sua mãe se virou, Gaia escondeu a cicatriz de novo.

No fim da manhã, Gaia havia caminhado a maior parte da área em torno da praça principal. Estava sedenta, cansada e temerosa. Quando percebeu isso, suas escolhas eram procurar ajuda com o amigo de Derek, Mace, se pudesse encontrar o padeiro com um forno preto; tentar encontrar a Irmã Khol no Berçário, no caso de ela poder ajudar como fez passando o bilhete de sua mãe; ou manter-se discreta até a noite, quando poderia escapar pela fenda de Derek na muralha. Procurou em vão pela padaria e pelo Berçário, passando por um cemitério, uma loja de bicicletas, vários armazéns e cafés, e a fábrica de micoproteína, antes de circular novamente pela praça.

Por volta do meio-dia, o lugar começou a se encher de pessoas. Angustiada, Gaia examinou os rostos sob as abas dos chapéus e capuzes de tramas finas, procurando a Irmã Khol ou um jovem que pudesse ser um dos seus irmãos, mas como os rostos viraram dúzias e, em seguida, centenas, perdeu a esperança de encontrar alguém que pudesse reconhecer. Aos poucos, percebeu um padrão nas cores vívidas das roupas. Os guardas usavam preto. As serviçais com vestes vermelhas passavam com frequência, algumas com cestos ou crianças nas mãos. Homens e mulheres robustos de todas as idades usavam azul, cinza e marrom, e ela pensou que eram da classe média, por seus ares relaxados e o jeito jovial que os homens davam tapinhas nas costas uns dos outros. As crianças corriam de amarelo, vermelho e verde, seus chapéus de abas largas sacudindo com a velocidade, enquanto uma classe separada de homens e mulheres elegantes usavam apenas o branco, que cintilava sob a luz do sol. Aqueles vestidos de branco demoravam-se em grupos sociais mais espalhados e próximos do Bastião, onde havia uma série de nogueiras-pecã, e eles riam e conversavam preguiçosamente, às vezes entregando moedas às crianças para comprar alguma bugiganga ou uma bebida de um vendedor ambulante.

Gaia voltou à esquina da arcada para ficar com seu lado esquerdo em parte escondido por um pilar. Várias outras jovens de vermelho reuniram-se diante dela, fofocando em voz baixa, e quando os guardas começaram a sair da arcada alta de tijolos da prisão, ela ouviu a garota mais alta dizer: "Não, eu não acho. Ele não ousaria não aparecer."

"Ai, meus sais. Ele está na frente do Bastião! Perto da família do Protetorado!", outra garota falou.

Gaia olhou na direção da mansão. As grandes portas duplas foram abertas de uma vez, e um homem e uma mulher de branco saíram de lá a passos largos. Uma quantidade considerável de ouro reluzia no tecido de suas roupas, e a mulher trazia um chapéu de aba larga com penas brancas impressionantes. Foram seguidos por outro casal, ainda mais estonteante que o primeiro, assim sucessivamente, até que mais de vinte pessoas estivessem espalhadas no terraço diante da mansão. Eles se misturaram às outras pessoas vestidas de branco em um caminhar tranquilo pelos degraus do terraço. A família e os amigos do Protetorado portavam-se com uma graça natural que era mais impressionante de ver do que no Tvaltar.

"A Rita dançou mesmo com ele?" Uma das garotas deu uma risadinha.

Como resposta, a garota alta virou as costas, e Gaia imaginou que ela pudesse ser a Rita. Suas feições tinham uma vitalidade notável, com seus olhos puxados, combinadas com cabelos cor de mel que caíam dos lados do capuz. "Você está insinuando que eu mentiria sobre algo tão banal?" Rita perguntou, ríspida.

"Você? Mentir? Ah, nunca", disse a outra garota.

Gaia sentiu a centelha dos olhos de Rita e soube que estava sendo observada. Por um instante, sentiu a intensidade do olhar, como um gato raspando a pata sobre um inseto, e então a rejeição.

"Baixe a voz, Bertha Claire", Rita falou para a garota risonha.

"Ele é um sonho", a garota provocou, e Rita deu um tapa no braço dela.

"Ai! Tudo bem", Bertha Claire disse, ainda sorrindo. "Já soube que ele foi promovido?"

Mesmo sem olhar diretamente para ela, Gaia percebeu que Rita lançou um último olhar em sua direção, e então virou as costas. Gaia não conseguiu ouvir a resposta.

Gaia olhou outra vez para as pessoas nos degraus do Bastião, e agora ela o viu: um jovem alto e sério de uniforme preto com um rifle preso ao ombro. O chapéu preto cobria de sombra a metade superior do rosto, mas ela estava próxima o bastante para reconhecer o queixo anguloso e a linha firme da boca. Soube, por instinto, que o sargento Grey era o guarda sobre o qual as garotas fofocavam. Distraído, ele ergueu o chapéu e correu a mão pelos cabelos. Atrás dele estava um guarda loiro, um jovem mais alto, que cutucou o sargento Grey e balançou a cabeça na direção das garotas.

Gaia olhou rapidamente na direção da prisão antes que houvesse a chance de encontrar o olhar dele.

"Ele está olhando para cá! Rita!", Bertha Claire gritou.

Houve um alvoroço na conversa entre as garotas, e então a voz de Rita: "Por que você não para com isso? Tem quantos anos, 12?"

Deliberadamente, Gaia encolheu-se ainda mais atrás do pilar.

Na prisão, fileiras de prisioneiros estavam sendo preenchidas atrás da grade de ferro, e Gaia perscrutou com temor cada rosto, buscando seus pais. Os homens e as mulheres pareciam exaustos, os rostos tão cinzentos e gastos, como suas roupas de prisão. Alguns tinham as mãos atadas atrás do corpo, mas outros seguravam-se em abraços amedrontados, olhos examinando a multidão e a plataforma diante do monumento. Em lugar algum Gaia viu seus pais.

Gaia ouviu uma pancada, e então um manto de silêncio estendeu-se de fora para o centro da praça, onde a plataforma ficava. Dois nós corrediços pendiam de uma trave, e o sol da tarde brilhava sobre cordas cinza.

"Ah, não", Gaia sussurrou, fechando os punhos.

Um prisioneiro de mãos atadas caiu nos degraus para a plataforma, e Gaia o viu caído lá, imóvel, até um guarda vir e levantá-lo de forma grosseira, arrastando-o dos degraus até o cadafalso. Seus cabelos castanhos estavam desgrenhados, as roupas sujas, mas os olhos eram brilhantes e desafiadores. Uma jovem o seguia, cujas mãos também estavam amarradas, e ela precisou que o guarda ao seu lado a ajudasse a ficar em pé. Os cabelos pretos caíam sobre suas feições pálidas, e os ombros estavam afundados no vestido cinzento da prisão. Quando chegou ao topo da escada e virou-se para encarar a multidão, houve um murmúrio audível dos espectadores.

O ventre da prisioneira projetava-se para frente e para cima na protuberância inconfundível da gravidez.

Capítulo 7

Meio-dia

"Ai, meus sais. Ela está imensa", Bertha Claire disse.

"Você poderia calar a boca?", Rita repreendeu. "É uma abominação."

O ultraje de Gaia ultrapassou o choque. Pelos seus cálculos, a mulher daria à luz dentro de poucos dias. Não conseguia conjecturar nenhum crime que fosse digno de tal punição. Por que o Enclave não podia esperar outra semana, duas no máximo, até ela ter o bebê? Todos deviam entender que matar a mãe significava também matar o bebê inocente.

Por instinto, ela desceu a arcada e começou a caminhar na direção da plataforma. Um guarda lançou um capuz de aniagem sobre o rosto do homem.

"O veredito está errado!", o prisioneiro gritava. "É nosso direito casar e nosso direito ter um filho!"

Gaia pôde ver que a mulher disse algo baixinho para ele. Com as mãos atadas para trás e o saco sobre a cabeça, ele se curvou na direção dela, e então Gaia viu algo que lhe partiu o coração. O condenado arrastou os pés cegamente até suas botas encontrarem as dela. A mulher começou a chorar. O guarda jogou um segundo saco de aniagem sobre o rosto dela.

"Não", Gaia arfou.

O prisioneiro gritou de novo, sua voz trêmula: "Poupem minha mulher! Eu imploro, poupem meu filho!"

Gaia olhou em volta, incrédula, pois ninguém intervinha. Era um jogo de tortura, não era? Eles não poderiam ir em frente com aquilo de verdade. Ela deu outro passo adiante, tropeçando num homem barbudo.

"Preste atenção!", ele bronqueou.

Gaia ouviu uma agitação entre os prisioneiros na cadeia e olhou para encontrar o rosto da sua mãe. Ela abrira caminho até a cerca e a agarrou com as duas mãos; estava olhando sério para Gaia através da praça lotada.

"Mãe", Gaia sussurrou. Esperava que sua mãe gritasse para dizer algo ao guarda que agora arrumava o nó corrediço em torno do pescoço do prisioneiro, mas apenas olhava a garota com uma expressão muda e suplicante. Sacudiu a cabeça devagar, mordendo os lábios, e Gaia entendeu a mensagem com clareza: não faça nada.

Em choque, Gaia deu mais um passo na direção da plataforma. O guarda envolvia a cabeça da mulher grávida com o segundo laço corrediço.

"Pare!", Gaia disse.

As pessoas em torno dela viraram-se e se afastaram dela. As expressões tinham um misto de confusão e desprezo. Ela deu outro passo para a frente e estendeu a mão. "Não!", ela gritou.

Contudo, seu braço foi puxado por outra mão. "Idiota!", a voz veio ao seu ouvido. "Quer que todos nós sejamos mortos?"

Gaia, congelada, virou-se para a direita e encontrou os olhos pungentes de Rita a milímetros de distância dos seus. Ela observou quando o olhar de Rita se arregalou surpreso ao avistar a cicatriz, então Rita soltou seu braço. Na plataforma, os dois prisioneiros, encapuzados e amarrados, estavam lado a lado, seus pés se tocando. A cabeça da mulher pendia embaixo do capuz, como se chorasse, a barriga, enorme sob o vestido cinzento, parecia sacudir com a dor.

Gaia olhou para as pessoas no Bastião, e seu choque transformou-se em horror. Ninguém estava prestes a parar a execução. Parecia impossível, mas alguém devia ter ordenado este assassinato. Por quê?

Seu olhar pairou sobre a imagem de vestes escuras do sargento Grey, e ela ficou assustada quando o encontrou fitando ela e Rita. Naquele instante, percebeu que ele soube, de alguma forma, quem ela era. *Impeça isso*, pensou, mirando todo o poder de sua indignação na direção dele. A mão do sargento estava presa à correia do rifle, mas ele não fazia nada além.

O olhar dela voltou para a plataforma quando o guarda falou em voz alta e terrível:

"Patrick Carrillo e Loretta Shepard, vocês foram condenado pelo crime mais pernicioso contra o Estado. Em desrespeito flagrante contra as leis do Enclave e a ordem natural, violaram a Lei de Seleção Genética para Cidadãos Entregues, casaram-se com irmãos e incestuosamente conceberam uma abominação genética. Portanto, a sentença é a morte. Vocês serão um exemplo para outros que desafiem desta maneira a vontade do Enclave."

Houve um último grito do homem, um protesto que Gaia não conseguiu entender, pois foi interrompido pelo estampido quando o alçapão embaixo dos prisioneiros foi liberado e os dois foram lançados para a morte.

Um silêncio terrível, carregado, pesou na praça, e nenhuma alma emitiu palavra. O único som era o estalido de uma das cordas enquanto os corpos balançavam devagar. Em torno do pescoço, a corrente do relógio-medalhão de Gaia pesava cada vez mais. Ela conseguiu sentir o ponteiro dos segundos caminhar antes de o bebê sepultado perceber a dor do corpo de sua mãe. Primeiro sentiria a falta de movimento, a diminuição do oxigênio, a letargia do coração. Gaia compreendeu apenas de forma indistinta por que os pais haviam sido condenados, mas entendeu totalmente a sentença de morte que se infligiu sobre a criança.

"Não", Gaia sussurrou. Ela agarrou o entorno pesado e redondo do relógio através do tecido de sua camisa.

"Não sei quem você é ou de onde veio", Rita falou, agarrando o braço de Gaia e falando em voz baixa. "Mas é melhor você ir embora. Centenas de pessoas viram sua explosão, e qualquer uma delas poderia decidir denunciar você agora mesmo."

Gaia mal registrou o aviso ou percebeu que várias pessoas ainda a olhavam. Não conseguia lançar um olhar para a mãe ou para o sargento Grey. Sua cabeça estava voltada para o bebê. "Preciso chegar até a prisioneira", Gaia falou.

"Tarde demais", Rita disse, puxou seu capuz vermelho de musselina para proteger as bochechas do sol. "Estão mortos."

Uma urgência desesperada começou a ferver seu sangue. Ela se voltou pela última vez para Rita.

"Você não entende", Gaia falou. "Eu preciso ir."

Gaia apressou-se pela multidão que minguava até a plataforma. O guarda soltou a corda de cima, e outro homem abaixo segurou o corpo do prisioneiro e deitou-o sem cerimônia com o rosto para baixo numa carroça. Gaia chegou no momento em que o corpo da mulher estava sendo baixado. Compassivos, os homens deixaram os sacos de aniagem sobre as cabeças, mas soltaram os nós corrediços para usarem em outra ocasião. Sem olhar, Gaia sentiu o relógio-medalhão passar o segundo minuto e começou a entrar em pânico.

"Para onde estão levando os corpos?", ela perguntou para o homem na carroça.

Ele olhou para ela, franzindo a testa. "Você é da família?", ele quis saber.

"Sim", ela mentiu. "Achei que pudesse ficar com eles até os outros chegarem."

"Disseram que não poderiam vir até o pôr do sol", ele disse, desconfiado. "Desgraçados demais para vir antes, não que eu os culpe. Vou ter de guardar os cadáveres fora do sol. Vocês vão me pagar?"

"Hoje à noite", ela falou. "Meu tio pagará ao senhor à noite."

Ele olhou para ela, curioso. "O que aconteceu com o seu rosto?"

Ela virou o rosto.

"Diga, garota. O que aconteceu com o rosto?", ele repetiu.

Ela virou o rosto para ele mais uma vez e sentiu a fúria quase incontida na sua própria expressão. "Você acha que isso importa de verdade num momento como este?", ela retrucou, fria.

Ele baixou o quepe para ela. "Sem ofensas, Irmã", ele falou.

"Rápido, agora", ela falou.

O homem não se moveu com rapidez, mas ergueu os dois braços longos da carroça e carregou-a pelos paralelepípedos irregulares até uma rua lateral quieta. Gaia sentiu a esperança esvaindo-se dela a cada metro que percorriam. Sabia que, quanto mais o bebê permanecesse sem oxigênio, maiores as chances de dano cerebral e morte.

Chegaram a uma rua estreita por fim. Ao acabar, havia uma passagem tão pequena que a carroça mal poderia atravessar, e então finalmente um pequeno pátio com uma espécie de galpão onde o homem acomodou a carroça.

"Provavelmente vão começar a cheirar em poucas horas", o homem comentou. "Estarão seguros aqui se o que preocupa forem os vândalos. Se preferir, pode esperar no bar da esquina. Lá conseguirá ver qualquer um chegando."

"Tudo bem", ela respondeu.

O olhar dele era de desconfiança. Ela se ocupou erguendo um barril vazio para que pudesse parecer que se acomodaria nele sob a sombra.

"Fique à vontade, então", ele disse e caminhou devagar na direção da rua.

Assim que o homem virou as costas, ela entrou no galpão e fechou a porta de madeira ampla. A luz do sol adentrava pelas frestas nas paredes de madeira, e uma teia de aranha que cobria a janela deixava outros feixes de luz turva, mas Gaia estava com tanta pressa que mal percebeu.

Ela sentiu o pulso da mulher, mas não havia nenhum, e um olhar rápido para o pescoço da prisioneira a persuadiu que tinha morrido instantaneamente com a quebra. Gaia rasgou o vestido da mulher, expondo sua barriga pálida, sarapintada. Listas de um azul pálido cruzavam a pele e havia uma viscosidade forte, estranha nela, mas Gaia pressionou os dedos com firmeza contra seu estômago ainda morno. Não havia movimento lá dentro, nenhuma vibração para indicar que o bebê estivesse vivo, mas com certeza o coração dele continuou a bater, circulando oxigênio através do sangue placentário, mesmo depois de sua mãe ter morrido.

Gaia fechou os olhos e fez uma pausa. Nunca tinha feito um parto com lâmina. Tinha visto sua mãe fazê-lo dúzias de vezes, mas apenas quando a vida da parturiente estava em risco, e na maioria dos casos ela morria logo em seguida. No entanto, naquele momento, a mãe já estava morta. Não havia nada a perder, e existia uma chance — remota, com certeza, mas uma possibilidade — de ela poder salvar o bebê lá dentro. Levou menos de um instante para perceber que já havia tomado sua decisão, no momento em que ela viu a mãe cair através da plataforma da forca.

Buscou em sua mochila e escolheu logo o bisturi curto e afiado no seu kit. Cortou firme e fundo embaixo do umbigo da mulher e arfou quando o sangue de cheiro adocicado vazou lento em torno da lâmina. Havia três camadas de músculos para cortar, rígidos mas flexíveis, e quando chegou à camada do útero precisou ter cuidado para não machucar o bebê. Ela firmou a superfície da bolsa com uma das mãos enquanto a rasgava com a lâmina. Em seguida, uma corrente de líquido amniótico esguichou com seu cheiro forte e terroso, e ela pôde ver o corpo pálido e azulado encolhido lá dentro. Gaia enfiou as mãos ali e puxou com delicadeza, trazendo para fora um bebê não muito maior do que um filão de pão. As pernas amolecidas balançavam. Uma substância de cor creme, com a consistência de cera, grudava-se em pedaços da pele. Gaia esfregou o rosto do bebê para tirar a película de mucosa e sangue e aspirou rapidamente com uma bombinha de borracha. Pousou a boca sobre os lábios e nariz do menino, ignorando o gosto de sangue. Suave, pouco mais do que um sopro, ela expirou ar para dentro do bebê. Viu o peito dele erguer-se um pouco. Pressionou três vezes o peito do bebê, então tentou mais alguns sopros suaves.

Nada aconteceu. Virou o bebê de bruços e deu um tapa firme nas costas, então fez mais uma vez a respiração boca a boca, querendo que ele reagisse. Tentou outra sessão de compressões no peito, então mais uma. O corpo permanecia mole, sem reação, e Gaia lutou contra as lágrimas de frustração. Ela chegou tarde demais. Demorou muito. Estava morto, como o pai e a mãe, assassinado pelo Enclave antes de ter a chance de respirar seu ar corrupto.

Ela auscultou o peito imóvel do bebê, verificou as passagens de ar mais uma vez, e soprou para dentro dele novamente, executando por instinto o que ela esperava estar certo e desejando mais do que nunca que sua mãe pudesse estar lá para ajudá-la. Após outra série de compressões no peito ela parou, olhando para o rostinho flácido. "Por favor", ela sussurrou. Abrira mão de ver a própria mãe. Arriscara sua própria vida para salvá-lo. De alguma forma, ele precisava viver.

"O que está fazendo?", disse uma voz, baixa.

Gaia não ouviu a porta abrir atrás dela. Virou-se de pronto, agarrando o bebê nos braços, a prova óbvia do cadáver mutilado atrás dela.

Ela não conhecia o homem. Os cabelos pretos caíam numa franja bagunçada sobre os olhos e o rosto era pálido. "Você é louca", ele disse num tom aterrorizado. Afastou-se lentamente da porta, o choque estampado no seu rosto. Ela viu o salto da bota dele ficar preso numa pedra entre a grama verde brilhante, e ele quase caiu. "Boris!", gritou.

"Por favor", ela falou, seguindo atrás dele. "Estava tentando salvar o bebê. Você precisa..."

Ele sacudia a cabeça, afastando-se com rapidez, como se tivesse medo de voltar as costas para ela. "Fique longe de mim", ele falou. Então, gritou novamente: "Boris! Venha aqui fora, agora!"

Gaia estava amedrontada. Olhando para trás, para a sua bolsa, ela agarrou a tesoura e cortou o cordão umbilical. Então, jogou suas ferramentas de volta na mochila e agarrou-a. Não poderia deixar o bebê sem vida para trás. Em pânico, deu o último sopro de ar para dentro dos pulmões dele, embalou-o na frente da túnica e correu porta afora. Quando passos vieram na direção dela, Gaia se esforçou para subir o muro de pedra que fechava o pátio. Ela o cruzou, raspando as mãos, e caiu numa pilha de composto fumegante. O cheiro forte e pútrido a envolveu, mas em um instante estava em pé, tropeçando através de um jardim até o portão. Ela o empurrou, ainda carregando o bebê e sua mochila. Uma viela abriu-se diante dela. Correu.

Alarmadas, vozes aumentavam atrás dela, anunciando sua perseguição. Ela percorreu a viela, saiu numa via mais larga, procurando desesperadamente por uma padaria ou qualquer rua familiar. Olhou para trás para ver os soldados nos calcanhares, rifles apontados, e berrou de medo. Na próxima esquina, mais quatro guardas apareceram de bicicleta. Gaia pulou de lado, atravessando outro portão, passando por outro jardim. Um grupo de senhoras de branco ergueram-se ao redor de uma mesa posta com talheres de prata e limonada, gritando. Gaia passou correndo por elas, vendo outro portão que conduzia para fora do jardim.

Ela o atravessou, mas sua mochila ficou presa no trinco. Ela tropeçou, desenroscou a mochila e buscou em desespero por uma saída.

"Lá está ela. Peguem-na", gritou a voz de um homem.

Ela recuou contra o portão e olhava freneticamente para as mulheres no jardim atrás dela. Parecia que havia atrapalhado uma partida de baralho, e as senhoras refinadas a observavam com curiosidade e preocupação. As abas brancas dos chapéus pairavam em ângulos ansiosos.

"Ajudem-me", ela implorou.

Os soldados cercaram-na. Um deles puxou a mochila num tranco, e o outro segurou o bebê.

"Não!", ela gritou, entregando a mochila, mas agarrou o bebê com todas as forças. Com olhos selvagens, ela tentou se desvencilhar deles, encolhendo-se contra o muro, protegendo a criança com firmeza nos braços.

Os soldados acuaram-na. Ela conseguiu ver as botas lustrosas, as calças pretas, as aberturas dos canos dos rifles. Seu coração batia errático contra os pulmões, e ela buscava ar. Nunca havia ficado tão aterrorizada. Durante a corrida desesperada, seu capuz havia escorregado, e ela mantinha a cabeça abaixada, sabendo que seu cabelo desgrenhado cobriria a cicatriz no rosto.

"Pegamos, capitão", um dos homens disse.

"Não atirem."

Gaia encaixou a cabecinha do bebê contra o pescoço, acomodando gentilmente suas formas perto da pele quente. Um dos soldados chegou mais perto, e ela se contraiu quando ele agarrou seu cabelo para revelar o rosto.

"Olha o que temos aqui", o soldado desconhecido falou em voz baixa.

Gaia piscou, as bochechas queimaram e a fúria cresceu, pois sabia que estava sendo examinada: esquisitona e criminosa. Ela tentou se soltar da mão do guarda, mas como ele não soltou seu cabelo, seu couro cabeludo estava dolorido.

Um soldado alto e loiro aproximou-se em seguida. "Acredito que encontramos a garota perdida lá de fora, capitão", ele falou em um tom leve, educado.

Gaia olhou através do grupo de homens. Capitão Grey estava lá, em pé na rua iluminada pelo sol, o uniforme preto imperturbável, um novo brilho de distintivo no bolso da camisa à esquerda. Foi ele quem ordenou para não atirarem. Sob a aba preta do chapéu, sua expressão era inflexível e firme.

Com o rosto ainda virado para cima, ela deu tapinhas nas costas do bebê para indicar o crime de verdade que fora cometido. "Olha quem foi assassinado", ela disse, fulminante. *"Capitão."*

Ele não esboçou reação. "Levem-na para a prisão", capitão Grey disse. "Deixem o bebê com ela, por ora. Vou notificar o Berçário, pois temos um novo nascimento."

O guarda que segurava o cabelo de Gaia finalmente soltou, mas apenas para erguê-la com brutalidade.

"Mas, Capitão", o guarda loiro disse, "é a abominação."

Gaia viu os olhos de capitão Grey tremerem por um instante, então sua voz se acalmou. "É um bebê, Bartlett", ele corrigiu. "E, pelo jeito, um bebê saudável. Óbvio que as habilidades da garota são boas demais para desperdiçá-las. O Protetorado saberá disso."

Gaia arfou com a descrição dele sobre o bebê. Antes que pudesse olhar para baixo, sentiu no pescoço os primeiros movimentos hesitantes da criança que ela segurava de forma tão possessiva, e então descansou o pequeno peso contra o ombro, desenrolando o corpo dele do tecido grudento e suado da túnica. A cabeça da criança rolou com uma sacudidela familiar, sua pele era vermelha e, com um movimento descoordenado de braços, o bebê deu seu primeiro choro, quase um miado, de indignação: a indignação de estar vivo.

Capítulo 8
Primeiro a vida

A prisão não era como Gaia esperava.

Não havia escuridão, paredes úmidas de pedra ou correntes, ou pilhas de palha suja. O guarda loiro, sargento Bartlett, e outros quatro levaram-na para uma câmara pequena, bem-iluminada e antisséptica e deixaram-na lá com o bebê. Do lado de Gaia, a porta não tinha maçaneta ou trinco, mas uma pequena abertura na altura dos olhos. Do lado oposto da porta, uma janela com vidros limpos estava aberta e uma brisa leve entrava, mas quando ela se aproximou, viu as barras no lado de fora, barreiras pretas que fatiavam a visão em retângulos e assemelhavam-se ao medo que apertava o coração da garota.

O bebê nos seus braços precisava de mais cuidados, e ela desejou estar com sua bolsa, ou ao menos com alguma coisa para alimentá-lo. Sem nem um cobertor para envolvê-lo, ele continuou enrolado na frente da túnica, que estava manchada e encharcada de sangue.

"Meu docinho", ela murmurou. "Docinho sem mamãe."

Ela estremeceu quando a memória vívida do que acabara de fazer com a mãe dele atravessou sua mente. Não conseguia evitar a pergunta se a família da morta tentaria procurar a criança. Ela nem se lembrava do nome da mulher. Loretta alguma coisa? Começou a pensar que deveria manter um registro dos nascimentos que fazia. Conseguia lembrar-se de todos até então, mas com o tempo seria fácil confundi-los. Gaia lembrou-se da faixa no pacote preso à perna e convenceu-se mais do que nunca de que era o registro de nascimentos da mãe. Quando os guardas a encontrassem, logo perceberiam seu valor, e ela estaria ainda mais em risco por escondê-la.

Rapidamente, ela puxou a barra da saia e pegou o pacote. Olhando um pouco para a pequena abertura na porta para ter certeza de que ninguém estava espionando, ela desamarrou os cordões e retirou a fita marrom de seda costurada. As marcações faziam pouco sentido para ela, mas sabia que qualquer um as reconheceria como um código. Levantou-se, segurando o bebê, e virou de costas para a porta. Suave, aninhando a cabeça pequena e morna do bebê contra o pescoço, ela caminhou até a janela. Ela ousaria jogar fora a fita, jogá-la ao acaso do vento? Lá embaixo, viu uma rua estreita. Estava muitos andares acima, e além das barras pretas conseguia ver os telhados dos prédios com suas telhas brancas e arrumadas, os painéis solares, as cisternas pretas e brancas de água, os canos que se estendiam de telhado a telhado, e as chaminés caiadas. Uma das chaminés era mais larga que as outras, e construída com tijolos pretos, e ela notou o cheiro de pão fresco.

"O padeiro", murmurou.

Se tivesse localizado o amigo de Derek mais cedo. Se pudesse apenas levar a fita até ele. Passos aproximaram-se no corredor, e ela foi forçada a decidir: jogar a fita pela janela ou mantê-la apenas para os guardas levarem-na.

Sentada de pernas cruzadas no chão, ela deixou o bebê sobre a saia. Então, com as duas mãos, ajeitou os cabelos longos e castanhos atrás da cabeça. Era raro expor o rosto marcado pela cicatriz de forma tão direta, e os dedos estavam desacostumados a amarrar fitas nos cabelos, mas enrolou a fita duas vezes em torno da cabeça numa faixa e deu um nó para trás, como viu outras garotas fazerem.

Terminou no momento em que olhos apareceram na abertura da porta, e então ela pegou o bebê e se levantou, apressada.

Quem entrou primeiro foi o capitão Grey, seguido pela Irmã Khol, pelo sargento Bartlett, por outro guarda e um homem mais velho que carregava uma pequena pasta com alça. O homem mais velho, com ares de autoridade, tocou os óculos pendurados no nariz e aproximou-se do bebê.

"Uma mesa", o homem disse, e o sargento Bartlett de pronto saiu da cela.

"O senhor é médico?", Gaia perguntou. Ele já estava tirando o bebê dos braços dela, e não tinha como recusar. "Tenha cuidado."

O guarda voltou carregando uma mesa pequena coberta com uma folha de papel branco.

"O que vão fazer?", Gaia perguntou, enquanto o doutor deitava o bebê na mesa. Ela olhou ansiosa para a Irmã Khol, mas o seu rosto estava impassível.

"Leve-a embora", o doutor falou. Ele tirou um tubo de borracha e um instrumento metálico, encaixou-o nas orelhas e curvou-se sobre o bebê.

Gaia viu os guardas se aproximarem dela e recuou para um canto. "Esperem!", ela falou. "Vocês não vão machucá-lo, vão? Acho que ele está bem. Apenas precisa ser amamentado e tomar banho. Se tiverem um pouco de ar purificado para ele…"

O doutor virou-se, brusco. "Ar purificado? Você quer dizer oxigênio? O que sabe sobre oxigênio?"

Ela se encolheu um pouco mais, mas os guardas a agarraram pelos braços, os dedos deles apertando-a.

"Vocês têm oxigênio fora da muralha?", o doutor perguntou. Parecia furioso.

Gaia se retraiu entre os guardas. "Não", ela balbuciou. "Eu só vi sendo dado a bebês com problemas no Tvaltar. Isso é errado?"

O doutor examinou-a intensamente por mais um momento. Então, virou-se para o capitão Grey.

"Capitão, o senhor está enganado sobre ela", ele disse num tom seco. "Ela é perigosa. Se eu fosse o senhor, acabaria com ela agora mesmo."

Gaia arfou, seu olhar voltou-se para o capitão Grey. Ele simplesmente assentiu com a cabeça para os guardas, e eles levaram Gaia para fora.

"Cuidado com ele!", Gaia gritou. "Cuide dele, Irmã."

Irmã Khol nem mesmo virou a cabeça quando Gaia foi arrastada para fora da cela, e a confusão e o medo da garota se multiplicaram.

"Por favor", ela implorou ao capitão Grey sobre o ombro. "Eles não vão machucar o bebê, vão?"

"Se você cooperar com os guardas", capitão Grey disse, "poderemos conversar em um minuto."

Ela deu um olhar angustiado para o bebê, e então para o rosto pétreo de capitão Grey. Seus olhos eram frios e inflexíveis, mas algo na intensidade do olhar a fez parar de lutar. Sem hesitar, os guardas a levaram pelo corredor, desceram um lance de escadas, depois outro. Pareciam estar se movendo para o fundo da prisão, e ela viu mais portas com portinholas nelas, todas fechadas. Lâmpadas espaçadas pelo teto acendiam automaticamente quando passavam sob elas, e a eletricidade extravagante era mais uma prova de que havia entrado num mundo estranho. Por uma hora, mais ou menos, eles a deixaram numa câmara pequena, sem janelas, verificando às vezes por uma fresta aberta na porta. Então, um som de zumbido e a porta se abriu, a escolta a transferiu novamente. Por fim, chegaram a um corredor curto com outra janela gradeada ao fundo. Ali, os guardas pararam, e um deles abriu a porta de um escritório, conduzindo-a para dentro do cômodo.

Gaia viu uma mesa e várias cadeiras, uma luminária e um telefone, e o que ela achava ser um computador, o primeiro que via ao vivo.

"Quer que eu a amarre, capitão?", perguntou um dos guardas.

Gaia virou-se para ver o capitão Grey atravessando a porta.

"Por favor", disse o capitão Grey.

Surpresa, Gaia sentiu mãos brutas atrás dela cruzando rapidamente seus pulsos e amarrando-os. Custou todo o seu orgulho para não tentar escapar, e então o homem a soltou. Uma mecha de cabelo havia se soltado da fita, e o relógio-medalhão havia escorregado para fora da túnica vermelha. Quando sacudiu a cabeça para tirar os cabelos dos olhos, eles deslizaram para a frente, pousando na sua bochecha esquerda. Ela fixou o olhar no rosto do capitão Grey, com impaciência, esperando que ele a olhasse diretamente, para que pudesse avaliar suas intenções.

Contudo, os olhos dele estavam sobre um objeto em sua mão: uma almofada de alfinetes no formato de um limão, com todos os alfinetes enfiados por inteiro na serragem, restando apenas as cabeças brilhantes na superfície. Gaia suspirou. *É meu*, ela pensou, e sabia que ele havia revistado sua sacola. Devagar, tirou o chapéu e deixou-o sobre a mesa, ao lado da almofada de alfinetes, e pela primeira vez ela viu o rosto dele inteiro. As sobrancelhas eram pretas, suas feições mais suaves do que pareciam naquela vez, à luz de velas. Ele se virou para os guardas.

"Podem sair", ele falou.

Os homens saíram imediatamente, fechando a porta. No silêncio que seguiu, o coração de Gaia batia tão forte no peito que teve medo de ele ouvir. Quando girou os pulsos para testar o quanto as cordas estavam apertadas, sentiu um beliscão na pele. Capitão Grey levantou-se atrás da mesa, sem falar nada, e, com os dedos afunilados da mão esquerda, girou o chapéu uma vez sobre a mesa. Ela não estava preparada para a expressão calma, impassível dele, quando finalmente ele ergueu os olhos.

"Você percebe o problema no qual se meteu, não é?", ele quis saber. A voz dele era baixa e, no espaço pequeno, inesperadamente ressonante.

Ela balançou a cabeça com lentidão e desejou que todo o seu cabelo estivesse solto para que pudesse esconder a cicatriz exposta. Viu o olhar dele percorrendo seu rosto, estudando-a com precisão reflexiva, enervante.

Quando ele franziu a testa, as sobrancelhas baixaram numa linha pensativa. "Gaia", ele falou, "você violou o cadáver de uma traidora para retirar um bebê que, pela lei, deveria estar morto."

Ela se perguntou se ele percebeu que havia usado seu primeiro nome, como se fossem velhos amigos. "Eu sabia", ela admitiu, "mas eu precisava tentar."

"Por quê?", ele quis saber.

Ela se levantou. "É o que faço", ela disse, simplesmente.

"Partos?", ele ratificou.

Ela assentiu.

"Ninguém disse para você fazê-lo? Não estava trabalhando para outra pessoa?"

Confusa, ela franziu o cenho para ele. "Quem me pediria?"

Quando ele não respondeu, ela se lembrou de como o sargento Lanchester perguntou a ela sobre bebês por um preço, e ela ficou imaginando que tipo de mercado negro havia. Ou talvez houvesse alguém mais que quisesse esse bebê, alguém que discordasse do Enclave. Sua ignorância era imensa, percebeu. Contudo, isso porque era inocente; se ele ao menos enxergasse isso.

Capitão Grey pegou um lápis e bateu de leve com a borracha da ponta sobre a almofadinha de alfinetes. "Gaia, vou perguntar mais uma vez se sabe alguma coisa sobre os registros da sua mãe."

Ela sentiu arrepiar a pele da sua nuca e imaginou que ele não havia percebido a fita que segurava seus cabelos para trás. "Não, capitão Grey", ela respondeu.

Os olhos azuis dele pousaram desconfiados nela, e ela soube que ele havia percebido a ênfase no seu título formal. "Sei que está mentindo", ele falou. "Esperei que você percebesse sozinha que entregar o registro seria a coisa certa a fazer."

"Por que é importante?", ela perguntou.

"Ninguém explicou para você como isso tudo funciona?"

"O que há para explicar?", ela quis saber. Pelo prisma da injustiça do Enclave, ela via a vida em Wharfton com uma nova clareza e mal conseguiu conter o sarcasmo. "Entregamos nossa cota de bebês, e vamos encarar os fatos: nenhum deles cresce e quer voltar para nós, então obviamente estão felizes aqui. Até vocês decidirem executar alguns deles. Em troca, temos a glória de servir ao Enclave, além de água e rações decentes, o suficiente para que possamos manter uma população um tanto descartável vivendo na pobreza além das muralhas. Somos uma espécie de reserva para quando o Enclave precisar de soldados extras ou trabalhadores para o campo ou bebês. Estou certa? Ou tem alguma explicação que eu não conheça?"

Capitão Grey deu alguns passos lentos até a janela, cenho franzido, e então se virou.

"Vejo que você tem uma voz, no fim das contas. Por que não se senta?" ele pediu.

"Por que o senhor não me desamarra?", ela retrucou.

"Não posso", ele respondeu.

Agora, ela estava surpresa. "Mas o senhor está no comando."

Ele deu uma risada breve, amarga. "Estou fazendo o que posso por você, embora não tenha ideia do motivo. É óbvio para todos os outros que devo entregar você para o Irmão Iris sem demora. Provavelmente, estou sendo testado. Mas cheguei até aqui usando a zona cinzenta das regras para refletir. Então, está dentro da minha prerrogativa interrogá-la antes de entregá-la."

"Ou me deixar ir embora", ela disse.

Ele deu um passo para mais perto dela, seus olhos firmes e intensos. "Não acho que eu possa fazer isso", ele falou, devagar.

"Por que não?", ela perguntou. "Me deixe aqui até a noite e então me deixe ir. Prometo desaparecer e nunca mais voltar." Mesmo enquanto dizia aquilo, sabia que era mentira. Não tinha visto seus pais ainda, além daquele vislumbre da mãe, e precisava encontrar uma maneira de resgatá-los.

Ele deu um sorriso amarelo e recostou-se na mesa, em parte sentado sobre ela. "Vou te dizer uma coisa", ele falou. "As pessoas que fundaram o Enclave planejaram do zero cuidadosamente por anos construir esse oásis. Somos aqueles que desenvolveram a tecnologia pós-petróleo. Dominamos a energia solar e geotermal que precisávamos para cultivar a micoproteína e purificar a água. Por nossa causa, há comida o suficiente para todos, dentro e fora das muralhas. Sem nós, a maioria dos seus ancestrais teria morrido, perambulando na Terra Perdida, nômades esperando encontrar algum assentamento pacífico. Entretanto, vocês nos encontraram, nos sugaram e decidimos tomar algo em troca."

Gaia ofendeu-se com a liçãozinha. Muito daquelas informações, ou propaganda política, era de conhecimento público por meio de Tvaltar, mas a versão de cartão-postal do Enclave deixava de fora pequenas coisas como a execução de mulheres grávidas. Pelo que ela sabia, isso também tornava suspeito tudo o que ela aprendera com o Tvaltar.

"Se são mesmo tão superiores e civilizados", ela falou, "não deveriam sentir uma obrigação de ser ainda mais generosos e compassivos conosco? Como, talvez, começar por não me chamar de sanguessuga na minha cara?"

Ele fechou a cara e manteve o silêncio por um instante, como se ela o tivesse surpreendido com uma ideia nova. Ela se perguntou também quanto disseram para ele o que pensar.

"Eu exijo ser solta", ela falou. "E exijo que solte meus pais também."

Ainda de cara fechada, capitão Grey pegou a almofadinha em forma de limão e jogou-a uma vez para cima enquanto falava. "Tem um problema, um que poderia inspirar a sua compaixão. O Enclave cometeu um erro de cálculo. Começou com uma população pequena demais dentro das muralhas."

"Por que isso é um problema?", Gaia perguntou.

Capitão Grey fez uma pausa antes de continuar. "Nossas crianças estão morrendo. Não todas elas, mas muito mais do que o de costume. E nossas mães estão cada vez mais inférteis."

Ele agarrou a atenção dela. "O que quer dizer com crianças morrendo?", ela perguntou. "Como? Por quê?"

"Diferentes motivos", ele respondeu. "Houve um aumento na hemofilia. Esta é nossa maior preocupação."

"O que é hemofilia?", ela quis saber.

Ele tombou a cabeça de leve. "Eles sangram até morrer. Por qualquer arranhãozinho."

Gaia achou aquilo difícil de acreditar. Certa vez viu uma mulher sangrar até a morte depois de ter dado à luz um bebê, mas aquilo era diferente. Capitão Grey desviou o olhar para a janela, onde a iluminação fria de fora delineou seu perfil. Ela conseguiu ver a pele pálida da nuca do homem, embaixo dos cabelos escuros, onde a beirada da gola preta encontrava a pele. Parecia incongruente para ela que um homem tão jovem tivesse tanta responsabilidade.

Uma batida na porta. Capitão Grey soltou a almofadinha na mesa, caminhou até a porta a passos largos e abriu-a, porém, Gaia não conseguiu ver quem estava do outro lado.

"Mais um pouco. Dez minutos", capitão Grey disse em voz baixa.

Ela ficou mais nervosa ainda quando ele fechou a porta. Não conseguia evitar a sensação de que ele era a única pessoa que impedia o sistema faminto e selvagem do lado de fora da porta de engoli-la, e ainda assim tinha medo de confiar nele. Afinal, era parte do sistema também.

"Ouça", ele falou, "estamos num momento crucial." Ele deu um passo na direção de Gaia, e involuntariamente ela se encolheu, os dedos tocando a parede fria atrás dela. As sobrancelhas dele ergueram-se em surpresa. "Não vou machucá-la."

Ela não tinha motivo para acreditar nele. Pelo que sabia, ele representava tudo do Enclave que ela mais desprezava, da execução à prisão dos seus pais. Ainda assim, manteve o queixo erguido. "Eu sei disso", ela mentiu.

Os olhos dele encararam os dela e, então, para sua surpresa, o olhar baixou para o relógio de bolso no peito dela.

"Posso?", ele perguntou.

Ela se recusou a responder.

Ele ergueu o relógio com cuidado e deslizou a corrente para erguê-lo acima da cabeça. O pescoço dela arrepiou-se por conta do breve toque do capitão, e ela não espirou até ele se afastar novamente, de volta para o lado da mesa. Ele descansou as mãos na mesa e inclinou a cabeça para baixo de forma que o topo do seus cabelos ficassem à mostra de um jeito estranhamento vulnerável. Ele odiava tanto este interrogatório como ela? Ela não o entendia, no fim das contas.

"Vamos tentar deste jeito", ele disse, por fim. "Sua mãe lhe deu um sinal na praça hoje? Foi ideia dela salvar o bebê?"

"Claro que não."

"Seu relógio? Onde conseguiu?"

"Foi um presente dos meus pais. Me ajuda a acompanhar as contrações e quanto tempo tenho para entregar o bebê."

Ele estalou a trava e a tampa do medalhão abriu de uma vez. Sabia que ele leria a inscrição dentro da pequena tampa arredondada. *Primeiro a vida.* Fechando o punho, ele travou o medalhão.

"E a almofadinha de alfinetes?" ele quis saber.

"É do meu pai", ela respondeu. "Ele é alfaiate, lembra? Você o prendeu."

Ela observou como as sobrancelhas dele baixaram num leve franzir, como se lembrasse algo. O relógio desapareceu no seu bolso, junto com a almofadinha.

"Eu ainda não entendo o que essas coisas têm a ver com a minha família", ela falou. A dor nos pulsos juntava-se à impaciência. "Sempre servimos o Enclave com lealdade. Nunca teria atravessado as muralhas ou feito o que fiz pelo bebê se vocês tivessem nos deixado em paz. Por que não deixa simplesmente a gente ir?"

Capitão Grey balançou a cabeça de um jeito teimoso que a deixou maluca. "Não podemos. Precisamos de respostas. O problema vem da endogamia, tanto nas famílias dos colonos originais como nas crianças entregues. Sem os registros das parteiras, não sabemos se os bebês entregues de fora das muralhas teriam algum parentesco. São adultos agora, e os primos e até irmãos casaram-se aqui, como você viu hoje. As pessoas entregues devem passar por um teste genético antes de poder se relacionar. Em geral, é apenas uma formalidade para garantir que os casais que namorem não sejam parentes próximos, mas em alguns casos, o casamento é proibido." Ele franziu o cenho, sacudindo a cabeça. "Não estou explicando direito. A questão é maior do que apenas os casamentos entre as pessoas entregues. Precisamos diversificar a genética da nossa população ou logo estaremos todos inférteis ou hemofílicos ou quem sabe que tipos de aberrações genéticas teremos."

Gaia ficou surpresa, em seguida, irritada. "O que eu tenho a ver com isso? Vocês, dentro do Enclave, tiveram todas as vantagens e, ainda assim, não fizeram nada para nós, fora das muralhas. Por que devemos tentar salvá-los agora?"

"Você ainda não entende", ele disse. "Vocês são aqueles com toda a vantagem. Fiquem gratos por termos deixado vocês por conta própria. Todo o seu povo é de sobreviventes reais da mudança climática, e isso tornou vocês durões. Mesmo você, Gaia. Quantos bebês sobrevivem ao tipo de queimadura que cobre o seu rosto?"

Ela virou o rosto, magoada. "Essa queimadura não causou risco à minha vida. Só me deixou feia e indesejável, de forma que o Enclave não me quis."

Ele sacudiu a cabeça, impaciente. "Não é a queimadura em si. A dor. As infecções que poderiam seguir. A hemorragia."

Gaia respirava rápida e dolorosamente, como se aquilo tivesse ferido seu corpo. Ela odiava o fato de estar assustada, e nenhuma lógica a persuadiria de que havia algo de bom nas queimaduras que sofrera.

"Nunca quis isso!", ela falou, a voz se esfacelando. Ela mordeu os lábios com força para evitar o impulso do choro.

Capitão Grey ficou muito quieto. Então, deu mais uma volta na mesa, aproximou-se dela, mas Gaia se recusou a olhar para ele.

"Gaia", chamou com suavidade.

Sua gentileza apenas a confundia mais. Ela se concentrou no canto das paredes cinzentas, e quando sentiu a mão dele tocar de leve seu ombro, ela se encolheu.

"Você não entende", ela disse, fulminante. "Crianças lá fora das muralhas também sofrem. Sangram. Ficam com febres que duram dias e então morrem. E suas mães sofrem quando elas morrem. Para que serve todo o seu poder...", ela apontou a cabeça para a lâmpada, o computador, "... quando vocês deixam o restante de nós sofrer? Quando podem matar uma mulher grávida de nove meses? Que tipo de sociedade é esta?"

Ele recuou na direção da porta. Seus olhos, que pareciam tão vivos e quentes em um momento, nublaram-se e ficaram distantes. "Aqueles dois de hoje sabiam que tinham sido entregues de fora da muralha. Sabiam que precisavam passar pelo exame genético para se juntar. Viviam às nossas custas e segundo as leis sob as quais todos vivemos, mas quando os resultados mostraram que eles poderiam ser irmãos, ainda assim decidiram, de forma egoísta, se casar e conceber uma criança." Seu queixo firmou-se de forma obstinada. "Gastaríamos recursos preciosos com aquela criança, e então ela morreria antes do décimo aniversário, muito antes de poder conceber uma criança saudável. Até seus pais sabiam disso."

"Você está defendendo o assassinato porque o filho deles poderia ser um desperdício de recursos?", ela quis saber. "É o que você está me dizendo? Sabe de uma coisa? O bebê está vivo. E agora?"

Ela conseguiu ver um novo nível de palidez nas bochechas dele, que desviou o olhar.

Os olhos dela emanavam fúria enquanto ela cogitava que, provavelmente, ele deixaria o médico matar o bebê. "Você é um covarde", ela sibilou. "É isso. Me entregue para o Irmão Iris ou seja lá como o senhor o chama. Me mostre o seu pior. Não tenho mais nada a dizer para o senhor." Ela caminhou a passos largos e chutou a porta com o calcanhar. "Ei! Me tirem daqui!"

Capitão Grey não fez nenhum movimento para segurá-la, e ela odiou a maneira com a qual ele reteve a compostura. Quando ele alcançou a maçaneta da porta, os olhos dele encontraram os dela por um instante. "Farei o que puder por você, Gaia", ele disse em voz baixa.

"Como se fosse muito", ela atacou.

Ela apenas o fez rir um pouco e ficou irritada demais para perceber que havia um quê de amargura na sua felicidade. Então, ele abriu a porta e chamou um guarda. "Sargento Bartlett", ele falou. "Leve-a para a cela Q. Consiga algo para ela comer, um banho e roupas limpas. Traga os pertences dela para mim e, depois, me mande um mensageiro.

"Sim, capitão", disse o sargento Bartlett e fez uma rápida saudação. Outros três guardas cercaram-na quando ela saiu para o corredor, como se fosse uma pessoa tão perigosa que poderia derrubar homens parrudos com as mãos atadas. Ela ergueu o queixo, orgulhosa.

"Seja boazinha, Gaia", Capitão Grey disse a ela, com a voz séria. Ela ainda se recusava a olhar para ele, mas conseguiu sentir o calor do ódio subindo pelas bochechas de novo. "Coopere com os guardas. Para o seu próprio bem", ele continuou.

"Seja bonzinho você, capitão", ela disse, amarga. "Se souber como."

Capítulo 9

As médicas da cela Q

"Seja rápida", a guarda disse quando Gaia entrou no chuveiro. Ela arrancou a saia e a túnica vermelhas, tirou os sapatos e entregou a pilha de roupas para a carcereira. Ficou com a fita e a pendurou num gancho fora da visão da outra. Já sentia falta do peso familiar do seu relógio em torno do pescoço.

Ao entrar no chuveiro, Gaia ficou maravilhada, pois a água saía quentinha, uma torrente dela, de um cano na parede. O desperdício de energia surpreendeu-a. E o sabão era uma barra azul suave que logo espumou sobre a pele e o cabelo. Tais luxos numa prisão estava além dos seus sonhos mais loucos.

"Saia!", gritou a guarda e lhe passou uma toalha, seguida pelas roupas de baixo e uma túnica cinza que chegava aos joelhos de Gaia. Sua pele pinicou sob o tecido grosseiro da vestimenta, e seus dedos se atrapalharam enquanto ela se apressava com os três botões brancos que ficavam na frente da roupa. Não havia pente, mas Gaia fez o seu melhor para desembaraçar os tufos de cabelo, e então voltou a amarrá-los com a fita.

A guarda olhou-a desconfiada quando ela saiu, limpa e vestida. Quando Gaia esticou a mão para pegar os sapatos, a carcereira apontou, em vez deles, um par de sapatilhas surradas. Gaia deslizou seus pés magros para dentro delas, descobrindo assim que eram grandes demais.

"Vai ter de entregar a fita", a guarda disse. "Provavelmente vão cortar seu cabelo na Q mesmo."

"Até lá, eu posso ficar com ela", Gaia falou.

A guarda, uma senhora com braços musculosos e mandíbula cerrada, espremeu os olhos para ela. Grunhiu, virou-se e, por um instante, Gaia pensou que ela havia concordado. Então, a guarda voltou-se em um segundo e soltou um tapa com as costas da mão na bochecha direita dela, batendo com tal força que a cabeça de Gaia girou para o lado.

Ofegante, Gaia caiu no chão de pedra, e a guarda arrancou a fita do seu cabelo.

"Para aprender a não ser engraçadinha", a guarda falou.

Gaia engoliu o choro, passando os dedos contra a bochecha latejante. Observou em desespero quando a guarda acrescentou a fita à pilha dos seus sapatos e roupas.

"Entrem!", a carcereira berrou, e sua conhecida escolta de guardas reapareceu, como se estivessem esperando do outro lado da porta.

Com o rosto latejando, ela se ergueu para segui-los. Os homens percorreram diversos corredores, mais lances de escadas, até o lugar começar a ter um cheiro musgoso, como se o ar fresco raramente penetrasse aquelas paragens dentro das muralhas. Quando chegaram ao fim do último corredor, um dos guardas abriu uma grande porta de madeira e abriu passagem.

Gaia espiou e viu apenas uma entrada escura, vazia, cinzenta.

"Achei que eu comeria alguma coisa", ela lembrou o sargento Bartlett.

"Vá sonhando", ele falou com frieza e lhe deu um pequeno empurrão para a frente.

"Esta é a cela Q?", ela perguntou, virando-se.

Mas o guarda fechou a porta.

"Quando verei novamente o capitão Grey?", ela gritou.

Ouviu uma risada e a portinhola na porta abriu-se de uma vez. "Duvido que você o veja de novo, mas eu digo que perguntou. Ele vai ficar emocionado, pode apostar." A voz do sargento Bartlett ficou mais grave, e seus olhos castanhos realçaram-se contra o retângulo de metal. "Vamos apenas torcer para que você não tenha arruinado a carreira dele."

Gaia sentiu uma vontade imensa de enfiar o punho através da portinhola para esmagar os olhos do homem, mas ele a fechou, deixando-a piscando na escuridão.

Ela se virou, escutando, esperando os olhos se acostumarem, e pousou os dedos frios contra a bochecha dolorida. Estava num corredor curto e, logo adiante, ele se dobrava. Ouviu vozes suaves de mulheres. Caminhou em silêncio, curiosa, e escutou a barriga roncar de fome. Por conta das instruções do capitão Grey aos guardas, ela aguardava alguma comida, e agora se perguntava se eles o desobedeceram, ou se havia dito aquilo no interrogatório apenas para que ela pensasse que estava do lado dela.

Com as pontas dos dedos tateando de leve a parede, ela progrediu até a curva, e lá, quando o espaço se abria para uma cela grande com pé direito alto, Gaia parou. Três pequenas janelas gradeadas estavam abertas bem alto à esquerda, lançando uma luz suave e cinza no recinto e iluminando meia dúzia de mulheres que estavam em pé, em pares, ou sentadas em bancos de madeira. Todas estavam vestidas de cinza, como ela, e todas tinham cabelos cortados que caíam em franjas sobre os olhos e chegavam, atrás, até a nuca.

Gaia buscou cada rosto com avidez, esperava encontrar a mãe, mas embora a maioria das mulheres fosse da idade da sua mãe ou um pouco mais velhas, nenhuma delas era conhecida. A decepção mergulhou dentro dela como uma pedra num lago profundo. As mulheres estavam em silêncio, com a expressão alerta.

Finalmente, uma que estava sentada ergueu-se e foi até ela, estendendo a mão. "Eu diria bem-vinda", a mulher falou, "mas é difícil ficar à vontade num lugar como este. Meu nome é Sephie Frank. E você, quem é, mocinha?"

"Sou Gaia Stone."

Ouviu-se um instante de murmúrio de vozes surpresas.

"Filha da Bonnie?". Sephie perguntou, espreitando o rosto dela de perto. "Sabe onde ela está agora?"

"Não", Gaia falou. "Pensei que estivesse aqui, na prisão."

"Ficou conosco por alguns dias", Sephie confirmou. "Assim que foi presa. Mas então a levaram da cela Q. Quando foi... três semanas atrás? Nós a vimos de longe durante a execução desta manhã, também, mas não falamos com ela."

"E o meu pai? Vocês o viram?"

Sephie olhou rapidamente para as outras mulheres, e as vozes se calaram. Alguém tossiu. O medo, como uma dose dupla de gravidade, pressionou seus ossos. Era possível que a situação fosse ainda pior do que Derek lhe disse.

"O que você sabe?", ela perguntou em voz baixa. A voz caiu no chão de pedra e ecoou até um silêncio nefasto.

Sephie aproximou-se e pousou a mão suave no braço de Gaia. "Seu pai está morto", ela falou. "Foi morto tentando escapar. Semanas atrás."

"Não", Gaia falou. "Não pode ser verdade." Os joelhos vacilaram, e Sephie levou-a até um banco. "Ouvi que a execução dele estava programada para a próxima semana."

As mulheres olharam-se. "Sinto muito", Sephie falou.

Gaia sacudiu a cabeça. "Todo esse tempo eu tenho servido ao Enclave, entregando bebês. Com certeza, alguém teria me falado." Sua voz estava entrecortada. Poderia mesmo ser verdade? Seu paizinho, que costurava com tanta beleza, que trazia uma risada gentil e uma palavra sábia a todos nas ruas, que tocava banjo como se estivesse com o diabo no corpo, que radiava alegria na presença da mãe dela... como ele poderia ter morrido e ela não soubera? Gaia sentiu um arrepio de dor atravessando o corpo.

"Sinto muito", Sephie repetiu.

Gaia ficou tonta de descrença. Talvez seu pai tenha sofrido. Era quase insuportável para ela pensar nisso. Sem ideia de onde ele fora assassinado, imaginou-o correndo loucamente pelo campo de trigo verde na direção da Terra Perdida, sua camisa marrom tremulando atrás, seu chapéu esvoaçando, o corpo forte dobrado quando os tiros o levaram a cair de cara nas ondas de grãos.

"Por favor, não", ela gemeu. Arriscou a vida para entrar no Enclave. Para salvar a ele e à mãe. E chegou tarde demais.

"Mas sua mãe está viva", Sephie falou.

"Por quanto tempo? A execução dela não está programada?"

Gaia olhou de um rosto para o outro, e a confusão delas lhe deu esperanças.

"Não ouvimos nada sobre isso", Sephie disse. "É possível, claro, mas ninguém aqui ouviu falar nada." Ela ergueu a mão contra o peito. "Quando você foi atrás do bebê, ela deve ter ficado orgulhosa."

"Como você sabe?", Gaia perguntou, a voz firme.

"É o que ela teria feito."

As outras mulheres murmuraram seu consentimento, mas Gaia lembrou-se da mensagem silente da mãe: não faça nada. Agora que Gaia sabia que o pai estava morto, fazia mais sentido. A mãe queria que Gaia estivesse segura, queria protegê-la.

"Gaia, todo mundo sabe o que você fez hoje, salvando aquele bebê", Sephie comentou. "Até aqui se ouviu falar do caso. Você forçou as pessoas a pensar."

Gaia estava em choque, mas os olhos estavam se ajustando cada vez mais à penumbra da cela, e ela examinou as feições das mulheres ao seu redor. Sephie, com seus cabelos castanhos, tinha um rosto gentil, triste, que lembrava uma lua cheia, com olhos cinzentos bem espaçados e uma boca pequena. Essa mulher conheceu sua mãe, ali, naquela cela, e naquele momento, quando Gaia precisava mais de carinho, Sephie o oferecia.

"Por que vocês estão aqui?", Gaia quis saber.

As sobrancelhas de Sephie ergueram-se, surpresas. "Somos médicas."

"Mas por que estão na cadeia?", Gaia insistiu na pergunta.

"Inacreditável", uma das mulheres falou do banco mais distante. Era uma mulher de cabelos brancos com sobrancelhas incrivelmente pretas e um nariz fino, e olhava para Gaia de forma agressiva. Estranho, sua falta de simpatia ajudou Gaia a se recompor, a trazê-la de volta da beira do desespero.

"Fique quieta, Myrna", Sephie falou. Ela se sentou ao lado de Gaia no banco e alisou seu vestido de forma ordeira sobre os joelhos. "Todas nós fomos acusadas de crimes contra o Estado, como falsificar resultados de testes genéticos, ajudar mulheres que queriam abortos ou não matar bebês defeituosos."

"Vocês fizeram isso?", Gaia perguntou, surpresa.

"Disse que fomos *acusadas*", Sephie corrigiu. "Como médicas acusadas, podemos ser mantidas aqui segundo a vontade do Enclave e liberadas apenas quando precisarem de nós. É absurdo, de verdade."

Soava atroz para Gaia. "Por que vocês cooperam?"

Sephie sorriu e muitas mulheres se inquietaram nos bancos. "Temos escolha?", Sephie perguntou. "Se recusarmos, seremos executadas, como o casal de hoje. Não é mais como nos nossos anos de maternidade. Se não fosse por nossa especialidade, já teríamos sido eliminadas."

"Não entendo", Gaia disse. "Suas famílias e amigos devem se opor a esse tipo de coisa. Eles não podem tirar vocês daqui?"

Sephie balançou a cabeça. "Você é tão ingênua, Gaia. Temo que você descobrirá que nem tudo são flores no Enclave. Nossos amigos têm medo, e com razão. Além disso, de vez em quando, uma de nós é liberada. Continuamos vivas por essa possibilidade."

Gaia ergueu os olhos para o meio das três janelas onde havia um quadrado distante de céu cinzento. Quanto mais aprendia sobre o Enclave, mais se sentia traída. Como se enganassem de forma deliberada o povo fora das muralhas, fazendo com que acreditassem que a vida dentro delas era a existência ideal, aquela vida dourada, mas, na verdade, era um belo lugar de crueldade e injustiça. Aquele lugar havia matado seu pai, uma das melhores e mais queridas pessoas que se poderia imaginar. A praça do Bastião enchera-se hoje com uma diversidade de cidadãos aparentando ser normais, mas extremamente sem coração. Ela seria como todos os outros se tivesse sido criada ali também?

"Não entendo este lugar", Gaia falou.

A mulher de sobrancelha preta no banco mais distante deu uma risada infeliz. "Bem-vinda ao clube", Myrna disse, seca.

Gaia curvou-se para a frente, escondendo o rosto entre as mãos. Sua bochecha direita já inchava com a nova escoriação, e o lado marcado da bochecha esquerda deixava o rastro das ondulações familiares na palma da mão. Sua nova perda doía muito mais, ainda que não houvesse uma cicatriz externa. O cabelo deslizou para a frente ao redor dela, como uma cortina, e ela deu um gemido de desespero. Seu pai. Sentiu um peso no coração que dificultava a respiração. Era possível que aquele vislumbre que teve da mãe naquela manhã pudesse ser o último.

"Está tudo bem", uma mulher de pele escura sussurrou, acariciando com a mão suave o ombro de Gaia.

A gentileza liberou as lágrimas que Gaia tentara reter, e os soluços irromperam nela. Sephie tentou puxá-la contra si para confortá-la, mas Gaia se esquivou de todas elas, encolheu-se na ponta do banco, seu rosto para a parede. Por um longo momento, perdeu-se no sofrimento cego, mudo. Nenhuma luz ou palavras gentis conseguiam atravessar sua dor, enquanto ela chorava, em silêncio e sem parar, a perda do pai. Alguém a envolveu num cobertor e encaixou algo suave sob a cabeça, e então o sono, felizmente, a dominou.

Capítulo 10

Mirtilos no Deslago

Quando garota, Gaia aprendeu a repousar tão cuidadosamente durante o sono que nunca ficou enroscada na tela de mosquitos, mas quando a manhã tornava o céu róseo, seco e não importava mais ficar parada, às vezes ela rolava, meio adormecida, até a pele da bochecha tocar inesperadamente o material frio e transparente. Então, a expectativa cega do sufocamento a acordava por completo. Ela arfava antes de lembrar, *ai, é só a tela da cama*. Então, ajeitava-se novamente no travesseiro e estirava uma das mãos lânguidas para cima, na direção da ponta da tenda diáfana.

No verão no qual ela fez 11 anos, seus pais mudaram a cama dela do sótão para o alpendre dos fundos, onde ela conseguia pegar uma brisa. Certa manhã, o sino dos ventos estava silencioso, e a grande e pesada urna de água não se movia em suas correntes. A água havia se condensado no lado de fora, e as gotas mais baixas haviam escorrido para se juntar próximas ao fundo para ela observar como cresciam e caíam.

Ela escorregou de pés descalços sobre as tábuas gastas do alpendre e empurrou de lado a rede de mosquitos para ver a luz suave do verão derramada no ar do quintal. Conseguia ver o tambor de chuva no canto do alpendre e, além dele, próximo à rampa, as linhas do varal e o galinheiro.

Uma galinha havia botado seu primeiro ovo dois dias antes, e Gaia estava curiosa para ver se já tinha outro. Erguendo a camisola azul para impedir que a barra relasse na grama,

108

ela sentiu o frio do orvalho passar pelos tornozelos. Quase tinha alcançado o galinheiro antes de ver que a porta estava destravada e entreaberta.

Com um pressentimento sinistro, Gaia olhou para dentro do galinheiro. A franga e outra poedeira haviam sumido, apesar de as seis outras estarem contentes em seus poleiros. Ao ver Gaia, as galinhas pararam com o barulho e seguiram para os seus pés, prontas para se alimentar de insetos na grama alta.

Gaia correu de volta para o quintal e pulou, fazendo muito barulho, sobre o alpendre. "Mamãe!", ela gritou. "Papai! Acho que alguém roubou duas de nossas galinhas." Ela se apressou pela cozinha, cruzou a sala de estar e espiou por trás da cortina a cama dos pais. Dois montinhos estavam espalhados entre os cobertores, e a mão do pai da menina estava curvada sobre o ombro da mãe. "Mamãe", ela falou de novo.

Bonnie estava deitada mais perto da janela, encolhida, longe do pai, e Gaia espantou-se, pois era estranho seus pais ficarem até mais tarde que ela na cama. Incerta, ela se agarrou à cortina e arrastou um pé após o outro.

"Acho que alguém roubou duas de nossas galinhas", Gaia disse mais uma vez, mais baixo.

Então, a mãe fez algo peculiar. Ergueu um braço sobre os olhos de forma que o rosto ficou perdido atrás do cotovelo e murmurou uma palavra suave: "Jasper".

Em resposta, o pai de Gaia deu um beijo no ombro da mãe e rolou para pousar os pés no chão.

"Ei, minha luz", Jasper disse para Gaia. "Vamos deixar sua mãe dormir um pouco, está bem? Ela chegou tarde noite passada." Ele já estava para pegar uma camisa, e Gaia deu um passo para trás, deixando a cortina cair.

Ela se sentiu incomodada, como se tivesse testemunhado alguma linguagem mínima, silenciosa, antes invisível entre os pais, e que a excluía, e então ele saiu de trás da cortina, totalmente vestido. Sorriu e coçou o rosto com a barba por fazer.

"Calce os sapatos", ele disse, suave, e ela enfiou os pés descalços nas sapatilhas.

O pai saiu diante dela, os ombros largos e o caminhar fácil não transmitiam nenhuma sensação de alarme, e com a calma dele sentiu sua inquietação diminuir. Ele testou a tranca para uma inspeção rápida, então abriu a porta para que ela pudesse olhar, sob o seu braço, o interior penumbroso e os poleiros vazios. Os ciscos de poeira brilhavam num raio da luz do sol.

"É, sumiram", ele falou. "E você tem certeza que trancou o galinheiro a noite passada?"

Ela assentiu para ele. "Estavam todas aqui. Tenho certeza."

As sobrancelhas dele se ergueram e ele fez um bico, então deu outra olhada no trinco. "Bem, quem quer que tenha pegado as duas, fez em silêncio. Você não ouviu nada durante a noite?"

Ela respondeu que não. Enquanto ele recolhia os ovos, ela olhou para trás no alpendre, para a rede da cama caindo como um véu cinza pálido do gancho acima. Percebeu que algum estranho deve ter se aproximado dela à noite. Deu um passo mais perto do seu pai.

"Não se preocupe", ele disse, sua voz calorosa e tranquilizadora. Apoiou cinco ovos num braço. A mão livre dele pousou no ombro dela, e ela envolveu a cintura do pai com o braço. "Vamos pegar uns mirtilos para a sua mãe. Voltaremos antes que ela saiba que fomos."

"Desse jeito?" ela perguntou, puxando a camisola.

Ele sorriu para o traje. "Claro. Mas precisamos pegar os chapéus. E baldes. Vou pegá-los. Encontro você lá na frente."

Quando Gaia contornou a casa, ele saiu na porta da frente, sem os ovos, e carregando chapéus e alguns baldes de um litro. Estendeu a mão para pegar a dela carinhosamente, e então começou a assobiar uma melodia baixa, complicada. Gaia ficou um pouco tímida na camisola quando passaram pelas casas que acordavam, mas enquanto desciam um caminho estreito e poeirento até o Deslago, ela gostou do jeito leve e gracioso que o tecido azul flutuava em torno dos joelhos. A aba do chapéu criava uma sombra familiar sobre os cílios, e ela conseguia sentir o cheiro doce da grama alta azulada, da madressilva, noveleiros e flores do campo que cresciam em trechos erodidos entre as rochas.

Assim que passaram pelas pedras, logo estavam entre os mirtilos, e Jasper entregou um balde para a menina. A primeira frutinha caiu com um estalo metálico no fundo. Ela se concentrou em segurar o balde embaixo de cada ramo enquanto puxava as frutas em pares e trios.

"Quem você acha que roubou nossas galinhas?", Gaia perguntou. "Não podemos fazer nada sobre elas?"

"Por exemplo?"

"Sei lá. Procurar?" Pareceu improvável assim que ela disse aquelas palavras.

O pai arrumou o chapéu para trás na cabeça para que ela pudesse ver seu rosto. As sobrancelhas castanhas estavam arcadas em curvas grossas, expressivas, e a linha da mandíbula era forte, com uma sombra de barba delineando-a a partir do pescoço. A pele, um pouco mais escura que a dela, era bem bronzeada, e ficava ainda mais escura nos antebraços, onde as mangas em geral ficavam enroladas.

"Pense nisso, Gaia", ele disse, gentil. "Seja lá quem tenha pegado as galinhas, deve ter precisado delas muito mais do que nós."

Ela ficou surpresa. "Mas isso significa que qualquer um poderia pegar qualquer coisa da gente e você não se importaria?" ela quis saber.

Ele se virou, pegando frutinhos. "Não. Claro que não."

Havia muitas coisas sobre os pais que ela havia começado a questionar nos últimos tempos. Poucas semanas antes, Gaia fora à festa de aniversário de sua amiga Emily. Emily, Kyle e Gaia eram os únicos na festa, e Gaia aproveitou de montão.

Então, apenas no dia anterior, Gaia descobrira que Sasha e duas outras garotas tinham sido convidadas para a festa de Emily também, mas tinham se recusado a ir se Gaia estivesse lá. A mãe de Gaia não se preocupou nem um pouco com a notícia. "Sim, eu ouvi falar dessas garotas ciumentas", ela falou quando Gaia lhe disse. "Emily é uma amiga de verdade."

Agora, seu pai também não ligava para os eventos que perturbavam Gaia. Deveria importar que as pessoas fossem maldosas com Gaia e que roubassem as galinhas da família, então por que os pais dela não ficavam bravos? Talvez, como a mãe havia dito uma vez, tinha algo a ver com a profundidade.

Quando olhou para o pai novamente, ele havia se movido para mais longe, e, além dele, o Deslago descia toda a vida. Grupos de bétulas e álamos tremelicavam suas folhas ovais, mas a paisagem contava com mais arbustos, mato e flores do campo.

"Pai", ela chamou. "Você já conheceu alguém que viu o Deslago quando ele era cheio de água?"

Ele ergueu os olhos debaixo da aba do chapéu e acenou para lá. "Não. Está vazio há trezentos anos." Ele apontou. "Eles encanaram a maior parte dele para o sul, e então as fontes secaram."

"Quem são eles? O que aconteceu com eles?" Ela se aproximou e pegou mais algumas frutinhas.

"Na verdade, eu não sei", ele falou. Continuou catando frutos enquanto contava. "Existem outras pessoas fora daqui, em algum lugar, porque ainda encontramos algumas perambulando de vez em quando por essas bandas. Talvez uma dúzia na última década, como Josh, o contador de histórias no Setor Leste Um. Você se lembra dele? E, num verão, um cavalo apareceu, todo selado, mas morreu logo em seguida."

"Sério? O que aconteceu com o cavaleiro?"

"Não sabemos. Eu era adolescente na época. Procuramos por muito tempo nas Terras Perdidas, mas não encontramos ninguém."

Gaia ficou fascinada pela possibilidade de outras pessoas e outros tempos. "Fico imaginando como era. Lá no passado."

O pai dela sorriu. "Na Era Fria, as pessoas costumavam ter satélites que passavam sinais elétricos sobre o mundo inteiro, carros e estradas e todas as coisas que vemos nos filmes do Tvaltar, mas tudo isso acabou. Tudo precisava de energia. Como mágica."

"O que aconteceu com tudo isso?", Gaia perguntou.

Ele pousou a mão na cintura e esticou-se para trás. "A Era Fria acabou quando o combustível se esgotou, e era tarde demais para as massas se ajustarem, eu acho. As colheitas goraram. Algumas doenças. Algumas guerras. Não conseguiam transportar o pouco de comida que podiam plantar, acho. Custa muito alimentar as pessoas, Gaia. Nós nos esquecemos disso. Temos sorte aqui. Há pessoas inteligentes dirigindo o Enclave, e não nos saímos tão mal fora das muralhas."

"Não precisamos nos preocupar com o fim da comida?", ela quis saber.

Ele sorriu. "De verdade, não. Vamos criar mais algumas galinhas."

"Não… eu digo, para todos nós."

O pai limpou a testa e pôs o chapéu de volta. "Não acredito. Tivemos a plantação de trigo arruinada por uma geada uma vez, mas mesmo assim, havia muita micoproteína.

"Emily me disse que a micoproteína é um fungo."

"Ela tem razão", ele falou. "Eles descobriram como fazer e a refinaram lá na Era Fria. Queriam ter uma comida que pudessem cultivar mesmo no escuro, no caso de algum acontecimento catastrófico cobrir a Terra de nuvens. Agora, eles a cultivam no Enclave, naquelas grandes torres de fermentação que você consegue ver de Wharfton."

Ela ergueu os olhos para o monte, por cima das muralhas, à direita do obelisco e das torres do Bastião até encontrar uma fileira de silos laranja. "Então, enquanto estivermos bem com o Enclave, todos nós do lado de fora estamos a salvo também", ela falou.

O pai dela curvou-se para a frente e deu um puxãozinho na trança da menina. "Você está bem preocupada hoje, não é? Tudo por causa de duas galinhas."

Como ela costumava fazer quando criança, apertou os olhos para medir o obelisco branco contra o tamanho do seu dedão erguido.

"O que está fazendo?", o pai quis saber.

Ela abaixou a mão. "Faço para dar sorte", ela disse. "Meu dedão é do mesmo tamanho do obelisco."

Ele deu um peteleco na aba do chapéu de Gaia. "Vamos voltar. Sua mãe já deve ter levantado."

O caminho tortuoso através de rochas e arbustos do Deslago era íngreme em alguns pontos e raramente largo o bastante para duas pessoas. Gaia correu na frente.

"A mamãe está bem?", ela perguntou.

Ele assentiu, seguindo atrás. "Sua mãe está bem", ele respondeu. "Só teve uma noite difícil."

"Ela entregou outro bebê?"

"Sim."

"Sempre teve uma cota de bebês?"

"Não", ele disse, devagar. Ela amava a forma como ele sempre respondia a suas perguntas, não importava quanto pudessem ser complicadas. "Foi uma coisa gradual, eu acho. Lá do passado, quando sua mãe e eu éramos crianças, houve algumas novas famílias que chegaram a Wharfton. Não tinham os nossos costumes e eram rudes. Os pais bebiam e, lamento dizer isso, mas às vezes deixavam os filhos de lado e batiam neles. O povo de Wharfton pediu para o Enclave fazer alguma coisa, então o Enclave tomou as crianças que mais sofriam abusos para criá-las dentro das muralhas."

Ele passou um mirtilo grande para ela. Ela o segurou na palma da mão aberta enquanto ele falava, observando o botão pálido de azul lentamente ficando morno até virar um púrpura mais profundo e brilhante em contato com a pele dela. "Acho que isso deu certo então", ela disse.

"Ajudou. E muito", ele concordou. "Mas então algumas pessoas, especialmente as famílias que estavam com dificuldade para alimentar seus filhos, começaram a se perguntar por que algumas crianças não poderiam ir para dentro das muralhas. Não parecia justo para elas que os pais irresponsáveis estivessem, de certa forma, sendo recompensados por abusar das crianças."

Gaia entendeu. Parecia, pelos especiais do Tvaltar, que as garotas dentro da muralha tinham tudo que queriam, como livros, roupas bonitas e amigos. "E daí, o que aconteceu?"

"Bem, o Enclave descobriu que era melhor levar crianças que fossem bem jovens. Elas se adaptavam melhor. Então, ofereciam-se para levar os bebês que tinham apenas um ano e compensavam as famílias também." Ele esfregou os dedos, sinalizando dinheiro. "Era tudo voluntário no começo. Mas daí, uns poucos anos antes do seu irmão mais velho, Arthur, nascer, o Enclave começou a exigir que os pais levassem seus bebês de um ano para seleções especiais quatro vezes ao ano. Era um tipo de competição, e o Enclave ficava com os bebês mais fortes e cheios de vida."

Gaia torceu o nariz. Ela subiu numa pedra próxima e deixou as pernas penduradas, balançando. "Alguns desses pais não se importavam?"

"Alguns sim, claro. Mas outros viam como uma grande oportunidade. Sabe, Gaia, de um jeito, cada bebê pertence à comunidade que apoia a mãe, se for uma mãe pobre com um temperamento ruim, ou uma mãe amorosa com paciência para dar e vender, ou uma mãe ambiciosa que quer as melhores oportunidades para o filho."

"Não sei", ela falou. "Tipo, parece que as pessoas de Wharfton estavam vendendo seus bebês para o Enclave."

Ele sacudiu o balde, olhando lá para dentro. "Nunca foi desse jeito", ele disse, bem devagar. "Quando Arthur e Odin foram escolhidos para serem entregues, era um dever e uma honra entregar um bebê. Sabíamos que não faltaria nada aos nossos garotos. E, mais importante, eles nos disseram que os bebês entregues poderiam voltar para casa quando fizessem 13 anos, se quisessem."

"Não sabia disso", Gaia comentou.

"É porque ninguém nunca quis. Todos escolhem ficar no Enclave. As crianças entregues são de verdade mais felizes com as famílias adotivas lá."

Gaia fitou o horizonte. "Arthur e Odin ficaram também, não foi?"

O pai assentiu com vagar. "Mais tarde, talvez alguns anos depois de você ter nascido, o Enclave tornou a entrega aleatória, com uma cota dos primeiros bebês nascidos em cada mês. Era mais justo, e tem sido assim há uma década. Tenho de admitir: de muitas formas, isso funciona melhor do que levar os bebês quando têm um ano. As pessoas se acostumaram com isso. E ainda recebem uma indenização a cada bebê também. Isso ajuda o restante da família."

"Então, vocês receberam ao entregar Arthur e Odin?"

"Recebemos."

Gaia ergueu os olhos para o pai. "Você tem saudades deles?"

Ele entortou a boca num meio sorriso. "Todos os dias. Mas eu tenho você."

"Então, por que a mamãe não teve mais filhos?"

"Na verdade, ela tentou. Mas parece que você é a nossa última."

Gaia puxou um talo de grama e quebrou os pedacinhos de semente na ponta. "Por isso a noite passada foi difícil para ela? Ela não gosta de entregar bebês, pois não pode mais ter os dela?"

Ele tirou o chapéu e correu a mão pelos cabelos antes de colocá-lo novamente. "Não sei como responder a isso, Gaia. Sua mãe é uma mulher muito forte. Sei bem disso. Na noite passada, sua mãe e a Velha Meg foram ajudar Amanda Mercado. Ela teve gêmeos."

"Gêmeos!"

"Sim, gêmeos. Dois meninos."

O sorriso de Gaia desapareceu. "Mas ela entregou os dois?"

O pai dela inspirou profundamente, e então suspirou. "Aí é que está. Amanda precisava ficar com um e entregar o outro. A cota do mês é dois, e sua mãe já havia entregado um bebê."

"Então, o que aconteceu?"

Os lábios do pai dela apertaram-se numa linha pensativa. "Isso deve ficar em segredo", ele disse. "Entendeu?"

"Nunca vou falar", ela prometeu.

"Não quero nem que você fale com sua mãe sobre isso, a menos que ela conte antes. Não a encha de perguntas."

"Não vou. Prometo." Com uma mistura de orgulho e curiosidade, ela agarrou o balde com as duas mãos.

"Sua mãe deixou Amanda escolher com qual bebê ela ficaria", ele começou. "Os dois bebês eram pequenos, mas o primeiro nasceu pesando um pouco mais e parecia um pouco mais forte. O segundo era pequenino e frágil. Adivinhe qual Amanda decidiu entregar."

Gaia fechou os olhos para evitar a luz do sol e imaginou dois recém-nascidos pequenos enrolados em cobertores cinza idênticos. Seus olhos estavam fechados e eles esperavam a decisão com tranquilidade. A única diferença era a seguinte: um era um pouquinho maior e mais rechonchudo. Ela abriu os olhos.

"Amanda ficou com o menor", Gaia falou.

Os lábios do pai curvaram-se num sorriso triste. "Acertou. Por quê?"

"Ela pensou..." Gaia se esforçou para achar as palavras certas. "Ela imaginou que o menino maior se sairia bem no

Enclave, mas o pequeno, mesmo se não se saísse bem, ela poderia cuidar com todo o amor."

O pai de Gaia baixou o rosto e pousou a mão na testa para que ela não conseguisse vê-lo direito. Por um momento, ele ficou lá, imóvel, até Gaia ficar preocupada por ter dito algo errado.

"Papai?", ela disse.

Ele baixou a mão e seu sorriso era ainda mais desolado que antes. Com o dedão, acariciou a pele macia e com cicatrizes da bochecha direita dela. Tinha uma maneira de fazê-la se sentir como se fosse ainda mais preciosa para ele por ser feia, e isso sempre lhe dava um nó por dentro.

"Você é uma garotinha sábia, Gaia Stone", ele falou, gentil. "Fico me perguntando o que você será quando crescer."

Ela relaxou as mãos do balde. "Acha que o filho da Amanda no Enclave saberá que tem um irmão do lado de fora?"

O pai de Gaia curvou-se para trás com a mão nas costas. "Duvido. Dirão que ele foi adotado de fora das muralhas, isso não é segredo, mas não saberão nada sobre a família dele daqui de fora."

"A mamãe fez pintinhas nele?"

"Sempre faz, em todo bebê que entrega."

Gaia baixou os olhos para o seu próprio tornozelo e viu quatro marcas marrons desbotadas.

"Em honra de Arthur e Odin, certo?", ela perguntou.

"Isso aí. Você manteve em segredo, não foi?"

Ela murmurou seu assentimento. Não tinha dito nem mesmo a Emily quando viu as mesmas pintinhas no tornozelo da amiga, e nunca diria.

"Vocês acharam mesmo que eu poderia ser entregue?", ela quis saber.

"Era uma possibilidade."

"Até o meu acidente?"

"Sim."

Gaia olhou para as pintainhas novamente.

"Fico imaginando se aqueles bebês vão crescer e comparar as pintinhas e pensar por que todos têm as mesmas."

"Isso não é muito provável", o pai disse.

"Por que mamãe faz aquelas pintinhas?", Gaia perguntou.

O pai dela virou de perfil, voltado para o monte na direção de Wharfton. "Faz com que ela se sinta melhor. O mesmo motivo pelo qual acendemos velas no jantar."

"Eu tenho uma gêmea dentro das muralhas?"

Ele riu. "Não, desculpe. Só Arthur e Odin."

Gaia gostava do jeito que fazia o pai rir. "Eles sabem de mim?"

"Não vejo como. Tenho certeza de que gostariam de você se soubessem, mesmo fazendo tantas perguntas."

"Ainda não entendi qual foi o problema da mamãe na noite passada", ela falou. "O bebê maior foi o primeiro a sair, certo? Então, ela seguiu a lei entregando o segundo bebê nascido este mês, como ela devia fazer."

O pai segurou a mão dela para que ela descesse da pedra. "Verdade. Mas sua mãe deu a escolha para Amanda. Essa é a diferença. Para sua mãe, foi uma brecha na lei, e sua mãe em geral segue a lei à risca. Se ela se desviar uma vez, mesmo que um pouquinho, fará com que ela questione todo o resto. Venha. Vamos embora."

Gaia seguiu na frente de novo, pensando muito. Gostava que ele pensasse que ela era sábia, que era confiável para guardar segredos. Ela entrelaçava os fios da conversa em uma pergunta bem importante. Quando chegaram à margem do Deslago, ela se virou para o pai. "Noite passada, a mamãe questionou se foi certo entregar Arthur e Odin?", ela perguntou. "Como se ela tivesse escolha?"

Pela primeira vez na vida, o pai dela virou as costas para ela. Deu um passo na direção do horizonte e ficou lá, em silêncio. Os dedos dele giraram a costura das calças e se contorceram lá, como se pudesse distraidamente desfiar um buraco no tecido. Gaia gaguejou, desejando poder retirar a pergunta.

"Desculpe, papai", ela disse baixinho.

Quando ele se virou, devagar, para encará-la de novo, os olhos tinham um brilho perdido, cinzento. "Você sempre tem escolha, Gaia. Sempre pode falar não." A voz dele soava estranhamente oca. "Eles podem matar você por isso, mas sempre pode dizer não.

Ela não entendia a intensidade dele e ficou assustada. "Como assim?", ela sussurrou.

Ele deu um suspiro longo, lento, e pareceu lembrar onde estava. "Tudo bem, Gaia", ele falou. "Têm algumas coisas que, uma vez que são feitas, nunca podemos questionar, pois se fizermos, não conseguiremos seguir em frente. E precisamos seguir em frente, todo dia". Ele sorriu, mais como seu antigo eu. Ergueu o balde para bater contra o dela. "Seus irmãos estão melhores no Enclave. Podemos sentir falta deles às vezes, mesmo que tenha sido a coisa certa deixá-los ir."

Ela olhou para ele com cuidado. Então, ele deu outro peteleco na aba do chapéu dela e começou a caminhar ao seu lado. "Vamos lá", ele falou, a voz calorosa e encantadora outra vez. "Seus olhões verdes estão me deixando com fome."

"Papai", ela falou lentamente. Aquela maluquice a fez sorrir. "Eles não são verdes. São castanhos."

"Certo", ele falou. "Castanhos. Eu me confundi. Mil perdões."

Quando chegaram em casa, a mãe de Gaia estava fritando pasteizinhos de micoproteína com pimenta. Gaia correu escada acima até o seu quarto para se trocar, enquanto o pai lavava os mirtilos e fazia café. Com biscoitos, mel e mirtilos cercando os pastéis nos pratos, foram comer no alpendre dos fundos. Gaia enrolou a fita em volta de sua rede de mosquitos para prendê-la, e eles abriram três cadeiras, empurrando-as para perto da balaustrada.

O sino fazia um barulho suave, um tilintar, e o olhar de Gaia caiu sobre uma das galinhas sob os varais. Parecia fazer muito, muito tempo que ela descobrira o roubo e, comparado com outras perdas, aquilo pouco importava.

"Quem você acha que roubou nossas galinhas, mãe?", ela perguntou, preguiçosa. Molhou uma ponta do pastel no mel e se deliciou com a doçura apimentada na língua.

"Alguém com fome", a mãe respondeu.

Era quase a mesma coisa que o pai tinha dito. A mãe de Gaia parecia tranquila e descansada, e a menina percebeu que o pai precisava ter levado Gaia para fora de casa para dar à mãe um pouco de tempo para si. Normalmente, tal ideia a teria deixado chateada, mas naquele momento não. Curioso, aquilo trouxe uma calma nova para ela, como se o mundo inteiro tivesse parado por um momento. *Como meus pais são sábios*, ela pensou. *Como são carinhosos um com o outro*.

A mãe olhou para ela e sorriu. "Não está com fome?"

"Sim, estou sim", ela disse.

Os olhos da mãe ficaram mais observadores. "Seu pai falou sobre as gêmeas de Amanda, não foi?"

Surpresa, Gaia lançou um olhar para ele. Ele assentiu.

"Você fez a coisa certa", Gaia falou.

A mãe bebericou do café e segurou a xícara confortavelmente perante os lábios com as duas mãos. "Sabe", a mãe disse, "você não precisa ser parteira quando crescer. Por mim, tudo bem."

Mas Gaia olhou adiante, para onde o peso sólido da urna de água estava suspensa por uma viga. As últimas gotas de orvalho condensado evaporavam, deixando uma superfície cremosa, suave e fria. Uma certeza silenciosa acomodou-se dentro de Gaia, bonita, azul e feliz, como seu próprio lago invisível.

"Não", ela falou. "É o que eu quero ser. Como você."

Então, os treinamentos começaram.

Capítulo 11

O espelho dourado

Os dias passaram em uma névoa de pesadelo para Gaia. A realidade gélida da cela Q era tão completa, tão extremamente oposta às suas memórias da vida fora da muralha, que parecia apagar sua existência anterior. Seu cabelo fora cortado. Recebera uma cama, um prato, uma caneca e uma colher, e a ordem de mantê-las limpas. Um caldo de micoproteína sem gosto era servido três vezes por dia, mas Gaia não tinha apetite e compartilhava a comida, sem prestar atenção, com as outras mulheres, que ficavam felizes por comer sua porção. Cansada, triste e desesperançada, Gaia mal notava a vida na cela ao seu redor, mesmo quando Sephie insistia para que ela caminhasse com elas até o pátio externo quando tinham permissão de fazê-lo toda manhã e mais uma vez após a refeição noturna. Ela continuava esperando ouvir algo sobre a execução da mãe, mas as notícias não chegavam.

As médicas eram convocadas frequentemente durante o dia, e às vezes voltavam animadas e revigoradas pelo exercício prático de suas habilidades, mas era comum voltarem quietas e carrancudas. Myrna, em especial, com frequência era convocada, e invariavelmente voltava num humor raivoso, taciturno.

"Vamos, Gaia", Sephie disse uma manhã. "Preciso da sua ajuda."

Gaia estava sentada no banco, com olhar vidrado para algumas costuras que haviam sido deixadas numa pilha, mas ergueu os olhos para o rosto gentil de Sephie. Ela tentou se mover, sabendo que Sephie a tratou com bondade desde o dia em que chegou à prisão.

"Sim", Sephie disse, sorrindo e acenando. "Disseram para eu levar uma assistente, e é hora de ampliar seu treinamento."

Gaia levantou devagar. "Tenho permissão para sair?"

Sephie riu um pouco. "Aparentemente. Sob segurança pesada. Conversamos sobre isso, e deve ter algo sobre você que o Enclave não consegue descobrir. São precavidos nesse sentido. Claro que teriam matado você imediatamente pelos seus crimes, mas devem ter algum motivo para quererem que viva. Que poderia ser? Talvez estejam poupando você para exercer influência, ou poupam sua mãe para isso. Fico me perguntando o que torna vocês duas tão valiosas. Vocês não têm amigos da alta sociedade, têm?"

Um brilho passou pela mente de Gaia enquanto ela se perguntava se o capitão Grey tinha, de alguma forma, negociado a vida dela. Deu de ombros. A vida parecia sem sentido demais para ela no momento, com o pai morto e a mãe no corredor da morte. O que lhe acontecia não importava mais.

"Nada disso", Sephie disse com firmeza. "Levante. Vamos fazer o parto de um bebê. Isso deverá alegrar você."

Gaia olhou em volta, de imediato, buscando sua mochila, mas então lembrou que a tinham tirado dela. Seu relógio também. Ela se levantou devagar, sentindo como se estivesse se movimentando sob a água. Sephie passou o braço ao redor de Gaia e a levou até a porta. "Cabeça erguida", Sephie disse. "Sabia que devia ter comido mais. Você está fraca como um gatinho novo."

Gaia deu um suspiro profundo. "Não estou com fome."

"Muito bem. Endireite-se e tente parecer que pode ser útil. E tente arrumar um pouco o cabelo."

Gaia sentiu um espectro de um sorriso. "Você fala como a minha mãe", ela disse.

"É mesmo?"

Gaia correu a mão cansada pelos cabelos, ainda se acostumando às pontas curtas terminando na nuca. "Minha mãe queria que eu prendesse meus cabelos mais vezes. Ela dizia que eu chamava atenção para minha... para mim ao deixar os cabelos caídos no rosto o tempo todo."

A porta de madeira abriu com um rangido pesado.

"Ela estava certa", Sephie disse.

Gaia olhou rapidamente para os guardas, com um pouco de esperança de ver o capitão Grey, mas os homens eram desconhecidos. Ela hesitou.

"Não", Sephie sussurrou com urgência e deu um belo beliscão no braço da menina. "Olá, cavalheiros", Sephie cumprimentou os guardas com cortesia. "Minha bolsa, por favor. Espero que não tenham esquecido o fetoscópio desta vez."

Sephie passou a bolsa — preta, pesada, com grandes alças — para Gaia, para que ela a carregasse, então seguiu às pressas pelo corredor, deixando Gaia e os guardas para trás. Os corredores e as escadarias cinzentos passaram como um borrão, e Gaia forçou seus membros pesados a se apressarem atrás de Sephie. Na última porta, receberam dois chapéus de palha com faixas distintas, cinza e preta, e mandaram que colocassem. Quando, por fim, saíram debaixo das arcadas sob um raio de sol, Gaia ofegou com aquele brilho. Uma lufada cintilante de ar puro invadiu seus pulmões, e ela piscou várias vezes, surpresa. Sentiu como se emergisse de uma tumba, com todo o choque e o maravilhamento de alguém que voltasse dos mortos.

Era dia de feira na praça, barulhos e cores vibrantes de todos os lados. Era mesmo dez vezes, não, vinte vezes maior do que o simples escambo que acontecia no Quadrilátero ao redor do Tvaltar, fora das muralhas. Mesas e toldos enchiam a área em torno do obelisco, e os corredores estavam lotados de pessoas de todas as classes, todos gesticulando, rindo e trocando dinheiro. Um garoto de entrega com um cesto de pães transbordante na traseira de sua bicicleta tocava uma sineta enquanto tentava passar pela multidão, e alguém parou-o para comprar um filão de pão. A algazarra era feliz e cheia de vida. Gaia absorveu uma rápida impressão de galinhas cacarejando, tecidos brilhantes amarelos e verdes, e o reluzir das panelas de cobre, antes de ela e Sephie serem empurradas rua abaixo, cercadas por uma escolta de quatro guardas armados. Ela percebeu mais do que um olhar curioso na direção delas, mas Sephie caminhava como se tivesse esquecido os guardas e os olhares atentos. Parecia saber com precisão aonde ir, e quando, após uns poucos minutos de caminhada contínua, chegaram a uma porta pintada de azul, foi Sephie, e não um dos guardas, que bateu com rapidez na porta.

"Persephone Frank?", disse um jovem, abrindo a porta.

"Quem mais?", Sephie disse, seca, inclinando a cabeça para os guardas.

"Graças aos céus", o homem falou, apertando a mão dela. "Tom Maulhardt. Tive medo de que não a encontrassem. Minha mulher, Dora, está dando à luz o primeiro filho, e todos dizem que você é a melhor." Ele foi interrompido por um choro abafado vindo do andar de cima. Ficou pálido. "Por aqui."

Gaia seguiu Sephie e ouviu um dos guardas fechar a porta atrás deles. Enquanto Sephie subia as escadas a passos largos, Gaia ficou no vestíbulo, alegre pela sensação de estar fora da prisão e longe da supervisão dos guardas. Era do que ela sentia falta: da liberdade.

Lentamente, tirou o chapéu. Olhando para a esquerda, ficou curiosa em ver o brilho de uma sala de estar. Era mais parecido com o que ela esperava dos especiais do Tvaltar. A luz do sol vazava através de enormes vidraças, tocando um par de sofás amarelos que contornavam uma mesinha de centro baixa. Um tabuleiro de xadrez de vidro estava posto na mesa, pronto para a próxima jogada, e com um espasmo ela pensou no pai, que amava jogar xadrez. O chão de madeira polida estava coberto em parte por um tapete branco, e uma TV estava montada na parede entre as estantes de livros. Gaia nunca tinha visto tantos livros num único lugar, nem esculturas tão graciosas, bonitas. Uma criança nua em bronze, da altura da cintura, tombava um regador sobre a irmã encolhida, e gotas de água de verdade pingavam do regador.

"Rápido, garota", Sephie chamou, impaciente.

Gaia ergueu a mala de médico e correu atrás de Sephie. Ela seguiu os ruídos da mulher em trabalho de parto, virando num corredor e entrando num quarto que era tão iluminado e arejado como o restante da casa. Numa cama enorme com dossel, uma jovem estava deitada arfando, seus cabelos melados, desgrenhados, os olhos arregalados pelo medo. Gaia ficou surpresa por não ver ninguém lá: nada de mãe ou tia dando apoio, nem irmãs fazendo comida extra na cozinha ou em pé, prontas para ajudar. Esta mulher era mais solitária do que a maioria das mães que conhecera fora das muralhas.

Sephie já estava falando em tom confortador com ela e pegando um par de luvas da bolsa. "Aqui, agora, Irmã Dora. Você está bem", Sephie falou. "Prenda meu vestido para trás, Gaia", ela ordenou, entregando para ela um avental. Sephie trabalhava com competência, ajudando a deixar a mulher numa posição mais confortável e preparando-se para examiná-la.

"Vai ficar?", Sephie perguntou para Tom.

Ele deu um olhar angustiado para a mulher e assentiu.

"Bom, pode ser útil. Apoie as costas dela. Ajeite os travesseiros", Sephie falou. Quando o jovem ainda olhava incerto, Sephie falou com Gaia, ríspida: "Gaia".

Entretanto, Gaia já estava em movimento, observando com precisão o que precisava ser feito. Era como estar com sua mãe, com toda a familiaridade de um parto em andamento e o medo e a dor da mulher, e ainda assim era diferente. Nas últimas semanas fora das muralhas, Gaia estava no comando, responsável por todas as decisões, e era um alívio voltar para o papel de aprendiz. Quando Tom segurou a mão de Dora, ela ficou mais calma, e Gaia conseguiu ver que o parto não havia avançado tanto quanto os gritos que ouvira quando entraram na casa pareciam indicar.

"É um pélvico", Sephie falou de repente. "Estava na hora? Não é prematuro?"

Tom olhou confuso. "Era para nascer na próxima semana."

Sephie assentiu, franziu o cenho e firmou os joelhos da mulher quando veio outra contração. Gaia sabia que um parto pélvico, com o bebê chegando com as nádegas primeiro em vez da cabeça, poderia ser mais complicado e levar mais tempo. Ao menos, com o bebê já no tempo de nascer, os quadris já estariam tão largos quanto a cabeça, e era menos provável ele ficar preso. Ela ajudou sua mãe a fazer o parto de meia dúzia de pélvicos, mas nunca tinha feito um sozinha, e ficou feliz de novo por Sephie estar lá para saber quando e como virar o bebê assim que ele viesse.

"É um pélvico normal", Sephie disse. "Não vai levar muito tempo pela frequência das contrações. Eu acho…" Fez uma pausa, ainda concentrada. Gaia observou-a apalpar o ventre da mulher, apertando com suavidade as mãos ao redor, com um empurrãozinho confiante aqui e ali. "Sim", Sephie falou. "Vamos virá-lo."

Os olhos de Gaia arregalaram-se, surpresos. "Podemos?"

Sephie já estava subindo na cama ao lado de Dora. "Você tem vodca aí?", ela perguntou para Tom. "E uma chaleira com água quente? Precisamos desacelerar."

Gaia ficou chocada. Se Sephie estivesse errada, se ela atrasasse o parto de alguma forma, poderia ser mais perigoso para o bebê. Ainda assim, Sephie já conversava com a paciente com calma, explicando que pretendia tentar manipular o bebê para cima do útero, virá-lo de lado e, então, aos poucos, virá-lo novamente para que a cabeça ficasse para baixo. Gaia deixou as mãos onde Sephie lhe dissera, identificando com suavidade e firmeza os pequenos cotovelos e joelhos dentro da barriga distendida da mãe. Nunca tinha feito isso antes, nunca sonhara em fazê-lo. Imaginou a posição do bebê lá dentro, e temeu que o cordão umbilical pudesse se enrolar no queixo ou nos joelhos da criança. No entanto, Sephie trabalhava sem parar, mantendo Dora calma, deixando-a descansar entre as contrações e, quando, mais tarde, a bebê nasceu tranquilamente, com a cabeça primeiro, Gaia ficou estupefata pela habilidade de Sephie.

"Ela é linda!", Tom disse, apertando as mãos de Dora. "Ela é um milagre!"

Sephie envolveu a criança num cobertor branco e macio, passou para Dora segurar, e Gaia teve um vislumbre de memória do primeiro bebê do qual havia feito o parto sozinha. Ela também passou o bebê para a mãe, mas sabia que o tiraria dela dentro de minutos. Aquela criança estava em casa, com pais amorosos e a promessa de riqueza e privilégios. Por que aquilo incomodava Gaia com tristeza, quando ela deveria se sentir triunfante? Sephie limpava seus pertences em silêncio. Gaia procurou na bolsa preta um bule, um frasco de tinta e agulha, sem sucesso.

"Você não faz pintinhas?" Gaia perguntou.

Sephie ergueu o olhar. "Como assim?", ela virou a cabeça na direção do bebê. "Não vejo nenhuma. Talvez elas apareçam mais tarde."

Parecia tão estranho não honrar Arthur e Odin como sempre fez com a mãe, mas, claro, Sephie não tinha familiaridade com o padrão da mãe. "E o chá?" Gaia perguntou.

As sobrancelhas de Sephie ergueram-se de curiosidade. "Que chá?", ela perguntou e esperou Gaia explicar.

Como o silêncio se estendeu, Gaia finalmente percebeu que Sephie não tinha ideia do que ela estava falando, e então bateu a culpa. Tinha prometido ao pai nunca falar com ninguém das pintas, mas agora tinha escapado. Gaia virou para a janela, sua mente formando uma nova possibilidade: as pintas tatuadas não eram apenas uma maneira secreta de honrar seus irmãos entregues. Sua mãe assinava esses bebês. Com quatro picadas arranjadas com cuidado, ela tatuava sua própria marca, que não era nada invisível, em cada bebê do qual fazia o parto. O chá em si era uma mera distração, um ritual de conforto, tranquilidade para honrar a mãe e a parteira. O traço soporífico da agripalma no chá da mãe não deixava marca duradoura. Mas a tatuagem ficaria para sempre.

"Do que você está falando?", Sephie quis saber, aproximando-se da janela.

"Estava falando da agripalma", Gaia tentou sorrir com naturalidade, mas sabia que era uma péssima mentirosa. "Damos agripalma no chá para a mãe e passamos um pouco no bebê para evitar pintas. Vocês não fazem isso aqui?"

Sephie a encarou mais de perto uma última vez, e então se voltou para a mala. "Não sei o que lhe disseram sobre a agripalma, mas ela não tem nenhum efeito sobre manchas." Ela agarrou o braço de Gaia, e a menina ficou surpresa pela força fria na mão da mulher sobre sua pele. "Lá fora da muralha, há bárbaros supersticiosos, sem querer ofender."

Gaia ergueu-se, mas Sephie já estava soltando seu braço.

"Já vamos", Sephie disse para Tom e Dora. O casal desmanchou-se em agradecimentos, mas Sephie, parecendo cansada, acenou desinteressada e pegou o chapéu. "Que vocês tenham muitos outros filhos para servir ao Enclave", ela falou.

"Deixe-me dar a vocês alguma coisa", Tom insistiu, seguindo-as escada abaixo.

"Não. Eles vão confiscar tudo de qualquer forma", Sephie falou. Ela pegou o chapéu e sinalizou para Gaia fazer o mesmo.

"Por favor, Persephone. Deve ter algo que eu possa fazer. Dora e eu ficamos tão gratos. Tenho certeza de que não sou ninguém para questionar o Enclave, mas..."

Gaia virou-se para a porta e viu Sephie pousando a mão no braço de Tom. "Não", ela disse, séria. "É meu privilégio vir aqui. Fico honrada em ser parte de sua vida neste momento. Curta sua filha e sua linda mulher. Você não nos deve nada."

Gaia sentiu os olhos de Tom vacilarem sobre ela, e com seu olhar repentino e duro, teve a sensação de que era a primeira vez que ele a olhava com atenção, apesar de tudo que passaram juntos. Quando o olhar dele se fixou na cicatriz, conseguiu sentir a curiosidade e a pena.

Ele pigarreou, parecendo desconfortável, e então seus lábios se curvaram num sorriso deliberado. "Ao menos deixe-me dar algo para a sua assistente", Tom disse. "Desculpe, qual o seu nome?"

Seu esforço para ser benevolente não a enganava. Como ela não respondeu, Sephie lhe lançou um olhar severo.

"O nome dela é Gaia Stone", Sephie falou. "A garota de fora das muralhas."

Ele assentiu, como se várias peças tivessem se encaixado na mente. "Aquela de algumas semanas atrás? Com o bebê condenado?"

"Sim", Sephie respondeu.

Tom abaixou-se um pouco e enfiou a mão numa gaveta na mesinha ao seu lado. "Não é muito", ele falou. "Mas, por favor, aceite." Ele estendeu a mão para Gaia, e ela baixou os olhos para ver o brilho de um espelhinho dourado, o tipo articulado que as senhoras usavam para arrumar a maquiagem. Ela sentiu que empalidecia, olhando para ele. O que iria querer com um espelho? Ele estava tirando um sarro?

Sephie pegou o espelho para ela e apertou com firmeza nos dedos rígidos de Gaia. "Obrigada", Sephie falou. "Você é muito generoso."

Gaia não conseguia erguer os olhos, não sem revelar a fúria e a vergonha que sentiu ao ser tratada como uma esquisitona. De novo. Ela buscou a maçaneta da porta, murmurando um adeus. Puxou a porta para abri-la. Os quatro guardas que descansavam à sombra olharam. Ela teria deixado o espelho cair e esmagado com os pés se Sephie não tivesse agarrado o braço dela. "Comporte-se", ela sussurrou com brutalidade, passando a bolsa preta para as mãos de Gaia e tomando o espelhinho.

Os homens aproximaram-se enquanto Sephie dizia adeus para Tom. A mente de Gaia girava com tudo que havia visto e descoberto naquela manhã: Sephie conseguiu desvirar um bebê virado; as pintas no tornozelo eram uma assinatura; Gaia era famosa por salvar um bebê condenado; os serviços dela não valiam mais do que uma quinquilharia de vidro. Ela afundou o chapéu na testa, sentindo o raspar leve da palha e desejando ainda ter cabelos longos para esconder o rosto.

Sephie começou a caminhar ao lado dela, seu ritmo era despreocupado. Os guardas recuaram, ficando atrás delas, e Sephie passou o braço ao redor da cintura de Gaia.

"Você não é má como assistente", Sephie falou.

Gaia deu de ombros.

"Mas precisa aprender sobre boas maneiras", Sephie disse. "Você me envergonhou lá."

"Eu envergonhei você!", Gaia exclamou. Olhou para os guardas logo atrás e baixou a voz. "Ele me insultou. O que eu poderia querer com um espelho? Uma chance de ver meu rosto horroroso de perto?"

Sephie olhou para ela de forma estranha. "Foi um símbolo. Ele não poderia ter dado a você nada mais significativo. Você é uma prisioneira. Provavelmente pertencia à mulher dele, Gaia. Foi um gesto de respeito e gratidão."

Gaia não conseguia aceitar o que ouvia. Desvencilhou-se do braço de Sephie para que pudesse caminhar sem a pretensão de ser sua amiga. Sephie suspirou. "Tudo bem. Mas você poderia dar uma chance às pessoas. Nem todo mundo está tratando você como um monstro horrível."

Elas chegaram à rua larga que levava até a praça do Bastião, e Gaia pôde ouvir o barulho do mercado quando se aproximaram. Agora que estavam mais próximas da prisão, ela não queria entrar, e não queria perder a chance de olhar ao redor estando de mau humor. Olhou em volta, para os transeuntes, as vitrines das lojas e os pombos que bicavam o meio-fio. Não conseguiu evitar procurar a forma conhecida do capitão Grey, e ficou com raiva de sua decepção por não encontrá-lo. Sentiu o cheiro de pão assando e virou-se para olhar de onde vinha o cheiro. *Estúpida*, ela se criticou. Deveria estar procurando a padaria do amigo de Derek o tempo todo.

Ela examinou a rua com diligência, procurando filões marrons de pão, ou a familiar placa pendurada com o entalhe de círculos de trigo, mas não havia nenhum e o cheiro desapareceu. Chegaram à praça do Bastião novamente e ao alvoroço da feira. O barulho já diminuíra um pouco, e alguns dos mercadores estavam embalando seus produtos.

Barris em pé estavam cheios de alfaces e batatas, e uma barraca tinha pendurados vestidos para crianças azuis e brancos. Gaia viu um bordado delicado na frente de um deles. *Meu pai amaria isso aqui*, ela pensou com pesar. O mercado inteiro e, especialmente, o trabalho de alfaiates. Como um tributo a ele, deveria viver o mais plenamente quanto pudesse, mesmo como prisioneira.

Ela viu maçãs e, até mesmo, em um prato arranjado com bastante cuidado, seis laranjas. Uma sétima fora fatiada em triângulos. Nunca tinha comido uma, mas vira num livro de imagens. Agora, a cor brilhante a chamava como um ímã, atraindo-a.

Eles passaram tão perto que Gaia conseguiu sentir o cheiro dos triângulos cortados, e sua fome ficou tão aguçada que a saliva fluía ao redor dos dentes.

"São laranjas de verdade?" Gaia perguntou para Sephie num murmúrio.

Sephie virou-se na direção que Gaia olhava. "São um absurdo de caras", Sephie falou. "Em geral, os donos de laranjeiras comem-nas todas, ou dão como presente para a família do Protetorado. De vez em quando, porém, há algumas para a venda. Seu apetite está voltando?"

"Sim."

"Bom. Estava começando a ficar preocupada."

Os guardas, agora que tinham chegado perto da prisão, voltaram a cercar Gaia e Sephie, mas não antes de Gaia ter visto uma garota de vermelho aproximar-se do vendedor de laranjas.

A garota tirou uma bolsinha de moedas e, enquanto os guardas empurravam Gaia, mantinha o olhar sobre o ombro, observando a troca. Quando a garota esticou a mão para pegar uma das laranjas, seu capuz desceu um pouco e a luz do sol cintilou sobre os cabelos loiros: Rita. Foi a garota que tentou aconselhar Gaia durante a execução, aquela que avisou para que ficasse quieta.

Gaia tropeçou num paralelepípedo, e Rita ergueu os olhos. Por um momento, as íris escuras dela encontraram as de Gaia, e a boca arredondou-se num silencioso "O".

"Cuidado", Sephie falou.

Um dos guardas equilibrou Gaia por trás e empurrou-a na direção do arco. Gaia perdeu Rita de vista, mas enquanto repassava o momento na cabeça, pensou que reconheceu um vislumbre de pena nos olhos da outra garota. Ou foi solidariedade? Talvez Sephie estivesse certa. Talvez Gaia, na pressa de assumir que as pessoas estavam rindo dela, não conseguisse interpretar como as pessoas de fato olhavam para ela.

Gaia baixou a cabeça quando a sombra da arcada caiu sobre si. Entregou o chapéu e foi escoltada para as profundezas da prisão. Logo, ela e Sephie estavam de volta na cela Q, mas mesmo quando a pesada porta de madeira foi fechada com um estrondo atrás, Gaia sabia não estar mais perdida no desespero que a envolvera com a notícia do assassinato do pai.

Ela havia redescoberto como era estar viva e ter fome.

Tinha percebido que as pintas eram mais do que um tributo aos irmãos.

Sobreviveria àquele cárcere e encontraria uma maneira de sair.

Capítulo 12
A visita do pombo

Naquela noite, Gaia fez sua primeira refeição completa em dias. A imagem das laranjas a perseguiam, e a memória do aroma adocicado era como uma névoa de cor pura diante do nariz. Ela quis uma daquelas laranjas com tanto afinco que parecia estar doente. E isso a fez rir.

"Qual é a graça?", Sephie perguntou.

"Eu poderia matar por uma laranja", Gaia falou.

As médicas riram, e o som era um contraponto insólito ao ruído das colheres raspando os pratos. Enquanto Gaia comia seu guisado sabor carne, tateava o espelhinho que Sephie havia lhe devolvido, abrindo-o, pensando em como sua vida tinha mudado em tão pouco tempo. Menos de três semanas antes, ela via luxos como aqueles da casa de Tom e Dora apenas no Tvaltar, com um lustro de glamour e impossibilidade. Nunca tinha imaginado que laranjas podiam estar disponíveis por um preço num mercado aberto a cinco quilômetros de sua casa. Nunca soube que um bebê pélvico podia ser virado completamente no útero. Ainda acreditava que seus pais estavam vivos. Era um mundo diferente aquele dentro das muralhas, cruel e provocante ao mesmo tempo.

"É uma bugiganga bonita", uma das mulheres disse. O nome dela era Cotty, e seus cabelos pretos macios encaracolavam-se espessos ao redor do rosto marcado. Ela pegou o espelho, olhou-se nele, e fez um pequeno movimento com a franja, como se se arrumasse, o que fez Gaia sorrir.

"Fique com ele", Gaia falou.

"Ah, não. Eu não posso."

"Não vou usar para nada", a menina garantiu.

Cotty estendeu-o de volta, dando tapinhas na mão de Gaia. Os dedos de Cotty eram escuros, marrons, muitos tons mais escuros do que a mão bronzeada de Gaia. "Não diga isso", Cotty falou. "Tudo tem valor aqui dentro. Você verá. Pode trocar por algo que queira."

"Talvez com um guarda", Sephie falou. "Por comida. Ou fios de lã."

"Ou por um livro", Myrna acrescentou.

Gaia segurou-o, em dúvida. "Como foi seu dia?", ela perguntou a Myrna educadamente.

As sobrancelhas muito pretas de Myrna ergueram-se devagar enquanto ela dava outra mordida no pão. "Fiz uma cirurgia de apêndice estourado, muito obrigada por perguntar."

Gaia pensou de primeiro que ela estivesse brincando, mas Sephie fez uma ou duas perguntas sobre o procedimento, e Myrna respondeu com frases curtas.

"Gaia foi uma assistente firme hoje", Sephie falou. "Você deveria levá-la da próxima vez. Ensiná-la uma coisa ou outra."

Os olhos pretos nivelados de Myrna examinaram Gaia por um momento. "Eles deveriam deixá-la sair da muralha onde ao menos ela não poderia fazer mal a quem importa de verdade", Myrna falou.

O ressentimento de Gaia se inflamou, mas ela não reagiu.

"É sério, Myrna", Sephie falou com doçura. "Dê um crédito para ela."

"Quem está atendendo às mães no meu setor desde que fui presa?", Gaia perguntou.

Cotty, Myrna e Sephie trocaram olhares, mas não falaram nada.

"Alguma de vocês está saindo?", Gaia perguntou ainda mais ansiosa.

Sephie pousou uma das mãos no joelho de Gaia. "Acalme-se, Gaia. Nenhuma de nós saiu das muralhas. Não há novidade nenhuma."

"Mas, então, quem está cuidando dos meus partos?", Gaia quis saber. "O Enclave mandou alguma outra parteira lá para fora?"

"Deve ter meia dúzia de parteiras lá fora", Myrna falou, indiferente.

Contudo, Gaia sacudiu a cabeça. Ela e a mãe eram as únicas parteiras no Setor Oeste Três, e quase sempre não bastavam.

"Talvez", ela começou, pensando alto. As mães estariam seguindo para o Setor Oeste Dois para encontrar uma parteira? Fariam seus próprios partos, sem ajuda? Ela balançou a cabeça, frustrada, e com a última mordida no pão ela se levantou para caminhar pela cela.

Lá em cima, houve um revoar, e Gaia ergueu os olhos, surpresa por ver um pombo sentado no peitoril da janela central. As outras mulheres não comentaram, como se precisasse de mais de um pombo para arrancá-las da apatia protetora que envolvia seu coração. Gaia esperou, em segredo, que o pássaro voasse e agitasse a cela sombria com suas asas esvoaçantes e o caos, mas apenas pulou no beiral, arrrulhou e desapareceu novamente.

Gaia virou-se devagar para ver as mulheres: Cotty, Sephie e Myrna estavam sentadas em dois bancos, as últimas migalhas do jantar diante delas. Quatro outras mulheres descansavam nos outros dois bancos sem dizer qualquer palavra.

"Quando foi a última vez que alguma de vocês olhou por aquelas janelas?", Gaia perguntou.

Elas olharam para ela, e então viraram o rosto para cima. Myrna murmurou algo a que ninguém respondeu. Gaia caminhou para o banco mais próximo e curvou-se para olhar embaixo dele. Sephie tirou os pés da frente.

"Qual é a sua ideia?", Sephie quis saber.

Gaia puxou o banco um pouco e então o empurrou. Estava pregado no chão, mas os pregos estavam velhos e enferrujados. Se ela pudesse chegar até a janela, poderia buscar a mãe de novo. "Levantem", ela falou, e Sephie e Myrna ergueram-se.

"Não acredito nisso", Myrna falou.

Gaia deu um belo chute no banco, e ele se soltou dos pregos num estrondo. "Me ajude", Gaia pediu, e Sephie pegou uma ponta do banco para que elas pudessem levá-lo até embaixo da terceira janela.

Naquele momento, as outras mulheres já estavam em pé, examinando os outros três bancos. Dois deles estavam bem presos, mas o último logo foi arrancado dos seus velhos pregos. A empolgação na cela era palpável enquanto carregavam o segundo banco solto para baixo da janela também.

Gaia ergueu os olhos para as janelas, avaliando que a distância do chão da cela até lá era de cinco metros ou mais. Cada banco tinha alguns metros de largura, mas empilhados um no outro, chegariam apenas à altura do peito de Gaia.

Myrna foi a primeira a voltar e sentar-se. "Me digam quando qualquer uma de vocês crescer mais dois metros", ela falou.

Contudo, Gaia não estava disposta a desistir. Ela puxou um banco para o canto e tombou-o. Então, inclinou um pouco a beirada mais baixa para fora buscando criar uma escada provisória. Escorando-se no muro, escalou a parte de baixo virada do banco, ficando em pé, vacilante, na outra ponta.

"Não caia", Sephie disse.

"Vá em frente e despenque", Myrna falou. "A Cotty aqui te costura. Só não quebre o banco ou não teremos nada para sentar depois."

Gaia desceu e olhou mais perto para os dois bancos, vendo se a resposta estava em quebrar um ou os dois e construir uma escada dos pedaços. Mas a menina não tinha pregos, nem ferramentas, e os bancos eram bem sólidos. Ela ergueu os olhos, ansiosa.

Então, Cotty tossiu um pouco na porta para os quartos.

"Isso aqui ajudaria?", ela perguntou. Segurava dois cobertores, e Gaia sabia que havia um para cada uma das prisioneiras, num total de oito.

"Espere, Gaia. Você sabe o que tem do outro lado daquela parede?", Cotty perguntou.

"Tem alguma diferença do que há aqui dentro?", Myrna quis saber.

Gaia ignorou o pessimismo de Myrna e respondeu para Cotty. "Importa? Se pudermos olhar para fora, poderemos sair. Encontraremos um jeito."

O que parecia impossível aos poucos começou a mudar. Elas precisaram parar quando chegou o horário da ronda noturna, mas depois disso continuaram. Trabalhando juntas, Sephie, Cotty e Gaia experimentaram juntar os dois bancos, sobrepondo a madeira e amarrando os cobertores bem apertados em volta deles. Os quadrados de luz solar que brilhavam através das janelas erguiam-se pela parede na direção do teto e, então, desapareceram quando o sol se pôs. A penumbra da noite encheu o recinto antes de elas recostarem uma estrutura sólida no canto da cela. Ela alcançava mais de três metros de altura, mas ainda faltavam quase dois metros para a janela. A distância era apavorante.

"Tudo bem", Gaia falou. "Myrna, fique de vigia na porta. Sephie e Cotty, me ajudem a subir."

Ela escalou os bancos hesitante, agarrando firme na madeira e enterrando os joelhos nas dobras dos cobertores. Ela conseguia sentir o cheiro da pedra fria e arenosa da parede contra o rosto e uma vez, quando seu contrapeso mudou, ela pôde sentir a estrutura inteira começar a se inclinar.

"Empurrem!", ela falou, angustiada. "Segurem-na contra a parede."

As outras mulheres vieram ajudar também, endireitando a estrutura lá embaixo. Gaia prendeu o fôlego e virou-se, mantendo as costas na parede. O suor brotava do rosto e do pescoço enquanto se endireitava lentamente, ficando em pé com os calcanhares na ponta mais alta dos bancos atados. Os olhos ainda estavam a bons dez centímetros abaixo da beirada da janela, mas naquele momento ela ergueu a mão esquerda, segurando o espelho que tinha recebido naquela manhã e, estendendo a mão para cima, conseguiu olhar um pedacinho da vidraça e para o céu violeta e os telhados da cidade sob o crepúsculo.

Gaia suspirou de alegria e contentamento, esquecendo por um instante da sua posição precária.

"Consegue ver alguma coisa?", Sephie perguntou lá de baixo.

"Sim. A cidade", Gaia respondeu. "E o céu."

Lá embaixo, as mulheres murmuraram em aprovação e empolgação.

"Pode alcançar a janela?", Cotty quis saber.

Gaia fez que sim. "Se eu virasse, poderia, com certeza, mas não posso me virar enquanto estiver aqui em cima."

"Tem alguma coisa para prender uma corda aí?", Cotty perguntou.

Gaia apertou os olhos para o espelho, inspecionando os cantos da abertura. "Não sei."

"Desça. Rápido", Myrna falou. "O guarda está vindo."

Gaia desceu rápido e em pânico.

"Depressa!", Sephie falou.

Todas as oito mulheres arrancaram os cobertores, rasgando-os, e, ofegantes, arrastaram os bancos de volta aos seus lugares. "Rápido, vocês aí", Sephie falou, apontando. "Para a cama!"

Metade das mulheres fugiu, de forma que, quando os guardas chegaram, havia apenas algumas poucas sentadas na escura sala comum.

O coração de Gaia estava disparado. Manteve os braços cruzados, os olhos baixos, e à luz turva viu uma mancha escura no pulso. Era uma linha fina de sangue, e ela escondeu, apressada, o pulso ferido sob a manga do outro braço, aplicando pressão. "Persephone Frank?", o guarda chamou.

Gaia sentiu Sephie enrijecer ao seu lado no banco. Seu rosto redondo nunca havia parecido tanto com a lua, solene e distante.

"Sim?", Sephie respondeu.

"Venha comigo", ele falou.

Gaia ergueu os olhos, apavorada, sem saber o que isso significava. Myrna levantou-se.

"Por que você vai levá-la?", Myrna perguntou com sua voz seca e dura.

O guarda não disse nada.

"Está tarde", Myrna pressionou-o. "Ela voltará à noite?"

Sephie virou-se e deu um abraço rápido em Gaia. "Cuide-se", Sephie sussurrou. "Aguente firme."

"Sephie!", Gaia sussurrou, de repente temendo por ela.

Sephie virou-se para abraçar Myrna também, e seus dedos pálidos agarraram-se ao tecido no ombro de Myrna, formando dobras cinzentas. Então, o guarda agarrou o braço de Sephie.

"Me solte", Sephie disse, desvencilhando-se. "Estou indo."

Cotty começou a soluçar, e as outras mulheres vieram dos quartos, perturbadas pela comoção. "Sephie!", elas gritavam.

Contudo, Sephie seguiu diante do guarda para fora da porta, queixo erguido, expressão calma endurecida para aguentar o que viesse. A porta pesada fechou-se com uma pancada dura, sufocante.

"O que farão com ela?", Gaia perguntou numa voz sussurrada, virando-se para Myrna.

A mulher deu de ombros, virando-se para o canto, correndo a mão lentamente pela parede.

"Myrna!", Gaia exigiu. "O que farão?"

Myrna lançou um olhar mordaz para ela. "Por que eu deveria saber, idiota? Não sei de nada."

"Mas você não liga?", Gaia quis saber.

A médica virou as costas sem responder, fechou os olhos e recostou a testa contra o muro. Ela ergueu um punho pesado e pousou-o próximo à face, como se a única coisa que pudesse suportar era fundir-se na pedra. Naquele gesto estoico, solitário, Myrna revelou uma intensidade de sofrimento que surpreendeu Gaia.

"Ai, não", Gaia sussurrou, recusando-se a acreditar que pudesse ser feito algum mal a Sephie, que era tão boa, tão generosa.

Gaia afundou-se em um dos bancos. Aos poucos, as outras mulheres, até mesmo Myrna, foram para a cama, mas Gaia manteve o olhar na terceira janela e no quadrado púrpura cada vez mais profundo do céu. Não sabia o que esperava ouvir, mas espreitava a noite tardia, sem ousar pensar na mãe, esperando apenas que os guardas trouxessem Sephie de volta.

Capítulo 13

Marcas de nascença

A primeira noite após Sephie ser levada, Gaia tentou reunir as outras para ajudar com os bancos mais uma vez, mas Myrna, sentada com teimosia, falou em voz baixa e ríspida. "Você está colocando todos nós em risco com seus jogos tolos."

"Mas nós poderíamos escapar", Gaia falou.

"*Você* poderia", Myrna a corrigiu. "Ou poderia cair para a morte do outro lado. Mesmo se usasse os cobertores para fazer uma escada de tecido, como tenho certeza de que estava pensando, o resto de nós não poderia subir até a janela. Algumas de nós nem conseguiriam passar por ela. Assim que os guardas descobrissem sua fuga, nós seríamos mortas como cúmplices."

Gaia olhou em volta no salão, vendo a verdade refletida nos olhos das outras mulheres. Estava certa de que poderia escapar. Sem dúvida. Mas como poderia arriscar a vida das outras?

"Ao menos você caiu um pouco na real", Myrna murmurou quando Gaia se sentou, os olhos nas janelas lá em cima, seu sonhos esvanecendo aos poucos em cinzas.

"Tudo bem", Cotty falou baixinho, curvando-se perto de Gaia para dar um tapinha no joelho. "Encontraremos outra maneira de sair. Ao menos você nos fez começar a pensar."

Ou ter esperanças vazias, Gaia pensou, sem certeza se as mulheres estavam melhores ou piores do que antes que ela havia chegado ali.

Nos dias seguintes, não tiveram notícia de Sephie ou da mãe de Gaia, nem pelos guardas, nem por qualquer pessoa que tiveram a chance de ver quando saíam da prisão para atender os pacientes. Gaia acordou várias vezes à noite, de luto pelo pai e ansiosa por notícias sobre a mãe. Na escuridão solitária, tentava se confortar com as memórias de tempos felizes fora das muralhas, pequenas coisas, como os ovos fritos e o pão de mel que ela e o pai tinham feito para o café da manhã do aniversário da mãe, mas as imagens evaporavam-se até ela ser deixada apenas com o som da respiração de Cotty no beliche diante do seu. Então, ela voltava a pensar na fuga, e a mente andava em círculos até a exaustão, sem sucesso; perto do raiar do dia, finalmente caía no último ciclo interrompido do sono.

Semanas se passaram, e Gaia tornou-se a assistente de Myrna, provocando muitas vezes sua atitude sarcástica. Gaia nunca reclamou. O trabalho era uma distração da dor e do medo que a assombravam, e sempre esperava ter notícias da mãe quando saía da prisão.

Duas vezes ficaram alinhadas atrás da cerca do lado de fora da prisão para assistir a outras execuções: um homem foi acusado de ajudar uma mulher de fora a entrar nas muralhas para trabalhar como prostituta; outro foi acusado de comprar sangue no mercado negro para o seu filho hemofílico. Também houve açoitamentos públicos de um namorado adolescente que foi flagrado entrando na casa de uma garota e uma mulher que, negligente, contaminou um tonel de micoproteína na fábrica. Gaia encolhia-se a cada chibatada.

Contudo, havia coisas boas também. De vez em quando, um guarda entregava pequenas lembranças às médicas na cela, itens que faziam-nas pensarem que seu trabalho era apreciado e que logo uma delas poderia ser libertada: um livro, um pote pequeno de mel, um novelo de lã e agulhas novas, um mapa de anatomia.

Então, certa vez, como por milagre, entregaram uma laranja.

"Como pode ser?", Myrna falou, erguendo a laranja de uma caixinha e deixando um lenço verde cair. Ela girou a fruta à luz da janela de forma que a pele porosa brilhasse diante das mulheres. "Quem mandaria isso e como pôde passar pelos guardas sem que um deles roubasse?"

Gaia pegou a esfera laranja, maravilhada com seu peso frio na palma da mão. Lembrou-se do que capitão Grey disse uma vez, que a cooperação no Enclave era recompensada, e aquilo parecia ser verdade. "Talvez aquele homem que você costurou ontem seja dono de uma laranjeira", ela aventou.

Myrna ergueu um cartão de dentro da caixa e inclinou na direção da luz. Míope, ela tombou a cabeça para trás um pouco para lê-lo. "Isso é para você. Gaia Stone, cela Q. Mas não diz de quem veio."

"Para mim?", Gaia perguntou, perplexa, tomando o cartão e refletindo sobre o manuscrito pequeno e organizado. "Poderia ser de Sephie? Será que ela foi libertada no fim das contas?"

Cotty esticou a mão para a laranja, e Gaia passou-a adiante, observando enquanto as mulheres mais velhas erguiam-na delicadamente diante do nariz. "Quem se importa de onde veio", Cotty falou. "É uma laranja. Não como uma laranja há anos."

Gaia riu. "Bem, vamos comer já." Como se a laranja fosse uma joia dividida entre elas, as mulheres seguravam seu pedaço contra a luz antes de comê-la. Gaia saboreou seu pedaço, partindo em dois, deixando o gosto vívido e suculento dela provocar cada célula da língua antes de engolir. Ela olhou para cima e encontrou Myrna ainda observando-a, pensativa.

"Que foi?", Gaia quis saber.

"Nada."

Entretanto, Gaia sentiu um arrepio de alerta ao longo dos braços. Sabia o que Myrna estava pensando. Sephie não poderia ter mandado a laranja. E este presente não tinha a ver com o tratamento de Myrna a algum paciente. Alguém tinha interesse em Gaia, alguém com poder o bastante para fazer chegar uma laranja além dos muros da prisão.

Gaia mordeu um pedaço da casca amarga. *Quem foi?*, ela se perguntou. *E por que ela?*

Num fim de tarde, quando Myrna e Gaia tinham acabado de fazer o parto de uma menininha prematura, Gaia ergueu os olhos para um trio de soldados relaxando diante de um café e assustou-se ao reconhecer um deles como capitão Grey. Ela e Myrna estavam cercadas por quatro homens armados, mas Gaia mal percebia a escolta, e quando ela parou, um soldado da escolta chutou o salto do sapato dela.

"Ei!", ele falou.

"Desculpe", Gaia murmurou e parou para equilibrar-se no salto do seu sapato solto.

Capitão Grey ergueu uma xícara branca e pequena de café, inclinando a cabeça para trás de forma que ela tivesse uma visão clara de seu perfil fluido enquanto bebia o café. Parecia mais magro, mas vestia seu uniforme preto e chapéu de aba larga habituais, e sua postura era, como sempre, relaxada. Se tivesse se permitido pensar nele durante todas aquelas semanas na prisão, teria sido para desprezá-lo como uma engrenagem covarde da máquina, um homem que deixou um bebê inocente ser morto. No entanto, agora lhe parecia escandalosamente injusto que ele estivesse livre, enquanto ela estava presa. Como ousava estar desfrutando de uma xícara de café! Com amigos, ainda por cima!

"Guarda! Espere aí!", capitão Grey ordenou.

Os soldados pararam e atentaram. Myrna parou também, e embora Gaia fosse obrigada a ficar ao lado dela, ela desviou o rosto.

"Pois não, capitão?", Myrna disse, ríspida.

Gaia pôde ouvir as botas se aproximando sobre os paralelepípedos, e ainda assim mantinha o olhar deliberadamente em uma vinha que crescia na parede ao seu lado. Ele trouxe um aroma suave de café consigo, um aroma de liberdade.

Uma ponta selvagem de inveja revolveu-se dentro dela antes que pudesse controlá-la.

"Sua aprendiz tem sido útil?", capitão Grey perguntou, sua voz mais baixa agora que estava próximo. Gaia ficou surpresa com o tom educado, suave, tão diferente das vozes grosseiras dos guardas com as quais ela acabou se acostumando.

"É tolerável", Myrna respondeu.

Gaia ficou tão espantada que se virou para a mulher. Seus olhos pretos a examinaram com honestidade por baixo do chapéu de palha, então ergueu um pouco as sobrancelhas. Aquele foi o gesto mais próximo de um elogio que Gaia já ouvira de Myrna.

"Eu a levarei de volta para a prisão", capitão Grey informou.

Gaia ergueu os olhos para vê-lo assentindo para o sargento surpreso.

"Prossiga, sargento", capitão Grey ordenou de forma decisiva. "Ficarei responsável pela Irmã Stone."

"Sim, capitão", o guarda saudou.

Definitivamente, Gaia não queria ser deixada com ele, mas não havia como protestar. Olhou para Myrna na hora para ver sua expressão voltar às linhas irônicas costumeiras. Com um bufar categórico, a mulher tomou a bolsa de médico de Gaia, deixando as mãos da menina livres do seu peso habitual. Um momento depois, os guardas estavam no ritmo ao redor de Myrna e viraram a esquina. Seus passos ficaram cada vez mais distantes nas pedras do calçamento, e Gaia ouviu um tilintar da louça do café na esquina, enquanto o restante do mundo continuava seu curso.

Gaia estava sozinha com capitão Grey. Foi inesperadamente doloroso estar diante dele, mesmo que fosse o mais próximo que ficava da liberdade desde o dia terrível no qual foi capturada e levada para a prisão. Ela olhava além dele, monte abaixo, perguntando-se se ela ousaria tentar correr, mas uma rápida olhada para o físico ágil do homem lembrou-a que ele poderia pará-la com facilidade.

"Tudo bem com você?", ele perguntou, por fim.

Diante daquela voz baixa, ela espreitou a linha sombreada sob a aba do chapéu dele. Os olhos azuis olhavam-na com a seriedade firme que ela se lembrava de antes, de antes de saber o que ele realmente era, e um laivo de cor subia pelas maçãs do rosto do capitão. *Por quê? Por que você quer saber?*, ela pensou.

Uma brisa balançou o vestido cinzento dela contra as pernas, e instintivamente ela segurou o tecido. "Como você pode ver", ela disse, fria.

Ele girou ao lado dela e fez um gesto convidativo com a mão. "Vamos caminhar."

"Eu tenho escolha?", ela perguntou e, então, desejou poder retirar o que disse. Ele não merecia saber que estava brava.

Entretanto, ele apenas murmurou "Ah." Quando ele começou a caminhar, ela foi obrigada a acompanhar o ritmo.

Era uma tarde clara, bonita, e eles subiam devagar uma ladeira em uma das áreas residenciais mais tranquilas, na direção de uma vizinhança que ela nunca visitara antes. O tilintar de um sino dos ventos soava de uma janela acima. Chitinhas púrpuras e brancas caíam com alegria do topo de uma parede de pedra próxima. A luz do sol atravessava a trama do chapéu de palha, espalhando manchas de luz no nariz e nas bochechas de Gaia, que se moviam, fora de foco, enquanto caminhava.

A primeira vez que ela olhou para dentro do Enclave, o local pareceu um paraíso para ela, todo de paredes brancas e pureza. Então, quando testemunhou a primeira execução, ficou chocada com a brutalidade sob a fachada, e acreditou que não havia nada ali em quem pudesse confiar. Aos poucos, em suas saídas com Sephie e, depois, com Myrna, ela viu um lado prático do Enclave: a rotina do mercado próspero, o trabalho contínuo das médicas na cela Q, e a satisfação e a dignidade que vinham do bom trabalho, mesmo quando tinham pouca esperança de liberdade. Muitas pessoas decentes, trabalhadoras, mantinham a fundição, a fábrica de vidro e os moinhos funcionando para fabricar produtos úteis. Havia coisas a se respeitar ali, vidas que não eram uma completa brutalidade.

Aquela nova área tinha uma beleza silenciosa, uma atmosfera convidativa que combinava com o aroma forte de madressilva. De alguma forma, parecia mais antiga, mais arrumada, tranquila. O branco das casas era mais amarelado, e havia mais árvores frondosas e calçadas mais largas. Um parque abria-se ao longo do cume do monte, e as crianças corriam atrás de uma bola de futebol, suas vozes claras e intensas. Embora não parecesse em nada, o local lembrou-lhe por acaso do Deslago. Se não fosse uma prisioneira e ele não fosse um guarda, poderiam ser amigos dando um passeio numa tarde agradável de verão. Ela, porém, não estava disposta a baixar a guarda. Aquele homem não era um amigo.

"A laranja estava madura?", ele perguntou.

"Foi você quem mandou?"

Ele deslizou uma das mãos no bolso. "Uma amiga minha me disse que viu você olhando para elas no mercado." A voz dele baixou para um tom sociável. "Bem, 'babando' eu acho que foi a palavra que ela usou. Eu teria mandado mais, mas são difíceis de conseguir."

Ela se lembrou dos outros presentes das médicas. Olhou para o perfil dele. "Você mandou a lã? O livro e as outras coisas?"

Seus olhares se cruzaram por um instante. "Sugeri ao Protetorado. Você fez muita gente pensar, Gaia. Ele sentiu certa pressão sobre as médicas na prisão nos últimos tempos e, às vezes, pequenas coisas ajudam."

Então, ele *era* o responsável. Ela pensou no dia em que receberam a laranja e no jeito em que o moral na cela Q aumentou um pouco desde então. Ainda era uma prisão, ainda era horrível, mas havia um pouco de esperança naquele momento. Um pombo misturou-se a uma porção de cambaxirras na lateral da estrada, bicando migalhas, e ela passou por eles e subiu na calçada. *Eu deveria agradecê-lo*, ela pensou, mas as palavras ficaram presas na garganta.

"Eu estava me dedicando a decodificar os detalhes de sua fita", acrescentou.

Os nervos dela soaram alarmados. Eles descobriram, então, que a fita era um código. Quanto tempo levariam para decifrá-lo, ou já decifraram? Ela ergueu o olhar e viu a expressão pensativa dele.

"Eu deveria dizer, dediquei-me no início", ele corrigiu, sua voz seca. "Então, fui alocado para uma missão menos confidencial. Aparentemente, não sou confiável no que toca ao seu caso."

Ela espiou a estrada adiante e cruzou as mãos diante de si. "Eu deveria ficar feliz, suponho", ela falou.

"Por quê?"

Ela deu de ombros e deixou o sarcasmo tingir sua resposta. "Com sua mente perspicaz, provavelmente teria decifrado em poucos dias."

"Então, você sabia que era um registro?", ele perguntou.

Ela percebeu que havia cometido um erro. "Não", mentiu.

"Você sabe o que diz lá?", ele quis saber.

Ela cruzou os braços. "Por que está me perguntando isso? Não tenho interesse em cooperar com você. Se quiser me obrigar, claro que pode tentar. Mas não direi nada voluntariamente. O Enclave matou o meu pai." Mencioná-lo trouxe a dor de volta.

Capitão Grey parou ao lado de um muro de pedra, apoiando as duas mãos nele e olhando para a paisagem. "Isso não deveria ter acontecido."

Ela deixou escapar uma risada sufocada. "Não? Você não acha?"

"Cometemos erros também", ele disse em voz baixa.

Ela quase riu de novo. Ele percebia quanto era absurdo? O Enclave não cometia poucos erros. Por natureza, o sistema inteiro não tinha ética, e ele estava admitindo apenas a menor fissura. Ela seguiu a direção dos olhos dele e viu o espaço inclinado do Deslago, o azul esfumaçado na direção do horizonte, enquanto na margem próxima os casebres de Wharfton ficavam quase escondidos por completo atrás da lateral do monte e das muralhas. Qualquer um que vivia ali e tivesse essa vista regularmente poderia ignorar Wharfton com facilidade e esquecer que suas pessoas batalhadoras sequer existiam. A beleza especial disso parecia zombar dela, como se também pensasse que suas perdas eram insignificantes.

Ela torceu os dedos. "Você não me disse que ele estava morto." A voz dela saiu trêmula. "Você poderia ter me dito, a qualquer momento, mas não disse."

Capitão Grey virou-se lentamente para olhá-la. "Lamento."

Até então, ela não havia percebido que era o que queria ouvir. Sabia que não era culpa do capitão Grey, em especial, que o pai dela tivesse sido assassinado, mas alguém deveria ter lhe dito, e foi ele quem esteve em contato com ela antes. Por um momento, quase chegou às lágrimas, então suas desculpas liberaram uma represa contida de perguntas.

"Onde ele foi enterrado?", ela perguntou.

"Posso descobrir."

"Onde está a minha mãe?"

Os olhos dele piscaram de forma estranha. "Não sei", falou.

Ela deu um passinho na direção dele. "Ela ainda está viva?"

"Também não sei. Não ouvi nada sobre a morte dela."

"Você não sabe muita coisa, não é?"

A aba do chapéu do capitão mantinha seus olhos numa linha sombria, mas ele permaneceu quieto, observando-a com atenção. Ocorreu a ela que sua cautela poderia ser fingida, um escudo para os sentimentos, para quando ele estava perturbado ou incerto.

"Sabe", ele disse, pacientemente, "estou fazendo um esforço para falar de forma respeitosa com você."

Ela cruzou os braços com mais força ao redor de si. Não se importava com a cortesia ou com uma punição rígida. "Desculpe", ela disse de forma sarcástica. "Esqueci. Deveria agradecer, não é? Você me mandou uma laranja. Teve até consideração por nós."

Os olhos dele se apertaram. "Eu não…"

Ouviu um suspiro repentino dele. Seu olhar estava voltado para cima e além dela, para onde um par de mulheres parou numa rua mais alta para observá-los. Os vestidos brancos delas brilhavam à luz do sol e, mesmo a distância, Gaia poderia dizer que as duas eram muito bonitas. A mulher mais velha trazia um chapéu de aba larga, mas a jovem segurava o chapéu dela pela fita, e seus cabelos loiros, soltos, esvoaçavam ao vento, fazendo com que ela o segurasse para trás com os dedos delgados. Um agitar leve desses mesmos dedos poderiam ter sido um aceno de cumprimento, mas Gaia não pôde dizer com certeza.

"Vamos", ele disse de repente, e começou a andar mais rápido pela rua.

"Quem são?", ela quis saber. Teve de alargar o passo para acompanhá-lo.

"Minha mãe e minha irmã", ele respondeu.

"Mas elas…", Gaia ficou confusa. Obviamente, eram da classe mais alta, o tipo de gente cujas famílias não permitiam que os filhos fossem para a guarda.

"Elas conhecem o Protetorado?", ela perguntou, imaginando se não pediriam o favor de tirar o capitão Grey do serviço.

Ele se virou para ela, e Gaia viu um lampejo de dor e raiva obscuras em seus olhos. Então, olhou para ela de um jeito estranho, como se tivesse dito algo bizarro.

"Ele é meu pai", capitão Grey disse.

Gaia ficou paralisada, espantada. Capitão Grey. Ele era o capitão Leon Grey. No passado, Leon Quarry, o filho mais velho do Protetorado.

"Eu sei a seu respeito", ela disse, admirada.

Ele prolongou as sílabas sardônicas de sua resposta. "É mesmo?"

O capitão Grey deu outros dois passos e virou-se para parar também. Ele olhou sobre o ombro, mas com o ângulo do monte, não estavam mais na visão da família. A mente de Gaia lutava para reconciliar o que sabia deste jovem, deste capitão da guarda, com o que sabia do filho do Protetorado. Aquele que foi entregue. Leon era o garoto que desapareceu da cobertura do Tvaltar anos atrás. Agora ela entendia por que ele parecia vagamente familiar quando o encontrou pela primeira vez: na infância, vira imagens dele quando garoto, imagens com dez metros de altura. Mas ele mudara. Por completo.

"Não entendo", ela falou.

Os lábios dele endureceram-se numa linha reta, enquanto parecia tomar uma decisão.

"Venha", ele falou, e com isso tomou o braço dela e a guiou à frente dele, com mais urgência desta vez, e na próxima virada tomou a esquerda, uma estrada estreita que levava ladeira abaixo, bem longe do centro da cidade.

"Para onde está me levando?", ela perguntou.

Contudo, ele não respondeu. Depois de mais alguns passos, ele abriu um portão de metal, pela tranca de dentro, e levou-a até um jardim. Fechando o portão, ele a conduziu por uma subida para um canto no fundo do jardim, sob a sombra de um imenso pinheiro branco, onde o frescor cheirava a agulhas de pinheiro, tanto as verdes acima e as marrons que formavam uma camada acolchoada embaixo dos seus sapatos.

"Que lugar é esse?", ela perguntou.

"É seguro, por ora", respondeu. Seu rosto estava corado, e ele tirou o chapéu para limpar a testa. "Os Quirk, os donos deste lugar, são velhos amigos da família. Passam a maior parte dos dias no Bastião, e não devem voltar para casa até a noite."

Ela espiou uma série de macieiras e, lá em cima, um declive gramado até uma graciosa casa de pedra, pintada de um amarelo suave. O telhado branco e as janelas arqueadas criavam uma imagem convidativa e, apesar de estar longe de ser sofisticada, a elegância simples a fazia pensar que esta casa e o jardim privado eram ainda mais valiosos do que a casa branca imaculada de Tom e Dora. Flores púrpura e amarelas proliferavam em abundância, prova de que a água era usada ali para garantir a decoração, e as pedras salpicavam a área em um padrão harmonioso, aleatório, oferecendo bancos naturais.

Um muro de pedra alto protegia o jardim por três lados, e o quarto lado era aberto para um penhasco com uma visão espetacular do Deslago e do horizonte distante ao sul.

"Fique para trás", ele disse, quando ela quis caminhar para perto do penhasco. "Não queremos ser vistos."

Ela baixou os olhos, então voltou para a sombra do pinheiro. Ela se virou para capitão Grey, e o espanto a tomou de novo.

"Não posso acreditar que você é Leon Quarry", ela falou.

"Pensei que você soubesse."

Ela sacudiu a cabeça. "Como eu poderia? Está completamente diferente da última vez que o vi no Tvaltar. O que aconteceu?"

Os dedos dele agarraram a aba do chapéu. "Eu me juntei à guarda."

Era óbvio que havia mais sobre a história que ela quase riu.

"E o que o filho do Protetorado quer comigo?", ela perguntou.

Ele a olhou de soslaio. "Não foi por acidente que eu a vi no café. Estava esperando por você. Eu sei que precisamos de algumas respostas, e acredito que posso ajudá-la", ele respondeu.

Ela ergueu as sobrancelhas, desconfiada.

"Olhe, Gaia. O Enclave está se preparando para interrogá-la pela última vez", ele disse. "Não serei eu. Eles têm um especialista. Querem saber sobre a fita e querem saber sobre a tinta."

"A tinta!", ela exclamou.

"Não havia caneta em sua bolsa, mas eles alegam que o frasco de tinta é uma prova de que você fazia anotações dos nascimentos, informações que depois eram transferidas para um código permanente na fita."

"Mas eu não tenho nenhuma anotação", ela confirmou. "Não sei nada sobre o código."

"Gaia", ele falou, aproximando-se. "Eles estão falando muito sério. Se você souber de qualquer coisa, qualquer coisa mesmo, vão arrancar de você. Será muito, muito melhor cooperar com eles desde o início. Eles recompensam a lealdade. Sempre recompensaram."

Ela cambaleou para trás, apoiando-se contra o tronco preto do pinheiro, sentindo uma gota de seiva contra o dedão.

"Não sei de nada", ela insistiu.

A boca do capitão fechou-se numa linha reta. "Então, você vai morrer."

Por instinto, Gaia levou a mão ao peito. Ele mal parecia se importar com o que estava dizendo e, ainda assim, a levara até ali com o objetivo de alertá-la. Não fazia sentido. Ela tentou achar uma solução. Teria de sair do Enclave. Imediatamente. Teria de voltar mais tarde para buscar a mãe, pois não faria nenhum bem para ela se estivesse morta. Olhou para a esquerda, na direção do penhasco. Seria pior pular agora e arriscar fugir do capitão Grey? "Você não pode me deixar ir embora?", ela perguntou. "Agora, já?"

Ele sacudiu a cabeça. "Mesmo se eu deixasse, há ordens para atirar de pronto em qualquer prisioneiro sem escolta. Você estaria morta em cinco minutos."

Ela hesitou, indecisa. "Se eu disser algo para eles", ela começou, em voz baixa. "Não vejo como poderia ajudar, mas se disser algo a eles, vão me deixar ir embora?"

Capitão Grey baixou o rosto sobre a mão, apertando os dedos com pressão visível contra a testa. Seu chapéu caiu suavemente no chão. "Isso não acontecerá", ele disse, baixinho.

A reação dele a deixou mais temerosa. "Espere, capitão. Por favor. Deve haver uma maneira de sair do Enclave."

Ele voltou olhos dolorosos e irritados para ela. "O que você sabe?", ele perguntou. Agarrou os dois braços dela, empurrando-a para trás até os pés delas baterem contra uma raiz e ela tropeçar. Seu chapéu tombou para trás e caiu. Ele a agarrou com força. "Pelo seu próprio bem. Diga!", ele insistiu.

Era o segredo dos seus pais. Ela prometera nunca contar. Como poderia saber que não faria as coisas piores?

Ele a sacudiu outra vez.

"Gaia, me diga!"

"As pintas", ela disse.

Os braços dele soltaram-se muito pouco, mas a expressão permaneceu ansiosa. "O que você quer dizer? Que pintas?"

"Fazemos um padrão de pintas em cada bebê", ela contou. "Não sei como isso poderia ajudar. Apenas ligaria alguns dos bebês entregues a mim e à minha mãe. Suponho que até o Setor Oeste Três."

A força do aperto diminuiu um pouco mais, até ficar apenas segurando-a. "Do que está falando?"

Ela instintivamente inclinou o pé para fora. "Era em honra aos nossos irmãos. Não sabia que podia ser tão importante até pouco tempo", ela falou. "Sempre que um bebê nascia, minha mãe sentava com a mãe após o parto por um momento para beber chá. Ela me fazia tatuar a pele do bebê com tinta. Era parte do meu treinamento."

"Uma tatuagem? Ela escrevia alguma coisa? Ela levava a fita com ela?", capitão Grey perguntou.

Gaia negou com a cabeça. Ele a soltou, mas ficou perto, a expressão perplexa. Ela ergueu a mão para esfregar os ombros doloridos onde a pegada dele havia machucado.

"Pode me mostrar?", ele perguntou. "Você tem as marcas?"

Ela foi até a luz do sol e, apoiando o sapato contra uma das pedras, puxou a saia até a canela para mostrar o tornozelo esquerdo. Apontando, traçou a área na parte interna do tornozelo esquerdo, onde a pele macia, acastanhada, estava marcada por quatro pintas aparentemente naturais num padrão simples.

"Quatro pontos", ela falou. "Três numa linha quase reta e um mais abaixo. Como as três estrelas do cinturão de Órion e uma para a ponta da espada."

"São as mesmas em todos os bebês?" ele perguntou.

Antes que ela pudesse responder, o capitão Grey estava se movendo. Ele girou diante dela para sentar-se na pedra e levantou o tornozelo esquerdo sobre o joelho direito. Com um movimento rápido, descalçou a bota esquerda. Depois a meia preta e, então, quase de modo selvagem, puxou a perna da calça para expor o tornozelo.

Lá, desbotadas, mas claramente visíveis, havia três pintas alinhadas e, um pouco mais abaixo, à esquerda, estava uma quarta. Gaia fitou, sem acreditar.

"Sou do lado de fora das muralhas", capitão Grey disse, sua voz quase inaudível, um sussurro.

Os olhos dela grudaram-se nos dele. "Minha mãe estava lá quando você nasceu", ela falou. "Ela fez a marca de nascença em você." A mente dela tentava desembaralhar tudo aquilo. A mãe havia entregado o capitão para o Enclave. "Quando você nasceu?", ela perguntou.

Ele piscou lentamente na direção dela. "Minha data de nascimento? 12 de junho de 2390", ele respondeu. "Por quê?"

Ela ficou decepcionada e, ao mesmo tempo, sentiu um estranho alívio.

"Você não é meu irmão", ela falou, e o calor tingiu suas bochechas. "Você é do mesmo ano que Odin, mas o dia é diferente."

Ele fechou os olhos. Gaia sentiu um desejo gigantesco, uma compulsão de rastrear a marca de sua mãe, e gentilmente esticou o braço para tocar o tornozelo dele. Ele se retraiu, olhando com curiosidade.

"Desculpe", ela disse, recuando. Os dedos dela formigaram ao tocar a pele dele.

"Percebe o que isso significa para mim?", ele perguntou.

Ela sacudiu a cabeça.

"Tem alguma ideia de quem são meus pais? Digo, meus pais biológicos."

Ela sacudiu a cabeça novamente. "Lamento, mas não."

"As informações não estariam naquela fita, não é?", ele quis saber.

"Poderiam estar", ela falou, hesitante. Travou olhos suplicantes sobre ele. "Eu não conheço o código. Por que importa quem são seus pais biológicos? Você foi criado aqui. Você mesmo disse que seu pai é o Protetorado. O que poderia ser melhor do que isso?"

Ele estava calçando a meia e a bota rapidamente.

"Tenho certeza de que você se lembra do Especial da Família do Protetorado em *Esta é a nossa família*", ele disse numa voz abafada. "A primeira mulher do Protetorado não podia engravidar, então adotaram um filho... eu." Ele se levantou para encaixar a bota num pisão. "Então, minha mãe adotiva morreu, e meu pai casou-se pela segunda vez, com Genevieve, uma mulher fértil que lhe deu três filhos legítimos."

Gaia pensou bem rápido. "Então, aquelas mulheres que você chamou de mãe e irmã hoje. Elas são, tecnicamente, sua madrasta e meia-irmã por adoção. Certo?", ela disse.

"Tecnicamente. Mas, pense um pouco mais, pequena Gaia. Somos *família*", ele prolongou a última palavra, como se fosse escrita em letras maiúsculas com música ao fundo.

Ela se afastou um pouco, perturbada pelo sarcasmo obscuro dele. "Não tenho certeza se você sabe realmente o que é uma família, Leon", ela disse, um tom abaixo.

Ele soltou uma risada. "Não brinca. Obrigado. E, finalmente, me chamou de Leon. Temos um avanço."

Ela cruzou os braços diante do peito. "Não entendo você", ela falou.

Ele correu a mão pelos cabelos escuros e franziu o cenho para ela. "O que diz respeito a mim não importa. O que você precisa entender é que as pintas os deixarão apenas mais desesperados para decodificar a fita. As pintas são como uma marca."

Gaia ficou chocada. "Você vai dizer a eles?", ela quis saber, incrédula.

Ele virou o rosto para ela, os olhos penetrando os dela. "Não. Você vai", ele falou.

Ela se afastou dele. "Eu não."

"Vai", ele insistiu. "Você precisa convencê-los de que está cooperando. Precisa tentar revelar o código. Não vê que é sua única chance? Se resistir, matarão você. Mas se ajudá-los, eles verão quanto você é valiosa. Pense em Sephie."

"O que tem Sephie?"

Ele se ergueu, sua expressão surpresa. "Eles a libertaram", ele revelou. "Persephone Frank voltou para casa com sua família. Está exercendo a medicina como se nada tivesse acontecido. Não soube?"

Ela deu uma risada com espanto. "Não acredito em você."

"É verdade. Eu poderia mostrar, mas não temos muito tempo."

Gaia ficou estupefata.

"Ela disse a eles para procurarem o chá e a agripalma", Leon continuou. "Ela os convenceu de que você tem conhecimentos que são inconscientes."

"Ela me traiu?"

Leon sacudiu a cabeça, tentando explicar. "Não", ele falou. "Ela cooperou. Ela cooperou, e eles a soltaram."

Gaia esforçou-se para ver a situação do ponto de vista dele. "Mas você mesmo disse que é como uma marca. Se eu falar para o Enclave sobre as pintas, eles poderão identificar todos os bebês entregues pela minha mãe." Algo a deixou confusa. "Mas eles já não sabem? Eles não têm seus próprios registros?"

Ele balançou a cabeça.

"Sabem quais pessoas são entregues, claro. Isso não é segredo. E têm as datas de nascimento. Mas não conhecem seus pais biológicos, ou de qual parte de Wharfton vêm esses pais."

"E as pessoas com as pintas?", ela perguntou, intrigada. "Isso as ajudaria?

Ele torceu um raminho do pinheiro acima dela, e brincou com as agulhas. "Acredito que tomarão ainda mais cuidado para não se apaixonarem uma pela outra", ele comentou.

"Como assim?", ela perguntou, ofendida.

Ele sacudiu a cabeça, frustrado. "As pessoas aqui dentro, que foram entregues lá de fora, são desencorajadas de se casar uns com os outros. É um tipo de obrigação cívica de uma pessoa entregue para se casar com alguém que nasceu dentro do Enclave e, do mesmo jeito, as pessoas entregues se tornaram desejáveis como cônjuges para pessoas nascidas aqui dentro. Está acompanhando?"

"Parece que vocês acham que as pessoas podem controlar por quem elas se apaixonam", ela falou.

"Não é bem assim. É possível duas pessoas entregues que se apaixonam se casarem, desde que o teste genético mostre que não são parentes, mas é considerado um desperdício de diversidade genética." Ele fechou os olhos, sacudindo a cabeça. "*Nossa* diversidade genética", esclareceu. "Sou um deles. Um dos entregues."

Parecia para ela como se ele ainda estivesse em conflito com os fundamentos de sua identidade.

"Ainda não entendeu que você veio de fora das muralhas?", ela perguntou. "Você sabia que tinha sido adotado." Ela observou uma leve vermelhidão surgindo nas bochechas dele.

"Até cinco minutos atrás, eu pensei que era filho ilegítimo do meu pai", ele falou. Torceu as agulhas do pinheiro num emaranhado e deixou-as cair.

"E seria pior?", ela perguntou suavemente. "Ser um filho ilegítimo de dentro das muralhas?"

Ele desviou o olhar, mas em seguida ela o viu voltar o olhar para ela, e seus lábios se entortaram como num tipo de autozombaria. "Você não perde uma, não é? Seria pior. Eu preferiria muito mais ser um ninguém legítimo de fora das muralhas do que o bastardo do Protetorado."

"E isso já diz alguma coisa", ela falou.

Ele deixou escapar uma risada breve, e olhou para ele, seus olhos calorosos com uma gratidão cautelosa.

"Você ainda poderia ser o bastardo do Protetorado, mas de fora das muralhas", ela o lembrou.

"Não. Se você o conhecesse... Ele nunca tocaria numa mulher de fora das muralhas."

Uma brisa moveu-se através das agulhas do pinheiro com um ruído suave, sussurrado, e Gaia ouviu um pássaro dar estalos no jardim.

"Desculpe", ele disse baixinho. "É como ele pensa. Não é o que eu penso."

"Tudo bem."

Ela olhou para as mãos, perguntando-se por que ela o entendia, por que havia ficado mais fácil conversar com ele, mesmo sobre as coisas que eram intensamente pessoais. Ele não era quem ela pensava, não no íntimo.

"Por que Órion?", ele perguntou. "Por que não outra constelação?"

Ela recostou o pé contra a pedra mais uma vez e olhou para as marquinhas em seu próprio tornozelo.

"Órion é o nome de solteira da minha mãe." Ela falava lentamente, ponderando sobre o desenho. "Você poderia ver a tatuagem de Órion a vida toda e nunca imaginar que ela significava alguma coisa."

"Até saber", ele disse. "E, então, adquire todo um significado."

Ele olhou para ela, cansado, com olhos distantes. "Precisamos ir", ele falou. Ele pegou os dois chapéus do chão e limpou as agulhas do pinheiro antes de estender o dela.

"Obrigada", ela disse.

Ele lhe lançou um olhar longo e sem alegria para ela, e falou com gentileza:

"Por nada."

Ela se sentiu sem graça de um jeito estranho, além de um puxão nos pulmões, e ela buscou instintivamente seu relógio-medalhão perdido. Encontrou apenas botões do vestido e tocou-os, envergonhada.

"Isso me lembra", ele falou. Ele puxou o relógio-medalhão do bolso e estendeu na direção dela. "Já terminamos com isso aqui."

Ela franziu o cenho para o objeto familiar na mão, hesitante. "Fique com ele."

"Por quê?", ele perguntou. "Pertence a uma pessoa livre. Não tenho como usá-lo agora. Além disso…" Ela não poderia dizer aquilo, mas o objeto para ela estava sujo, arruinado pelos olhos desconhecidos que o examinaram e fuçaram nele.

Leon fechou os dedos lentamente em torno do relógio e deslizou-o de volta para o bolso.

"Gaia", ele começou. "Você me disse certa vez para ser bom, se eu soubesse como. Gostaria..."

Ela esperou, sem querer encontrar seus olhos, querendo que ele continuasse. Como não o fez, o silêncio estendeu-se entre eles como uma teia de aranha invisível. Na parte mais obscura dela, percebeu que poderia ter desejos também, desejos ilusórios que pertenciam mais a uma garota num jardim do que a uma prisioneira.

Leon limpou a garganta. "Aquele bebê", ele disse, por fim. "Aquele, sabe, da condenada executada. Pensei que você gostaria de saber. No fim das contas, o bebê foi para o mercado negro."

Os olhos de Gaia arregalaram-se. Teria ele arranjado aquilo? O significado daquelas boas-novas não estava perdido para ela. Se salvou aquele bebê, fez por conta de Gaia. Por ela. E não deve ter sido fácil. "Obrigada", ela disse.

Ele virou o chapéu mais uma vez na mão, então o enterrou na cabeça e partiu através do jardim.

Gaia seguiu-o para fora e esperou enquanto ele fechava com cuidado o portão, fazendo um leve clique. Significava muito para ela que ele tivesse dado uma chance ao bebê condenado. Assim como a laranja. Ele fez o que podia por ela, como Leon disse que faria, e mesmo que continuasse sendo um guarda e parte de um sistema corrupto, ela ainda era grata.

Estavam se aproximando do centro da cidade quando ela parou por um momento para tomar fôlego. Olhou para cima para encontrá-lo examinando-a, mas com uma tranquilidade nova. Gaia sentiu o cheiro de pão assando e, por instinto, virou-se para o aroma atraente. Olhou para uma pequena viela, e lá, pendurado numa barra de ferro, estava a placa de madeira com uma coroa de trigo esculpida.

"Compre um pão para mim", ela pediu em voz baixa.

Ele deslizou as mãos nos bolsos e curvou-se para trás de um jeito amigável por um instante. "Isso, Irmã Stone, é impossível."

A alegria a abandonou, e ela viu que ele estava quase sorrindo. Aproximou-se dele até os botões do seu vestido quase tocarem o peito do rapaz, e quando ela inclinou a cabeça para olhá-lo, as abas dos seus chapéus quase se encostaram. Ela se sentiu incrivelmente ousada e gostou da sensação. Ouvia-o respirar. As pupilas dele dilataram-se, e ele pareceu congelado por um instante, mas não recuou.

"Leon", ela disse suavemente. "Posso ir para a prisão e nunca mais sair de novo. Quero um pedaço de pão."

Os olhos azuis afiados dele apertaram-se um pouco, e então ela o viu lamber o lábio inferior. Ela respirava com dificuldade. Ocorreu-lhe como ele seria bonito se se permitisse um sorriso de vez em quando e, então, com naturalidade, ela sentiu seus próprios lábios se curvarem, incentivando-o.

Leon deu meio passo para trás, fechou os olhos e assentiu.

Um lampejo de vergonha a atingiu. Suas bochechas arderam com o enrubescer. Acreditou de fato, por um instante, que ela seria atraente para ele. E ele teve a gentileza de esquecer, por um instante, que metade do rosto dela era horrível. Ficou tonta com a humilhação.

"Esquece", ela murmurou.

"Não", ele retrucou, e embora não fitasse os olhos dela, agarrou o pulso dela com firmeza e a levou pela viela, para dentro da padaria. O ar morno, carregado de levedura, trazia um aroma rico, benfazejo, que permeou o rosto e encheu os pulmões de Gaia, dissipando um pouco da vergonha que sentiu.

"Um filão de pão, Irmão", Leon disse, soltando Gaia.

Os olhos do padeiro piscavam dele para Gaia em seu uniforme de prisioneira, então de volta, sem revelar nada. Esfregando o pulso, Gaia olhou por sobre o balcão alto e viu o que procurava: um imenso forno de tijolos, preto como a noite. Enquanto o padeiro embrulhava o pequeno filão crocante em papel pardo, ela examinou seu rosto, memorizando seu nariz adunco e as sobrancelhas brancas e grossas. Os braços eram musculosos, seu avental branco sujo com pedaços secos de massa. Quando pegou a moeda de Leon, assentiu com um menear breve de cabeça e deixou-a cair com um tilintar numa caixa atrás do balcão.

"Mais alguma coisa, Irmão?", o padeiro perguntou. Sua voz era forte e macia.

"Não. Obrigado", Leon falou.

"Eu sirvo ao Enclave", o padeiro disse.

"Eu também", Leon respondeu.

"Eu também", Gaia sussurrou.

O padeiro lançou outro olhar severo com seu olhos pequenos e pretos. Então, deu um passo para trás e pousou a mão nos tijolos do forno. Nada mais. Foi um gesto simples, natural, mas vendo-o, Gaia sentiu seu coração palpitar contra as costelas. Era uma mensagem, um sinal, e quando seus olhos encontraram novamente os do padeiro, ele balançou a cabeça minimamente. Ela desviou o olhar, rápida, saindo da padaria antes que Leon percebesse.

Ela não ousaria olhar para trás, para a padaria, mas sabia que o padeiro ainda a observava. Era o amigo de Derek. Esquecera seu nome, mas sabia que podia confiar nele. Mal conseguia esconder a empolgação.

Leon passou o pequeno filão para ela. "Tem bolso?", ele perguntou. "Será difícil entrar com todo mundo vendo que eu comprei um presente para você."

Ela deu uma mordida apressada no pão, quase gemendo com o delicioso gosto quente e sua nova pontinha de esperança. Por instinto, ela ofereceu um pedaço para ele. As sobrancelhas dele ergueram-se com a surpresa. Deu uma olhada rápida pela viela e viu que estavam sozinhos. Ele tirou um pedaço e mordeu com seus dentes brancos.

Gaia enfiou o resto na manga do vestido. As outras não ficariam espantadas quando ela entrasse na cela Q com pão de verdade, fresquinho, para dividir? Seria uma mordidinha para cada.

Leon engoliu e sua expressão ficou sóbria. "Por favor, lembre-se", ele disse. "Coopere com eles."

"Para quando devo esperar este interrogatório?"

"Logo. Amanhã ou depois de amanhã."

Ela passou a língua sobre os dentes para ter o último gostinho do pão. Não serviria de nada conhecer um padeiro se ela estivesse perdida em um interrogatório nas profundezas da prisão. Precisava chegar até ele, rápido. Quando voltaram para a estrada principal, Leon retomou um passo resoluto, e Gaia apressou-se ao lado dele.

"Tem algo que não entendo", ela falou. "Por que você está na guarda? Se seu pai é o Protetorado, por que você está servindo ao Enclave como qualquer homem inculto de fora das muralhas?"

"Você esqueceu. Eu sou de fora das muralhas", ele disse, seco.

"Não foi o que eu quis dizer."

Eles chegaram à praça, e Gaia diminuiu o passo ao ver as arcadas que levavam à prisão. Uma sombra pesada de fim de tarde se estendia por metade da praça, embora a luz ainda estivesse clara sobre os tijolos amarelos do Bastião. O prédio tinha um significado diferente para ela naquele momento em que sabia que Leon crescera lá dentro, como parte da família do Protetorado.

"Meu pai me deserdou", Leon disse de forma abrupta. "Não é segredo. Estou desacreditado e, ainda assim, eles se sentem obrigados a me observar. Que lugar melhor para isso do que a guarda?"

Estavam quase na entrada da prisão, e Gaia teve medo de ele não ter tempo de lhe contar antes de serem cercados pelos outros guardas. As pessoas na praça observavam, curiosas, um guarda conversando cara a cara com uma prisioneira.

"O que você fez?"

Ela viu o perfil dele virar-se para o Bastião, como se pudesse ver através das paredes as pessoas dentro dele, e então voltou seu olhar obscuro, irônico, na direção dela.

"Um crime contra o Estado", ele falou com uma voz fria.

A mudança nele era surpreendente. Gaia não entendia o que ele lhe dizia, ou mesmo se falava a verdade. Sabia que apenas algo que machucasse muito fundo poderia tornar uma pessoa tão amarga.

"Desculpe", ela murmurou.

Suas sobrancelhas ergueram-se com uma leve surpresa e um laivo de desdém. "Não precisa se desculpar", ele disse. Tive apenas o que merecia."

Passaram por baixo do arco de pedra, e ele sinalizou para dois guardas que estavam diante das portas de madeira.

"Levem-na para a cela Q", ele ordenou. "Está limpa."

"Sim, capitão", o guarda falou.

Gaia tirou lentamente o chapéu e sentiu o frescor das paredes de pedra acomodar-se ao redor dela quando a porta fechou, deixando a luz do sol e Leon do lado de fora.

Capítulo 14

Um crime contra o Estado

Naquela noite, Gaia compartilhou o pão fresco na cela Q, as outras mulheres ficaram visivelmente surpresas que Leon o tivesse comprado para ela. Ela ficou tentada em contar sobre as pintas e o medo que ela sentia pelo interrogatório iminente, mas tinha um novo temor naquele momento. E se uma delas entregasse o que ela dissesse aos guardas? Ela confiou em Sephie e, mesmo que Leon tenha alegado que Sephie não traíra Gaia, assim pareceu. As mulheres ficaram ainda mais surpresas em ouvir que Sephie estava livre e de volta à sua antiga vida.

"Então, há esperança", Cotty falou. "Qualquer uma de nós poderia ser libertada."

Houve um burburinho entre as mulheres, e Gaia viu a luz em seus olhos. A esperança era inebriante. Uma das mulheres deu uma risadinha. Apenas Myrna, sentada longe e lendo um livro esfarrapado, inclinando-o na direção da luz da janela, continuava parecendo indiferente. Quando lançava olhares por baixo de suas sobrancelhas pretas, Gaia sabia que Myrna imaginava haver mais coisas na sua história.

"Cuidado com ele", Myrna falou.

Gaia desviou o olhar, confusa, começando a enrubescer, e aquilo pareceu confirmar algo para Myrna. Ela assentiu, pousando um dedo no livro enquanto fechava as páginas.

"Não subestime o Enclave", Myrna falou. "Eles o usam, assim como usam nós todas."

"Mesmo você?", Gaia perguntou.

Myrna deu uma risada curta, como se Gaia a divertisse. "Eu diria que sim. Tiraram tudo que eu tinha e, ainda assim, eu trabalho para eles."

A voz das outras mulheres emudeceu.

"Não ligue para ela", Cotty falou.

"Não", Gaia falou. "Por que, Myrna? Por que faz isso? Por que não desiste, ou foge e toma um tiro? O que a impede de ir?"

"Meu Deus!", Cotty exclamou.

Myrna retesou a mandíbula e olhou com frieza para Gaia. "Honestamente? Não suporto a ideia de idiotas sobreviverem e eu não."

Cotty e as outras começaram a rir, e Gaia pensou se havia entendido o que Myrna quis dizer.

"Quero saber do capitão Grey. Como ele é?", Cotty perguntou. Sua expressão sincera, curiosa, a fez parecer mais jovem, apesar das linhas no rosto escuro. "Digo, eu costumava vê-lo com o Protetorado. Todos viam. Mas nunca falei com ele como você. Ele é um muito homem bonito."

"Todo mundo sabe que ele é filho do Protetorado?", Gaia perguntou.

Cotty e as outras trocaram olhares. "Eu diria que sim", Cotty falou.

Gaia sentiu-se uma idiota.

"Você não sabia!", Cotty falou, rindo. "Eu digo, esse pessoal de fora das muralhas. É como se vocês fossem de outro mundo."

Gaia cruzou os braços na defensiva. "Não significa que eu nunca tivesse ouvido falar dele", ela explicou. "Eu só não sabia quem ele era."

"Ah, que ótimo", Cotty retrucou. "Quero saber tudo sobre isso."

Gaia não tinha certeza de como responder, mas conseguia ver que as outras, exceto Myrna, observavam-na com curiosidade. Elas aceitavam qualquer assunto que as distraísse de suas perspectivas pálidas, e estava aprendendo que força existia nas pequenas notícias de fora das paredes da prisão, mas não estava certa do que poderia contar sobre ele. Além disso, ainda sentia como se devesse saber quem Leon era, de alguma forma. Como se isso fizesse alguma diferença. Gaia pegou a última migalha de pão no tecido cinzento que cobria o seu colo. "Não sei", ela se esquivou.

Cotty riu. "Você gosta dele!"

"Não", Gaia protestou.

No entanto, as outras mulheres estavam sorrindo também, e Gaia pôde sentir suas bochechas ficando quentes.

"Isso é ridículo", Gaia falou. "Eu mal o conheço. Além do mais, sei quanto sou horrorosa."

Cotty encostou a cabeça na parede, e os ombros dela pareciam relaxado, à vontade. "Sabe, eu pensei nisso num primeiro momento", Cotty confessou. "Mas a gente se acostuma com o seu rosto. Sempre observo seu lado bonito agora, e o outro lado meio que desaparece, como num ponto cego."

As outras murmuraram. Gaia desacreditava com franqueza. Vivera com sua feiura por tanto tempo, escondendo-a por trás de uma cortina de cabelos sempre que possível, que não havia maneira de ela acreditar que alguém pudesse achá-la bonita. Espontaneamente, imaginou Leon caminhando ao lado dela, e percebeu que ele se posicionava no lado sem cicatriz. Era natural evitar sua desfiguração; não significava que ele poderia considerá-la bonita.

Mesmo que quase a tivesse beijado.

Ela fechou os olhos e reprimiu um grunhido.

"Como ele é?", Brooke, uma das prisioneiras, perguntou. Brooke era uma mulher alta, desengonçada, com olheiras profundas e um nariz longo e fino. Ela deixou de lado o mapa de anatomia e sorriu, em incentivo.

Gaia baixou os olhos para suas mãos. *O que importa se fizer as vontades delas?* "É difícil dizer. Quando eu o encontrei pela primeira vez, ele tinha prendido os meus pais, eu estava com medo dele. Pareceu sério e frio. Realmente frio, na verdade. Agora, acho que ele é reservado", ela disse. Então, franziu a testa. "É muito cortês e educado, o que faz sentido agora, suponho." Ela se lembrou do bebê da mãe enforcada, do qual fizera o parto, e de como ele o salvou. Não poderia falar para elas isso também. "Eu costumava pensar que ele poderia ser cruel", acrescentou em voz baixa, "mas agora não tenho certeza." *Ele poderia ser um manipulador*, pensou. A descoberta que ele era de fora das muralhas era muito pessoal, confidencial demais para dizer-lhes e, por algum motivo, ela também não quis contar a elas que a laranja tinha vindo dele. "É difícil reconciliar suas maneiras gentis com o fato de estar na guarda. É como se ele não se encaixasse em lugar algum."

As mulheres assentiram. "Bem, e o pão com certeza foi uma surpresa. Ele deve ter um pingo de generosidade dentro dele, em algum lugar. Foi criado no Bastião, vocês sabem", Brooke falou.

"Até eles o chutarem", Cotty completou. "Quando foi isso? Dois... não, três anos atrás."

Gaia lançou um olhar para as outras mulheres para ver se era de conhecimento de todas. "Ele não esteve no Tvaltar há mais tempo que isso. Vocês não sabem por quê?", Gaia perguntou.

Cotty passou para Gaia uma meada de lã azul. "Enrole isso para mim, por favor", ela falou. "Ele estava lá regularmente até ter 10 anos mais ou menos. Então, desapareceu aos poucos. Começaram a fazer perfis mais individuais de crianças mais jovens. Não sei. Eu tinha uma espécie de curiosidade sobre Leon."

Brooke assentiu. "Eu também. Mas então veio uma coisa de 'respeitem nossa privacidade' quando as crianças cresceram."

Gaia encontrou o fim da meada e deu as primeiras poucas voltas ao redor de três dedos. "Por que eles o deserdaram?", ela perguntou.

Cotty estalou a língua. "Foi tudo muito sigiloso. Ele devia ter, o que, uns 16 anos? Foi na época do acidente infeliz com a irmã dele também. Fiona. Uma tragédia, aquilo."

Gaia olhou ao redor, ansiosa, esperando que uma das outras mulheres desenvolvesse o assunto. As agulhas de tricô de Cotty faziam um estalar contínuo. Myrna estava sentada mais uma vez com seu livro aberto, ostensivamente evitando entrar na fofoca.

"O que aconteceu com ela?", Gaia perguntou. "Digo, lembro que ela morreu num acidente, mas como foi?"

"Fiona caiu", Brooke falou. "Da janela do quarto dela, uma noite. Quebrou o pescoço."

Gaia sentiu um formigamento estranho de alarme, lembrando-se da maneira que Leon afastou-a do penhasco no jardim. Ela se perguntou se ele estava pensando em sua meia-irmã.

"Após a morte de Fiona, quase não se ouvia mais nada sobre a família do Protetorado no Tvaltar", Gaia falou, recordando um pouco mais. "Genevieve. Eu me lembro de uma foto dela chorando no funeral."

Brooke assentiu, e Cotty emitiu um sussurro solidário. "Muito infeliz", Cotty repetiu. "O negócio todo. Melhor nem falar disso."

"Mas o que fez Leon ser deserdado?", Gaia pressionou. "O que é um crime contra o Estado?"

As mulheres olharam-se nervosas, mas ninguém falou até Myrna voltar seus olhos pretos diretos para Gaia. "É um crime genético", ela falou.

"Como o quê?"

Ela olhou para Cotty e Brooke.

"Como do qual somos acusadas", Cotty disse.

Gaia lembrou-se do que as médicas contaram para ela, mas ficou confusa. "Como Leon poderia ter falsificado testes genéticos ou ajudado com um aborto?"

Cotty e Brook não disseram nada. Gaia olhou ao redor para o círculo de mulheres e, então, finalmente para Myrna.

"Ele dormiu com a própria tia", Myrna falou.

"Não", Gaia falou, estupefata.

Myrna deu de ombros, olhando para o livro novamente. "Foi o que ouvi."

Gaia virou-se, suplicante, para Cotty. "É verdade?", ela sussurrou.

"Não", Cotty falou, olhando feio para Myrna. "Foi apenas um rumor. Houve todo o tipo de rumores loucos, nem metade deles verdadeiros, tenho certeza. A tia Maura é dez anos mais velha que ele e uma mulher muito requintada, casada. Tenho certeza de que ela não faria uma coisa dessas. Myrna, você não deveria atormentar a garota."

Myrna apenas revirou os olhos, como se achasse as duas incrivelmente chatas.

"Mas, então, o que aconteceu?", Gaia perguntou a Cotty.

"Bem, não sei ao certo. Ninguém sabe", Cotty respondeu. "Poderíamos especular quanto quiséssemos, mas ninguém sabe de nenhum fato. Francamente, achei muito nojento, toda a especulação que houve. Por um momento, parecia que ele dormia com todas as garotas no Bastião, o que obviamente não era verdade. De qualquer forma, ele usou o nome de solteira da mãe, Grey, como sobrenome e juntou-se à guarda, e não ouvimos muito mais sobre ele."

Sem pressa, Gaia enrolava mais lã azul ao redor dos dedos. "Por que essa fofoca não chegou lá fora das muralhas?", ela quis saber.

"Tenho certeza de que chegou", Cotty disse. "Deve ter chegado. Talvez você só não tenha prestado atenção."

Gaia devia ter 12 ou 13 anos na época, calculou. Os pais, que nunca foram muito de fuxicos, podem ter falado um pouco sobre a questão, e a Velha Meg certamente falou, mas não teve impacto sobre Gaia. Ela sabia que Fiona havia morrido, mas com certeza não havia registrado o novo sobrenome de Leon. Talvez o escândalo dele tenha sido ofuscado pelo luto.

Nesse momento, ponderou sobre o pouco que sabia, perturbada pelas possibilidades sórdidas. Ela não conseguia acreditar que Leon tivesse dormido com a tia. A ideia era doentia. Violava tudo de decente que sabia dele. Não podia acreditar, mas com certeza algo acontecera para ele cair em desgraça. Ele parecia sentir que merecia.

Essa era a pista. As mãos dela pousaram sobre o novelo de lã e ergueu o olhar para as janelas. Não importava quais fossem os rumores, Leon acreditava que havia feito algo errado, alguma maldade que garantiu a exclusão da família e uma vida na guarda. Aquela existência, obedecendo às leis do Enclave sem questionar, dificultava tudo o mais em sua natureza e, em essência, ele havia escolhido aquilo. Escolhera capitular à sua própria ética. Escolheu tornar-se um insensível.

Gaia olhou para Myrna e encontrou a mulher mais velha olhando para ela com olhos cansados. Sentiu seu coração congelar-se, lembrando-se do aviso de Myrna: eles usarão você. E a ele.

"Dê mais tempo e este lugar destruirá até mesmo você", Myrna falou com suavidade.

Gaia levantou-se, entregou o novelo de lã para Cotty e seguiu para o quarto na cela.

Após o jantar, enquanto as outras conversavam no pátio, Cotty costurou um bolso na parte de dentro do cós do vestido dela. "Caso você consiga mais pão", Cotty falou, alisando o tecido antes de devolver o vestido. "Ou qualquer outra coisa. Você pode trazer agrados escondidos para nós."

Gaia sorriu, agradecendo-a, mas duvidava que teria mais oportunidades de caminhar com Leon, como Cotty obviamente insinuava. Gaia colocou o vestido novamente.

"Posso pedir uma coisa?", Gaia perguntou, com suavidade, mexendo nos botões. "Faz tempo que você conhece a Myrna?"

Cotty deu uma risada breve e enfiou a agulha num carretel de linha cinza. "Quer saber por que ela é tão malvada, não é?", Cotty perguntou.

Gaia não teria colocado de forma tão direta, mas teve de assentir.

"Ela tem um coração, eu sei disso", Cotty falou, devagar. "Mas acredito que ela afasta as pessoas antes que elas possam decepcioná-la. Ouvi dizer que teve um casamento breve, há muito tempo, e não terminou bem. Sei mesmo que foi prejudicada quando quis abrir uma clínica. Alegou que precisávamos de um banco de sangue para os hemofílicos e uma clínica de residência para os médicos, mas o Protetorado recusou de imediato."

"Por quê?", Gaia quis saber.

Cotty balançou a cabeça, deixando os carretéis e a tesoura numa caixinha. "Era um dos princípios fundadores: sem hospitais, sem medicina extrema. Apenas antibióticos e morfina. Eles ensinaram que qualquer coisa a mais agradaria aos fracos. Era uma escolha com relação aos recursos, brutal, mas necessária. Agora, Myrna acredita que as coisas mudaram."

Gaia olhou para as três janelas, refletindo sobre as possibilidades. "Ela é uma boa médica. Se ela estivesse no comando, mais pessoas poderiam viver mais tempo."

"Concordo. Mas o Protetorado tem certa razão também. Não tem vergonha alguma em morrer. O foco dele está na população como um todo, o que é melhor para todos, não o que é melhor para um indivíduo. Ele e Myrna enxergam sob perspectivas diferentes."

"E ele está no comando", Gaia disse, seca.

Cotty deu um estalo suave com a língua, e Gaia ergueu o olhar para ver seu sorriso caloroso, torcido. "Não se preocupe com a Myrna", Cotty disse, gentil. "Ela é maldosa, mas é esperta. E não é como Sephie."

"Como assim?", Gaia perguntou, perplexa.

Cotty deu um olhar de soslaio, tímido. "Não gosto de falar mal de alguém que não está aqui. Vamos dizer apenas que é fácil gostar de Sephie, porque ela é tão calorosa e amiga. Mas quando ela precisa, sempre escolhe o caminho mais fácil."

Gaia ficou mais desconfortável, sem saber o que dizer.

"Desculpe", Cotty continuou. "Eu estava apenas tentando dizer que você pode contar com Myrna." Ela esfregou o topo do nariz, pensativa. "Talvez seja por isso que ela está aqui."

Naquela noite, quando as outras estavam dormindo, Gaia tirou seu pequeno espelho e tentou ver o rosto na escuridão. Foi inútil, claro. O pequeno objeto ovalado zombava dela ao refletir apenas o quase negro das sombras da noite, como se ela mesma fosse invisível. Ela correu o dedão lentamente sobre a superfície suave do vidro, e então enfiou o espelho no novo bolso. À noite, sem nada para distraí-la, sentiu falta da mãe e do pai de um jeito muito intenso, a solidão invadiu seu coração como uma névoa fria, insondável. Myrna, Leon e até mesmo Cotty — essas novas pessoas na sua vida não a conheciam. Não sabiam quem ela era por dentro de verdade, ou o funcionamento intrincado do seu coração. Não havia ninguém que realmente a amasse, ela percebeu.

Ninguém além da mãe, onde quer que estivesse. Gaia teve uma lembrança repentina da mãe em pé, na beirada do alpendre dos fundos da casa, o rosto virado para a luz do sol, apertando os olhos e com um meio sorriso enquanto ela esticava o braço para desembaraçar os fios do sino dos ventos.

Você realmente deveria escovar seus cabelos para trás, Gaia. Deixe-me trançá-lo para você.

Lágrimas espontâneas encheram as pálpebras de Gaia. O cabelo dela estava curto agora. A mãe se fora. Ela virou a cabeça contra colchão fino, mantendo por reflexo a pele macia da cicatriz para cima, e disse a si mesma para não chorar.

Capítulo 15

A almofadinha amarela de alfinetes

Mal havia clareado quando os guardas vieram.

"Gaia Stone!", uma voz masculina gritou.

Ela rolou para fora da cama, os pés descalços bateram no chão gelado. Myrna correu até ela e agarrou os braços de Gaia com força, puxando-a para perto num abraço repentino, violento.

"Estão aqui por você", ela sussurrou, lacônica. "Fique firme. Lembre-se, seja lá o que fizer, seja lá o que disser, sua primeira tarefa é sobreviver."

Gaia agarrou-se a ela, aterrorizada, enquanto o guarda entrou no quarto e arrastou-a.

"Sapatos!", ele gritou. "Onde estão os seus sapatos?"

Gaia olhou para o chão, onde estavam os sapatos, e Myrna pegou-os rapidamente e jogou-os para Gaia.

"Rápido!", o guarda gritou de novo e, assim que ela calçou os sapatos, ele a agarrou novamente e amarrou de forma rude as mãos da garota para trás.

"Para onde vão levá-la?", Cotty perguntou.

As outras mulheres vieram dos seus quartos também e observaram, horrorizadas, enquanto os guardas apressavam Gaia na direção da porta. Quando uma delas começou a chorar, Gaia lembrou-se do dia em que levaram Sephie. Deu uma última olhada sobre o ombro para Myrna, que estava em pé, sozinha sob as janelas, enquanto as outras mulheres se agruparam em um abraço aterrorizado. O rosto pétreo de

Myrna endureceu com o amargor, e seus punhos estavam cerrados, rígidos ao lado do corpo.

"Ouviu? Sua primeira tarefa é *sobreviver!*", Myrna repetiu.

A porta fechou-se num estrondo atrás dela. Se Gaia acreditara que a médica mais velha era indiferente a ela, soube naquele momento que estivera errada. O que Cotty disse era verdade. As ordens ríspidas, o sarcasmo: eram a maneira de Myrna demonstrar afeto, e agora Gaia se agarrava aos últimos conselhos da mulher.

No momento seguinte, Gaia foi arrastada escadas acima e pelo corredor. Ela mal conseguia ficar em pé e não caía apenas por estar presa pelas mãos grosseiras dos guardas que a seguravam pelos braços, um de cada lado. Quando chegaram à entrada principal, olhou desesperadamente ao redor, esperando ver Leon, mas havia apenas mais guardas desconhecidos vestidos de preto. Meia dúzia deles cercou-a quando saíram da prisão, passando pelo arco de pedra para o ar frio e escuro da praça deserta. Um redemoinho de névoa envolvia o obelisco no meio da praça.

De repente, lembrou-se do seu primeiro dia ali, quando um homem foi arrastado para o Bastião na madrugada, bem no momento em que ela estava sendo arrastada. Mais tarde, a mulher grávida e seu marido foram enforcados. O terror a envolveu, e os pés recusavam-se a impulsionar para a frente.

"Vamos", o guarda à direita a repreendeu, puxando-a tanto que ela quase tropeçou em suas sapatilhas soltas.

Gaia ofegou de dor enquanto suas mãos amarradas torciam-se na corda apertada, e então ela se inclinou para a frente entre os guardas. Quando eles a levaram direto para o Bastião, o alarme de Gaia espalhou-se com o ar frio nos seus pulmões.

"Não", ela sussurrou.

"Venha, sem mais escândalo", o guarda falou no ouvido dela.

Gaia encolheu-se, mas os dois guardas carregaram-na pelos braços até a escada e colocaram-na em pé quando chegaram à porta. Enquanto esperavam que a porta abrisse, Gaia teve a primeira oportunidade de tomar fôlego. Um dos guardas inclinou-se para mais perto, e ergueu um pouco as madeixas que caíam sobre os olhos dela.

Gaia lançou a cabeça para trás, olhando furiosa para ele.

"Ah", o homem disse, seu hálito azedo no rosto dela. "Pensei que a gente tivesse uma bonita aqui, mas ela é horrenda."

O guarda na frente virou-se um pouco. "Esse foi o jeito de saber que pegamos a correta" ele disse rapidamente. "A cicatriz."

Gaia ardeu com a ofensa, mas qualquer coisa era melhor do que o pânico irracional que sentiu antes. Ela se aprumou, encarando o primeiro guarda com frieza. Os olhos dele projetavam-se e um nariz sarapintado, bulboso sobressaltava os lábios enquanto ele olhava maliciosamente para ela. O orgulho estabeleceu-se e salvou-a de reagir. Ela desviou o olhar na direção da porta.

O guarda deu um beliscão forte no braço de Gaia, e ela ofegou.

"Acha que é melhor do que eu?", ele sussurrou.

Ela travou os dentes, esperando em desespero não ficar por muito mais tempo nas mãos deste homem.

"Você não passa de uma vagabunda barata de fora das muralhas", ele chiou.

Então, a porta se abriu, e ela foi conduzida para um corredor iluminado que, inesperadamente, cheirava a algum perfume suave. Os guardas ficaram em silêncio e, após um último empurrão, deram um pouco de espaço para ela.

Estava em um espaço vasto, aberto, o exato contrário à fachada plana, utilitária do prédio. Nada que tinha visto no Tvaltar havia lhe preparado para aquela visão. Um par de arbustos de gardênias num vaso, responsável pela fragrância pura, jazia no patamar de uma escadaria grande e branca que ascendia em uma curva dupla e perdia-se de vista. Azulejos brancos com pequenos enfeites de ladrilhos pretos em um padrão geométrico caprichoso adornavam o chão. Além das escadarias, as paredes pareciam ser feitas inteiramente de portas duplas e ela viu a luz esverdeada de um solário por trás das janelas. À esquerda e à direita de Gaia havia portas de madeira enormes combinando, ambos os conjuntos entalhados com figuras e árvores.

Gaia estava em pé e aguardava entre os guardas, feliz pelo silêncio deles, e então, de forma inesperada, ela ouviu um fragmento de riso infantil vindo de algum lugar na parte de trás da casa. Um garotinho de 2 ou 3 anos veio correndo numa camisola azul brilhante e um par de pantufas felpudas rosa que eram grandes demais para ele. Carregava uma bola amarela. Sua risada soava clara, alegre, completamente discordante com a situação desesperada na qual ela se encontrava, e ela parou, pega de surpresa, sabendo que qualquer momento ele veria a ela e os guardas.

Ele se movia tão rápido que passou parcialmente pelo grupo antes de os vir, e então escorregou nas pantufas, seu sorriso de repente desapareceu. Ela observou o pé dele tropeçar na canela, e então cair, espalhado num montinho azul sobre o ladrilho branco. A bola voou da sua mão. Por instinto, ela deu meio passo na direção dele, mas mãos fortes a seguraram para trás.

A pequena bola amarela patinou, atravessando os ladrilhos brancos e pretos, aterrissando diante dela, e revelou ser a almofadinha amarela de alfinetes do pai de Gaia, na forma de um limão siciliano. Gaia ficou surpresa. Por qual caminho tortuoso aquela almofadinha poderia ter tomado do bolso de Leon até virar esse brinquedo de criança?

No momento seguinte, uma garota mais velha, de 9 ou 10 anos, veio correndo atrás do garoto. Seus cabelos loiros e ondulados destacavam-se em torno do rosto corado em uma confusão gloriosa.

"Michael!", ela gritou, sem fôlego com as risadas. "Se você não devolver minhas pantufas..." Sua voz interrompeu-se quando os viu, e cambaleou até parar. O menino inclinou-se para a frente para pegar a almofadinha assim que ela correu para ele, encurvando-se para agarrá-lo nos braços.

"Tia Genevieve!", ela gritou. Estava voltando pelo caminho do qual viera, carregando a criança pesada.

Uma terceira pessoa chegou, indignada, pelo corredor. "Pelos céus, o que está acontecendo?", ela quis saber.

Gaia encarou-a. Era a mulher que tinha visto apenas um dia antes, quando caminhava com Leon: Genevieve Quarry, a esposa do Protetorado. E ela parecia furiosa.

"Britta. Leve-o de volta para a cozinha. Imediatamente", Genevieve disse para a menina.

Quando as crianças recuaram mais um passo e, em seguida, fugiram em carreira, Genevieve irrompeu adiante.

"Como ousam", ela questionou, sua voz educada e pungente mesmo num sussurro.

"Desculpe, Irmã Quarry", o guarda disse. "Pediram para que eu a trouxesse para o Irmão Iris na primeira hora da manhã."

Gaia sentiu o olhar penetrante de Genevieve voltar-se para ela e recuou por instinto.

"Façam, pois, o seu trabalho", Genevieve disse com desdém para o guarda. Ela bateu na porta à esquerda de Gaia, que, instantaneamente, foi aberta por dentro.

"Tire essa maltrapilha do meu saguão, Winston", Genevieve disse.

"Peço que me perdoe", Winston disse com suavidade, abrindo caminho e gesticulando para que o grupo de Gaia entrasse. "Um descuido desses não ocorrerá novamente."

Genevieve já estava desaparecendo no fundo da casa.

"Miles ficará sabendo disso", ela falou sobre o ombro, e sua voz baixa foi bastante clara.

Winston era um porteiro troncudo, de meia-idade, com boca pequena e pouca expressão, mesmo quando estava sendo repreendido. Ele simplesmente assentiu mais uma vez, apressou-os para dentro e fechou a porta.

Gaia esperou que Winston brigasse com os outros guardas, mas não disse nada, levando-os pelo corredor. "Cuidado com o degrau aqui", ele disse com cortesia, apontando, enquanto os precedia duas escadas abaixo, e então os guiou por diversas passagens. Gaia passou por uma série de janelas altas, cada qual mostrando um vislumbre da névoa e a silhueta densa do monumento. Quando Winston levou-os para a próxima escadaria, uma prática, quadrada com degraus estreitos, Gaia teve a impressão de que o Bastião tinha duas funções distintas: a de casa bela, graciosa na qual Genevieve e as crianças habitavam, e a parte prática, onde ela entrava como prisioneira amarrada. *De certo modo, é apenas uma versão mais extrema da sociedade na qual eu já vivo*, Gaia pensou, *outra divisão, como aquela que separa aqueles que vivem dentro e fora da muralha.* Acabara de ver onde os mundos colidiam.

"Aqui, um momento" Winston disse finalmente, pausando antes de uma porta alta de madeira. Outras portas semelhantes alinhavam-se pelo corredor. Havia um tapete que cobria o centro do corredor e as janelas de ponta a ponta.

Winston bateu na porta, e uma voz pediu que entrassem. Gaia entrou numa sala grande, arejada, com livros enfileirados e tapetes suntuosos que abafavam os passos. Um canário amarelo fazia um barulho agitado numa gaiola ao lado de uma das janelas.

"O que é isso?", uma voz irritada falou, e Gaia viu um homem pequeno, grisalho, com óculos e ombros curvados encarando-os de trás de uma mesa. Suas roupas brancas tinham linhas bordadas sem parecer estritamente um uniforme.

Era uma mesa peculiar, com um tampo de vidro e uma luz brilhando de baixo para cima, de forma que o rosto do homem iluminava-se sob o queixo, o nariz e as sobrancelhas, dando a ele uma aparência fantasmagórica.

"É a garota com cicatrizes lá de fora", o guarda falou. "Gaia Stone."

"Estou vendo", disse o homem, furioso. "O que há com o resto de vocês?"

Os guardas ficaram parados de forma estúpida por um momento.

Winston pigarreou. "Obrigado", disse ao chefe da guarda. "Podemos assumir daqui."

O guarda retesou o queixo, obstinado. "Ela é perigosa. Preciso tomar toda a precaução."

"De fato", Winston falou. "E vocês já tomaram. Deixe-me mostrar o caminho da saída."

Gaia foi deixada ao lado da porta, enquanto era fechada com tranquilidade, e o último ruído dos guardas e de Winston começou a desaparecer pelo corredor. Suas mãos ainda estavam presas para trás e seu vestido cinzento estava amarrotado por todos os empurrões que sofreu, mas respirou fundo e disse a si mesma para manter a calma. Ficou quieta, esperando. Considerando o que o guarda havia dito à mulher do Protetorado, imaginou que o velho devia ser o Irmão Iris. Não parecia um torturador, ela pensou com cuidado, e o lugar mais se assemelhava a uma biblioteca do que uma cela de prisão. Mas mesmo assim. Ela se perguntou por um instante o que teria acontecido se, semanas atrás, ela tivesse se apresentado ao portal sul com a fita e pedido para ver o Irmão Iris, como Leon aconselhou que fizesse.

Ele arrumou os óculos, sua atenção ainda sobre a mesa. Gaia deu um passo para a frente e percebeu que o tampo da mesa era como uma imensa televisão, mas com uma dúzia de telas ligadas de uma vez.

"Venha", ele disse, impaciente.

Quando Gaia avançou em silêncio pelo tapete grosso, ele tocou o tampo da mesa com a ponta do dedo, e uma cena apareceu: um pai ao lado do Deslago, e uma mulher de cabelos ruivos embalando um bebê diante dela. O sol havia acabado de nascer, e os dois estavam vestidos em roupas simples de trabalho. A mulher havia deixado o chapéu cair para trás e ficou pendurado pelas fitas ao redor do pescoço. Estavam sorrindo e a boca de ambos se movia, mas Gaia não conseguia ouvir suas vozes.

"Sim, venha aqui", o homem falou, acenando para que ela viesse para o lado dele. "Bem aqui. Não muito perto", ele falou, torcendo o nariz como se ela fedesse.

"O senhor é o Irmão Iris?", ela perguntou.

"Assista", ele ordenou, apontando para a tela.

Gaia olhou com mais cuidado, e quando percebeu que a mulher na tela era Emily, impulsivamente sorriu. "Ah!", ela falou. "Eu os conheço! Emily teve o bebê, então. É um menino?"

"Sim", o homem respondeu.

Ela ficou confusa

"Quando foi feito esse filme?", ela perguntou.

"Inacreditável," o homem murmurou para si. "É *agora*, garota", ele falou. "Tem uma câmera focalizada neles agora. Estão dando um passeio matinal antes de irem trabalhar."

Quando Gaia entendeu o que ele estava dizendo, percebeu que devia haver câmeras apontadas em pontos estratégicos ao redor de Wharfton. Ela sempre imaginou que havia alguns informantes em Wharfton que entregavam informações ao Enclave, mas não tinha pensado que havia de fato câmeras espionando-os em tempo real. Era assim que o Enclave parecia saber de tudo no momento em que as coisas aconteciam.

"Vocês têm câmeras em todos os lugares?", ela perguntou.

"Olhe agora", o homem falou. "Essa é uma lição para você."

"Se o senhor for o Irmão Iris", ela falou, nervosa. "O senhor sabe onde está a minha mãe?"

O homem pegou no braço de Gaia com força inesperada e aproximou o rosto do dela. "Claro que sei onde sua mãe está. Mas agora você precisa assistir isto."

Ele deu um tapa na mesa tão forte que as imagens vibraram por um momento. Gaia ficou surpresa que ele falasse de sua mãe no presente; que soubesse onde ela estava. Com uma onda de esperança, voltou o olhar obedientemente para a tela na mesa dela e viu um corvo, imenso e preto, sentado nas pedras aos pés de Emily. Kyle apontou-o com gestos largos, apatetados, mas o bebê era jovem demais para apreciar um pássaro e, em vez disso, continuou a murmurar para a mamãe. Gaia pôde ver Emily dizer algo, rindo.

O Irmão Iris apertou um botãozinho no canto da mesa. "Elimine o pássaro", ele falou.

A princípio, nada mudou, exceto que Emily passou o bebê para o pai. Então, houve um borrão de preto no canto da tela e os pais pularam ao mesmo tempo, alarmados. Aos seus pés, o pássaro foi reduzido a uma massa imóvel de penas com um pé torto suplicante para cima. A visão da câmera aproximou-se, diminuindo a imagem dos pais, que estavam correndo com o bebê o mais rápido possível de volta para as casas de Wharfton. O cabelo castanho-avermelhado de Emily esvoaçava atrás dela e, embora não houvesse som, Gaia viu que ela estava gritando de pânico e medo.

Capítulo 16
Cooperação

"Por que o senhor fez aquilo?", ela perguntou, sem compreender. Ela sabia que o Enclave podia ser sistematicamente cruel, como quando executaram os prisioneiros na praça do Bastião, mas o pássaro era inofensivo. A crueldade era tão sem sentido. O horror daquilo, a dimensão do seu poder, lhe deu calafrios. Quando o Irmão Iris se virou para Gaia, deliberadamente, olhando com seriedade, ela recuou.

"O senhor deu ordem para um soldado na muralha atirar no pássaro", ela disse. "E se a mira dele não fosse boa?"

O Irmão Iris ergueu os óculos coloridos, levantando-os sobre os cabelos grisalhos no topo da cabeça. Suas pupilas eram dilatadas de forma sobrenatural, reduzindo as íris até os anéis mais estreitos a um azul pálido. "Preciso ter certeza de que terei sua inteira cooperação", ele falou.

"Ou o quê?", ela perguntou, sem fôlego. "Vai me matar?"

Ele inclinou um pouco o rosto, contemplando-a com olhos insondáveis. "Não. O bebê de Emily, talvez. Ou Sephie Frank. Você gostava dela, não? Que tal Leon?" A voz dele era enganosamente casual.

"O senhor não faria isso."

"Que tal sua mãe?", ele acrescentou.

Ela sacudiu a cabeça com firmeza, a mente lutando para acompanhar cada ameaça cada vez mais dolorosa. "Não acredito que ela esteja viva." A dura verdade a atingiu novamente. "O senhor mentiu para dar a si mesmo mais poder."

O homem aproximou-se da mesa mais uma vez. "Talvez não seja tão estúpida, no fim das contas", ele murmurou e tocou a mesa com a ponta do dedo.

Uma nova tela apareceu e, mesmo contra vontade, Gaia deu mais um passo para ver melhor. Era uma imagem de três mulheres dormindo em um espaço semicircular fechado por paredes de pedra. Gaia pôde ver que estavam em catres, com cobertores cinza. Poderia ter sido uma fotografia em preto e branco pela falta de cores e movimento, exceto que num momento uma cortina balançou ao vento silencioso. Gaia tentou discernir os rostos, colher qualquer pista da cena que mostraria a ela onde estavam. Viu uma corrente preta que levava a uma das camas. As mulheres estariam algemadas?

"Talvez você não possa ver", ele falou. "Mas a do meio é sua mãe."

"Onde elas estão?", Gaia perguntou, olhando mais perto, desejando que a mulher rolasse para que ela pudesse ver o rosto e ter certeza.

O homem tocou o tampo da mesa e ele apagou. Gaia piscou e recuou vários passos até as pernas baterem numa cadeira.

"Talvez", ele falou lentamente, baixando os óculos sobre os olhos, "se você cooperar, eu poderia providenciar um encontro entre vocês."

"O senhor poderia, de verdade?"

"Pode ter certeza."

Dividida, Gaia torcia os dedos em punhos presos nas costas, instintivamente forçando as cordas. Apesar da aparente tranquilidade do homem, ela entendeu que ele tinha poder de vida e morte sobre todas as pessoas que podia ver na tela de sua mesa. Ao mesmo tempo, Leon havia dito que o Enclave recompensava a lealdade. As opções eram claras: *Coopere e veja sua mãe. Resista e ela será morta.* Gaia sentiu um enjoo.

"Sente-se, por favor", Irmão Iris disse.

Ela se sentou, hesitante, na ponta da cadeira estofada atrás dela, tocando o cetim macio do encosto com as pontas dos dedos para se equilibrar. Se ela soubesse o que os pais gostariam que ela fizesse. Como seu pai fora baleado fugindo, ele deve ter acreditado que qualquer coisa era melhor do que cooperar com o Enclave, até mesmo a morte. Contudo, a mãe ainda vivia. Tinha encontrado uma maneira de resistir e ainda ficar viva? Gaia não aguentava pensar que qualquer coisa que pudesse fazer colocaria sua mãe em perigo ainda maior. "O que o senhor quer que eu faça?", Gaia disse com voz baixinha.

Pela primeira vez, os lábios do Irmão Iris curvaram-se num leve sorriso. "Bem", ele falou. "Eu sabia que você seria razoável. Você sempre serviu bem ao Enclave, exceto aquela aberração ridícula após o enforcamento."

As bochechas de Gaia arderam. "Sim", ela improvisou. "Lamento. Eu não conhecia as leis na época."

Ele deu de ombros. "Seu treinamento foi basicamente deixado nas mãos do destino", ele falou. "Sem dúvida, absorveu alguma noção ética deturpada de que salvar a vida de um bebê é mais importante do que obedecer às leis do Enclave. Mas nossas leis existem para o bem maior, e você não deve desprezá-las."

Ela baixou o rosto, esperando parecer humilde na medida certa. Aquele homem acreditava, em absoluto, que o que estava fazendo era correto. Aquilo o tornava ainda mais aterrorizante. O Irmão Iris encaixou novamente os óculos no nariz e voltou a tocar a tela.

"Preciso que você me diga o que sabe sobre a fita de sua mãe", ele disse.

Gaia ficou tensa, lembrando-se do aviso de Leon. "Não sei muita coisa", ela começou. "Acho que é um código. Disseram-me para mantê-la segura e não perdê-la." Ela omitiu que sua mãe havia avisado para que a destruísse.

"Quem disse isso? Sua mãe?"

Ela sacudiu a cabeça. Ainda bem que a Velha Meg estava longe havia muito tempo e segura na Floresta Morta. Se não, provavelmente perecera no caminho. Gaia hesitou por um segundo, então se lembrou de como o Irmão Iris ordenou sem a menor piedade a morte do pássaro. Não poderia afrontá-lo agora. "A Velha Meg", ela disse. "Era uma amiga da minha mãe. Ela me deu a fita na mesma noite em que meus pais foram presos."

Ele franziu a testa de leve, e Gaia imaginou que fosse algo que ele não sabia. Aquilo lhe deu uma pitada de esperança. Talvez decidisse que ela poderia ser útil.

"Onde está a Velha Meg agora?", ele quis saber.

Ela desviou os olhos, olhando para as janelas altas à direita. Poderia ver o topo do obelisco surgindo através da névoa. Ela se mexeu, desconfortável, na cadeira, suas mãos ainda presas para trás.

"Responda!", ele disse com nervosismo.

Gaia deu um pulo. O canário piou na gaiola. "Ela foi embora", ela disse. "Disse que estava saindo da cidade."

"Ninguém sai da cidade", ele falou. "Ela falou para onde estava indo?"

Gaia engoliu seco. "Para a Terra Perdida. Floresta Morta."

As sobrancelhas do Irmão Iris ergueram-se, divertido.

"O que foi?", ela perguntou.

"A Floresta Morta não existe", ele disse. "É um lugar de um conto de fadas."

Ela ficou confusa. "Mas…"

Ele sacudiu a cabeça, os olhos um pouco entusiasmados através das lentes coloridas. "Sempre esqueço que você é uma menina", ele disse. "De fora das muralhas, ainda por cima." Ele fez uma pausa e esfregou o queixo. "Talvez leve algum tempo", ruminou. Ele se inclinou sobre a mesa de tela e apertou um botão. "Preciso de um quarto preparado", ele disse com suavidade. "Não, no terceiro andar. E poderia também providenciar um chuveiro e roupas limpas para ela. Está com um pouco de mau cheiro."

Gaia sentiu o rosto enrubescer, mas tentou resistir à primeira reação de vergonha. Não era culpa dela que na prisão não lhe deram a chance de se lavar com frequência. O homem a inspecionava.

"Está com sede?", perguntou.

Ela assentiu. Não havia comido naquela manhã. O homem esticou o braço até um bule que ela não havia percebido antes numa mesa próxima e serviu uma xícara de chá. O aroma recendente pairou na sala, e ela pensou como beberia com as mãos atadas quando ele levou a xícara até os lábios dela.

"Fale mais sobre a fita", ele disse.

A sede dela, quase imperceptível antes, agora havia se intensificado, e ela encarou a xícara com inveja enquanto ele a embalava entre os dedos.

"Não sei muito mais que isso", ela falou.

"Você prometeu cooperar", ele a lembrou.

"Eu sei", ela respondeu. "Estou cooperando." Esforçou-se para encontrar as palavras certas. "Pergunte alguma coisa."

"Sua mãe levava a fita com ela quando vocês iam fazer os partos?"

"Não", ela respondeu.

"Ela lhe mostrou alguma vez antes da noite em que a Velha Meg lhe deu?"

"Não. Eu não sabia que ela existia."

"Sua mãe alguma vez escreveu bilhetes para você com alfabetos estranhos?"

O coração de Gaia disparou no peito. Ela lambeu os lábios. "Não", ela disse.

"Eu sei quando você está mentindo", ele disse com tranquilidade.

"Não", ela repetiu. "Quem gostava de fazer jogos com letras e músicas era o meu pai."

As sobrancelhas dele voltaram a se erguer. "Então, é possível que seu pai tenha feito esta fita?"

A ideia a intrigou, e ela voltou seu olhar para ele. "Faz sentido", ela falou devagar. "Ele era alfaiate. Fazia todas as costuras da nossa família." Percebeu então que era possível, até mesmo provável, que a mãe tivesse dito ao pai sobre os bebês, e o pai tivesse registrado as informações com a linha de seda na fita. Ele era o verdadeiro registrador.

O Irmão Iris inclinou-se de novo sobre a mesa e passou o peso de uma perna para a outra. "Isso é uma vergonha", ele disse, seco. Aparentemente, havia chegado à mesma conclusão que ela.

Ela apertou os olhos. "Porque vocês o mataram", ela disse.

O homem estava coçando o queixo.

"Por quê?", ela perguntou. "Ele era o homem mais gentil que já existiu."

Ele virou o olhar vagarosamente na direção dela. "Ele matou dois guardas."

"Tentando escapar? Não acredito no senhor."

"Tentando chegar até sua mãe."

A dor no coração de Gaia apertou-se um pouco mais, e por um momento ela fechou os olhos e imaginou o pai brigando com dois guardas, tentando chegar até a mãe dela. Aquilo fazia sentido para ela. Aquele era o pai dela. Ela olhou com raiva, ressentida, para o homenzinho grisalho. O canário fez outro ruído de sacudidela no alpiste e deixou escapar um piado.

O Irmão Iris deixou sua xícara e caminhou até um pequeno gabinete, abriu uma gaveta e tirou de lá um frasquinho. Caminhou até as janelas e parou lá para segurá-lo contra a luz, observando-o. Gaia inspirava rapidamente, reconhecendo seu frasco de tinta.

"Deixe-me falar a você sobre sua tinta", ele falou. "É ocre, misturado com argila, álcool e um antibiótico." Ele o sacudiu à luz, indolentemente, inspecionando a cor opaca, amarronzada. "É bastante bruto, mas funcional", ele disse. "É a adição do antibiótico que não é comum, especialmente porque antibióticos são ilegais fora das muralhas. Sua mãe fez essa tinta?"

Ela pensou apressada. Percebeu que ele deveria saber ao menos tanto quanto Leon sabia antes de conversarem no jardim. Sabia sobre o padrão das pintas pelo que ela havia dito a Leon no dia anterior? Se o capitão revelou a informação ao Irmão Iris, isso poderia ser um teste para ela, um que precisava passar. Por outro lado, se Leon tivesse mantido segredo, ela estaria revelando-a sem necessidade para o inimigo.

"Gaia?", o homem chamou. Aproximou-se dela e, lentamente, desrosqueou a tampa. "Não desperdice o meu tempo, Gaia", disse de forma ameaçadora. Mergulhou a ponta do seu dedo rosado na tinta e segurou diante dos olhos.

"É para as pintas" ela falou.

Ele deu um sorriso satisfeito.

"Agora estamos chegando a algum lugar", ele falou. "Explique."

Ela explicou de forma breve o costume que a mãe tinha de dar chá à mãe, e as quatro picadas rápidas de tinta no tornozelo do bebê. Ela o observava de perto enquanto falava, mas não conseguiu dizer se revelou algo que ele já sabia. Ficou com medo. O padrão de pintas era o último segredo que sabia. Não havia mais nada a dizer. Se eles quisessem que ela revelasse qualquer outra coisa, não poderia ajudá-los. E então? Eles poderiam matá-la. Primeiro a torturariam, ou fariam mal às pessoas inocentes de quem ela gostava?

Quando Gaia terminou, a sala ficou em silêncio, e ela pôde ouvir apenas um zumbido leve da mesa de imagem e um retinir abafado de fora na praça.

"Posso ver minha mãe agora?", Gaia perguntou, temerosa.

O Irmão Iris afastou-se com uma risada breve, sem humor. "Qual é a pressa, minha querida? Acabamos de começar."

Ele devolveu a tampa para o frasco de tinta e jogou-o de forma indelicada na pequena gaveta do gabinete. Ele tirou um papel e um lápis. Deixou-os sobre a mesa ao lado dela, e então olhou para os braços dela e franziu a testa. Tocou outro botão na mesa de imagem.

"Mande um guarda aqui para cima." No intervalo enquanto esperavam por um guarda, Gaia sentou-se, rígida, na cadeira, ficando cada vez mais inquieta. O Irmão Iris ergueu a xícara de chá e foi olhar pela janela. Algo sobre a despreocupação casual dele com ela lhe deu calafrios profundos, e quando olhou sobre os ombros estreitos em suas vestes brancas, os óculos coloridos, pequenos e delicados, sentiu um grau de ódio que ultrapassou qualquer um que sentira antes. Sua antipatia por ele a deixava ainda mais temerosa, até seus dedos frios tremerem.

Ela se lembrou do que Myrna disse a ela e tentou agarrar-se àquilo: *sobreviva*. Esse era o objetivo. Até então, estava sobrevivendo, mas apenas ao custo de entregar os segredos dos seus pais. O que sua mãe pensaria daquilo?

Uma leve batida soou na porta atrás dela, e o Irmão Iris disse ao guarda para desamarrar Gaia. Seus braços e ombros estavam dormentes e doíam quando por fim seus pulsos foram soltos, e ela esfregou as mãos frias e rígidas até formigarem.

"O quarto está pronto, Irmão" o guarda falou.

Gaia assustou-se com a voz familiar e virou-se um pouco para ver o sargento Bartlett, seus cabelos claros cuidadosamente penteados e sua expressão neutra. De imediato ela desviou o olhar, sem querer revelar por sua postura que ela o reconhecera. Era possível, apenas possível, que Leon tivesse arranjado para mandar seu amigo até lá, mas não tinha prova de que o sargento Bartlett estaria inclinado a ajudá-la.

"Bom", Irmão Iris disse. "Fique na porta."

Gaia ouviu-o se retirar atrás dela, e então o Irmão Iris voltou sua atenção de volta para Gaia. "Quero que você desenhe o padrão de pintas", ele disse, entregando-lhe o lápis.

192

Ela escondeu sua surpresa. Seria simples mostrar o padrão para ele em seu próprio tornozelo, mas aparentemente ele não sabia sobre aquilo, que poderia apenas significar que Leon não lhe dissera nada. Gaia pegou o lápis com seus dedos frios e desajeitados e forçou-os a segurá-lo. Ciente de que o guarda atrás dela também observava, desenhou com cuidado o padrão familiar:

"Isso?", Irmão Iris soou surpreso. Ele girou o papel para si. "Tão simples", ele acrescentou com uma voz diferente, como se aquilo fizesse sentido. "O que significa?", quis saber.

Gaia ergueu um ombro. "Não sei. É como parte de um quadrado."

Irmão Iris ainda estava olhando para o papel, se não fosse por isso, ele saberia que estava mentindo. Pensou que a pista da constelação de Órion tinha relação ao nome de solteira da mãe, mas se ele não reconhecesse o padrão, não daria essa informação.

"Então, todos os bebês que sua mãe entregou ao Enclave, todo bebê do Setor Oeste Três, tem essas pintas", o Irmão Iris disse. "Essas mesmas pintas?"

"Sim. Às vezes, ela ajudou a fazer o parto de bebês em outros setores quando era necessário, mas foram poucos, em comparação."

"Mas aqueles bebês também estariam no código da sua mãe", o Irmão Iris comentou.

Gaia não conseguia garantir. "Suponho que sim", ela falou. "Não sei."

Aquilo fez com que ela se sentisse bastante desconfortável, cooperando com ele. Honestidade, mesmo a honestidade parcial, nunca lhe pareceu tão errada. Os olhos dela viraram com saudade para as janelas. A névoa já havia subido, e ela pôde ver a luz do sol na pedra pálida do obelisco.

"O que faz vocês pensarem que o código da fita é sobre os bebês da cota?", ela perguntou.

"Venha. Olhe para isso", o Irmão Iris disse. Estava em pé ao lado da tela novamente, e ele guiou Gaia para mais perto. Na camada superior havia uma imagem da fita de sua mãe, mas agora em tamanho aumentado, de forma que uma parte dela era mais larga do que a mão da garota, as marcações em seda fáceis de ver.

Ela segurou o lápis com força entre os dedos, desejando que as pequenas linhas resolvessem a si mesmas em um padrão que ela pudesse identificar, mas os símbolos pareciam mais rabiscos do que quaisquer letras que ela conhecera. Sentiu que o Irmão Iris observava seu rosto de perto, e ela tentou se concentrar. O esforço apenas a deixava mais confusa e ansiosa.

Ao lado dela, o homem suspirou.

"Desculpe", ela disse em voz baixa. "Estou tentando."

"Não há dúvida de que vamos acabar decifrando-o", ele disse. "Podemos ver que é um registro de nascimentos." Ele apontou para um grupo de símbolos. "Esses, claramente, são números. Eles se repetem com variações." Ele apontou para outro grupo, e então para outro, mas ela não conseguia ver como estavam relacionados. "As outras imagens são os nomes dos pais. Combinados com os registros da data de nascimento do Berçário de quando o bebê entregue chegou dentro das muralhas, podemos descobrir os pais biológicos de nossos filhos fora das muralhas. Ao menos os do Setor Oeste Três. Até então, sua mãe é a única parteira que conseguimos encontrar que mantinha registros."

"Você perguntou às outras?"

"Claro."

Gaia perguntou-se se a mãe ouvira sobre essas investigações e se aquele era o motivo pelo qual ela deu a fita para a Velha Meg poucas semanas antes de ser presa. Gaia franziu a testa, e o Irmão Iris inclinou a cabeça, observando-a.

"Tem outra pergunta?", ele quis saber, seco.

"Por que vocês não mantiveram o registro dos pais biológicos antes?", ela perguntou. Parecia algo óbvio a se fazer.

Ele ergueu uma sobrancelha, recostando-se um pouco. "É mesmo, por quê? Havia uma ideia errônea de igualdade e justiça. Todos os bebês de fora das muralhas eram igualmente valiosos, então não havia registro da sua herança, em tese. Eram membros verdadeiros de suas famílias no Enclave, com todos os direitos consanguíneos. Sem laços com o lado de fora. Esse foi o princípio décadas atrás, quando o Enclave resgatou os primeiros bebês de pais abusivos de fora das muralhas. Além disso, o anonimato era presumido para elevar a noção de responsabilidade de todos: havia uma obrigação da comunidade de educar todas as crianças, criar um Enclave que fosse melhor para todos. Absurdo, claro. A criação dos filhos não acontece em grande escala. Por sua própria natureza, é individualista. Ainda assim, no passado, até mesmo a família do Protetorado acreditava no anonimato."

Gaia pensou em Leon, adotado pelo Protetorado e pela sua primeira mulher. Ninguém sabia quem eram seus pais biológicos.

"Havia razões práticas também", Irmão Iris continuou. "Alguns dos pais mais míopes lá de fora protestavam ao entregar seus filhos. Queriam rastrear as adoções e reclamar seus rebentos. Em um caso, um avô de fato invadiu as muralhas e tentou levar uma criança de 2 anos que ele pensava ser seu neto. Os pais de dentro da muralha queriam garantias de que aquilo nunca voltasse a acontecer, e assim tivemos de prometer que não haveria registros. Sem registros que ligassem os bebês a pais biológicos específicos lá de fora."

O Irmão Iris encarou-a diretamente, e seu olhar ficou mais sombrio.

"O código da sua mãe... ou do seu pai, eu diria... é de vital importância agora."

Ela não conseguia esconder a confusão frustrada. "Ainda não entendo o porquê", ela falou. "De que vai adiantar saber quem são os pais? Se vocês apenas se preocuparem com os genes, não seria mais simples e mais preciso testar o DNA de cada pessoa?"

Ele olhou para ela com curiosidade. Então, correu um dedo pela beirada da mesa, franzindo a testa com seus pensamentos. "Você está se mostrando uma mistura interessante de ignorância e informação", ele falou com um tom estranho na voz. "Sabe o que é DNA, exatamente?"

Ela foi evasiva, tentando lembrar-se do que sua mãe e seu pai tinham lhe ensinado, lá nas noites quando caminhavam juntos pelo Deslago. "Sei que é um código genético de uma pessoa, e o código de cada pessoa é único, como uma impressão digital."

Irmão Iris fechou a cara. "Esse começo é verdade. Pegamos o DNA de muitas famílias de dentro das muralhas. As pessoas estavam preocupadas. Agora, estamos relacionando os traços de problemas de saúde com os genes. Alguns dos mais simples, como a hemofilia recessiva, conhecemos há muito tempo. Outros, como a infertilidade, são bem mais complicados."

"Então, vocês não podem apenas pegar o DNA de todas as pessoas de fora das muralhas também?", ela perguntou.

"Isso não seria tão invasivo assim, seria? Vocês não poderiam dizer dessa forma qual a relação entre as pessoas?"

Ele sacudiu a cabeça. "Seria como acrescentar mais palha no palheiro, quando o que procuramos é apenas uma agulha. O DNA sozinho, sem os relacionamentos familiares, é muito menos valioso quando queremos identificar um gene específico, significativo. Porém, isso é irrelevante. De você, precisamos saber quem são os pais biológicos dos bebês entregues do Setor Oeste Três", ele falou. "Essa é nossa primeira prioridade. Seu código é a chave para essa informação."

"Mas…", Gaia ainda estava confusa.

"Acredite em mim", ele disse com ironia, empurrando os óculos sobre o nariz. "Faça sua parte. Decifre o código." Ele apertou um botão e um longo pedaço de papel começou a rolar de uma fenda da mesa de imagem, então outro. Ele as puxou e entregou para ela. "Esta é a primeira metade de um lado, aumentada. Se achar que precisa de mais, me diga."

Gaia pegou a cópia aumentada da fita; cada fio de seda estava bem visível e impenetravelmente misterioso. Irmão Iris fez um gesto na direção do sargento Bartlett, que deu uns passos à frente.

"Sem dúvida o senhor pediu para a minha mãe fazer o mesmo", ela falou. "Por que acha que eu posso resolver se minha mãe não pôde?"

O sorriso dele não alcançava os olhos. "Porque você é mais esperta." Ele tirou os óculos e limpou as lentes com seu lenço, e quando ergueu o olhar, seus olhos estranhos, dilatados pareciam mirá-la diretamente. "Você tem vinte e quatro horas para provar que pode nos ajudar. Isso não é um jogo."

Capítulo 17

O código dos bebês

O sargento Bartlett escoltou Gaia até um quarto pequeno e limpo com paredes amarelas claras e uma grande janela. Uma escrivaninha de madeira e uma cadeira alinhavam-se em uma das paredes, e um catre simples, arrumado com lençóis, cobertores cinzentos desbotados e um travesseiro, estava encostado na outra. Uma porta estreita levava até um banheiro compacto, e Gaia conseguia ver dobradas toalhas brancas em uma prateleira ao lado da pia. Um vestido cinza limpo estava pendurado em um gancho sobre um par de sapatos pretos razoáveis.

Ela caminhou até a janela, que também dava para a praça, mas de uma posição bem alta. Estava aberta um palmo na parte de baixo e travada para não abrir mais que aquilo. Conseguia ver os telhados brancos da prisão e de outros prédios, e em um quintal, um lugar calmo onde o sol não alcançava, uma mulher de vermelho pendurava roupas no varal. O que ela não daria para trocar de lugar com aquela mulher naquele momento.

Da porta, o sargento Bartlett pigarreou, e ela se virou de uma vez. Não havia percebido que ele ainda estava lá.

"As roupas limpas são para você vestir depois do banho. Precisa de mais alguma coisa?" ele perguntou.

Ela perscrutou os olhos castanhos dele e, pela primeira vez, enxergou alguém dócil. Era jovem também, percebeu. Talvez um pouco mais velho que Leon. Seus lábios eram cheios, com mais cor, e suas feições eram uniformes e sua pele, bronzeada. Era mais alto que Leon e mais largo nos ombros. Enquanto Leon era pálido, sério e intenso, o sargento Bartlett tinha uma tranquilidade confiante, natural, apesar do seu trabalho sério.

"Leon sabe que estou aqui?", ela perguntou.

Os olhos dele piscaram antes de sua expressão se tornar educadamente neutra mais uma vez. "Vou informá-lo."

"Posso comer alguma coisa?", ela perguntou. "Beber um pouco de água?"

"Claro", ele respondeu.

Ela despencou na cadeira. Ao menos, não queriam matá-la de fome. Ela agarrou com os dedos a impressão que o Irmão Iris lhe dera. Nunca foi uma grande leitora — havia poucos livros do outro lado das muralhas — e a tarefa de decifrar o código parecia insuperável.

"Preciso de algo para escrever", ela falou. "E papel em branco."

"Estão na gaveta", sargento Bartlett disse, gesticulando na direção da mesa.

"Ah", ela disse. Ergueu os olhos novamente para o guarda loiro, e parecia para ela que ele se demorava ali sem necessidade. Seus dedos presos a um lado da perna, fazendo com que o tecido de repente se crispasse. Aquela mania lhe pareceu familiar, embora ela não conseguisse entender por quê.

"Mais alguma coisa?", ela perguntou, finalmente.

Ela o viu hesitar, e então ele entrou de uma vez no quarto e fechou a porta atrás de si.

"É verdade que pintas significam que uma pessoa nasceu no Setor Oeste Três?", ele perguntou.

Surpresa, Gaia tentou lembrar precisamente onde ela estava na conversa com o Irmão Iris quando o sargento Bartlett entrou na sala. Ele a desprendeu pouco antes de ela desenhar o padrão de pintas, lembrou. Assentiu devagar. "Sim."

Ele fechou os olhos por um instante, e Gaia sabia que era mais do que uma simples pergunta sem propósito.

"Se eu tiver as pintas... não estou falando que tenho... mas se eu tiver, eu gostaria de saber quem são meus pais", ele falou, sua voz ansiosa. "Se puder me ajudar, serei grato."

Ela quase esperava que ele puxasse a perna da calça e tirasse a bota ali mesmo para mostrar as pintas. "Não conheço o código", ela disse, sem esperanças.

Ele parecia confuso, decepcionado. "Mas você deve saber alguma coisa", ele falou. "Seu pai não disse nada?"

Ela foi até a mesa e alisou os papéis sobre ela, inspecionando a primeira linha bem de perto:

Os símbolos não pareciam com qualquer alfabeto que ela vira antes. Ela esfregou a testa, lutando contra o desespero e o medo.

"Pense", o sargento Bartlett disse de forma amigável. "Pense em tudo que seu pai ensinou. Deve estar na sua mente, de alguma forma. Ele era um homem culto? Falava outros idiomas?"

"Era um simples alfaiate", ela respondeu.

Seu pai era um alfaiate autodidata que nunca precisou de um modelo para cortar tecido. Era capaz de visualizar na mente como cada pedaço de pano precisaria ser cortado, mesmo para as vestes mais complexas, e nunca errou. No entanto, também amava jogos e truques, códigos e padrões. Ela se lembrou da maneira como ele cantava a música do alfabeto de trás para a frente. Também tocava banjo por horas, inventando suas próprias melodias.

Puxando a cadeira próxima, ela se sentou diante da escrivaninha, franzindo a testa. Ela era capaz. De alguma forma, precisava sê-lo. Pensaria no pai e nas costuras e na sua mão habilidosa, com seus nós grossos. Usaria cada pista que tivesse e tentaria ler a mente do pai. Enquanto seu olhar se desfocava, ouviu o som rítmico dos pés dele trabalhando no pedal da máquina de costura, meio murmurando, meio estalando a língua. Mas então a mágoa, como um riacho subterrâneo, infiltrou-se na cabeça de Gaia, nublando seus pensamentos. Por muitos motivos, desejou que ele estivesse lá.

"Se ele ao menos estivesse vivo", ela murmurou.

"Ele está. Dentro de você. De algum jeito", disse o sargento Bartlett. Quando ele sorriu, incentivador, um brilho pálido acendeu seus olhos castanhos. "Preciso ir." Ele se apressou até a porta. "Voltarei mais tarde com comida. Se precisar de alguma outra coisa, um dicionário ou algo assim, acho que consigo para você."

Ela engoliu em seco, assentindo, seus olhos já examinando os símbolos, buscando algo que pudesse ser familiar, que pudesse ser uma pista. Ele fechou a porta suavemente quando saiu, e Gaia pousou o queixo na palma da mão fria e suave.

Esqueça do tique-taque do relógio, ela disse a si mesma. *Esqueça que a vida da mamãe depende da minha cooperação. Pense apenas no papai.* Fechou os olhos e ouviu o som de costura mais uma vez. Invocou uma imagem mental dele sentado perto da janela, na máquina, curvado para olhar melhor o tecido enquanto o passava sob a agulha. Sempre parava quando ela se aproximava, recostando-se no espaldar e esticando os braços sobre a cabeça. Os olhos castanhos gentis, calorosos, a voz inundada de risos. Então, se curvava para perto e puxava uma das tranças com um tranquinho provocador que ela ainda podia sentir. "Ei, pequena."

Doía pensar nele, mesmo nas memórias felizes, mas tentou invocar o que sabia. Por causa da música do alfabeto reversa, que lembrou quando a mãe lhe enviou o bilhete sobre Danni O., era provável que tivesse feito alguma coisa com letras reversas. Por inspiração, ela puxou o espelho do bolso e tentou olhar os símbolos através dele:

◻ 𝕏°⧓ 𝕏⊣‖⟮⟑:▽4∶∣⟨⟩ ◻

"É impossível" ela murmurou. Parece tão indecifrável quanto do outro jeito.

Outra hora passou, e a única coisa que conseguiu foi um torcicolo pela tensão. Flexionou os braços para esticá-los e recostou-se. Encontrou diversos símbolos que se repetiam, mas não de uma forma que fizesse sentido para ela. Não estava chegando a lugar nenhum. Estava com fome também. Levantou-se, foi até a porta amarela e testou a maçaneta. Estava trancada. Bateu na porta, perguntando-se como poderia pedir algo ao sargento Bartlett se ele não estava lá. Ninguém respondeu.

Ao menos podia beber água da pia. Assim que entrou no banheirinho, ela decidiu tomar um banho. A água do chuveiro era quente e caía deliciosamente na sua pele, trazendo um estranho conforto enquanto sua mente passava por um turbilhão de pensamentos. Abriu a boca para beber da água morna. Logo se vestiu com as roupas limpas e encontrou uma meia enrolada no bolso do vestido novo. Pensou nas meias, lembrando-se da almofadinha do pai em forma de limão, e perguntou-se novamente como aquele garoto havia conseguido pegá-la. Percebeu que a mesma coisa poderia acontecer com qualquer informação que desse ao Irmão Iris. Assim que estivesse fora das mãos dela, não teria controle sobre onde ela poderia terminar ou como poderia ser usada.

Então, novamente, não parecia que tinha escolha naquele momento. Até que ela decifrasse o código, não tinha nada para barganhar. Precisava ao menos parecer que estava cooperando se quisesse ver a mãe. Tinha de continuar tentando.

Quando voltou para a pequena sala amarela, enxugando seus cabelos curtos e molhados com a toalha úmida, percebeu que o papel de cima com o código havia voado para o chão. Seus olhos, desfocados por um momento, simplificaram o código para um padrão de linhas borradas e, por um instante, ela pensou ter visto algo. Piscou rapidamente e inclinou-se para mais perto. Quando pegou a folha no chão, tudo desapareceu, o que quer que fosse, e a confusão estonteante de símbolos ficou tão embaralhada como antes.

"O que eu vi?", perguntou a si mesma.

Devolveu o papel ao chão e caminhou de volta para o banheiro, determinada a refazer seus passos.

"Devo estar ficando louca", murmurou.

Ficou em pé na porta do banheiro, olhando para o código no chão, e apertou os olhos. Dali, o código parecia linhas de cor contra um fundo marrom. Pelo ângulo e pela distância, o fundo ficou mais evidente, como faixas estreitas e regulares marrons.

"Leia as entrelinhas", sussurrou, deixando os olhos se focarem normalmente.

Desta vez, quando pousou o papel na mesa, tentou procurar nele não cada símbolo individual, mas o espaço entre as linhas.

Uma batida na porta, e ela se voltou para a janela, tentando alisar os cabelos molhados com a toalha.

Leon abriu a porta, carregando uma bandeja. Os lábios dela se abriram numa surpresa velada. A mente voltou para as memórias da última conversa que tiveram, e o pão que havia comprado para ela, e a declaração terrível de Myrna sobre os crimes dele contra o Estado.

"Pegue isso aqui", ele falou, esticando a bandeja para ela. Gaia enfiou a toalha embaixo do braço e pegou a bandeja, enquanto ele dava uma olhada pelo corredor e, então, cuidadosamente, fechou a porta.

"O que está fazendo aqui?", ela perguntou.

"Vim para ver se eu poderia ajudar", ele falou. "Fez algum avanço?"

O coração dela apertou-se em dúvida. "O Irmão Iris mandou você aqui?", ela quis saber, pousando a bandeja na escrivaninha. "Sabe alguma coisa da minha mãe?"

Ele lançou um olhar estranho, perplexo, para ela. "Vim sozinho", ele falou. "Assim que Barlett me disse que você estava aqui. Não soube nada da sua mãe." Ele se empertigou devagar, sua expressão séria.

"Desculpe", ela disse rapidamente, segurando a toalha úmida com as duas mãos. "É que..." Estava com medo de ser manipulada, e a verdade era que Leon havia feito algo por ela. Ela também poderia admitir isso para si mesma. Mesmo naquele momento, ela se sentiu melhor apenas por ele estar ali. Estranhamente emocionada também. Ele ainda a observava com sua expressão pensativa, resguardada, e ela entregou os pontos, afinal. E se ele fosse uma ferramenta do Enclave? Não que ela tivesse algo a perder.

"Pensei ter visto algo", ela admitiu. "Uma espécie de ilusão de ótica. Mas não tenho certeza."

"Como assim?", ele perguntou.

Ela pegou a tigela de sopa e o pãozinho preto, lançando um olhar para o código outra vez. "Não sei. Apareceu lá quando meus olhos estavam desfocados, eu acho." Ela deu uma mordidinha no pão, e como se ele atiçasse sua fome, de repente ela ficou com um apetite voraz. Em seguida, deu uma mordidona.

"Cuidado para não engasgar", ele falou. Tirou o chapéu e deixou-o ao lado da bandeja, olhando-a com a testa franzida. "Estou feliz em ver que a situação não afetou seu apetite", ele acrescentou com seu jeito indiferente.

Ela teve um desejo perverso de rir. Ou chorar. Ou os dois. Terminou de mastigar e engoliu.

"Bom o pão?", ele quis saber.

Ela assentiu. Se dissesse algo bacana para ela, qualquer coisa gentil, ela começaria a soluçar.

Ele balançou a cabeça também. "Vamos ver este código misterioso."

Ela engoliu seco. Enquanto ele se curvava sobre a escrivaninha para inspecionar os papéis, ela se aproximou aos poucos dele. Apoiou uma das mãos na mesa, inverteu a página de cima e virou-a em diferentes direções. Ela engoliu o último bocado de pão. Os ombros dele eram largos e ela conseguia sentir o cheiro de tecido limpo da sua capa preta, como se o brilho do sol ainda estivesse grudado nele.

De alguma forma, aquilo também a confundiu e perturbou. Queria sua própria luz do sol.

Contenha-se, ela pensou, séria. Virou-se para entrar no banheiro e pendurar a toalha e, quando chegou lá, deu uma olhada furtiva em si mesmo no espelho. Um laivo de umidade no vidro atenuava a claridade intensa da imagem, e por um momento ela se forçou a olhar diretamente para o seu rosto. *Este é o rosto de uma garota que poderá morrer em breve*, ela pensou. A beleza era irrelevante. A bochecha direita estava um pouco rubra pelo banho, e seu cabelo castanho curto fazia ondas molhadas e embaraçadas em torno dos seus olhos igualmente castanhos. O lado esquerdo do rosto trazia a cicatriz, uma mancha vermelho-amarronzada do lóbulo da orelha até a ponta do queixo e para cima, passando pela maçã do rosto até a sobrancelha. A pele macia parecia como se alguém tivesse arrancado uma página amarrotada de pele, molhado em cola colorida, e pregado furiosamente no rosto. *Uma máscara*, ela pensou, não pela primeira vez. Era como se usasse uma máscara horrenda, permanente. Qualquer um que dissesse que não era tão ruim assim estaria mentindo descaradamente.

A realidade fria e sóbria controlaram mais uma vez seu nervosismo. Ela precisava resolver o código. Nada mais importava.

"Gaia." A voz de Leon veio num tom baixo da porta. "Para que é o espelho?"

Ela deu um pulo, envergonhada, então percebeu que ele falava do espelhinho de mão que ela havia deixado na mesa.

"Apenas uma ideia", ela falou. "Não ajudou. Meu pai gostava de coisas ao contrário, tipo, tínhamos uma música engraçada de alfabeto reverso."

"Talvez você precise de um espelho maior", ele falou. Segurou o código e apontou para o espelho sobre a pia.

Ela entendeu, pegando o papel da mão dele. Segurando a página diante do espelho, ela estava prestes a limpar o vidro quando novamente ela teve o vislumbre de algo, apenas uma pista de letras reconhecíveis. Confusa, olhou mais de perto, mas as formas mudaram e voltaram a ser uma barafunda de símbolos enigmáticos. Ela soltou um grunhido de frustração.

"O que foi?", Leon perguntou. Estava em pé, bem atrás dela.

"Continuo achando que vejo algo", ela respondeu. "Mas, então, desaparece."

Ele se curvou mais perto dela, de forma que seu braço quase raspou o ombro dela, e, por instinto, Gaia se esquivou, mantendo seu olhar nos olhos dele no espelho.

"Posso?", ele perguntou de forma educada e, então, usou a toalha para tirar os últimos vestígios de vapor do espelho. Gaia sentiu-se estranhamente apertada no espaço pequeno, mesmo quando ele retirou a mão, e os pulmões ficavam mais rígidos com o esforço de respirar ao lado dele.

Ela se concentrou intensamente no espelho, seus olhos examinando os espaços entre as linhas, e então, de repente, ela viu algo. Prendeu o fôlego. Olhando mais de perto, de repente ela teve certeza. Estava fitando os símbolos, tentando encontrar um padrão neles. Mas o padrão estava *entre* os símbolos, no espaço negativo.

"Olhe!", ela disse, apontando.

Leon olhava, tão confuso quanto antes.

"Aqui", ela falou, virando o papel e apontando para o espaço entre dois símbolos. "Está indo para trás agora, mas existem letras entre os símbolos. Ai, olha!"

"Eu não vejo", Leon disse.

Ela enrubesceu de empolgação e, por impulso, agarrou o braço dele.

"Aqui, eu te mostro", falou, e puxou-o de volta para o quarto. Ela deixou o papel na mesa e pegou dois lápis. Deitando-os sobre as linhas horizontais entre os símbolos, ela criou um limite acima e abaixo da linha de caracteres.

"Olhe *entre* os símbolos", ela falou, apontando. "Existem no fundo letras de forma nos espaços. Vá para trás." Ela começou pela direita e moveu-se para a esquerda, pedaço por pedaço. G, L, M, V, Y, L, M, M, R, V, L, I, R.

Observando o rosto dele, ela viu o exato momento no qual ele entendeu. Seu sorriso estendeu-se calorosamente, e os olhos azuis se acenderam com entusiasmo.

"O que diz?", ele perguntou. "Posso?" Tomou o papel e voltou para o banheiro para segurá-lo diante do espelho. Ela sabia que ele veria, e já estava pensando adiante, no próximo passo. Ela pegou mais papel limpo da mesa e rapidamente anotou com o lápis.

A B C D E F G H I J K L M N O P Q R S T U V W X Y Z
Z Y X W V U T S R Q P O N M L K J I H G F E D C B A

"Ah, papai", ela murmurou, dividida entre a tristeza e a satisfação. "Se for isso, você foi muito incrível." Ela estava impaciente naquele momento e praticamente arrancou o papel da mão de Leon quando ele o trouxe de volta.

"O que está fazendo agora?" ele quis saber.

Entretanto, ela não respondeu. Transcreveu as letras da linha superior do código numa folha de papel limpa, e usou o alfabeto reverso para mudar as letras nos seus opostos. Confusa, desmotivada, ela acrescentou a próxima linha. Estava na metade do caminho para a segunda linha antes de perceber que estava soletrando nomes que ela conhecia. Os nomes iam da direita para esquerda, como as letras reversas, e algo ainda estava errado com as datas, mas estavam lá:

```
— R E P S A J — R S X Y — X W
I R O — E I N N O B — E N O T S
O L — L L I W — R S X Y — W T — N O
Q Z — E L O O P — Y M A — O C R U T
```

Seus pais, Jasper Stone e Bonnie Órion. A parte de trás das orelhas pinicavam estranhamente, como se penas estivessem lá invocando uma mensagem do além-túmulo. Gaia cobriu o rosto com as mãos e deixou a cabeça cair sobre a mesa.

"Gaia", Leon falou suavemente. "O que houve?"

Ele estava agachado ao lado dela na mesa, os olhos no mesmo nível que os dela, e quando ela o encarou, seus olhos estavam cintilando com lágrimas.

"São meus pais", ela disse. "Eles começaram o registro quando entregaram o primeiro filho para o Enclave. Meu irmão mais velho. Ele relaciona o nome do meu pai primeiro, e então o da minha mãe." Ela observou o próximo conjunto de símbolos. "Cada palavra é separada por um desses pequenos círculos ou quadrados", ela disse, apontando. "Esta parte, este R S X Y, deve ser uma data. O Irmão Iris descobriu até aí. Não sei ainda como os números funcionam, mas sei que designa a data de nascimento do meu irmão."

"É o nome dele ali?"

"Não. Os bebês não mantêm o nome quando são entregues. Apenas a data de nascimento. Meu pai devia estar pensando nisso. Não é tanto sobre os bebês. Na verdade é sobre…", ela lutou para encontrar as palavras corretas.

"O quê?", ele perguntou.

Ela correu a mão devagar pelo código, sabendo agora que poderia decifrar cada nome, e que encontraria o nome de muitos pais que ela conhecia lá de fora. "Na verdade é mais um registro de perda. Um registro da perda dos pais, filho após filho."

Um abismo sugava-a para dentro dela mesma, bem fundo. Ficou surpresa ao descobrir que os nomes dos próprios pais começavam a lista, mas tudo fazia sentido. Gaia sempre soube que seus pais tinham entregado seus irmãos, mas ver aquilo soletrado diante de si em pontos de seda cuidadosos levou o lar perdido para uma escala emocional completamente diferente. As velas eram acesas todas as noites. As pintas eram tatuadas em cada bebê que sua mãe entregava, como se cada um fosse outro filho ou filha que a mãe de Gaia não conseguira manter. A lista continuava, percebeu, dando centenas de nomes. Apenas a mãe entregara dois ou mais todo mês, e aquilo era apenas do Setor Oeste Três. Todos aqueles bebês. Todas aquelas perdas.

"O que foi que eu fiz?", ela murmurou, abatida. Ela deu prosseguimento. Ela, Gaia Stone, na sua missão de cumprir a cota mensal, pessoalmente entregara mais de seis crianças ao Enclave.

"Gaia", Leon disse, "acalme-se. Você não tem culpa."

"Não", ela falou, apertando as mãos em punhos e abraçando a si mesma. Só agora tinha entendido. Mandou aqueles bebês inocentes para longe de pais simples, amorosos, para se tornarem cidadãos do Enclave, como aqueles que encheram a praça do Bastião quando a mulher grávida fora executada, pessoas que toleravam o aprisionamento de suas médicas, pessoas que permitiam o sofrimento de crianças fora das muralhas, a prisão prolongada de sua mãe, a morte do pai. "O que foi que eu fiz?", ela repetiu, sua voz entrecortada.

"Shhh", Leon sussurrou.

Ela pensou que o coração explodiria no peito, e então Leon a colocou de pé e a abraçou.

"Não, Gaia", ele disse no ouvido dela. "Você não pode se culpar. Fez o que achava ser correto."

Ela estava horrorizada demais para chorar. "Isso não significa que eu não seja responsável. Tomei aqueles bebês das mães. Entreguei-os para esta... para esta sociedade *insana*." A voz dela ficou estridente. "E agora? Agora, estou ajudando-os com este código!"

Ela se soltou dos braços dele e agarrou o código, rasgando-o ao meio. "Sou tão ruim quanto vocês!", ela falou. "Como qualquer um de vocês!" Ela amassou os papéis e jogou-os longe.

Leon ergueu-se com as mãos abertas e sobrancelhas erguidas em choque que imprimiam no seu rosto uma expressão franca, dolorida. Ela queimava por dentro por saber que, de alguma forma, ela havia traído a si mesma. Se pudesse arrancar a verdade do peito, ela teria arrancado. Seu crime era ainda pior do que obedecer ou quebrar as leis. Ela entregou aqueles bebês a uma vida que solapava qualquer coisa nelas que poderia ser decente ou humano. Entregou! A palavra em si zombava dela.

"Não somos todos ruins", Leon falou. A voz ressoava com muita convicção, como se, apesar de tudo que acontecera, ele tivesse acabado de descobrir que era verdade.

"Não? Então, por que ainda estávamos conversando aqui?", ela perguntou. "Por que você não abriu aquela porta e me ajudou a escapar?"

O tempo de cooperar havia acabado.

Até perceber que cooperação significava cumplicidade, Leon era tão culpado de apoiar o Enclave quanto o próprio Irmão Iris.

Um retinido entrou pela janela, lá da praça. Leon virou-se para olhar.

"O que é isso?", ela perguntou.

Gaia ficou ao lado dele para olhar para baixo. Um grupo de garotas de vestes vermelhas estava sendo conduzido pela praça que dava no Bastião. Através da abertura na parte de baixo da janela, Gaia conseguia ouvir as garotas gritando, alarmadas e confusas, mesmo que vários guardas tentassem calá-las.

"O que está havendo?", Gaia perguntou de novo.

"Não sei", Leon respondeu em voz baixa. Quando ela levantou a cabeça, os olhos dele estavam sérios e perturbados. "Vou descobrir." Pegou o chapéu e foi a passos largos até a porta.

"Vai me deixar aqui", Gaia falou.

Leon tinha uma chave que estava encaixando na fechadura. "Preciso", ele falou. "Não posso tirar você daqui agora. É complicado. Você precisa lembrar que o bem-estar da sua mãe está atrelado ao seu próprio. Continue a trabalhar no código. Veja se consegue descobrir quem são meus…" Ele fez uma pausa, e seus olhos piscaram, obscuros, antes de ele

211

desviar o olhar. Pegou os pedaços amassados do código que ela havia jogado e pousou-os lado a lado no tampo da mesa.

O coração de Gaia palpitava em outro ritmo. Tudo fazia sentido, então. Ele queria conhecer os pais. Que era o motivo pelo qual ele a ajudava. Era como o sargento Bartlett. Ou o Irmão Iris. Tinha sido usada, como Myrna avisou que seria.

Em silêncio, pegou um lápis e deslizou-o na sua direção sobre a mesa. "Ótimo. Você quer conhecer seus pais?"

"Espere, Gaia", ele falou. "Não é bem assim."

O coração dela era uma pedra amarga no peito. Poderia usar as informações para si. Ainda não sabia como, mas descobriria uma maneira. Havia todo o tipo de armas. "Qual é a sua data de nascimento mesmo?", ela perguntou, fria.

Ela observou um laivo de cor avermelhando as bochechas e os lábios dele, e a cor fez o azul dos olhos ainda mais vivo. Ela não conseguia dizer se ele estava ansioso, envergonhado ou os dois. Ela não ligava. Ignorou a beleza física dele e ergueu o lápis, esperando. Uma pancada veio novamente da praça lá embaixo.

"É 12 de junho de 2390", ele falou.

Ela baixou a cabeça por um instante e anotou. Não sabia como o sistema funcionava para datas, mas descobriria. Ela alisou os dois pedaços rasgados do código e alinhou-os. "Verei o que posso fazer", ela disse, entorpecida.

"Volto aqui para te ver", ele falou. "Assim que puder."

Ela duvidou. Virou as costas para ele, já sentando-se na mesa. Agora que ele sabia como o código funcionava, poderia dizer ao Irmão Iris, e juntos poderiam desvendar a fita inteira. Nem precisavam mais dela. Era completamente dispensável. Ela o ouviu abrir a porta, mas não se virou para vê-lo sair.

"Por favor, Gaia. Você está segura aqui, agora. Tenha um pouco de fé em mim", ele falou, sua voz um sussurro quase inaudível. Em seguida, partiu.

Capítulo 18
Uma chance

Assim que Gaia percebeu que os primeiros dois nomes eram dos seus pais, e que o registro deveria corresponder à data de nascimento do seu irmão mais velho, descobriu que os números eram uma questão tediosa, mas bem clara. O irmão mais velho nascera em 12 de fevereiro de 2389, e os símbolos antes do nome do pai eram:

Por engano, ela primeiro traduziu "I H C B — C D" em "R S X Y — X W", usando o sistema de letras reversas, mas quando trabalhou de trás para a frente a partir dos números da data dele, e lançou mão do efeito espelho, descobriu as letras que seu pai usara para os números. B C H I tinham de casar com 2389. A partir daí, era um simples sistema de substituição: A = 1, B = 2, C = 3 e assim por diante, até J = 0. Da mesma forma, D C tornavam-se 43. Ficou confusa até perceber que 12 de fevereiro era o quadragésimo terceiro dia do ano. Em vez de usar meses, o pai atribuiu um número para cada um dos 365 dias do ano, então, aquele do nascimento do irmão mais velho, de Arthur, em 12 de fevereiro de 2389, era simplesmente registrado como 43-2389.

Gaia deveria ficar feliz por ter desvendado o código, mas em vez disso sentia-se vazia por dentro, derrotada. Não poderia escapar à culpa que queimara dentro dela quando percebeu quanto a cota de bebês era fundamentalmente errada.

Ficou muito confusa sobre os pais e desejou poder voltar no tempo e ouvir com mais cuidado as conversas que tivera com o pai sobre os irmãos. Obviamente, ele havia deixado de lado a história da fita, mas falou sobre as pintas. Os sentimentos conflitantes dos pais devem ter sido muito maiores do que jamais revelaram a Gaia. Ou isso, ou acreditavam de verdade que estavam fazendo a coisa certa, o melhor pelos filhos, mesmo que sentissem uma saudade terrível e continuassem a amá-los mesmo muito tempo depois da entrega. Duas coisas tão opostas poderiam ambas ser verdade?

Ela continuou examinando o código até onde o ano mudou para 2390, e então encontrou os pais que se casavam com a data de nascimento de Leon: Derek Vlatir e Mary Walsh. Fechou os olhos, recostou-se, esticando o pescoço enquanto tentava absorver o fato de que Leon era filho de Derek. Os Vlatir provavelmente moraram no Setor Oeste Três quando Leon nascera. Se ele não tivesse sido entregue, teria crescido como filho do padeiro fora das muralhas. Leon poderia ter se tornado uma pessoa completamente diferente: talvez até alguém confiável.

Estava escuro quando Gaia desvendou todo o código, sua sopa acabara havia muito tempo, mas uma lâmpada em espiral no teto acendeu automaticamente assim que o Sol se pôs. A luz desligava se ela ficasse muito tempo parada, concentrada. Se acenava com o braço, acendia novamente. Uma caixinha branca com uma luzinha estava posicionada num canto superior do quarto, e aquilo, ela imaginou, era o detector de movimento.

Ela foi até a janela, olhando para baixo para a cidade silenciosa, enquanto seu olhar cansado seguia as luzes dos postes que desciam em curvas suaves do Bastião. Nenhuma estava apagada. As garotas de vermelho não reapareceram. O silêncio cheirava como as pedras da praça lá embaixo.

Leon não voltara.

Era de se esperar, pensou.

Tocou o vidro liso, pensando o que Leon daria para saber que seu pai era Derek Vlatir. Perguntou-se, também, se ela viveria para rever Derek e contar que seu filho se tornara... crescera para ser...

Gaia fechou os olhos e encostou o rosto no vidro frio. Não sabia o que pensar de Leon, mas sempre que pensava nele, um sentimento estranho e tenso apertava seu peito. Não estava apenas brava com ele. Estava decepcionada também. Profundamente. Não importava que ele apenas estivesse fazendo seu trabalho, como qualquer bom soldado. Ela pensou que podia confiar nele. Pior que isso: ela foi estúpida.

Despencou de volta na cama, olhando para a bagunça das anotações na mesa. *Eu deveria rasgar tudo e jogar na privada*, ela pensou. Aquilo seria a prova de que não cooperaria mais. Ainda assim, o gesto não lhe faria bem se não houvesse ninguém para vê-lo.

Ela apertou o rosto entre as mãos, esfregando os olhos.

Quando ouviu uma batida baixinha na porta, sentou-se de repente e a luz acendeu-se. Ela devia ter adormecido. A porta foi abrindo, seu coração palpitava com a ansiedade. Quando viu que era o sargento Bartlett com outra bandeja, ficou arrasada. *Estúpida mais uma vez!*, pensou. Leon não viria. Quando pegou a bandeja, o olhar do sargento primeiro parou na mesa, então rumou para o rosto de Gaia.

"Você descobriu?", ele perguntou.

"Talvez. É difícil ter certeza", ela falou, dando uma mordida no pão. O gosto insípido, seco pesou na boca, mas estava com fome. A comida chegava em momentos estranhos ali. "Que horas são?"

"Perto da meia-noite. Consegue me dizer quem são meus pais?", ele perguntou.

Ela parou de mastigar quando uma ideia lhe veio à mente. Ela engoliu. "Sabe alguma coisa sobre a minha mãe?"

Ele parecia confuso. "Não. Ela está aqui? No Bastião?"

"Não sei exatamente. Estou tentando encontrá-la", ela falou. "Quanto você quer saber sobre os seus pais? O bastante para me deixar sair?"

O sargento recostou seus ombros largos contra a porta e cruzou os braços. Os músculos ficaram salientes sob o tecido preto. "Seria muito perigoso", ele disse.

Ela deixou escapar uma risada seca. "Para você ou para mim?"

Ele pareceu considerar, e então correu os dedos pelos cabelos loiros de uma forma que o fez parecer muito jovem. "Os dois", ele falou. "É impossível. Acredite em mim. Qualquer um que ajudar você teria de estar disposto a sair do Enclave para sempre. Nem adianta pedir."

Claro que Leon se sentia da mesma forma, ela percebeu, contrariada. "Então não me pergunte quem são seus pais", ela falou. "Você pode esperar como todo mundo até que o Irmão Iris se disponha a divulgar as informações."

Ele lançou um olhar longo, inquiridor, então pegou o copo vazio da bandeja e entrou no banheiro.

Idiota, ela pensou. Deu uma mordida no queijo branco enquanto ouvia a água correr, e quando o sargento Bartlett voltou, ela achou que ele parecia pálido por baixo do bronzeado. Quando ela pegou o copo de água, ele o segurou um momento a mais do que era normal, e ela o viu observando-a com intensidade. Com um menear de cabeça mínimo, ele apontou para o copo.

De repente, em alerta, ela estendeu a mão novamente, e viu uma mensagem escrita na palma da mão dele:

CÂMERA ---- →

O olhar dela encontrou o dele. Os lábios dele estavam fechados numa linha amargurada e ele a observava de perto. "Você deve estar com sede", ele falou com voz normal.

Com medo de se virar, com medo de olhar, Gaia ergueu o copo com dedos trêmulos até os lábios. *Ah, não*, pensou. Eles a observaram esse tempo todo. O que ela pensou ser um detector de metal também era uma câmera. Eles a viram com Leon, e eles o viram sair. A mente dela acelerou. Estavam observando-a com o sargento Bartlett neste momento. Estariam ouvindo também o que falavam?

Era tudo que podia fazer para não gritar de frustração. Deu outra mordida no queijo, mastigando devagar, e o sargento voltou a encostar-se na porta na sua posição anterior. Ela viu que sua mão estava fechada com força dentro do bolso. De fato, um tremor leve de tensão era visível em todo o seu corpo, agora que ela estava observando. Esperava que isso não transparecesse para quem estivesse assistindo.

"O que aconteceu com aquelas garotas?", ela perguntou, tentando fazer soar como se começasse uma conversa qualquer.

"Que garotas?"

"Eu as vi mais cedo na praça", ela falou. "Pareceu que estavam sendo recolhidas e levadas para o Bastião."

Ele sacudiu a cabeça, confuso. "Não sei quem você viu", ele falou.

Ela ficou mais impaciente. "Antes. Quando Leon estava aqui. Você falou com ele?"

O sargento Bartlett desviou o olhar dela de uma maneira que a deixou alarmada. Ele parecia estar escolhendo o que dizer, e ela percebeu que ele também enfrentava o problema de precisar parecer como se não tivesse dito que estavam sendo observados. Por que a alertou sobre a câmera? Ele pareceu tomar uma decisão, e seus olhos castanhos ficaram sérios quando a encarou.

"Ele foi levado para uma reunião com o Protetorado", ele disse. "Pouco depois que saiu deste quarto, mais cedo. Ninguém o viu mais desde então."

"Bem", ela disse, indiferente. "Vamos esperar que ele e o pai tenham uma boa conversa."

Ele se virou para a porta. "Se me der licença", ele falou. "Voltarei para pegar a bandeja em dez minutos. Sirva-se com um pouco mais de água se quiser." Ele apontou com a cabeça na direção do banheiro.

Água? Ela queria gritar. O que precisava era sair dali. Ela fechou os punhos e afastou-se.

A porta fechou suave atrás dela, e ela soltou com força o ar preso. O que faria agora? A câmera estava apontada para cada movimento dela. Ficou com medo de olhar para o pequeno aparelho branco no canto do teto, mas tinha certeza agora de que era onde a lente da câmera ficava.

Uma ideia repentina a acometeu: a câmera não chegava ao banheiro. E foi onde o sargento Bartlett desaparecera. Tentando parecer despreocupada, ela primeiro caminhou até a janela, então até a bandeja para pegar o último pedaço de pão e, então, com o copo, foi para o banheiro. Foi até o canto, fechou a porta e seus olhos pararam naquilo que viu no espelho:

1 Chance
24 de outubro de 2390

O sargento Bartlett escrevera a mensagem com o pedaço de sabonete azul que estava ao lado da torneira na pia. Seu coração palpitou, ela molhou uma ponta da toalha e esfregou freneticamente o sabão no espelho. *24 de outubro de 2390*, ela pensou, repetindo a data na cabeça para memorizá-la.

A mão dela parou no vidro.

Ela já conhecia aquela data. Era a data de nascimento do seu irmão, Odin. Instintivamente, puxou o punho para os lábios.

"Não posso acreditar", ela sussurrou. "Ele é meu irmão."

Como ela poderia ter certeza? E se houvesse outros bebês entregues nascidos na mesma data? A resposta estaria no código.

Olhando para o espelho uma última vez para ter certeza de que qualquer prova fora apagada, Gaia voltou para o quarto amarelo. Com um leve tilintar, deixou o copo na bandeja, e então parou em frente ao código. Levou vários minutos para encontrar a data de nascimento dele, mas ficou claro que apenas o nome dos pais dela estava listados ao lado daquela data. O sargento Bartlett era seu irmão Odin. Sem dúvida. Sua mente acelerou-se ainda mais.

Os cabelos loiros e a pele clara do sargento Bartlett não faziam sentido para ela, porque ela e os pais eram todos morenos. Mas era possível, supôs. Nem todas as crianças pareciam seus pais. Ele ficaria surpreso com a notícia.

Quando ele voltou, Gaia precisava estar pronta para qualquer coisa. Enfiou o pequeno espelho no bolso. Sem dúvida, Irmão Iris, ou quem estivesse assistindo, já sabia o que ela descobrira — ela foi bem franca com Leon enquanto desvendava o código, mas fez de tudo para que não pudesse revelar nada mais sobre si mesma. Ela ordenou todas as notas em uma pilha para que ficassem prontas caso ela precisasse agarrá-las.

Uma batidinha na porta, e o sargento Bartlett entrou. Esperançosa, ela olhou outra vez para o rosto dele e soube que ele tinha um plano, mas ainda mais extraordinário, viu um eco do pai nos olhos castanhos dele. Agora que ela sabia como olhar, a leve semelhança era inquestionável. Ela foi acometida pela felicidade e, então, pelo medo.

"Temos dezessete segundos para sair", ele disse em voz baixa.

Gaia agarrou os papéis e fugiu atrás dele pelo corredor. Ele a levou por uma escadaria estreita abaixo, subindo outra, passando por várias portas e virando em meia dúzia de esquinas. De um armário, ele puxou uma capa vermelha com capuz.

"Atravesse o pátio da escola", ele disse. "Vá devagar, direto pela escola, e saia na porta oposta. Estará na rua. De lá, terá de se virar sozinha para fugir."

"Para onde você vai?", ela perguntou. Não esperava separar-se dele tão logo.

"Isso é assunto meu." Ele estava vestindo uma camisa marrom e chapéu preto. "Rápido", ele falou. "Quem são meus pais?"

Ela agarrou a mão dele com força. "Bonnie e Jasper Stone, do Setor Oeste Três", ela respondeu. "Você é meu irmão."

O rosto dele empalideceu, enquanto a incredulidade e a surpresa fizeram-no franzir a testa. Ele a encarou com intensidade, como se memorizasse e testasse cada feição.

"Como é possível?", ele perguntou.

"É verdade." Ela sabia com toda certeza, no fundo de cada fibra do seu corpo. "Você é Odin Stone. Também tem um irmão mais velho, que foi entregue ao Enclave. Não sei quem ele é. Nosso pai está morto. Nossa mãe está presa, mas não sei onde."

De repente, ouviram barulho de cima e gritos. Aterrorizada, ela esticou a mão para tocá-lo, e ele a abraçou forte por um instante.

"Minha irmã", ele falou, sua voz trêmula. "Valeu a pena, então." Ele a empurrou. "Vá! Agora!"

Outro grito e passadas altas na escadaria acima, e então ela agarrou a maçaneta da porta e puxou-a. Ela ouviu mais gritos atrás, mas não ousou olhar. Apenas podia esperar que o sargento Bartlett estivesse escapando. Ela puxou o capuz colocando-o com cuidado ao redor do seu rosto e atravessou um pátio aberto, sombrio e com os ecos da noite. Era doloroso manter o passo normal quando seus instintos insistiam para que ela corresse. Olhando para cima, viu uma mulher fechando uma janela, mas não prestou atenção em Gaia lá embaixo.

Quando Gaia chegou à porta, a maçaneta se abriu suavemente entre os seus dedos. Ela teve de empurrar com o ombro para fazer a pesada porta de madeira se mexer, e seu medo voltou a aumentar. E se a próxima porta estivesse trancada, e o sargento Bartlett a tivesse mandado para um beco sem saída? Uma luz tremeluziu na entrada e iluminou as paredes cor de creme. À direita, a entrada abria-se para uma sala pequena com uma lareira que crepitava com carvão.

Uma idosa de branco, ao lado da lareira, ergueu os olhos. "Boa noite, Irmã", a mulher disse com voz sonolenta.

Mal ousando respirar, Gaia respondeu:

"Eu sirvo ao Enclave."

"Eu também", a velha murmurou, virando-se novamente para a lareira.

Sentindo-se uma impostora que poderia ser exposta a qualquer momento, Gaia caminhou de forma resoluta pela entrada, passando pelas portas fechadas e pelo relógio pedestal antigo que estalava baixinho no silêncio. No final do corredor, a passagem abria-se para duas direções, e no impulso Gaia tomou à esquerda, a direção mais escura. Havia andado apenas uma dúzia de passos quando percebeu que cometera um erro. Estava numa espécie de dormitório, com duas fileiras de camas. Sua chegada fez com que uma luz se acendesse automaticamente acima dela, e a forma sob cobertores na cama mais próxima virou-se na direção dela.

"Onde você esteve?", a voz de uma garota sussurrou, parecendo irritada e curiosa.

Gaia recuou um passo. A pessoa sentou-se, e Gaia conseguiu ver que era uma adolescente de camisola branca, com idade próxima à de Gaia. Cachos castanhos adornavam o rosto redondo, aberto, com um nariz reto e boca generosa. Os olhos começaram a se arregalar e, por reflexo, ela puxou o cobertor na direção do peito.

"Quem é você?", a garota disse, a voz ainda baixa.

"Desculpe", Gaia falou, recuando mais um passo.

Se a garota desse um escândalo, Gaia seria pega. Ela puxou o capuz da capa para mais perto do lado esquerdo do rosto, porém, o movimento foi um erro. A garota arfou.

"Você é aquela garota da cicatriz!", a garota guinchou.

"Shh!", Gaia falou. "Por favor."

Gaia virou-se para fugir o mais rápido que podia, voltando seus passos para a outra direção. Em outra esquina, ela encontrou uma grande porta de madeira que combinava com a primeira na qual ela entrara, e ela a abriu com firmeza. Soldados desciam a rua, e ela voltou, esperando que eles passassem.

Ela se esgueirou pela porta até a rua, seguindo para o lado contrário dos soldados. O coração sacudia a cada passo, e ela não conseguia se orientar. Queria descer o monte, mas sempre que tentava, via mais soldados, então forçou-se a seguir morro acima. No final do percurso, chegou a uma rua conhecida. Um café estava bem iluminado, e os homens riam alto em um grupo ao lado do bar. Se ela continuasse subindo, chegaria ao jardim onde ela e Leon conversaram. Se voltasse, poderia chegar até a padaria com o forno preto, mas era próxima à praça do Bastião, onde certamente haveria mais soldados. Não sabia o que fazer.

Naquele momento, os homens no café deram uma gargalhada, e dois deles saíram, dizendo adeus. Foram para a esquerda e, por impulso, Gaia virou-se de costas, para oeste, na direção da praça.

Apressou-se, perdendo o controle. Parecia que podia ouvir passos e vozes ao redor dela. As paredes a limitavam à direita, e as luzes acendiam-se acima sempre que ela chegava a um poste com um detector de movimento. Câmeras, ela temeu, poderiam estar em qualquer lugar. Ela virou uma esquina e viu um grupo de soldados se aproximar pelo outro lado. O coração dela pesou até chegar aos sapatos pretos, mas não havia nada a fazer além de continuar caminhando na direção deles, capuz na cabeça, ombros erguidos.

Ela estava prestes a entrar no círculo de luz de um poste quando ouviu uma voz ríspida, baixa, à direita:

"Stone!"

Um homem corpulento, baixo a chamou de uma porta escura, e ela quase chorou de alívio. Lá adiante, os soldados estavam apressando o passo, quase para cruzar com ela.

"Rápido!" o homem falou, mas Gaia já corria na direção dele.

Ele a puxou com mão forte e fechou a porta atrás deles. Gaia estava numa passagem estreita de teto baixo. O ar cheirava a lixo e urina, mas enquanto ela se apressava atrás do homem, conseguiu sentir uma luz morna, amarela adiante. Ele a puxou através de outra porta e fechou-a com força, passando um trinco nela.

Gaia nunca ficara tão feliz em toda a vida. Diante dela, morno e imenso, estava o coração da padaria, o forno preto.

Capítulo 19

A padaria dos Jackson

O forno de tijolos, com sua chaminé imensa, dividia a padaria na área da loja, onde Leon havia comprado um pãozinho preto para ela, e a área de trabalho ao fundo, no lugar em que Gaia estava tomando fôlego. O cheiro morno do pão a recebeu como em um abraço. Uma grande mesa de madeira ficava no centro do cômodo com uma lâmpada acima que lança um círculo de luz sobre o móvel. Um fio branco saía da lâmpada e tinha uma pequena colher de medida presa à ponta, como um puxador, e o metal reluzia de tanto uso. Um adolescente e uma mulher séria estavam lá, em silêncio, diante do forno, suas mangas enroladas e as mãos manchadas de farinha e pedaços de massa. Apenas nesse momento a porta traseira se abriu novamente, e uma garotinha de 9 ou 10 anos com bochechas rosadas e brilhantes entrou correndo. Ela lançou para trás o capuz verde da capa, rindo.

"Você a encontrou!", a garota disse.

O padeiro bagunçou o cabelo castanho-claro da menina num gesto carinhoso, orgulhoso, que lembrou Gaia do seu pai. "Não disse que ela viria?"

"Como sabia?", Gaia perguntou.

A mulher limpou as mãos no grande avental. "Estávamos observando você sem cessar desde que ouvimos sobre sua transferência para o forte. Se você tivesse uma chance de se livrar dos guardas, seria agora ou nunca. Mace esperava que você tentaria vir até nós."

"Eu estava procurando também", a garota disse, empolgada. "Eu tinha de falar 'Stone!' para você e, se você me mostrasse a cicatriz no rosto, eu puxaria você para dentro."

Gaia baixou o capuz para trás bem devagar e viu a curiosidade no rosto da garota, enquanto observava a marca.

"Exatamente", a garota falou, soando satisfeita.

Gaia sorriu, mas sabia que não estaria segura ali por muito tempo. "Fui vista entrando com você", ela falou, virando-se para o padeiro. "Não pode me manter aqui ou arranjará encrenca."

"Não acredito. Aquilo era uma casa de tolerância, onde eu encontrei você", o padeiro falou. "Apenas pensarão que você estava trabalhando até mais tarde."

Gaia ficou confusa. "Casa de tolerância?"

Ela olhou para o padeiro, e a mulher dele hesitou.

A garota esclareceu na sua voz franca, infantil. "Ele quis dizer que aquilo é um bordel."

O padeiro bateu a mão na testa dela.

"Que foi?", a menina disse. "É um bordel muito discreto, de alta classe. Diga para eles, Oliver."

"Legal, Yvonne. Valeu", o adolescente disse, corando. O olhar da mãe era assassino. "Ei, mãe. Eu nunca fui lá. Eu apenas disse para ela…"

"Chega", a mãe disse. "Por que você não sobe para o telhado e vigia de lá? Avise se algum guarda subir a rua."

O adolescente baixou a cabeça e desapareceu, subindo um lance de escadas estreito.

O padeiro pigarreou. "Ah. Bem. Vamos para as belas apresentações da nossa família. Minha filha preciosa aqui é a Yvonne", ele disse, acenando para a garota com a cabeça. "Sou Mace Jackson, e essa é a minha mulher, Pearl. Aquele era Oliver."

Pearl aproximou-se e deu um grande abraço em Gaia.

"Não consigo nem imaginar pelo que você passou", ela disse numa voz melancólica. Deu a Gaia um pãozinho morno, amanteigado, coberto com canela e açúcar, e levou-a com calma para um banquinho. Sua gentileza deveria ter feito Gaia relaxar, mas ela podia sentir o palpitar ansioso nas veias enquanto se sentava, e embora sua boca estivesse cheia de água, não conseguiu dar uma mordida no pãozinho de canela.

"Qual é o plano?", Gaia perguntou a Mace.

"Depende do que você quer fazer", ele respondeu.

Ela deu um suspiro profundo, segurando o pão entre os dedos delicados. "Quais são as minhas opções?"

"Eu poderia levar você para fora da cidade quando o dia raiar", ele disse. "Oliver e meu aprendiz, Jet, sempre saímos para a floresta, e eles poderiam levar você com eles no reboque da bicicleta. Seria arriscado, mas acho que dá."

Gaia lembrou-se dos carrinhos puxados por bicicletas que às vezes saíam das muralhas. Ela se imaginou andando em um deles, talvez sob alguns sacos. Correria o risco de ser descoberta a cada vez que o carrinho passasse sobre uma lombada ou se um guarda mexesse nos sacos.

"Existe alguma outra opção?", Gaia perguntou.

"Você poderia ficar conosco", a pequena Yvonne disse. "Temos uma cama extra no meu quarto."

Gaia olhou da garota para a mãe, enquanto Pearl se afastava um pouco. Embora a expressão de Pearl permanecesse séria e gentil, havia uma angústia nos olhos cinzentos dela que Gaia não deixou de perceber.

"Obrigada, Yvonne", Gaia disse com gentileza.

A garota deu um passo mais próximo e inclinou o rosto num sorriso acanhado. "Era a cama da minha irmã", ela falou. "Sei que ela gostaria que você usasse."

Pearl pigarreou bem baixo.

"Mas não por muito tempo", Gaia falou. "Não seria seguro para vocês."

"Estaremos bem seguros, contanto que você fique aqui dentro", Pearl falou. Ela hesitou e, então, tocou o queixo com os nós dos dedos, pensativa. "Minha outra filha, minha Lila... ela morreu no ano passado de complicações da hemofilia. Então, decidimos, todos nós, que se pudéssemos fazer algo para ajudar as pessoas de fora das muralhas, nós faríamos. Não pensamos que uma garota apareceria em nossa porta, muito menos aquela que salvou o bebê condenado, mas aqui está você."

Gaia baixou o olhar por um momento, duvidando que merecesse tanta bondade. "Acha que as pessoas de fora das muralhas poderiam ter ajudado a salvar sua filha? É por isso?", ela perguntou, em voz baixa.

Pearl sacudiu a cabeça, os olhos secos e perdidos por um instante. "Não. Não é tão simples. Apenas não queremos que outra família passe pelo que passamos."

Mace estava enrolando as mangas da camisa. "Estamos pensando numa geração adiante, se é que me entende. Por todo o Enclave, do jeito que deveríamos. Minha família carrega o gene recessivo que leva à hemofilia, e então, bem…" Ele se interrompeu. "Isso não importa."

"Não, por favor. Quero saber."

Ela viu quando Mace e Pearl trocaram um olhar. Pearl encostou os punhos na beirada da mesa enquanto se sentava em uma banqueta.

"Muitos de nós agora estão com hemofilia", ela falou. "Há crianças como Lila em todo o Enclave, e as famílias estão sofrendo. Não sei se precisamos receber mais uma tonelada de crianças ou apenas abrir os portões de uma vez por todas, mas é hora de começar a trabalhar com as pessoas de fora das muralhas. São eles que vão nos salvar no fim das contas."

Enquanto Gaia ponderava sobre a explicação altruísta de Pearl, isso mudou como ela via as pessoas do Enclave. As perdas familiares aconteciam em toda a cidade, em todo o lugar morria uma criança. Os problemas de relações incestuosas não intencionais, ela percebeu, já afetara as famílias de verdade.

Irmão Iris estava tentando resolver aquele problema em grande escala. E, ainda assim, ela não via como identificar os pais de bebês entregues do Setor Oeste Três ajudaria. Devia haver mais coisas aí, algo que o Irmão Iris não havia lhe contado.

"Entende que é perigoso para nós falarmos isso?", Mace falou. Ele olhou para Yvonne. "Isso não pode sair desta sala."

"Eu sei, papai. Não disse nada."

"Você ouviu dizer que algumas garotas foram presas hoje?", Gaia perguntou.

"Não foram presas. Foram levadas para uma escola especial", Pearl disse. "Alguns garotos foram levados também."

"E por que foram escolhidos?"

"Todos têm um tal padrão de pintas nos tornozelos", Pearl explicou.

"Ai, não", Gaia grunhiu. Fechou os olhos e pousou o rosto nas mãos. "Começou", ela sussurrou. O Enclave já havia feito um movimento com base naquilo que ela lhes dissera. Era culpa dela. Ela ergueu a cabeça, piscando. "Eles vão controlar cada vez mais. Quem é levado sem aviso. Com quem se casa. Quem vai ficar com os bebês. Não conseguem ver? Temos de pará-los."

Mace soltou uma risada. "Você está exagerando", ele falou.

"Não", ela discordou, aproximando-se da mesa. "Temos de pará-los antes que saia do controle." A mente dela deu um salto adiante. "Temos de derrubar as muralhas."

Mace ergueu a mão. "Ninguém vai derrubar muralha nenhuma", ele disse, com calma.

"Não entendo", Yvonne falou. "O que as pintas têm a ver com se casar?"

Gaia chegou mais perto de Yvonne para poder falar com ela olho no olho. Ela forçou para acalmar a voz. "As pintas mostram que uma pessoa entregue nasceu na minha região, fora das muralhas. É isso. Mas, por algum motivo, o Protetorado está especialmente preocupado com essas pessoas, o bastante para levá-las durante a noite."

"E você acha que ele fará um experimento nelas ou algo assim?", Yvonne perguntou com olhos arregalados.

Gaia não sabia o que dizer a ela. Ergueu os olhos para Pearl.

"Não", Pearl disse, tranquilizando-a, pousando as mãos nos ombros da garota. "Ele não faria isso. Gaia só ficou um pouco agitada, está apenas imaginando coisas, não está, Gaia?"

Gaia olhou para a garota com olhos bem abertos, sérios. A verdade era que não sabia qual era o plano do Protetorado, mas tinha certeza de que ele contava com um, e que lhe faltava uma peça importante do quebra-cabeça. "Eu acho", Gaia disse, tomando uma decisão, "que é melhor vocês me ajudarem a sair das muralhas. Assim que possível. Não quero causar problemas a vocês todos."

"Não", Pearl falou. "Não acredito na proposta de derrubar a muralha, mas você precisa ficar aqui conosco. Estará segura aqui, e poderá pensar melhor nos seus planos, de forma racional. Não há tanta pressa. Toda ajuda que você precisar, daremos. Não é mesmo, Mace?"

As sobrancelhas escuras dele formaram uma linha única, e ele assentiu.

Gaia respirou fundo e, finalmente, deu uma mordidinha no pão que ela ainda segurava. Era tão bom, tão molhadinho, amanteigado e gostoso que ela soltou um sussurro involuntário no fundo da garganta.

Yvonne riu. "Viu, mamãe? Não sou a única que faz aquele barulhinho. Não fazemos os pãezinhos de canela mais incríveis?"

Gaia engoliu, sorrindo. Algo em Yvonne a lembrava de Emily quando era pequena, e ela não conseguiu não gostar da garota. "Sim. São espetaculares."

"Vocês viram a hora?", Mace perguntou. "Temos trabalho a fazer. Yvonne, suba e traga Oliver de volta. Depois, veja se consegue dormir um pouco antes da escola. Leve Gaia lá para cima com você. Ela não vai embora hoje de qualquer modo."

Pearl já estava derramando uma pilha imensa de massa numa tábua enfarinhada e esmurrou com muita força, antes de dividi-la em quatro partes e começar a sová-la.

Gaia saiu rápido do caminho.

Yvonne puxou sua mão e pegou outro pãozinho de canela às escondidas. "Venha", ela falou e correu pela estreita escadaria de madeira, os pés deixando para trás um estalar rápido, feliz. Levou um instante para Gaia perceber por que o barulho a surpreendia tanto: era o som da alegria. Fazia tempo que ela não lidava com risos ou com a felicidade. Suspirou fundo, deliberadamente forçou-se a relaxar os ombros e subiu atrás da garota.

Gaia acordou com o barulho de uma porta fechando no andar de baixo. O quarto que dividia com Yvonne era no fundo do apartamento sobre a padaria, e por três noites ela ficou lá, sentindo o cheiro do pão nos fornos enquanto sonhava sonhos quentes, amanteigados que acalmaram seu coração e lhe deram esperança de que tudo ainda poderia dar certo. Ela sentia falta dos pais e, por alguma razão enlouquecida, sentia saudades de Leon também. Ela o desprezava como o pior tipo de traidor quando saiu do Bastião, mas com base no que o sargento Bartlett dissera, ele fora detido pelo próprio pai. Parecia mais provável que ele estivesse tomando uma bela xícara de chá com seu pai e o Irmão Iris bem agora, finalmente feliz por voltar a estar bem com eles. Talvez, porém, apenas talvez, ele estivesse preso na teia do Protetorado, assim como ela.

Ela desejou poder conseguir mais informações do sargento Bartlett — Odin. Ela pensou no irmão. Será que ele teria alguma memória de toda a vida antes de ele ser entregue, se perguntou. Seu antigo nome ficara registrado em alguma parte profunda da sua mente? Sabia tão pouco sobre ele, e ele fizera algo corajoso, ajudando-a. Fez aquilo sem nem saber ainda que era sua irmã. Esperava que estivesse tudo bem.

A luz do fim da manhã atravessou a janela, mal tocando a cortina branca que cobria a metade inferior do vidro e oscilava um pouco. Lá fora, as folhas de um álamo farfalhavam. Uma abelha voou contra o vidro, causando um ruído oco, errando a entrada alguns centímetros abaixo, e voou para longe de novo. Por mais que se sentisse segura com a família de Mace, Gaia sabia que não poderia ficar ali. Era muito perigoso para eles, e precisava reassumir sua vida de alguma forma, em outro lugar. Devia haver ainda uma maneira de encontrar a mãe, agora que estava fora da prisão. Por mais tentador que fosse, ela não conseguiria destruir o Enclave sem ajuda, então precisava de um plano realista.

Considerou todas as opções, mesmo as ruins. Se ela saísse do Enclave e de Wharfton, não tinha ideia de onde encontrar a Floresta Morta. Se esse lugar existisse. Irmão Iris tinha tanta certeza de que era um mito. Pelo que sabia, sua avó, Danni Órion, estava morta há anos, mas agora se perguntava se os pais usavam os termos de forma intercambiável: morta e Floresta Morta. Ela sacudiu a cabeça. Era muito nova quando a avó desaparecera. Tudo que Gaia conseguia se lembrar era do monóculo com aro dourado que ela usava numa corrente de contas ao redor do pescoço, pois ela ficava intrigada pelo jeito que o objeto refletia a luz do sol. E, assim, aos poucos, Gaia entendeu uma coisa com clareza: sua avó fora embora para nunca mais voltar. Era como se estivesse morta.

Gaia refletiu para decifrar a questão da Velha Meg. A Floresta Morta devia existir. Tudo o mais que a Velha Meg dissera realmente era verdade. Como Gaia poderia encontrar sua mãe, resgatá-la e levá-la para um lugar que não pudesse ser encontrada?

Outro pãozinho de canela poderia ajudar.

Gaia sentou-se e colocou o vestido cinza macio que Pearl havia lhe dado. Havia uma fileira de pequenos botões brancos na frente, e a linha da cintura afinava-se antes que a saia continuasse, sem preocupação em manter o mesmo tecido. Ela não conseguiu evitar virar a barra do avesso para ver a costura. Não eram mais finas do que o pai poderia ter feito fora das muralhas, mas o corte do vestido era bem diferente do estilo lá de fora. Mais feminino.

Passos bateram um ritmo oco nas escadas. Ela estava puxando os sapatos com os dedos do pé quando a mão de Mace apoiou-se no batente da porta, e ele parou no último passo e entrou no quarto.

"Olá", ele disse, abrindo seu sorriso doce e amplo. Arfava pelo esforço de subir. "Então, você está pronta."

Ela devolveu um sorrisinho e arrumou o cabelo para trás. Já estava ficando um pouco mais longo agora, longo o bastante para cair nos olhos, mas ainda curto para ficar atrás das orelhas. Ele se sentou diante dela na cama amarrotada de Yvonne. A garota já havia saído para a escola há tempos com o irmão. Ao menos, muito do que Gaia acreditava sobre o Enclave era verdade: todas as crianças iam para a escola durante o dia. Yvonne dissera a Gaia que ela estava aprendendo a adicionar glicose do apiário aos tonéis de micoproteína, e Oliver estava estudando a tecnologia do painel solar.

Por alguns dias, mesmo que estivessem em perigo a cada minuto, ela ficaria com eles; eles a tinham absorvido na família. A perda de Lila pairava como uma sombra vazia pelos quartos, estranhamente familiar. Ainda assim, diferente da perda de sua família com Arthur e Odin, a dos Jackson era cruel. Eles não tinham nenhuma crença atenuante de que Lila estivesse viva e melhor em algum outro lugar e, nesse sentido, a perda dos Jackson parecia pior.

Gaia mexeu no babado de um travesseirinho na cama de Lila. Mace curvou-se para a frente e tirou-o com calma das mãos dela para segurá-lo. "Ela era mais nova do que você", ele disse. "Ainda não tinha 13 anos."

"Sinto muito", ela falou, suave. Percebeu uma contusão de bom tamanho no braço de Mace e perguntou-se se ele tinha uma versão leve de hemofilia. "Não houve nada que eles pudessem fazer para tratar a doença de sua filha?"

Mace sacudiu a cabeça. "Uma médica estava tentando. Tentou injetar proteína coagulante do sangue nos pacientes, mais muitos desenvolveram anticorpos e morreram. O Protetorado encerrou a pesquisa e trancou-a na cadeia. Ele a acusou de montar um hospital."

"Myrna", Gaia disse.

Ele inclinou a cabeça, interessado. "Myrna Silk, isso mesmo", ele falou. "Aceito a decisão do Protetorado. Não é o caso de curar uma criança. É de resolver o problema em grande escala, talvez com um avanço genético para todos nós." Ele virou o travesseiro, e ela o observou passando os dedos fortes sobre as iniciais bordadas em púrpura: L. J. "Mas mesmo assim. Tenho saudades da minha menina."

Gaia esticou o braço sobre o espaço entre as camas para pousar a mão sobre a dele. Não sabia o que dizer, então apenas ficou em silêncio. Após um bom tempo, ele deixou o travesseiro na cama de Lila.

"Diga uma coisa", ele perguntou com delicadeza. "Tem certeza de que sua mãe ainda está viva?"

Ela tirou o cabelo da testa.

"Eu a vi dormindo numa cela redonda. Na tela de mesa do Irmão Iris. Ele está com uma câmera sobre minha mãe e mais duas mulheres. Foi quatro dias atrás. Ela ainda estava viva."

"Uma cela redonda?" Ele parecia surpreso.

"Bem, as paredes eram curvadas. Vi uma cortina se mover ao vento, então tem uma janela. Não sei se a janela tem grades". Ela se ergueu para caminhar, braços envolvendo a cintura, mas só conseguiu dar alguns passos no quarto pequeno antes de precisar virar-se novamente.

Mace estava puxando a própria orelha, ausente. "Acho que sei onde sua mãe está", ele disse.

Gaia deu um suspiro forte. "Onde? O que você sabe?"

Ele falou, pensativo. "Ouvi que têm três mulheres que estão sendo mantidas na torre sudeste do Bastião. O quarto que você descreve parece com o lugar. É uma cela especial onde eles mantêm gente importante. Uma prisioneira política grávida, uma parteira e outra assistente com ela o tempo todo, para que ela não possa fazer nada consigo ou com o bebê."

"Acha que a parteira é a minha mãe?"

"É possível", ele disse. "A prisioneira foi levada para lá na mesma época em que sua mãe foi tirada da prisão."

"Como sabe de tudo isso?", Gaia perguntou.

"Tem uma mulher no Berçário que é amiga antiga da minha esposa, e elas ainda se encontram para um café a cada duas semanas. Foi ela quem falou sobre a prisioneira política."

"Irmã Khol?", Gaia quis saber.

Os olhos dele brilharam. "Você a conhece?"

O coração de Gaia elevou-se com outra explosão de esperança. "Em uma ocasião, ela me passou uma mensagem da minha mãe. Acho que poderia nos ajudar. Acha mesmo que esse lugar é onde minha mãe está?"

Mace cruzou os braços imensos sobre o peito. "Tenho quase certeza. Sua mãe seria gentil com uma prisioneira grávida, não é? Mesmo se sua mãe fosse também prisioneira?"

Gaia riu e tirou a franja do rosto outra vez. "Minha mãe seria gentil até com o Protetorado se ele estivesse grávido. Ela é assim." A mente dela estava muito à frente, tentando descobrir quando ela poderia buscar a mãe e como ela a libertaria. Uma torre não soava bem, mas não tão desesperadora quanto a cela Q. Sua empolgação diminuiu.

"A câmera", ela disse. Deslizou as mãos nos bolsos do vestido. "Existe uma câmera apontada para as mulheres na torre."

"Ah!", Mace disse. "Temos outro problema, então."

Eles não conseguiriam cobrir a câmera, percebeu. Não sabia nem como voltar ao Bastião, ou onde exatamente ficava a torre sudeste. Sentou-se na cama novamente. Se Leon tivesse como ajudá-la.

Errado, ela pensou. Leon não poderia ajudá-la. Mesmo se não estivesse tomando chá com bolinhos com o Protetorado, ele provavelmente continuaria dizendo para cooperar. E aonde a cooperação a tinha levado?

"O que você sabe sobre a Floresta Morta?", ela perguntou. "Irmão Iris diz que não existe, que é apenas algo de um conto de fadas. Mas uma amiga minha disse que estava indo para lá."

As sobrancelhas de Mace subiram e desceram, e ele fez um bico com os lábios, pensativo. "Realmente não sei nada sobre isso", Mace falou. Ele a olhou, desconfiado. "Se existir, deve ser lá fora na Terra Perdida, ou depois dela. Você não está pensando em ir até lá, está?"

"Aonde mais eu poderia ir?", ela perguntou. "Não posso ficar aqui. Se eles nos pegarem de novo, sei que vão nos matar. É incrível que ainda não tenham me matado. Enquanto eu cooperava, havia uma chance de me deixarem ir embora, mas eu fugi."

"Não sei se eles matariam você", ele disse.

"Por que não? Enforcam pessoas o tempo todo por menos. Por que não me matar, quando *eu sou mesmo* uma traidora?"

Ele se recostou, descansando o peso numa das mãos. "Depende da sua perspectiva", ele disse. "Pense no ponto de vista do Enclave. É verdade que você salvou aquele bebê condenado. Uma manobra de muita visibilidade. E fugiu do Bastião. Por outro lado, tem habilidades valiosas como parteira. Também tem muito potencial, geneticamente falando.

Gaia olhou para ele, curiosa. "Você está dizendo que eles me manteriam viva porque eu poderia ficar grávida?"

Mace ergueu uma das mãos. "Por que não?"

Ela corou de indignação. "Não sou uma vaca para eles me usarem para criação. E não existe nada de extraordinário com os meus genes apenas porque sou de fora das muralhas."

Ele deu de ombros. "Talvez não. Mas você é do Setor Oeste Três. Há muitas maneiras de ser uma criminosa ou uma heroína. Não se esqueça disso."

Gaia recostou-se no batente da porta e esfregou, indolentemente, uma pequena marca na madeira azul.

"Sabe aquele soldado com quem você disse que escapou?", Mace perguntou.

"Sargento Bartlett", ela respondeu. Não falou para eles que era seu irmão.

"Descobri hoje que desapareceu. Não significa que foi preso. Foi visto fora das muralhas, perguntando sobre os pais dele, e agora sumiu."

Gaia sentiu alívio pelo irmão, e depois uma ponta de esperança. Talvez houvesse outros caminhos para fora das muralhas, e o sargento Bartlett talvez tivesse ido para a Floresta Morta.

Ela se voltou para Mace. "Preciso saber tudo que puder sobre a Floresta Morta. Qual a distância, quem vai para lá, como encontrá-la. É onde vocês conseguem madeira?"

Mace sacudiu a cabeça, sua expressão confusa. "Há algumas árvores caídas a leste daqui, deixadas por uma geada poucos anos atrás. De lá que pegamos nossa madeira."

Ela se aproximou e sentou-se ao lado dele na cama. "Preciso saber o que há lá fora", ela falou baixinho. "Porque vou encontrar minha mãe de algum jeito e, quando eu conseguir, vou levá-la para a Floresta Morta." Quando disse aquilo, percebeu que este fora o seu plano o tempo todo, não importando quão maluco.

Ela observou o perfil forte dele, com nariz grande e bochechas vermelhas. Então, ele pousou as mãos mornas sobre as dela. "Não posso dizer que sei alguma coisa sobre a Floresta Morta, mas não se preocupe", ele disse. "Vamos pensar nisso tudo com cuidado. Vou falar com a Pearl, vamos encontrar um jeito."

O olhar dela caiu de novo sobre o travesseirinho bordado de Lila, uma lembrança tangível da perda e da coragem. A mãe dela ainda estava lá fora, viva e precisando dela, e Gaia não desistiria.

"Sou tudo que ela tem", Gaia falou. "Se eu não puder libertá-la, ninguém poderá."

Capítulo 20

Quarenta e seis colheres cromadas

Foi ideia de Yvonne fazer a máscara. Ela primeiro sugeriu que apenas cobrissem a cicatriz de Gaia com farinha e canela, mas como a superfície desnivelada da bochecha esquerda ainda ficaria visível, Yvonne sugeriu uma máscara de verdade.

"Não entendo", Oliver disse. "Todos no Enclave estão procurando por ela agora. Ela esteve na transmissão de TV nas últimas três noites. Nunca chegará perto da torre sudeste. Assim que qualquer um pará-la e olhar bem de perto, verá a máscara e saberá que é a garota da cicatriz."

"Não se for uma boa máscara", Yvonne argumentou.

"E não se ela for um menino", Pearl acrescentou.

Era noite, e eles lançavam sombras sobre as janelas da padaria. Labaredas visíveis nos estalos ao redor da porta de ferro do forno de tijolos e, lá dentro, bandejas de pão assavam. O cheiro fragrante de fermento deixava a cozinha quente, e a lâmpada acima da mesa fazia com que as sombras se espalhassem nos cantos. Uma panela com a sobra de sopa do jantar esfriava sobre a lareira. Gaia olhou ao redor para as espátulas de madeira, as estantes com rodinhas e bandejas e mais bandejas de pães pretos e pães pálidos, brancos, que ainda precisavam de um tempo no forno. Ela não sabia que horas Mace e sua família dormiam e, naquele momento, quase à meia-noite, ainda estavam em pé e trabalhando num plano para ajudá-la a buscar sua mãe. Sobrou para Mace tentar falar com a Irmã Khol.

Gaia olhou desconfiada para Pearl. "Posso ser feia, mas não sou um garoto."

Pearl sentou-se ao lado dela na mesa e pegou os dedos finos de Gaia em suas mãos mornas. "O aprendiz de Mace não é muito mais velho que você", Pearl disse. "Temos roupas dele aqui e, se colocarmos enchimentos nos lugares certos, podemos disfarçar sua silhueta."

Quando Gaia percebeu que estavam falando sério, conseguiu sentir o frio no estômago. Torceu os dedos no tecido do vestido, ansiosa. "Mas uma máscara funcionaria de verdade?"

Pearl puxou o queixo de Gaia com os dedos e tombou o rosto dela para a luz. Gaia submeteu-se à inspeção e manteve os olhos nos da mulher. Ela sabia o que Pearl observava. "Como isso aconteceu, menina?", Pearl perguntou com delicadeza.

Era uma velha história que Gaia devia estar acostumada a contar, mas de alguma forma, talvez por serem seus amigos, o relato incomodou-a mais dessa vez. "Quando eu era bebê, aprendendo a caminhar, caí em um tonel quente de cera de abelha. Não na cera líquida, entendem, embora um pouco tenha espirrado. Eu bati contra o próprio tonel."

Pearl franziu a testa e passou o dedão suavemente pela sensível linha da mandíbula de Gaia. Era difícil para Gaia ler o rosto largo, sério, da outra. Então, a mulher buscou as mãos da garota e inspecionou as palmas, uma de cada vez, virando-as para cima como uma cartomante.

"Não faz sentido", Pearl pensou em voz alta. "Por que suas mãos não se queimaram também?"

Gaia fechou os dedos, confusa.

"Quando um bebê está caindo, ele tenta agarrar-se com as mãos", Pearl explicou. "Você teria queimado as mãos primeiro."

Gaia sacudiu a cabeça. "Dependeria da altura do tonel e do ângulo que eu caí. Não me lembro de fato, mas isso foi o que me disseram."

Pearl inclinou o rosto de Gaia na direção da luz mais uma vez, antes de soltá-la. "Conheço queimaduras, Gaia",

Pearl disse. Puxou as mangas do vestido e mostrou os braços musculosos, a pele pálida manchada com pequenas listras marrons, uma miríade de cicatrizes esmaecidas, novas e antigas. "Quando se trabalha com tabuleiros quentes e fornos o dia todo, é natural ter sua parcela de pequenas queimaduras, e graves às vezes. Uma queimadura como a sua... Bem... Fico pensando se alguém não a fez de propósito."

Gaia se afastou da mulher. As únicas pessoas que poderiam tê-la machucado daquele jeito eram seus pais.

"Foi um acidente", Gaia falou em voz baixa.

"Que importa agora?", Oliver disse. "Você consegue cobri-la?"

Pearl sentou seu corpo robusto novamente no banquinho e assentiu com vagar. Gaia baixou o rosto para as mãos sobre o colo, desejando que ela pudesse apagar o que Pearl havia dito.

Yvonne bateu palmas. "Eu sabia! Mamãe fez uma vez a máscara mais incrível para mim na escola. Eu deveria ser a garota fantasma, e ninguém me reconheceu. Diga para ela, mamãe. Você fez com crepe, não foi? E farinha misturada com temperos para dar a cor certa para o pó. Certo?"

Enquanto o silêncio se estendia, Gaia sentiu os olhos de Pearl nela mesmo sem erguer os olhos. Seus pulsos tinham se curado desde que ficara amarrada muitos dias antes, mas a pele ainda estava sensível quando, hesitante, tentava pressionar as marcas. Não conseguia suportar a ideia de que seus próprios pais a queimaram, mas também não dava conta de esquecer essa hipótese.

"Desculpe", Pearl disse suavemente.

Gaia fungou uma vez. "Sei que você está errada", ela falou.

Pearl deu um apertãozinho no ombro dela. "Então, estou errada. Venha. Vamos planejar essa máscara."

Uma batidinha leve na porta, e todos congelaram. O olhar de Gaia pairou sobre Pearl, cuja expressão rígida disse que não era Mace lá fora. Calada, Pearl apontou as escadas para Gaia, e a menina correu para cima o mais silenciosamente possível, parando quase no topo, onde conseguiu se encolher para espiar lá embaixo. Seu coração palpitava contra o peito enquanto Pearl desligava a luz, e então Gaia ouviu a grande porta abrindo.

"Por favor", veio um sussurro. "Deixe-me entrar."

"Estamos fechados", Pearl disse, séria. "Volte amanhã pela manhã."

"Espere!", a voz soou mais clara. "Derek Vlatir me mandou aqui."

O coração de Gaia saltou ao reconhecer a voz, e então veio o medo. Leon! Por que estava lá? Não conseguia ver nada lá embaixo, exceto um raio pálido de luz da lua estirado no chão. Pearl abriu a porta para deixá-lo entrar. O raio de luz da lua se alargou, então desapareceu quando a mulher trancou a porta.

"Oliver. Vela", Pearl pediu.

Um riscar e um fósforo acendeu. Leon estava em pé ao lado da porta, as costas contra a parede.

Pearl tinha uma faca apontada para o peito dele.

"É melhor que você se explique, filho", Pearl disse.

Oliver acendeu a vela e colocou-a em um tijolo que se projetava do forno. Ele segurava uma machadinha na outra mão. À luz fraca, Gaia conseguiu ver o rosto de Leon e as roupas esfarrapadas. Sem casaco, nem chapéu. Daquele ângulo, não conseguia ver os olhos sob a franja desgrenhada, mas o cansaço era visível em sua forma imóvel e na linha apertada do queixo com barba por fazer.

"O que você quer conosco?", Pearl falou em voz baixa.

"Mace Jackson conhece o meu pai."

Pearl estava em pé, muito empertigada. "Não temos a honra de sermos próximos do Protetorado", ela falou.

Leon manteve as mãos na parede atrás dele. "Meu pai verdadeiro é Derek Vlatir. Ele me enviou até vocês."

Pearl recuou lentamente com a faca. Gaia, segurando o corrimão, desceu um passo e viu o rosto de Leon abrir-se com surpresa quando ergueu os olhos. Ela quase acreditou que ele estava feliz em vê-la, e então sua expressão se turvou.

"Você está aqui", ele disse baixinho.

Pearl lançou um olhar sério para Gaia. Ela desceu o restante dos degraus e ficou ao lado de Yvonne, que deslizou os braços ao redor de sua cintura. Emoções confusas mantiveram Gaia em silêncio, mas sua respiração acelerou, e ela olhava intensamente para a aparência magra, desarrumada do rapaz. A chama da única vela lançava uma luz fraca sobre a pele dele e o preto da sua camisa enquanto ele se mantinha imóvel.

Leon virou-se para Pearl. "Derek Vlatir foi interrogado à noite porque o Protetorado acreditava que eu buscaria a ajuda dele. Estava certo, e os guardas quase me apanharam. Mas Derek me mandou aqui pela muralha, e agora…" Ele fez uma pausa. Deu outra olhada para Gaia. "Ele achou que Mace me ajudaria."

Gaia pensou, ligeira. Se o que ele dizia fosse verdade, então nos últimos quatro dias Leon desvendou o restante do código, saiu do Enclave, encontrou seu pai legítimo e, então, voltou.

"Por que você não voltou ao Bastião?", Gaia perguntou.

"Não posso."

"Por que não foi embora para a Terra Perdida?"

"Não poderia", ele falou, baixando a voz. "Não sabia onde você estava."

Seu estômago revirou-se de forma lenta, estranha. Ela engoliu seco. Não sabia o que dizer.

Pearl pousou a faca na estante e puxou a pequena colher de medida pendurada para acender a luz.

"Claro que vocês já se conhecem", ela falou. "Baixe a machadinha, Oliver."

"Mas ele é o filho do Protetorado", Oliver falou. "Estamos dando abrigo para um fugitivo. Ele pode matar a todos nós."

"Você ouviu o garoto. Ele não está agitando o brasão do Enclave hoje à noite, está?"

Oliver deixou a machadinha, e Yvonne se afastou de Gaia, aproximando-se da mesa.

"Você também é um fugitivo?", Yvonne quis saber.

Leon voltou seu olhar para a garota, e sua voz suavizou-se. "Aparentemente."

Ela assentiu, e Gaia respirou com mais facilidade. Pearl foi até o forno e abriu a porta para atiçar o carvão. Deixou a panela de sopa que havia esfriado na lareira de volta para as brasas.

"Sente-se", Pearl falou. "Vamos ouvir quais novidades você traz."

Leon hesitou, como se esperasse uma deixa de Gaia, e com um balançar de cabeça ela acenou para que prosseguisse. Ele aceitou a cadeira e levou-a até a mesa. Inquieta, Gaia sentou-se diante dele. À luz mais clara, conseguiu ver que a camisa preta era de qualidade inferior, como aquelas que os homens usavam fora das muralhas. Embora ele sorrisse um pouco para Yvonne quando ela puxou um banquinho para perto, Gaia conseguia ver o nervosismo.

"Sei onde sua mãe está", ele falou. "Está viva e bem de saúde."

"Na torre sudeste", Gaia disse.

Ele bateu um dedo lentamente na mesa. "Como descobriu?"

"Mace me contou."

Ele assentiu, seu olhar deslizando na direção do forno. "Também descobri onde seu pai está enterrado", ele revelou.

Gaia esperou, tensa, e Pearl se aproximou para pousar a mão no seu ombro.

"Ele está no Cemitério dos Indigentes, fora das muralhas", Leon falou. "Onde enterram os miseráveis."

Gaia fechou os olhos quando a dor, por um longo momento, silenciou tudo dentro dela. Machucava pensar no pai, e havia algo de terrivelmente definitivo em saber onde seu corpo descansava. Deveria ter sido um tanto reconfortante saber que ele estava fora das muralhas, mas apenas sentiu a pedra dura da tristeza derretendo dentro dela, o que era ainda pior.

"Calma", Pearl disse. "Ele está em paz, querida. Apenas lembre-se disso."

Gaia abriu os olhos e virou-se para Leon. "Em primeiro lugar, por que eles prenderam os meus pais?"

Leon enrolou as mangas pretas até os cotovelos antes de pousar os antebraços no tampo de madeira da mesa, mas não falou nada.

"Meus pais fizeram mesmo algo de errado?"

"Não, acho que não."

"Então, por que…"

"Eles mantinham um registro. Foi por isso que foram presos."

"Mas manter registros não é ilegal", Gaia falou. "Como o Enclave soube disso?"

"Ouvimos um rumor de que uma ou mais parteiras estavam fazendo um registro e, então, quando interrogamos seus pais, claramente estavam escondendo algo. Como se recusaram a cooperar conosco, se tornaram traidores na prática."

Ela percebeu que ele evitava seu olhar, e que estava assim desde que havia entrado ali. Algo acontecera com Leon nos últimos quatro dias. Faltava agilidade nele. Sentia uma barreira entre eles também, que fazia uma frieza silenciosa se instalar dentro dela.

Ela baixou a voz. "O que realmente está acontecendo com o código da minha mãe?"

"Estou tentando pensar numa maneira de explicar", ele falou. "É intrincado."

Oliver recostou-se num dos cantos mais escuros, de braços cruzados e atento, enquanto Pearl levava uma tigela de sopa para Leon.

"Obrigado, Irmã", Leon falou.

"Pensei que poderia comer algo também enquanto responde às perguntas de Gaia", Pearl disse. "Apenas comece do início e tentaremos acompanhar."

Gaia conseguiu sentir o olhar dele por cima do ombro dela, examinando memórias ou informações que lhe eram invisíveis, e então ele ergueu a colher da tigela de sopa. A pequena Yvonne ergueu um dedo. "Não deixe pingar", falou.

"Imagine", ele respondeu a Yvonne, "que sua mãe tenha dado a você 23 colheres de aniversário." Ele deslizou a colher entre os lábios.

Os olhos de Yvonne se iluminaram. "É um presente maluco."

Ele pousou a colher de volta à borda da tigela. Gaia puxou o suéter para mais perto si e reclinou-se, observando-o responder para a garota.

"Sim", ele disse para Yvonne, sua voz calorosa. "Mas elas eram colheres muito interessantes, todas cromadas, e cada uma era um pouco diferente das outras, assim era possível diferenciá-las. E então, para sua surpresa, você abriu o presente de aniversário do seu pai, e eram mais vinte e três colheres cromadas. Quando você olhou para elas bem de perto, viu que poderia fazer pares entre as colheres do seu pai e as colheres da sua mãe."

Yvonne pulou do banco e correu, voltando com um par de colheres. "Assim", ela falou, deixando-as sobre a mesa sob a luz.

Leon assentiu. "Sim. Mas lembre-se, são quarenta e seis ao todo, metade do pai, metade da mãe."

"Cromossomos", Oliver repetiu, saindo relutante do seu canto. "Aprendemos isso na escola. As colheres cromadas são cromossomos, e eles estão em todas as células do nosso corpo."

"Continue", Pearl pediu.

Leon segurou sua colher de sopa contra a luz para que suas bordas brilhassem. "Cada colher tem talhos na sua extensão, muitos você mal consegue ver, cada um logo depois da outra, alguns mais longos e alguns pequenos. Os talhos são os genes. Como o talho de uma colher interage com seu talho correspondente na colher correspondente determina quais traços você tem, como olhos castanhos, ou lóbulos da orelha grudados.

"Ou sangue que coagule direito", Pearl disse em voz baixa.

Gaia olhou para vê-la observando Leon de perto.

"Sim", ele disse.

Gaia esperava que Pearl mencionasse Lila, mas não disse mais nada. Yvonne mexia-se sem parar ao lado dela, e Gaia tocou seu joelho, para tranquilizar.

"Vamos chegar aos meus pais?", Gaia perguntou.

"Eu disse que era complicado", ele respondeu.

O pulso de Gaia saltou quando ele ergueu um pouco o tom. Parecia mais com Leon de antes.

"Vamos chegar lá, Gaia", Yvonne falou. "O que é DNA? É isso que eu quero saber."

"É a substância da colher", Leon respondeu, correndo a ponta do dedo pela extensão da colher. "É o que forma cada talho, o material básico de todo gene, de uma ponta até a outra. Não estou dizendo que tudo em você é determinado por seus genes, mas eles são muito importantes."

Aquilo se encaixava no que ela sabia, Gaia percebeu, com olhos fixos na colher. Nunca havia entendido direito o que era DNA, mas com o cromo em toda a variedade daquelas colheres e talhos, ela conseguiu facilmente ver que o DNA de cada pessoa era único.

"Tudo bem, continue", Yvonne falou.

Leon franziu a testa por um instante. "Existe outra parte da história. Eles encontraram um garoto do Enclave, um menino chamado Nolan. Tem os genes que dizem que ele deveria ter hemofilia, mas não tem. O sangue dele está bom."

Pearl suspirou. "Como pode ser? Eles o curaram?"

"Não", Leon falou. "Os pais dele o levaram ao laboratório do Irmão Iris quando a hemofilia do irmão mais velho ficou aparente. Era um caso suave da doença, mas estavam preocupados se o de Nolan seria ruim. Em vez disso, o laboratório determinou que Nolan nascera com algum gene supressor benéfico que anulava a hemofilia." Ele fez uma pausa. "É como se houvesse um talho em outra colher, longe, longe do talho da hemofilia, que cancela a doença."

Gaia franziu a testa. "Isso é possível?"

"Sim. E por isso o Irmão Iris está tão empolgado." A voz dele ficou obscura. "A mãe de Nolan é de fora das muralhas. E ela tem uma tatuagem de pintas no tornozelo."

Gaia expirou forte e reclinou a cabeça na cadeira. "Ai, não", ela sussurrou. O foco nas tatuagens de pintas ficaria ainda mais intenso sobre o Setor Oeste Três, que poderia apenas piorar as coisas para o povo de lá.

"Ainda não entendo", Yvonne falou. "Por que isso importa?"

Leon puxou os cabelos para trás da orelha e virou-se para a garota. "Na verdade, há três passos para o que vai acontecer em seguida. Primeiro, o Enclave precisa identificar mais crianças como Nolan que não tenham hemofilia, mesmo que seus genes digam que deveriam ter. Segundo, querem identificar o gene supressor. Podem encontrá-lo de duas maneiras: fazer Nolan reproduzir com outras crianças como ele, ou rastrear suas árvores genealógicas até chegar ao gene por um processo de eliminação. Dessas opções, a segunda é muito mais humana e mais rápida também. Assim que identificarem o gene supressor, estarão prontos para o terceiro passo: podem testar todos para ver quem tem o gene supressor, e essas pessoas podem ser selecionadas para casar com portadores de hemofilia para eliminá-la dos seus filhos."

Gaia observou-o girar a colher uma vez pela sopa, como se tivesse perdido o apetite.

"Minha cabeça está rodando", Pearl confessou. "O que isso significa para nós? Para todos os nossos amigos dentro das muralhas neste momento?"

Leon afastou a tigela de lado. "Estão levando garotos e garotas com a tatuagem de pintas para testá-los e verificar se são como Nolan, portadores do gene supressor. Não será muito invasivo. Apenas coletam um pouco de sangue e uma amostra de material da parte de dentro da bochecha. Quando identificarem um pouco mais de gente como Nolan, então localizarão seus pais."

"De fora das muralhas?", Pearl perguntou.

"Sim. De fora das muralhas. E vão trabalhar também com esses pais para estudar as árvores genealógicas."

"Mas as pintas não são garantia de nada", Gaia protestou. "Não há relação entre tatuagens e genes."

"Eu sei", Leon disse. "E o Irmão Iris e o Protetorado também sabem. Mas as pessoas com as tatuagens são as únicas com quem podemos trabalhar, as únicas com pais legítimos conhecidos."

"Por causa do código da minha mãe", Gaia falou.

Ele assentiu. "Foi a chave", Leon disse. "Estavam nos observando com uma câmera. Eu deveria saber. Bartlett deveria ter me dito. Neste momento, já decifraram tudo."

"Estavam usando você também?", ela perguntou.

Ele confirmou com um balançar de cabeça. "Quando me viram entrar no seu quarto, sozinho, eles não puderam acreditar na sorte que tiveram."

"O sargento Bartlett enganou você?"

"Não sei ao certo. Ele não faria uma coisa dessas. Não de propósito. Só sabia que eu estava interessado em você."

O coração dela deu outro pequeno pinote. *O que*, ela se perguntou, *Leon disse ao sargento Bartlett sobre mim?*

"O que eles farão assim que identificarem o gene supressor e encontrarem as pessoas que o carregam?", Gaia perguntou.

Leon juntou os dedos, e eles lançaram uma sombra alta no tampo da mesa. "Estão pensando em longo prazo. Assim que puderem identificar o gene supressor, vão testar todos os bebês do lado de fora das muralhas e pegar aqueles que o tiverem. São pacientes", ele falou.

O horror da compreensão deixou Gaia sem palavras por um momento. "Todos eles?"

"Serão as crianças entregues mais desejadas, mais preciosas que já houve", ele disse de forma direta. "As mães dessas crianças serão incentivadas a ter o máximo de bebês possível, todos para entrega. E quando essas crianças crescerem, terão sua seleção das famílias de elite para se casar."

Pearl pegou a tigela de Leon. "Isso tudo soa absurdo", ela falou.

"Não tem jeito. É fato", Leon retrucou.

Gaia inclinou-se para a frente e cruzou os dedos sobre a mesa. "O que aconteceu com você depois que saiu?", ela perguntou.

Um músculo apertou-se em sua mandíbula. "Fui até o meu pa… até o Protetorado e o Irmão Iris. O Irmão Iris me deu os parabéns pelo meu avanço com você e explicou a promessa do gene supressor." A voz dele baixou para uma frequência menor, zombeteira. "Ele me disse quem são meus pais. Sempre há uma recompensa com o Irmão Iris. E então quis saber se eu poderia encontrar o bebê que você salvou, aquele do casal executado."

"Você está brincando", Gaia falou.

Leon passou uma das mãos sobre os olhos e, quando a abaixou, ainda não estava olhando direto para ela. "Aquele bebê poderia ser outro como Nolan. Querem você de volta, Gaia. Querem exibi-la como uma heroína por salvá-lo."

"Não", Pearl murmurou.

A respiração de Gaia ficou presa. Leon sacudiu a cabeça. "Eu disse a eles que o bebê estava morto."

Pearl recostou-se contra a pia. "E está?", ela quis saber.

Leon virou-se para ela e disse, em voz baixa: "Não sei, na verdade. Não existe rastro no mercado negro de bebês, a menos que a Irmã Khol tenha algum registro. E ela seria tola se tivesse." Ele voltou a se dirigir a Gaia. "É por isso que você precisa ir embora. Não está a salvo em lugar nenhum aqui, nem no Enclave, nem em Wharfton. Se encontrarem você, vão usá-la. Não terá escolha."

Gaia ficou em silêncio, a mente atordoada com as novas informações. O Enclave queria usá-la para fins políticos. Aquilo era pior do que a quererem morta, mas ela estava ainda mais preocupada com o que aconteceria com as famílias no Setor Oeste Três. Era provável que perdessem ainda mais crianças.

"Eles precisam ser impedidos", ela grunhiu.

"Como?", Oliver perguntou.

"Não sei. Mas deve ter um jeito."

Leon negou com a cabeça. "Você não pode fazer isso, Gaia. Eles são poderosos demais. E vão persuadir as pessoas que isso é o melhor para elas. Sempre persuadem." Ele fechou os olhos por um momento e esfregou a testa, como se estivesse profundamente esgotado. "E talvez seja mesmo o melhor em longo prazo."

"Você não pode acreditar nisso", ela disse.

A voz dele ficou ainda mais baixa. "Não sei no que acredito. Não confio neles, mas consigo enxergar, de fato, como encontrar o gene supressor poderia ajudar."

"Está dizendo que a escravização reprodutiva seria uma coisa boa?", ela questionou. "Está dizendo que tirar mais bebês de suas mães seria ótimo?"

Por fim, relutante, ele ergueu o olhar para encontrar o de Gaia. Se ela alguma vez pensou que havia algo morto dentro de Leon, não era nada comparado ao vazio gélido, insensível que viu naquele instante. *O que aconteceu com você?*, ela quis falar. Pearl pôs a mão no ombro de Gaia.

"Calma", ela falou. "É muito para digerir. Tenho de dizer a você que, se eu ouvisse que existe algum garotinho crescendo fora das muralhas agora mesmo que pudesse se casar com Yvonne algum dia e eles pudessem ter filhos saudáveis, isso abriria portas, não fecharia. Muitos de nós confiamos no Enclave para fazer a coisa certa em longo prazo. Eles sempre fizeram."

"Se isso for verdade, por que vocês estão me ajudando agora?", Gaia inquiriu. "Não percebem que precisam escolher um lado?"

Pearl cruzou os braços fortes diante do peito de forma a indicar que ela não conseguiria se mover. "Tenho de viver aqui", Pearl disse em voz baixa. "Minha vida é aqui. Não é perfeita, mas é o melhor que temos. Estou ajudando você porque meu coração me diz que é o correto a se fazer e porque eu posso. Isso basta para mim."

Gaia debateu-se com sua confusão e forçou-se a pensar adiante. "Ainda temos que libertar minha mãe", ela disse. "Essa é nossa primeira prioridade. Fechado?"

Um suspiro de alívio perpassou Yvonne e Oliver, e Pearl puxou outro banquinho, arrastando-o. "Aqui", ela falou, puxando um rolo de papel largo.

"O que é isso?", Leon quis saber.

"Um mapa", Oliver falou. "Estávamos procurando por ele hoje mais cedo."

Pela primeira vez, o velho Leon pareceu despertar. "Qual é o seu plano exatamente?", ele perguntou, virando o mapa para que ficasse à sua frente.

Gaia inclinou a cabeça e tentou vê-lo pelo ângulo de Leon. O pergaminho estava esfarrapado nas margens, e algumas das linhas foram borradas e redesenhadas por repetidas atualizações, mas era um mapa completo do Enclave e de Wharfton, com ruas e setores cuidadosamente marcados. Gaia achou estranho ver seu mundo esquematizado em duas dimensões, sem a elevação que fazia tanto parte do Deslago até o portal, ou a entrada do Enclave e a subida gradual na direção do Bastião. Ainda assim, dava uma perspectiva clara da distância das coisas. Ela percorreu com o dedo a pequena linha da Sally Row, onde ficava sua casa no Setor Oeste Três. Seu pai, sabia, teria amado aquele mapa.

"Mace foi pedir a Irmã Khol para que me leve até a minha mãe", Gaia contou. "Vou disfarçada como um dos garotos, carregando uma bolsa para ela. Levaremos uma ferramenta de corte no caso de haver um cadeado ou correntes, e então jogaremos uma corda para fora da janela para descermos."

Leon parecia cético.

"O quê?", Gaia inquiriu, cruzando os braços sobre o peito. "Tem alguma ideia melhor?"

Ele pigarreou, e para irritação de Gaia, não conseguiu esconder um sorriso. "A parte da Irmã Khol não é tão ruim", ele respondeu. "Mas você nunca vai descer de corda. A menos que tenha alguma experiência em escalada de montanhas que eu não saiba."

Oliver riu. Gaia enrijeceu na cadeira, e Pearl deu uma cutucada no cotovelo dela. "Temos nossas dúvidas sobre descerem pelas cordas", Pearl admitiu.

Leon estendeu uma das mãos para cima, como se dissesse, *não falei?*

"Você não é o único que tem braços fortes", Gaia falou.

"Tenho certeza de que os seus são bem fortes", Leon disse. "Mas como estão os da sua mãe?"

Gaia puxou o mapa de volta para ela. "Você vai ajudar ou não? O Bastião e a prisão estão aqui, e a torre sudeste, aqui." Ela apontou. "Depois de pegarmos minha mãe, podemos sair pelo portal principal sul se houver alguma distração, ou aqui, onde há uma passagem escondida pelo fosso de descarte." Ela ergueu os olhos para ver que Leon havia contornado a mesa para ficar do lado dela e olhava por cima da cabeça de Yvonne.

"Por que não o portal norte?", perguntou.

"Temos amigos em Wharfton. Pensei que eles pudessem ajudar a nos esconder e levar suprimentos antes de continuarmos. Como você atravessou as muralhas vindo do Derek?", Gaia quis saber.

Leon tocou de leve a linha da muralha em outro ponto. "Aqui, pela Usina de Energia Solar", ele disse. Hesitou e, em seguida, apontou para a primeira rua e, então, para um apiário no mapa. "Há um túnel aqui também, e aqui, que leva até a adega de vinhos do Bastião, aqui." Ele apontou novamente.

Gaia sacudiu a cabeça. "É longe demais da torre, não serve. "Ela estudou o mapa e o jeito ameaçador que todas as estradas terminavam na margem interior da muralha. "Mace disse para eu me esconder no carrinho de bicicleta quando os garotos saírem para pegar lenha.

Leon sacudiu a cabeça devagar. "Não podemos nos esconder os três. Terá de ser essa passagem, aqui." Ele indicou o ponto ao lado da Usina de Energia Solar, na margem sudeste do Enclave.

Todos os três?, pensou. Leon estava planejando sair das muralhas com elas? "Acho que sim", ela concordou.

"Então, o que faremos?", ele perguntou. "Já pensou como sobreviver na Terra Perdida?"

Ela delineou o dedo para norte até onde o mapa terminava. "A Floresta Morta é ao norte daqui. É para onde vamos. Para a comunidade de lá."

Leon recostou-se um pouco. Yvonne puxou o banquinho mais para perto e recostou-se sobre o mapa, inspecionando-o. Oliver e Pearl trocaram um olhar.

Por fim, Leon falou. "Não há nada ao norte daqui além da Terra Perdida, Gaia", ele disse em voz baixa. "A Floresta Morta é um mito."

Gaia olhou Pearl e os outros de relance, esperando-os contradizê-lo, mas permaneceram em silêncio.

"Eu pensava isso também, no passado", ela falou. "Mas ela é real." Frente à dúvida deles, tentou lembrar-se de como sabia que era real. "Fora das muralhas nós sabemos disso. As pessoas vão para lá."

"Porque elas morrem", Oliver disse.

"Não", ela falou. "Eu tenho essa amiga, a Velha Meg. Ela disse que estava indo para lá." Ela parou, olhando para Leon e lembrando a pergunta dele sobre a Velha Meg na noite em que ela deixou Wharfton.

"E alguém já voltou da Floresta Morta?", Leon perguntou, incisivo.

Ela sabia qual era a verdade, mesmo que não tivesse prova. "Não", ela respondeu.

Capítulo 21

Felicidade

A pequena Yvonne reclinou-se para mais perto de Gaia e passou o braço magrinho ao redor dos ombros dela. "Eu acredito na Floresta Morta", falou com doçura.

Pearl deixou escapar uma risada baixa. "Fala sério, meu amor. Você estava quase dormindo no banquinho. Acho que deveríamos tentar descansar um pouco, de verdade. Yvonne e Oliver, para a cama agora."

Yvonne reclamou um pouco, mas Pearl foi firme, e logo o irmão e a irmã desejaram boa- noite e saíram. Gaia não via como poderia dormir com os planos ainda tão incipientes, e ela puxou o mapa para perto de si outra vez. Quando Pearl apoiou a mão na entrada e virou-se novamente na direção da cozinha, Gaia ergueu o olhar. Leon estava em pé, olhando com respeito na direção de Pearl.

"Não temos outra cama", Pearl falou. "Mas você poderia dormir no chão do quarto de Oliver. Posso lhe dar um cobertor. Desculpe, é o melhor que posso fazer."

"Não se preocupe comigo, por favor", Leon disse.

Ocorreu a Gaia que Leon se levantou deliberadamente, o que, de acordo com Pearl, é uma deferência que um cavalheiro normalmente mostra a uma dama. Naquele momento, Pearl se empertigou e lançou um último olhar na direção de Gaia.

"Durma um pouco, Gaia", ela falou. "Amanhã será um longo dia."

"Eu vou."

"Importa-se de apagar a luz? Pode abrir a porta do forno para iluminar um pouco. Só empilhe o carvão e feche a porta antes de ir para a cama. Espero que Mace volte em uma hora, mas mantenha a porta trancada."

"Claro", Gaia disse.

No momento seguinte, Gaia ouviu um barulho baixo, oco de uma porta sendo fechada no fim do corredor, e ela soube que estava sozinha com Leon. Ele desligou a lâmpada, e ela esperou que ele abrisse a porta do forno antes de soprar a última vela. A luz quente e dourada do forno transbordou sobre o chão e trouxe alguns reflexos de luz para as bordas das panelas e os utensílios de cozinha pendurados nas paredes. Percebeu a massa crescendo numa estante de bandejas atrás dela, como se estivesse delicadamente viva, com seu aroma de fermento.

Ele se sentou devagar e apertou o rosto contra as mãos, de forma que os cabelos escuros ficaram espetados entre os dedos. Gaia soltou o suéter, que agarrava, e começou a brincar com um botãozinho do vestido. Ele mal olhara para ela durante o tempo em que estiveram conversando com a família de Pearl, e ela se perguntou se aquilo mudaria naquele momento, em que estavam sozinhos.

Após um instante, ele se inclinou para o lado, pousando o rosto com barba por fazer na palma de uma das mãos, seu olhar voltado ao mapa. Correu um dedo pelas linhas de Sally Row, como ela fizera antes. "Você foi feliz crescendo fora das muralhas?", ele quis saber.

A pergunta foi tão inesperada que ela se flagrou baixando a guarda um pouco. "Por que pergunta?"

"Não consigo parar de pensar que talvez eu estivesse melhor lá fora, crescendo na família de Derek."

Ela sorriu. "Que bobagem. Você teve todas as vantagens."

"Tive?"

"Como pode perguntar uma coisa dessas? Você teve comida decente desde o minuto em que foi entregue. Teve roupas quentes e uma educação. Sem falar nos pais ricos, poderosos. Via sua vida glamorosa no Tvaltar, sempre que havia um Especial Família do Protetorado, então não me diga que sua vida não era perfeita."

Ela esticou o braço para tocar uma marca preta de queimado no tampo da mesa. Aos poucos, acostumava a vista à quase escuridão, e enquanto evitasse olhar diretamente para o forno, seus olhos permaneciam perceptivos. Conseguia vê-lo bem o suficiente para perceber que estava para trás para evitar o olhar dela.

"Então, como foi para você, sua infância?", ele perguntou. "De verdade."

"De verdade", ela ecoou devagar, tentando imaginar como resumir uma infância inteira. "Tudo foi muito bom quando eu era bem pequena. Éramos pobres, como todo mundo, mas eu não sabia disso. Nossa casa ficava na... bem, você sabe que fica às margens do Setor Oeste Três, e eu gostava de lá, com todo aquele espaço para explorar e plantar." Direcionou a cabeça para aquela parte do mapa. "Meus pais trabalhavam durante o dia e me mantinham próxima deles, mas à noite eu sempre convencia um deles a fazer explorações comigo. Eu amava aquilo, especialmente descer até o Deslago."

"E você tinha amigos?"

"Eu tinha duas amigas. Bem, uma, na verdade. Emily morava do outro lado da minha rua. Gostávamos de brincar de se vestir com elegância com os retalhos de tecido do meu pai."

"Vocês ainda são próximas?"

Ela o encarou, confusa. "Por que quer saber de tudo isso?"

A voz dele estava baixa na sala silenciosa. "Estou apenas tentando imaginar sua vida. Tentando entender por que você é tão diferente de qualquer pessoa que eu já conheci."

Aquilo a surpreendeu. "Sou?"

Ele se virou na cadeira de forma que o perfil dele apontou na direção do forno, e uma das botas estendeu-se para o lado da lareira. A porta estava aberta e escorada, e os carvões vermelhos lá dentro ainda pulsavam com o calor. A gola da sua camisa preta estava um pouco aberta e afastada da nuca.

"O que mudou quando você cresceu?", Leon perguntou.

Gaia tentou pensar no que dizer para ele e, ao mesmo tempo, sentiu um impulso estranho de resistir, como se puxasse algo frágil de dentro dela. Foi até a pia e abriu a torneira para pegar água. "Quer um pouco de água?", ela quis saber.

"Por favor."

Ela serviu dois copos. "Você tem ideia de como é incrível para mim poder pegar água de uma torneira nesta cozinha?"

Ele ergueu a xícara até os lábios, mas o reteve lá sem beber. "Explique."

Ela puxou a cadeira e deu um gole. "Para ter água fora das muralhas, eu costumava levar minha canga de madeira e duas garrafas imensas até a bica do nosso setor. Em geral, o velho Perry, o homem da água, estava lá com seus funis e baldes grandes e me ajudava a carregar. Eu lhe dava um pouco de manjericão e ovos em troca. Mas se ele não estivesse lá, eu precisava ficar sentada ao lado da torneira, esperando encher devagar cada garrafa. As torneiras são realmente lentas, sabe. Às vezes, é só um fiozinho. Podia levar dez minutos ou mais para encher minhas próprias garrafas, e então eu as carregava de volta com minha canga."

"Pensei que sua família recebesse água. Era um dos pagamentos pelos serviços de sua mãe como parteira."

Ela riu. "Quanto de água você acha que uma família precisa? Esse pagamento nunca durava uma semana, e quando meu pai estava tingindo tecidos, precisávamos de garrafas e mais garrafas de água."

Ela pousou os cotovelos na mesa e deu outro gole no copo.

"Então, você transportava água", ele falou. "E o que mais?"

Ela deu de ombros. "Ajudava a minha mãe com a horta de ervas e cuidava das galinhas. Eu fazia pequenos trabalhos para o meu pai. Sei lá. Limpava. Pendurava roupas. Ajudava a cozinhar. Todas as crianças que eu conhecia sempre estavam trabalhando."

"Mas você era feliz?", ele quis saber.

Ela não sabia como responder. Queria saber se ela teve pesadelos por meses após um dos garotos da vizinhança ter morrido de febre? Ou que as crianças provocavam Gaia o tempo todo por conta do seu rosto? Essas caminhadas com as cargas de água eram o pior, quando não conseguia correr, não conseguia usar as mãos para se defender, e qualquer garoto porcalhão que quisesse jogar algo nela poderia. Sempre estava faminta por ideias e informações, nunca conseguia saciar sua curiosidade. Havia também o rancor lento, ardente contra injustiça, pois ela percebia cada vez mais que as pessoas do outro lado da muralha não estavam batalhando como eles em Wharfton.

Por outro lado, ela amava os pais profundamente e com alegria.

Gaia deixou o copo de lado, feliz por ele não pressionar para que respondesse. Boa ou ruim, feliz ou não, aquela vida acabara. Não conseguiria exatamente voltar e reassumir suas atividades de parteira no Setor Oeste Três.

Seu cabelo estava solto, a franja caía de forma irritante sobre os olhos. Ela fez uma pequena trança, juntando o suficiente para que pudesse fazer com que um pouco dos cabelos ficasse atrás da orelha direita, ao menos até que se soltasse outra vez. "Tenho certeza de que você foi mais feliz dentro das muralhas do que teria sido fora", ela disse. "Sabe, provavelmente ainda pode ajeitar as coisas com a sua família. Não fez nada imperdoável, fez?"

"Eu precisava pensar e encontrar meu pai de verdade, então saí. Soa como algo imperdoável? Eles enviaram soldados para me caçar." Ele se mexeu novamente para deitar um braço na mesa e tamborilar com os dedos na superfície. "Deveríamos pensar nos nossos planos de amanhã."

Ela concordou com a cabeça. "Vou até lá em cima com a Irmã Khol para buscar minha mãe e tento descer as escadas com ela. Então, a trazemos para cá e pensamos em como sair das muralhas."

"Se precisar, pode entrar no Bastião. Existem portas internas para a torre." Ele apontou para indicar a direção no mapa.

"É bom saber."

"Se não sair, entro para encontrar você. Se ficar sem opções, tente chegar até o telhado. Não vão esperar por isso. E eu começarei a procurar por você de cima para baixo."

Existia algo velado entre eles ali. Por que ele a ajudaria naquele momento, se não a ajudara antes? O sargento Bartlett encontrou uma maneira de tirá-la do Bastião. Por que Leon não conseguiu fazer o mesmo?

"Vou levar a corda mesmo assim", ela disse.

"Vá em frente. Só não quebre o pescoço. Não acho que me deixaria ir no seu lugar."

Ela negou com a cabeça. Não confiava que ele faria direito.

"Foi o que pensei", ele falou. "Mesmo que ache que tenho braços fortes."

Surpresa, ela ergueu o olhar e viu como ele a observava. "Não disse isso exatamente como um elogio."

"Não?"

Um pouco das brasas moveram-se no forno, causando uma breve chama, mas fora isso o cômodo estava silencioso. Ela não sabia o que entender, ou como se sentir, e as coisas ficaram muito mais confusas quando ele a examinou com uma expressão curiosa, receptiva.

"Você está me provocando?", ela perguntou.

Ele começou a abrir um sorriso. "Deveria?"

Por um momento, ela ficou muda. Então, franziu o cenho. "O que você sabe sobre o sargento Bartlett?", ela quis saber.

"Além de que ajudou você a sair? Aquilo estragou tudo, sabe?"

"Depende do ponto de vista", ela falou.

"Vocês são amigos?"

"Tipo isso", ela falou. "Como ele é?"

Leon levantou-se e pegou um utensílio na prateleira da lareira: um pequeno batedor de ovos que parecia mais um brinquedo que uma ferramenta. Ele girou a pequena engrenagem. "Jack é como muitos dos rapazes. Trabalha duro. Não atira mal. Acho que gosta de cantar. Por quê?"

Gaia desejou ter tido a chance de conhecê-lo. Leon girou a engrenagem de tal forma que um dos batedores se soltou. Xingou e abaixou-se para pegar a pecinha. "Esqueça, Gaia. Ele não faz o seu tipo."

"E como você sabe qual é o meu tipo?", ela perguntou.

"Com certeza não é o Jack."

"Por que? Só porque ele foi legal comigo?"

Ele entregou as pecinhas do batedor de ovos quebrado para ela. "Consegue arrumar isso?", ele quis saber.

"Ele é meu irmão, está bem? Jack Bartlett é meu irmão, Odin Stone."

Leon sentou-se novamente, com expressão confusa.

"Jack é…? Mas ele não parece nada com você."

"Obrigada. Observação brilhante. Muito útil."

"Olha, não precisa ficar nervosa."

"Jack Bartlett me tirou do Bastião. Jack Bartlett não me deixou lá sem poder sair, nem sem explicação."

Ela pegou as pecinhas e começou a ordená-las em uma fileira sobre a mesa. Leon ergueu a xícara vazia e girou-a nas mãos, e como o silêncio se estendeu, ela sabia que precisava saber, mesmo se revelasse o quanto era vulnerável.

"Por que você me deixou?", ela perguntou numa voz abafada.

Ela o observou virar o copo mais uma vez, devagar, e deslizar o dedão na alça. Quando ele a olhou desta vez, os olhos estavam vívidos de arrependimento. "Sinto muito", disse num tom suave. "Foi um erro."

"Mas por que você fez aquilo?"

Os dedos pararam. "Pensei que poderia negociar por você e por sua mãe. Quando vi as garotas no pátio, percebi que, de algum jeito, o Irmão Iris já devia estar agindo com suas informações, e pensei que ele seria grato. Achei que poderia persuadir meu pai e o Irmão Iris a deixar vocês irem."

"Mas eles não deixaram?"

Ele balançou a cabeça. "Recusaram. Queriam que eu persuadisse você a voltar para eles, como disse antes, como a nova heroína deles."

"E você disse não."

Os olhos dele se afastaram. "Gaia", ele começou. "Era inútil. Eu senti como se tivesse traído você totalmente, como se eles tivessem me manipulado por completo. E, então, começaram a explicar sobre o gene supressor e quanto os registros da sua mãe eram importantes para eles." O olhar dele voltou, os lábios separados. O rosto fora tomado pela vermelhidão com o calor do forno, e os olhos azuis estavam escuros e vivos. "Meu pai é um homem incrivelmente persuasivo. Havia me esquecido disso."

"E foi quando ele convenceu você que o plano deles era bom?" Ela conseguiu sentir a raiva permeá-la mais uma vez.

"Não sei", ele falou. "Não sei o que pensar. Se seu pai dissesse a você algo do qual ele estivesse totalmente convencido, você não o ouviria?"

"Meu pai está morto."

Ela deu um empurrão para trás na cadeira. Estava tentando entender Leon, mas era difícil. Tudo parecia voltar ao relacionamento dele com o pai. Por mais que tentasse negá-lo, o Protetorado era o pai dele de fato. Foi quem o criou e quem ainda tinha controle sobre ele, mesmo que tivessem se distanciado por anos. Aquilo estava claro. Parecia terrivelmente injusto que ele ainda tivesse um pai, por mais difícil que fosse o relacionamento, quando o seu próprio pai não poderia mais estar ao seu lado.

"Eu gostaria que você falasse da sua família agora", ela pediu. Seria o justo.

"É uma história chata."

"Conte qualquer coisa antiga", ela pediu. "Eu falei sobre a minha infância."

"Tudo bem", ele disse bem devagar. "Talvez você goste de saber um segredo sobre os Especiais da Família do Protetorado."

Ela achou pelo tom dele que não eram tudo que pareciam ser. Conseguia ainda imaginar as cenas ensolaradas da família nos jardins do Bastião, os garotos com seus shorts brancos impecáveis e joelhos limpos, as irmãs gêmeas com vestidos amarelos combinando. Uma cena específica de colheita de maçã veio à sua mente. Era sua favorita, com as crianças balançando nos galhos baixos carregados de maçãs.

"Nós ensaiávamos por semanas", ele falou. "Não havia um momento espontâneo, genuíno em nenhum deles."

"Tá brincando!"

"Pode acreditar. Nós, as crianças, odiávamos fazer aquilo e, por fim, quando Rafael tinha mais ou menos 7 anos, ele se recusou. Foi o único momento em que fiquei feliz por ele ter um acesso de raiva."

"E as suas irmãs? Você brincava com elas quando era criança? Esconde-esconde no Bastião?"

"Esconde-esconde", ele repetiu devagar, e ela pôde ouvir o peso das emoções complexas por trás de palavras simples. Teria gostado de ver os olhos dele, mas o rapaz se virou para o forno novamente. "Nós brincávamos de esconde-esconde. E jogávamos xadrez. E todo o tipo de jogos. Eles gostavam quando eu perdia." Tocou a porta do forno com a bota. "É aniversário de Fiona e Evelyn amanhã", comentou.

Gaia ficou surpresa. "Você diz, hoje?"

"Sim. Acho que é hoje. Este é o primeiro ano que eles celebram desde que Fiona morreu", ele continuou. "Evelyn está fazendo 14. A família convidou metade das famílias mais ricas para uma festa no Bastião. Deve haver fogos de artifício no final."

"Você deveria ir também?", ela perguntou.

Ele deu de ombros e uma risadinha. "Evelyn me convidou, mas deixaram muito claro que não era para eu ir."

Ela aguardou, esperando que ele continuasse. "Conte mais", pediu suavemente. "Quero saber mais coisas. Como era na sua infância?"

Ele deu de ombros, com um sorriso leve. "Eu era a criança mais descoordenada que possa imaginar. Quando comecei a jogar futebol, caía todas as vezes que chutava a bola. Eu caía mesmo. Mas insisti. Então, levei uma eternidade para aprender a ler. Não conseguia decifrar as letras direito. Pensavam que eu era estúpido. Até mesmo Rafael aprendeu a ler antes de mim."

"Não sabia disso."

Leon deu de ombros. "Não colocavam isso nos Especiais. Mas consegui depois, quando peguei o jeito. Eu amava a escola."

Ela o invejou. Uma a uma, juntou as peças do pequeno batedor de ovos de brinquedo. "Rafael é mais novo que você quantos anos?"

"Genevieve teve Rafael quando eu estava com 4 anos, e as gêmeas vieram um ano depois." A luz dourada do forno refletia-se ao longo do nariz e do queixo dele. Seu olhar era pensativo. "Genevieve é realmente a única mãe que conheci, e foi muito boa comigo quando eu era pequeno. Tenho de admitir. Mas meu pai adorava sua nova família plenamente, e eu fui, bem…" Ele fez uma pausa. "Era natural, eu acho, o restante deles ser mais próximo."

Era curioso ver Leon ficar cada vez mais sério enquanto falava da família. Gaia tentou lembrar-se da versão menino de Leon nos especiais do Tvaltar, os cabelos escuros, o mais velho, em geral posicionado ao fundo. Ela sempre ficava encantada com as irmãzinhas, com seus cachinhos brilhantes e rostos sorridentes, então era natural não percebê-lo. Não era difícil acreditar que Leon fora sutilmente excluído por sua família.

"E então, Fiona?", ela perguntou. "Sente falta dela?"

Leon balançou a cabeça. "Não falo sobre ela."

Ela se lembrou do que as mulheres da célula Q haviam dito e perguntou-se se poderia haver verdade por trás dos rumores. "E a sua tia?", ela perguntou.

Ele se virou, a expressão perplexa. "Tia Maura? O que é que tem?"

Ela engoliu seco e desejou poder voltar atrás.

"O que você ouviu sobre a minha tia?", ele perguntou, a voz mais fria.

"Nada."

"Não. Você ouviu algum rumor, não foi? O que você ouviu?"

Triste, ela baixou os olhos para as mãos e girou uma vez o brinquedo. Funcionava perfeitamente. Conseguia sentir o calor subindo pelo rosto.

Ele soltou uma risada alta. "Eu deveria saber", falou. "Estou falando da minha família para você, coisas que nunca disse a ninguém, e só queria saber se os rumores de incesto são verdadeiros."

"Eu não disse isso."

"Não são. Está bem? Não dormi com ninguém, parente ou não. Não me importo se você acredita em mim, mas é isso."

Ela quis se afundar em uma poça de lama preta e desaparecer. "Desculpe-me."

Leon ergueu-se, pegou o batedor miniatura para devolvê-lo à prateleira e foi até a pia. Ela ouviu-o lavar seu copo em silêncio, e o guinchar suave da torneira. Algo em seus movimentos controlados, quietos, a fez se sentir ainda pior. Quando ele estendeu a mão para pegar o dela, ela a entregou sem dizer palavra. Lavou-o também e deixou sobre o armário com a boca para baixo.

"Você não precisa me ajudar amanhã", Gaia falou.

Ele se voltou para ela, braços cruzados, e recostou-se contra o balcão. "Sabe de uma coisa? Você é muito boa em afastar as pessoas. Sabia disso? Talvez por isso teve apenas uma amiga na infância."

Ela sacudiu a cabeça. "Que maldade."

Ele correu a mão para trás pelos cabelos, mantendo-a sobre a testa. Parecia cansado, exasperado e magoado. Gaia não tinha ideia do que dizer ou como voltar ao clima agradável no qual estavam antes. Sabia apenas que não o queria chateado com ela. E aquilo a fazia sentir fraca e vulnerável, e não gostava nada disso.

Ela se levantou e foi até as escadas que levavam ao quarto que dividia com Yvonne. "Está tarde", ela disse, não muito convincente.

"Ótimo. Vá para a cama, então."

"Vai dormir no quarto de Oliver?"

"Não."

Ela olhou para a mesa, as cadeiras e banquinhos, e o espaço completamente utilitário da cozinha, sabendo que não haveria nenhum lugar confortável para ele dormir. Estava prestes a protestar quando ouviu um clique suave vindo do corredor e passos rápidos. Pearl surgiu na entrada da cozinha.

"Mace chegou?", ela quis saber, a voz preocupada. "Pensei tê-lo ouvido chegar."

"Não", Gaia falou. Mas um momento depois, um ruído veio da porta, um padrão distinto de batida.

"Feche o forno", Pearl sussurrou.

Quando Leon obedeceu, e o recinto ficou escuro, Pearl destrancou e abriu a porta para fora. Mace Jackson deslizou para dentro, seguido por uma mulher em uma longa capa branca. Um redemoinho fresco de ar frio espiralou através

265

da cozinha quando a porta se fechou novamente, e então o cômodo penumbroso ficou em profundo silêncio. O brilho bruxuleante ao redor da porta do forno era a única luz.

"Pearl?", Mace chamou na escuridão.

"Finalmente", ela falou.

Quando Gaia riscou um fósforo para iluminar a pequena vela sobre o tijolo do forno, Mace e Pearl estavam abraçados. Com os ombros largos de Pearl e o corpanzil poderoso de Mace, pareciam dois ursos abraçados. Gaia teve de sorrir.

"Quem é ele?", Mace perguntou, a voz profunda e baixa, os olhos pretos sobre o ombro de Pearl na direção de Leon.

"Ele é um amigo de Gaia", Pearl falou rapidamente.

"Ele é Leon Quarry", Mace disse com seriedade, soltando Pearl. "Tem ideia do que acontecerá conosco se o descobrirem aqui?"

Gaia deu alguns passos na frente de Leon. "Não é bem assim", ela falou. "Lamento, Mace. Nunca quis..."

"Derek Vlatir me mandou", Leon interrompeu. "Ele é meu pai. Ele me disse para procurar você."

Mace espreitou Leon com cuidado e então pegou uma faca. "Não quero saber o que Derek disse."

"Mace", Pearl falou firme, com uma das mãos no braço dele, como um alerta.

"Por favor", Gaia falou. "Ele está conosco agora. Comigo. Só queremos salvar minha mãe e então vamos embora."

Os olhos de Mace brilharam na direção de Gaia, e ele pareceu aflito. "Ele não, Gaia. Ele é da pior escória." Sua voz baixou, como uma advertência. "Você não sabe quem ele é."

"Sim, eu sei", ela disse. "E peço para confiar em mim."

Ela se voltou para Leon ao lado dela, e viu que seus olhos estavam apertados com raiva contida. Não disse nada para se defender. Mace soltou um ruído indignado e enfiou a faca de volta ao faqueiro. Então, a mulher de branco que permaneceu ao lado da porta moveu-se para a frente até a luz de velas. Gaia reconheceu a Irmã Khol. Os lábios curvos para baixo com desdém.

"Quem imaginaria? Vocês dois aqui", Irmã Khol disse, olhando primeiro para Gaia, em seguida para Leon. "A cidade inteira está procurando por vocês."

A voz de Leon era cuidadosamente neutra. "A senhora veio nos ajudar ou nos ameaçar?"

Irmã Khol empertigou-se um pouco mais sua figura imponente. "Não sabia que você estava envolvido com a garota", ela disse para Leon.

"Espere. Por favor", Gaia falou, dando um passo adiante. "Só precisamos de ajuda para me levar até a minha mãe. Isso é tudo. Se a senhora fizer apenas isso, seremos gratos."

"Nunca é apenas isso", Irmã Khol disse. "Eu entreguei um bilhete da sua mãe para você, mas não parou por aí, não é?"

Gaia não sabia o que dizer. Ela se virou para Pearl, e a mulher foi para o lado da Irmã Khol, falando tão baixo que Gaia não a entendeu.

Olhou para Leon, mas seu rosto estava impassível. Mace acendeu a luz do cômodo. Tropeçando em Leon e ignorando tudo mais, Mace puxou uma tábua de uma prateleira e pousou-a sobre a mesa. Ele espalhou farinha de um saco no balcão e enrolou as mangas da camisa.

Gaia estava em pé, indefesa, observando Pearl e a Irmã Khol, até elas se virarem por fim.

A Irmã Khol falou com Mace como se ele fosse a única pessoa no lugar.

"Em algum momento, nesta manhã, cruzarei a praça do Bastião com um cesto pesado. Se eu vir um garoto lá para carregá-lo para mim, vou levá-lo até a torre sudeste. Nada mais. Ele poderá ficar lá por cinco minutos. Tenho trabalho importante a fazer para o Enclave e não tenho tempo para bobagens. Não quero me envolver se um crime for cometido."

Mace inclinou a cabeça por um instante. Gaia tinha um milhão de perguntas, mas Mace lançou-lhe um olhar severo, e ela permaneceu em silêncio.

"Obrigada, Joyce", Pearl falou. "Isso é muito importante. De verdade."

Irmã Khol virou-se para a porta. Com uma das mãos no trinco, ela parou e olhou para Pearl. "Se eu pudesse diminuir de verdade a sua perda, Pearl", ela falou, "sabe que eu faria. Espero que você não se engane que um truque como esse fará alguma diferença." Um momento depois, ela saiu.

Pearl esfregou as costas da mão nos olhos e bateu uma palma. "Vocês ouviram Joyce", Pearl falou, pegando seu avental. "Não temos muito tempo. Ela vai levar você, Gaia, mas o resto é por sua conta. Ela poderá dizer que foi enganada como todo mundo. Vamos acordar Oliver e Yvonne."

Todos entraram em ação, movendo-se da forma mais rápida e silenciosa possível. Oliver ficou encarregado de encontrar algumas roupas do aprendiz Jet para Gaia e algumas suas mesmo para Leon. Yvonne trançava muitas cordas de varal numa só, mais robusta. Mace trabalhava na massa diante dele em movimentos silenciosos, lentos, e quando as próximas bandejas de massa crescida foram ao forno, ele começou a carregar o carrinho para levar ao mercado. Pearl enrolou um longo retalho de tecido de algodão marrom ao redor do torso de Gaia, enfiando enchimento na cintura e nos ombros. Quando Gaia deslizou na camisa e calças azuis de aprendiz, Yvonne virou-se do seu emaranhado de cordas de varal e deu uma risadinha para ela.

"Você parece o Jet num dia ruim", Yvonne disse. "Até o cabelo."

"Obrigada", Gaia falou.

Deu alguns passos largos com as calças, acostumando-se com elas. As mulheres em Wharfton vestiam calças às vezes, se o trabalho pedisse ou quando o inverno esfriava, mas não era comum. Gaia não usava calças desde que era uma garota.

"Você precisa caminhar com as pernas separadas, assim", Yvonne falou. Ela demonstrou, dando risadinhas.

Pearl bateu uma massa rápida, fina, e jogou na frigideira rasa que soltou um chiado, fazendo um crepe superfino.

"Chapéu", Pearl falou, rápido, e Yvonne subiu com pressa as escadas, voltando logo com um chapéu masculino marrom de aba baixa.

Gaia remexia-se nas roupas, tentando ficar confortável, e observou Pearl deixar dois crepes finos para esfriar em uma toalha esticada e limpa. Eram circulares e leves, com uma flexibilidade e uma textura que surpreendentemente pareciam com a da pele.

"São pálidos demais para ela", Leon falou, parando enquanto passava pela cozinha com uma braçada de baguetes.

"Você lá sabe de alguma coisa? Saia da minha frente", Pearl falou. "Por que não vai se barbear?"

Leon lançou um olhar rápido para Gaia, quase um sorriso, e então ele, Oliver e Mace ocuparam-se preparando o carrinho. Abriam e fechavam a porta da frente da loja o tempo todo, como de praxe faziam quando estavam preparando o carregamento no dia de mercado, e o ar frio dava arrepios nos braços e no pescoço de Gaia.

"Sente-se", Pearl disse, apontando um banquinho para Gaia que estava bem embaixo da luz. Ela tocou o queixo da garota, e Gaia, obediente, ergueu o rosto, fechando os olhos. Sentiu os toques frios de uma substância pastosa sendo aplicada à pele cicatrizada da bochecha esquerda, e ficou surpresa pela delicadeza firme do toque de Pearl. Em seguida, sentiu uma cobertura de tecido fria, úmida, sufocante no rosto inteiro, e teve de lutar contra um medo instintivo. Um instante depois, o lado direito foi erguido, e Gaia percebeu que Pearl pousou um dos crepes no rosto dela e cortou-o embaixo do nariz. Com as pálpebras ainda fechadas, Gaia estava bem ciente de que Pearl trabalhava com muita atenção sobre o seu rosto. Poderia sentir a respiração da mulher contra o seu pescoço, e às vezes no ouvido, e conseguia ouvir o estalar leve que Pearl fazia no fundo da garganta enquanto se concentrava.

Em seguida, veio um salpicar de pó que Gaia sentiu nitidamente na bochecha direita e testa, mas apenas uma pressão mais delicada no lado esquerdo. Pearl fez um som de insatisfação, e Gaia ouviu-a voltando-se à farinha e aos temperos. Um momento depois, Gaia sentiu mais salpicar, e Pearl assoprou tão forte no rosto dela que Gaia se encolheu.

"Está horrível", Yvonne disse, e os olhos de Gaia abriram-se, alarmados.

Yvonne esgarçava os dentes num sorriso para ela, e Pearl, a centímetros de distância, franzia a testa enquanto tocava a nova pele mascarada na bochecha esquerda de Gaia.

"Bem, obviamente é um trabalho apressado", Pearl falou. "Mas servirá, se você mantiver um chapéu e eles não olharem perto demais." Ela se sentou no banquinho diante de Gaia e, com cuidado, a garota se aprumou na cadeira. Ela ainda esperava que o crepe caísse de sua pele, pois estava aplicado com muita leveza. Yvonne lhe passou um espelho e, com olhos brilhantes, ela observou Gaia pela borda do vidro.

Gaia olhou para um garoto no espelho, bronzeado, de rosto redondo com sobrancelhas longas, lábios pálidos e uma testa ampla. Havia algo estranho com o nariz dele, como se o tivesse quebrado no passado, e sombras leves sob os olhos, como se não tivesse dormido bem. Quando olhou de perto, Gaia viu a junção do crepe onde ele começava no queixo, corria pelo perímetro esquerdo dos lábios, subia pelo nariz, para baixo do olho esquerdo, e por cima das sobrancelhas até a têmpora direita. Seus olhos castanhos espreitavam entre cílios pretos. Hesitante, foi tocar o rosto, mas Pearl parou sua mão.

"É frágil", ela falou. "Não toque. E não tente sorrir ou vai entortar na boca."

"É incrível", Gaia disse e viu no espelho que sua bochecha esquerda parecia estranha quando falava. Ela teria de evitar falar também, o máximo que pudesse.

"Bem", Pearl disse com uma tosse modesta. "Acho que deixar você um pouco mais morena seria uma boa ideia. Aqui. Coloque um pouco nas mãos também. E coloque o chapéu. Yvonne, a corda está pronta?"

Pearl fez Gaia tirar o casaco de novo e enfiou a corda e uma capa extra de Pearl para a mãe de Gaia na parte de trás da camisa. Quando a garota vestiu o casaco marrom novamente, parecia ainda mais um rapazinho troncudo que acabara de entrar na puberdade. Pearl sacudiu a cabeça. "Suas mãos estão todas erradas", ela falou. "Finas demais."

Foi quando Mace gritou da entrada da padaria. "Pearl!", ele chamou. "Vamos sair para o mercado. Cadê meu aprendiz?"

O coração de Gaia congelou de medo por um instante, e então Pearl deu um apertão rápido e firme nos dedos dela. Ela arrastou a garota até a porta de entrada.

"Estaremos esperando por você aqui", ela sussurrou. Yvonne adiantou-se para abraçá-la, mas Pearl a impediu. "Não, não bagunce tudo", Pearl alertou. "Pegue isso", disse para Gaia. Deixou três pequenos cubos brancos na palma da mão da moça.

"Açúcar?", Gaia perguntou, surpresa, saindo e segurando-os à luz da lua na palma aberta. Eram menores e mais densos do que cubos de açúcar, e Gaia olhou de volta para Pearl, curiosa.

"Não são açúcar. São para dormir e para a dor. Funcionam rápido e são poderosos, então tenha cuidado."

Gaia deslizou-os no bolso direito da calça, sua mente funcionando rápido para antecipar como poderiam ser úteis.

"Para quem são? Para as prisioneiras na torre? Para Irmã Khol?"

"Sim", ela falou. "Ou para você, se... Bem. Você vai saber quando usar."

O rosto jovem de Yvonne ficou azulado na entrada penumbrosa. "Foi tudo que restou de Lila", ela explicou.

"Ah", Gaia falou, suavemente. Ela buscou o rosto de Pearl, incerta se deveria levar os cubinhos.

"Vá", Pearl insistiu. "Não precisamos deles." A mulher mais velha apertou os olhos na direção onde Mace e Leon, agora vestido com as roupas de Oliver, aguardavam com um carrinho na viela. Não se via Oliver.

Gaia lançou o último olhar para Pearl e Yvonne, que deu um pequeno aceno e um grande sorriso, e então ela se apressou atrás do carrinho como um mau aprendiz atrasado.

Capítulo 22

As mulheres da torre sudeste

O monumento erguia-se sobre a praça do Bastião, uma presença pesada, preta contra o violeta do céu que antecedia a aurora. Os ouvidos de Gaia enchiam-se do chacoalho do carrinho enquanto suas rodas largas cruzavam as pedras úmidas do calçamento e, ao lado dela, a respiração de Leon vinha em ritmo contínuo, enquanto ele e Mace empurravam o carrinho na direção da torre sudeste. Aquele era o objetivo: estar o mais próximo da torre quando a Irmã Khol aparecesse e precisasse de um garoto, qualquer garoto conveniente, confiável, para carregar sua carga para cima dos degraus da torre. Gaia empurrou o topo do chapéu para que ficasse mais firme na cabeça, olhando adiante sob a aba. No bolso, as pontas dos dedos enroscavam-se nos cubos com o pó branco que Pearl lhe dera.

Em um canto da praça, dois guardas estavam em pé ao lado da grande porta de madeira para a porta sudeste do Bastião. Gaia tentou não olhar para eles. No lado oposto da praça, estava o arco familiar da prisão, e evitava olhar para lá também, esperando nunca entrar lá outra vez.

Já havia alguns carrinhos na praça, e mais chegavam para o dia de mercado: um vendedor de legumes, um granjeiro com ovos e galinhas cacarejantes, o relojoeiro que às vezes levava suas mercadores para Wharfton, para fora das muralhas, e que, naquele momento, montava uma pequena barraca ao lado da base do monumento. Mais tarde, as cores e cheiros ficariam vibrantes, mas então, à luz cinzenta, mesmo os fundos de cobre das panelas tinham uma cor suave, indistinta de cinza. Gaia mantinha a cabeça baixa e ajudava Mace.

"Quando acha que a Irmã Khol virá?", ela perguntou.

"Não sei. Mas estamos num bom lugar para quando ela chegar. Lembre-se, traga sua mãe de volta com calma" Mace falou, revendo o plano que eles finalmente acordaram. "Se puder sair de lá com naturalidade, ela poderá sentar-se aqui com o manto de Pearl, embaixo do guarda-sol, como se fosse uma de nós. Então, sairemos juntos, sem pressa."

"E se os guardas perceberem?" Gaia sussurrou. "Para onde vamos correr?"

"Por ali", Mace falou, balançando a cabeça sobre o ombro. "Através do mercado e cortamos para a arcada, passando pela loja de velas. Eles têm uma porta dos fundos. Sua mãe corre rápido?"

Gaia lembrou-se da maneira gentil e firme da mãe e seus movimentos graciosos, lentos em saias e vestidos marrons. Era uma mulher robusta com quase 40 anos, forte e saudável ou, ao menos, antes de ser presa.

"Se precisar, sim. Por uma distância curta", Gaia falou, tensa.

Mace sorriu, passando para ela um par de filões de pão para arrumar.

"Então, vamos esperar que os guardas não notem nada de estranho. Lembre-se, há outras portas na torre do lado de dentro do Bastião que as pessoas usam regularmente para ir e voltar, então ter uma mulher a mais para sair não faria mal. Esteja pronta."

A praça aos poucos se encheu com mais vendedores. O sol ergueu-se atrás dos prédios a leste, e enquanto as horas da manhã avançavam, ele encolhia aos poucos a linha de sombra até a praça inteira estar sob a luz plena do meio-dia e no calor abrasante de julho. Mace teve sua ajuda para montar dois toldos, um para os clientes na frente do carrinho e outro atrás, para eles. As cigarras começaram seu cantar lento, lamurioso do calor. Várias vezes pessoas saíram da porta na base da torre, passando pelos guardas, mas ninguém entrou.

Gaia tinha medo a todo instante de que alguém passasse e a percebesse ou visse Leon, mas ficavam na parte de trás da barraca, e Mace cuidava do fluxo contínuo de clientes lentos, encharcados pelo calor. Gaia estava cada vez mais enjoada pela ansiedade e pela decepção que se alternavam toda vez que via alguém semelhante a Irmã Khol.

"Ela não estava mentindo, estava?", Gaia perguntou a Leon. "Deve ser meio-dia agora, e ela disse que viria de manhã, não foi?"

Ele havia se barbeado, e a camisa azul deixava seus olhos mais claros do que ela estava acostumada, mesmo à sombra do chapéu emprestado de Oliver. "É uma pessoa ocupada, mas virá. Ela tem o seu tipo torto de honra."

Mace limpou o suor da testa. "De qualquer forma, estou quase sem pão. Se ela não vier logo, vamos ter de voltar. Já passou da hora de eu ir embora."

Por fim, atravessando a praça, a figura alva da Irmã Khol ficou visível, caminhando de uma forma estranha enquanto carregava um cesto redondo, coberto. Gaia ficou tão aliviada que poderia ter corrido até ela com lágrimas nos olhos de felicidade. Irmã Khol parou a poucos metros da porta da torre sudeste, e deixou o cesto no chão. Com uma das mãos apoiada nas costas, franziu a testa na direção da praça. Gaia sentiu uma pontada no pescoço, esperando ao lado do carrinho de Mace. Os guardas aprumaram-se numa postura imponente.

"Estou aqui para ver as prisioneiras na torre", disse a Irmã Khol.

Um dos guardas deu um passo à frente. "O que a senhora tem no cesto?"

A Irmã empurrou o cesto um passo para a frente. "Uma arma e algumas facas", ela disse, com sarcasmo.

O guarda riu e ergueu a tampa. "Sementes de girassol e batatas? Que tipo de dieta é essa?"

"Não é uma dieta completa", Irmã Khol disse, desdenhosa. "É um suplemento. Elas precisam de mais vitamina B6."

Ele sacudiu a cabeça. "Sempre mais alguma coisa. Quando o bebê nasce?"

"Não passa deste mês", Irmã Khol respondeu. "Olha, você não quer carregar isso lá para cima?"

Ele balançou a cabeça, assim como o outro guarda.

"Ordens", o primeiro deles disse, desculpando-se.

Irmã Khol pôs uma das mãos na cintura e virou-se, irritada, para a praça. Gaia ouvia avidamente a conversa, e quase saltou para fora dos sapatos quando Irmã Khol a chamou.

"Você aí!", a mulher chamou.

Gaia ergueu os olhos e, então, tentando parecer natural, olhou para Mace. Ao redor deles, a confusão normal do mercado prosseguia.

"Sim, você aí, garoto", Irmã Khol falou. "Venha até aqui e carregue esse cesto para mim."

Gaia baixou um filão de pão. Seus dedos pinicavam de nervosismo.

"Tire o avental e vá logo", Mace disse para ela. "Não deixe a Irmã esperando."

Gaia desamarrou o avental, jogou-o para Leon, e deu passos mais longos enquanto ela seguiu para pegar o cesto. Ela precisou reclinar o corpo para equilibrar o peso.

Os guardas riram.

"Isso vai dar um pouco de músculos para você, garoto", o guarda falou. "Vá em frente, então", disse, abrindo a porta para a Irmã Khol. O guarda deu um tapa na aba do chapéu de Gaia, baixando-o sobre a testa quando ela passou, e riu de novo. Ela ficou aterrorizada por um instante, sentindo a máscara da testa se apertar estranhamente, mas tentou reagir como um garoto faria. Levantou o chapéu novamente e lançou um olhar bravo para o guarda.

"É por aqui", o guarda falou, a voz provocadora, mas amigável.

O disfarce funcionou. Alegre por dentro, Gaia apressou-se atrás de Irmã Khol, erguendo o cesto. Os degraus espiralavam-se para cima em sentido horário, com as paredes de pedra em cada lado e janelas oblongas na parte externa da parede a cada dúzia de passos. Passou por diversos patamares com portas fechadas também. O cesto ficava mais pesado a cada passo, mas Gaia o puxava com o braço e mantinha o ritmo até o coração palpitar com força. O fôlego vinha em arfadas. O pensamento que cada degrau a levava para mais perto de sua mãe a impulsionava para cima, mesmo com os músculos das pernas queimando. Mantinha os olhos na parte de trás da saia branca da Irmã e nos saltos dos seus sapatos arranhados de sola preta enquanto subia os degraus bem diante dela. Apenas quando Gaia pensou que não conseguiria ir além, chegaram a um patamar triangular, e Irmã Khol parou para tomar fôlego, nada disse, e um momento depois deslizou para o lado um pequeno painel na porta e falou pela abertura.

"É a Irmã Khol", ela disse. "Estamos entrando."

Gaia observou-a puxando um ferrolho pesado para a esquerda, e a porta abriu para fora.

Finalmente, estavam na torre. O coração de Gaia disparou com ansiedade. *Minha mãe! Qual delas é a minha mãe?* Olhou primeiro a mulher sentada em uma cadeira de balanço. Persephone Frank, com seu notório rosto redondo de lua e cabelos castanhos, baixou as agulhas de tricô e olhou para Gaia, despreocupada. Gaia ficou espantada por encontrá-la ali. Semanas atrás, Leon havia dito para ela que Sephie estava livre, voltara para casa e atendia seus pacientes. Contudo, ali estava ela. Leon havia mentido ou Sephie escolhera servir ao Enclave como um cão de guarda. Sephie passou os dedos largos pela lã para soltá-la e continuou a tricotar.

O olhar de Gaia partiu para a segunda mulher, deitada no catre mais distante com um cobertor fino cobrindo-a. A mulher desconhecida estava soerguendo-se devagar, uma das mãos numa revista, e os longos cabelos castanhos deslizaram sobre o ombro numa trança desgrenhada. Era uma mulher corpulenta com pálpebras pesadas, e nada do que Gaia esperava de uma prisioneira política.

"Quem é?", a mulher murmurou.

"É a Irmã Khol, preguiçosa", Sephie falou. "Veja se você não consegue ficar apresentável."

Quando a terceira mulher, no catre mais próximo, não se importou de se virar para ver quem havia entrado, o coração de Gaia pulsou mais rápido com medo. Gaia baixou o cesto e ficou ao lado da porta, temerosa se faria ou diria algo errado. Com um olhar rápido para cima, localizou a pequena caixa branca igual àquela que havia no seu quarto no Bastião antes, e soube que era a câmera de vigilância. Era mais do que provável que o Irmão Iris ou um dos seus assistentes estivesse observando atentamente o ambiente. Por dentro, grunhiu.

"Vamos lá, Bonnie", Irmã Khol falou, sua voz bajuladora, quase terna. "Veja as sementes de girassol que encontrei para você. Quando foi a última vez que comeu semente de girassol?"

A forma na cama não se moveu. "Não estou com fome."

O coração de Gaia palpitou com a voz familiar, e era tudo que podia fazer para não correr para cima da mãe.

Então, enquanto a Irmã Khol insistia para que a prisioneira se sentasse com tranquilidade, Gaia viu algo que não conseguia acreditar: sob seu vestido azul, a barriga da mãe estava inchada com a saliência redonda e estendida da gravidez. Gaia inspirou com força. Não podia ser. Ou poderia? A verdade surgiu: sua mãe não era a parteira ali. Era a prisioneira política. Por mais que parecesse impossível, a mãe de Gaia devia estar com quase cinco meses de gravidez quando Gaia a viu fora das muralhas, sem que soubesse. Uma vozinha no fundo da sua cabeça perguntou por que a mãe não havia lhe dito, e então o afeto cresceu em Gaia para anular todo o resto. Deu um passo involuntário para a frente antes que pudesse se impedir.

A mãe de Gaia ergueu olhos cansados, apáticos, na direção dela, e Gaia ficou assustada com as outras mudanças. Sua mãe, antes vibrante e solar, parecia exausta e totalmente desanimada. Seus braços, antes fortes e ágeis, estavam finos e ossudos. As bochechas e lábios tinham o mesmo tom descolorido, e olheiras profundas cercavam os olhos embaçados. A longa trança desaparecera, e em vez dela, o cabelo fraco crescia em mechas desgrenhadas até o pescoço. Parecia que toda a vida tinha sido drenada do corpo e concentrada na barriga para manter a criança viva, deixando apenas um casco da mãe para trás.

"Quem é?", a mãe de Gaia perguntou numa voz mortiça.

"Um garoto do mercado", Irmã Khol respondeu.

A mãe de Gaia desviou o olhar de forma inexpressiva, e Gaia ansiou por ela.

"Vamos agora", Irmã Khol pediu. "Precisamos de uma amostra de urina."

"Não precisamos de nada", a mãe de Gaia virou-se para se deitar novamente.

"Não", Irmã Khol falou, pegando-a com rapidez. Sephie ergueu-se para ajudar Irmã Khol e, entre as duas, levaram Bonnie cambaleando. Sephie guiou os pés dela para dentro das pantufas marrom.

"Vai levar apenas um minuto", Sephie disse em voz baixa. "É sério, Bonnie. Você precisa. Pelo bebê."

Os lábios de Bonnie apertaram-se, e ela deixou que Sephie a levasse para a pequena sala contígua, enquanto Irmã Khol pairava atrás.

A terrível verdade atingiu Gaia novamente: sua mãe estava grávida. E muito fraca. Como a ajudaria escapar?

"Tudo certo, Bonnie?", Irmã Khol perguntou.

Gaia tentou pensar por que a Irmã Khol não comentou que sua mãe estava grávida, então percebeu que a Irmã Khol teria achado que Gaia já soubesse.

"Vamos dar um pouco de privacidade a ela", Sephie respondeu. Fechou a porta quando saiu e voltou a sentar-se na cadeira de balanço ao lado da lareira e ao tricô. As agulhas estalavam de forma agradável no pequeno espaço, e quando Gaia percorreu o recinto com os olhos em busca de outras ideias, percebeu que era uma cela incomum. Era quase confortável. As paredes curvas feitas de pedras escuras, um pequeno fogareiro para cozinhar brilhava no fundo da lareira e um carpete macio com estampa de rosas cobria o chão. Cortinas brancas pendiam nas três janelas, emoldurando o céu brilhante da tarde, e havia utensílios de cozinha e alguns livros num armário. Acima do vértice das colunas cônicas de madeira, um ventilador de teto pendurava-se e girava em silêncio, pacientemente para lançar o ar para cima.

Sephie pegou uma chaleira que estava pendurada próxima ao fogo. "Gostaria de uma xícara de chá antes de ir embora, Joyce?", ela ofereceu.

Irmã Khol mexeu na cesta que Gaia carregava, ergueu triunfante uma latinha preta e balançou-a. "Achei mesmo que você perguntaria", ela falou. "Este aqui é um *blend* ótimo com um toque de baunilha."

A outra mulher sorriu e prendeu os cabelos pretos para trás. "Você é uma bênção."

Enquanto Sephie deslizava a tampa da chaleira e pegava a lata da Irmã Khol para jogar um pouco de chá dentro, a Irmã virou-se para a terceira mulher:

"Como estão as coisas, Julia?"

"Já tive empregos melhores. Na maior parte do tempo, isso aqui é um tédio", Julia comentou. Estava trançando os cabelos com dedos hábeis. "Pensei que ela seria um perigo para si e para todos em volta."

As sobrancelhas de Sephie ergueram-se uma vez no que Gaia imaginou ser um desdém negativo para Julia. Sephie deixou três xícaras e pires diante do fogo quando olhou novamente para Gaia, e seu olhar apertou-se de repente.

"Você aí", Sephie falou.

O coração de Gaia parou por um instante. "Sim, Irmã?" Manteve a voz baixa.

Sephie franziu a testa para ela, e Gaia esperou, inquieta. Ela se fortaleceu para manter o olhar firme na médica mais velha, e quando Sephie, em silêncio, inclinou o rosto para a esquerda, Gaia resistiu ao impulso de imitar o movimento.

As sobrancelhas de Sephie ergueram-se, ela estremeceu de leve, e então estalou a língua no fundo da garganta. "Tive uma assistente ótima uma vez", ela falou, indiferente. Então, sua voz mudou enquanto servia os chás: "Ajude a servir os chás. E então pode ir embora."

O coração de Gaia palpitou em dobro dessa vez. Sephie devia tê-la reconhecido, mas não deu qualquer sinal de alarme. Por que não? De repente, Gaia lembrou-se o que Cotty dissera sobre Sephie: ela fazia o que era mais fácil. Mas o que seria mais fácil para Sephie agora, dar o aviso contra Gaia ou esperar e ver no que dava? Gaia não sabia. Ela pegou os cubos brancos no bolso, perguntando-se com que rapidez eles se dissolveriam na água quente e, mais importante, se o efeito seria rápido.

"Você ouviu", a Irmã disse, ríspida. "Não fique aí como um idiota. É surdo?"

"Provavelmente ele quer um pouco de semente de girassol", Julia falou, dando uma risadinha. "Eu sei que eu quero."

A porta do banheiro começou a abrir.

"Espere, Bonnie", Sephie disse, erguendo-se ao lado do fogo. "Deixe-me ajudá-la."

Quando Sephie entrou no banheiro, Gaia sabia que não poderia se demorar. Foi até o fogo, pegou a primeira xícara e lançou na surdina um cubo branco dentro dela. Entregou-o para Julia, e então repetiu a manobra com a Irmã Khol. Quando sua mãe reapareceu, apoiada em Sephie, Gaia virou-se de costas para a câmera e deixou o terceiro cubo na última xícara de chá.

A mãe de Gaia parecia mais exausta que nunca e sentou-se na ponta da cama mais próxima, as mãos agarrando a lateral do colchão como se para manter o equilíbrio. Gaia deu um passo à frente, hesitante, segurando a xícara de chá de Sephie. Quando a mãe esticou a mão para ela, Gaia congelou, retendo a xícara até a mãe erguer os olhos, questionadora.

"Não, Bonnie", Sephie falou, tirando a xícara dos dedos apertados e trêmulos, de Gaia. "A última coisa que você precisa agora é de um diurético."

Gaia quase riu de alívio. A mãe a observava de um jeito estranho. "Eu conheço você?", ela perguntou à filha.

Gaia apertou os dentes, balançando a cabeça.

Sephie riu. "Você acha que conhece toda criança do Enclave só porque viu alguns deles por uma hora quando nasceram", ela disse. Então, voltou-se para Gaia. "Você já fez sua visita para nossa celebridade grávida. Agora você já pode ir."

Gaia entendeu: Sephie estava permitindo apenas um vislumbre inofensivo da mãe, nada mais. Gaia olhou alarmada para a Irmã Khol, mas ela estava bebericando seu chá calmamente, como se não tivesse interesse algum em Gaia. O desespero a tomou, e olhou com urgência para a mãe, que tinha a cabeça baixa, cansada.

A mente de Gaia acelerou. "Se ela não pode tomar o chá, posso pegar um pouco de água para ela?", Gaia perguntou, mantendo a voz baixa. Sephie ergueu os olhos e apertou-os com cuidado. Então, como se tomasse uma decisão, assentiu. "É um galanteador", falou. Apontou para uma xícara na prateleira. "Busque um pouco d'água, então."

Enquanto Gaia levava a xícara para o banheiro para pegar água da torneira, tentou pensar como poderia atrasar mais sua partida. As mulheres conversavam sobre as notícias de fora da torre. A voz de Julia era suave, com risadas ocasionais, e os tons da Irmã Khol eram mais baixos e firmes. A água corria para dentro da xícara de metal. Se ela pudesse encontrar uma maneira de tirar a mãe dali enquanto as mulheres continuassem a agir normalmente, talvez pudesse ganhar tempo antes de alguém atrás da câmera de segurança percebesse que algo estava errado.

"Passe aquele cobertor para mim, Joyce, por favor?", Sephie pediu para a Irmã Khol. "Ela está cansada novamente. Por falar nisso, acho que o que ela precisa mesmo é de mais ferro. Sem falar em um pouco de luz do sol. Descanso não significa que precise ficar deitada aqui dentro o tempo todo."

"Quer falar com o Protetorado ou eu falo?", Irmã Khol perguntou.

Gaia saiu pela porta do banheiro com a xícara de água.

"Se ele viesse até aqui, eu diria", Sephie respondeu. "Como ele não vem, terá de ser você." Ela deixou o cobertor sobre os ombros de Bonnie e, com a mão pálida, a mãe de Gaia puxou-o para mais perto sobre o peito.

"Também estou com sono", Julia falou com um bocejo, esticando-se. "O que eu não daria para dar uma volta no mercado, só um pouquinho."

"Por que não tira outra soneca?", Irmã Khol disse, seca.

Julia pareceu não entender o sarcasmo. "Não, não", Julia falou, encostando a cabeça no travesseiro branco. "Quero ajudar Sephie." Ela deitou os pés na cama, e seu rosto ficou frouxo de sono.

"Olha, que mulher mais preguiçosa!", comentou a Irmã Khol. Um momento depois, a cabeça dela inclinou-se para trás para descansar no espaldar da cadeira. Gaia olhou, com surpresa sinistra, quando os olhos dela começaram a fechar.

A xícara tombou, derramando o líquido no colo, mas Irmã Khol estava tão profundamente sonolenta que nem percebeu.

"Sua víbora", Sephie disse a Gaia, em voz baixa. "Eu dei cobertura para você. Deixei que fizesse sua visitinha."

Gaia observou Sephie tropeçar até a cadeira de balanço e agarrar o braço da cadeira enquanto se sentava de uma vez. Ergueu os olhos pesados para Gaia.

"Leve-a, então", Sephie falou." "Ao menos não poderão me culpar."

Em seguida, dormiu.

Capítulo 23
Maya

"O que está acontecendo?", a mãe de Gaia perguntou, uma prontidão nova em seus olhos.

Com as mãos ágeis, a garota dobrou um cobertor extra e um travesseiro num monte na cama e lançou outro cobertor sobre eles para fingir uma forma que dormia.

"Rápido, mãe", falou, agarrando firme o braço dela erguendo-a. "Não temos tempo."

"Gaia?", a mãe perguntou, a voz se erguendo, assombrada.

"Por favor", Gaia sussurrou com urgência, cingindo o braço na cintura da mãe e praticamente carregando-a até a porta. "Temos de sair. Antes que eles vejam."

"Ah, Gaia!", a mãe falou, sem fôlego. "Não consigo acreditar que é você!"

Gaia girou a maçaneta para abrir, puxou a mãe para o patamar de fora e fechou a porta. A manobra da cama até o patamar não levou mais de seis segundos, e se alguém na vigilância por acaso desviasse o olhar naquele instante, talvez não vissem nada de errado com as pessoas na cela da torre — não até olharem com atenção para as mulheres e vissem que não estavam falando, mas dormindo.

"Ah, mãe", ela falou, abraçando-a o mais forte que ousou. Inalou o cheiro de exaustão e desolação que a pele da mãe exalava, enquanto o corpo ossudo e inchado tremia sob o tecido fino do vestido azul.

"Não consigo acreditar que é você", a mãe repetiu. Os braços magros apertavam-se ao redor da filha, trêmulos. Então, olhou para o rosto dela, encarando, surpresa. Tocou o rosto de Gaia. "O que houve com o seu rosto?"

"Cuidado. É uma máscara. Rápido, temos de sair." Ela puxou o corpo da mãe para perto do seu e segurou-a com firmeza na cintura quando começaram a descer os degraus.

"Estou tão fraca", a mãe sussurrou. "Lamento."

"Tudo bem", Gaia falou, sua mente funcionando a todo o vapor. Não conseguiria sair com a mãe pela porta pela qual entrou com a Irmã Khol, porque os guardas imediatamente suspeitariam. No entanto, precisava chegar a Leon ou Mace de alguma forma. A mãe tropeçou e, quando Gaia a pegou, ela gemeu.

"Tudo bem?", Gaia perguntou.

"Perdi um pouco de sangue", a mãe falou. "Eu estava de cama. Este é o maior exercício que fiz em sei lá quanto tempo."

"Como isso aconteceu?", Gaia perguntou, ajudando-a a descer mais um degrau.

A mãe deu uma leve risada. "Do jeito habitual. Muito tempo atrás."

"Mas, digo, é do papai, certo?", Gaia perguntou. Ela precisava perguntar. "Por que não me disse que estava grávida?"

Quando se aproximaram de uma janela oblonga, a mãe agarrou-se ao peitoril. A luz do sol banhou a mão pálida, dando a ela uma cor azulada translúcida, enquanto ela se apoiava contra a pedra escura. Gaia não conseguia acreditar como a mãe parecia pequena e frágil.

"Tive tantos abortos", a mulher disse, sua voz fraca. "Não ousava dar esperança nem a mim mesma. Mas falaríamos logo para você. Seu pai estava tão empolgado. Parece que faz uma eternidade. E, então, quando fomos presos, o bebê salvou a minha vida. Seu pai…"

Um ruído alto veio de baixo. Gaia agarrou-se à mãe para protegê-la e sentiu-a tremer. O braço dela cingia o pescoço da filha, e em silêncio apertou o rosto contra a bochecha direita dela.

Um ressoar de risadas ecoou escadaria acima. "Não consigo *acreditar* em você!", veio uma voz feliz, feminina, juvenil. "Que tipo de presente é *esse?*"

O som de uma pequena disputa, e então o riso baixo de um homem, e em seguida um retinir alto.

"Estou falando sério!", a jovem falou de novo, denotando alegria.

"Você vai ser a minha morte, Rita. Eu juro."

"Shhh!", Rita bronqueou. E, então, "Tudo bem. Agora".

Um som de pés se arrastando pelos degraus, e então uma pancada de porta fechando, em seguida o silêncio. Gaia tinha certeza de que reconheceu a voz da garota com quem falara uma vez no mercado, a bela Rita, que tentou alertá-la para não se envolver com o casal executado. De repente, a mãe se curvou e arfou.

"Ai, não", ela gemeu.

"O quê?", Gaia sussurrou.

A mãe voltou-se para ela com olhos suplicantes. "Vá embora, Gaia. Me deixe aqui. Desça rápido e poderá escapar." Ela deslizou a mão pálida, com suas veias azuis, pela curva da barriga.

"Não", Gaia protestou, resistindo ao pânico. A mãe não poderia estar entrando em trabalho de parto prematuro, não ali, não naquele momento. Segurou-a mais forte do que nunca. "Não vou deixar você. Vamos achar um caminho."

A mãe desceu mais alguns degraus com ela, então, meia dúzia mais, e daí Gaia sentiu-a despencar. O suor descia pela testa de Gaia sob a máscara, soltando-a. *O que estou fazendo?*, se perguntou em desespero. A mãe sentou-se devagar em um dos degraus, baixando a cabeça entre as mãos e ficando muito quieta, como se concentrada na dor.

Gaia não conseguiria simplesmente fazer o parto do irmãozinho ali nos degraus. Poderia levar horas, e os soldados viriam assim que uma das mulheres na torre se recuperasse o bastante para dar o alarme.

"Devo levá-la de volta para Sephie?", Gaia perguntou. "Mãe?"

A mãe negou com a cabeça. Não era mesmo uma resposta definitiva, e Gaia estava transtornada, tentando pensar no que seria melhor.

"Tem certeza?"

"Não vou voltar", Bonnie respondeu.

Lá embaixo, Gaia conseguia ver a porta pela qual Rita e seu namorado deviam ter entrado. Só poderia ser aquela que levava ao Bastião, para um dos andares superiores, ela achava, pois era a primeira porta pela qual passaram. Ela as levaria para longe da liberdade, mas Gaia não via outra opção.

Ela desceu apressada os degraus para tocar o ferrolho e ergueu-o com facilidade. Espiou pela porta e viu que levava até um corredor parecido com o que ela atravessou até o quarto amarelo. As paredes amarelas tranquilizantes e a passadeira pareciam ilusoriamente convidativas.

"Venha comigo, mãe", Gaia sussurrou, acenando.

"Aonde vamos?"

"Temos de encontrar um lugar para ficar escondida", Gaia falou, esperando que tivesse soado mais confiante do que se sentia. "Você está bem?"

Ela assentiu. "Por enquanto." Segurou a barriga com uma das mãos, e Gaia pegou a outra.

Gaia verificou o corredor mais uma vez e buscou pelo teto por lentes de câmera, mas não viu nenhuma. Não tinha ideia de como encontrar uma saída, mas vagamente sabia onde deviam estar o pátio e a escola pela qual ela escapara antes, e seguiu naquela direção, para o norte através do prédio. A mãe não conseguia avançar. Quando chegou a uma esquina, procurou por câmeras outra vez e não as viu. Irmão Iris não via necessidade de vigilância nos corredores seguros, superiores do Bastião, ou os habitantes do Bastião insistiram no seu direito à privacidade.

Passaram por diversas portas sem ouvir nada atrás delas, e então o corredor abria-se para uma varanda longa e coberta.

"Deixe-me descansar", a mãe disse, debruçando-se.

Gaia conseguiu ver um pátio três andares abaixo. No nível delas, aberturas arqueadas e pilares seguiam por todo o perímetro superior do pátio em uma varanda inteiriça. Vozes subiam, e Gaia agachou-se atrás da balaustrada, trazendo a mãe consigo para que ficassem escondidas.

"Onde estamos?", Bonnie perguntou.

"Perto da escola", Gaia respondeu. "Se conseguirmos atravessar até o outro lado da sacada, estaremos sobre a escola, e lá deve haver outro caminho para descer."

Um apito ressoou e vozes altas vieram lá de baixo.

"Atenção! Temos uma prisioneira em fuga. Ninguém entra nem sai do Bastião. Todos os guardas em suas estações! Imediatamente!" O apito soou novamente.

Gaia ouviu um alvoroço de passos pelo corredor atrás delas, e quando se virou, encontrou Rita e o jovem deslizando até parar diante das duas. O vestido vermelho e sem mangas dela estava torto e os botões da camisa marrom estavam abertos pela metade.

"Ai, não", Gaia sussurrou, encobrindo a mãe atrás de si onde estavam agachadas.

Os cabelos castanho-claros de Rita estavam desgrenhados ao redor do rosto, sua expressão sombria. O jovem avançou apressado, protegendo Rita atrás dele.

"São elas!", o homem gritou.

Ao lado de Gaia, a mãe gemia baixo mais uma vez, e Gaia ergueu olhos suplicantes para Rita. O homem debruçou-se sobre o balcão, claramente pretendendo dar o grito de alerta, mas a bela garota agarrou seu braço.

"Nem mais uma palavra, Sid", ela disse, em voz baixa e ríspida. "Se gritar lá para baixo, vão nos encontrar também. É o que você quer?"

Ele se afastou da sacada, a expressão confusa e irritada. "Mas, Rita...!", ele começou.

"Fique quieto", ela interrompeu. Rita seguiu em frente e agachou-se ao lado de Gaia, que sentiu o olhar apertado e penetrante da outra. "É você", Rita falou num tom direto. "Por que não me surpreende? Você é maluca?", ela olhou feio para a mãe de Gaia, então de volta para a garota. "O que está fazendo com ela?

"É minha mãe", Gaia falou.

Os olhos amendoados de Rita arregalaram-se em choque, e então olhou rapidamente para o namorado. "Ajude aqui", ela falou. "Rápido."

Sid hesitou por um momento com seus braços fortes cruzados, então com raiva foi para trás da mãe de Gaia. "Você vai matar a nós dois", ele sussurrou para Rita.

Rita estava se inclinando. "Não, *você* vai, idiota", Rita falou para Sid. "Ei. Ela não está bem, não é?"

Gaia ergueu a mãe com ajuda de Sid, e então puxou o braço dela em torno do pescoço e abraçou-a pela cintura.

"Venham", Rita falou.

Contudo, a mãe de Gaia soltou outro gemido e seus joelhos fraquejaram. Sid praguejou e pegou-a no colo.

"Para onde, gênio?", ele perguntou.

Rita voltou para o caminho de onde vieram e apressou-os por um corredor estreito, então para cima em outra escadaria. Foram para além dos domínios do Bastião que Gaia conhecia. Elas não tinham outra escolha, senão confiar em Rita, e alguns momentos depois, Rita empurrou a porta de um quarto pequeno. Gaia, e Sid com seu fardo, seguiram-na para dentro.

Quando Gaia fechou a porta, Sid ajoelhou-se no chão e deitou a mãe de Gaia gentilmente na madeira, onde ela quase desfaleceu, o rosto contorcido pela dor. Gaia mal tinha ciência de que haviam entrado em um cômodo longo, estreito, com prateleiras nas paredes. Ela agachou ao lado da mãe, tomando suas mãos. "Tudo bem, mãe", Gaia falou.

Ergueu os olhos para Rita, que passou para ela uma pilha de toalhas e lençóis brancos. "Aqui", Rita falou. "Temos de ir. Desculpe, mas é o melhor que pude fazer. Tenho de tirar Sid daqui de alguma forma. Sid", dirigiu-se para ele, "vamos atravessar a biblioteca até a escola. Vocês vão ficar bem."

Eles ouviram mais gritos e passos altos passando pelo corredor. Gaia viu o rosto de Sid empalidecer com medo, e ela tinha certeza de que o dela não estava diferente. Rita estava com a mão na maçaneta da porta, esperando. Enquanto passava uma mecha de cabelo atrás da orelha, Rita olhou de forma totalmente imperturbável.

"Se aguentarem até escurecer", Rita falou, franzindo a testa, "posso voltar. Mas não contem com isso."

"Obrigada", Gaia falou. Ainda era difícil respirar. "Você salvou a nossa vida." Deslizou várias toalhas sob a cabeça da mãe como um travesseiro e olhou de novo para Rita.

"Soube do que você fez pelo bebê da condenada", Rita falou. "Foi uma das coisas mais corajosas que já ouvi."

"O quê?", Sid falou, confuso.

Entretanto, quando Gaia entendeu, encheu-se de felicidade. "Eu precisei fazer aquilo", ela comentou.

Rita assentiu, determinada, e os olhos viraram-se mais um instante na direção de Bonnie. "Cuide dela."

"Que bebê?", Sid insistiu. "Como você conhece esse pessoal?"

Gaia percebeu que ele não havia percebido ainda quem ela era. Rita pegou o braço de Sid. "Está pronto, meu lindo idiotinha?"

"Você é quem está demorando", Sid retrucou.

Gaia observou-os hesitar por um instante ao lado da porta, depois, Rita abriu-a, e eles saíram.

Quando Gaia concentrou-se novamente na mãe, viu que seus olhos estavam fechados. O rosto relaxado pelo alívio e pela exaustão que vinham entre as contrações. Foi assustador como as contrações começaram rápido e como foram intensas. Gaia sabia, como a mãe tivera três filhos, que a quarta criança poderia chegar mais rápido e com menos dor do que as anteriores, mas também ficou alarmada. Não tinha ajuda, nem ferramentas para usar durante o parto.

"Tudo bem, mamãe", Gaia disse bem baixinho quando a mãe gemeu outra vez.

"Que os céus nos ajudem", a mãe falou. "Onde estamos?"

Gaia olhou com mais cuidado ao redor da sala para ver o que poderia ser útil, e mentalmente agradeceu a Rita pelo pensamento rápido. Estavam numa espécie de lavanderia ou um armário gigante de roupas de cama, com fileiras de prateleiras onde toalhas, lençóis e cobertores estavam dobrados com esmero. No final da sala, duas grandes caixas de roupas brancas estavam sobre carrinhos, e pelo jeito que os lados estavam inchados, Gaia imaginou que estavam cheias de roupas de cama sujas. No final da sala estreita, uma janela alta, fina deixava entrar luz do sol o bastante para Gaia enxergar facilmente. Uma olhada para a porta lhe mostrou que não havia ferrolho. Qualquer um poderia entrar a qualquer minuto e descobri-las. Gaia deu um olhar rápido para os olhos fechados da mãe e correu até o fim do corredor, perto da janela. Empurrou para o lado as duas caixas e rapidamente empilhou cobertores e lençóis, formando uma grande almofada contra a parede. Ali, com as caixas arrumadas para bloquear a visão, elas estariam protegidas de um olhar apressado para dentro do cômodo.

"Mãe", Gaia falou, e a mãe abriu os olhos. "Você consegue andar comigo até lá?", apontou.

A mãe assentiu e ergueu uma das mãos. Gaia agarrou com firmeza e ajudou sua mãe se erguer numa posição arqueada. Com cuidado, movendo-se devagar, passaram pelas prateleiras, e a mãe afundou no colchão improvisado. Gaia juntou toalhas limpas sob a cabeça dela e pegou outras de onde vieram as primeiras. Com as caixas ajeitadas às costas de Gaia e a janela sobre a mãe, Gaia teve a sensação de estar numa espécie de cesto de lavanderia. Tirou a jaqueta para que o manto extra e a corda caíssem da camisa. Quando tirou o chapéu, sentiu um pedaço da máscara da testa se quebrar com a aba.

"Aí está você", a mãe disse baixinho, com um sorriso torto.

"Desculpe, mãe", Gaia disse com um aperto na garganta. "Não sabia que estava grávida quando vim buscar você. Teria ficado mais segura se tivesse ficado com Sephie. Será que devo voltar para pegá-la?" Ela se lembrou que Sephie estava dopada, dormindo. "Ou encontrar outro médico?"

A mão sacudiu a cabeça e tocou um dedo no rosto de Gaia. "Quero ficar com você", ela falou. "Não poderia estar em mãos melhores."

Gaia soltou uma risada engasgada. "Quanto está prematuro?"

"Estou com quase nove meses. Será pequeno. Mas está forte." A mãe dela tomou fôlego, e Gaia pousou as mãos sobre a saliência por baixo do vestido da mãe, sentindo a contração apertar sua barriga. Quando acalmou, Gaia tirou com gentileza a camisola da mãe do caminho. O sangue pingava, vazando sobre as toalhas brancas. O coração de Gaia regelou-se, batendo assustado.

"Não se preocupe, mãe", Gaia sussurrou. "Vou ver quanto está dilatada, tudo bem?"

Ela assentiu, e Gaia a examinou, sentindo o montinho duro da cabeça do bebê. Ela forçou-se a sorrir para a mãe e limpou as mãos na toalha. A mãe teve outra contração, cerrando os dentes com a tensão. Ela parou, ofegante.

"Estou quase lá, não estou?"

Gaia segurou com firmeza a mão dela. "Sim."

O rosto da mãe tinha uma cor terrível, pálida. As contrações vinham continuamente, uma onda atrás da outra. Gaia ajudou o melhor que pôde, esperando pelo primeiro momento no qual sua mãe gritaria e sabendo que o barulho traria os guardas. Com a mão trêmula, a mãe alcançou uma das toalhas e, antes da próxima contração, colocou entre os dentes. Quando a próxima pontada veio, mordeu a toalha, e naquele momento a cabeça do bebê deslizou para fora. Gaia incentivou-a em voz baixa e, com mais uma contração, o restante do corpo também saiu.

Bonnie caiu para trás, aliviada, virando o rosto descorado para a luz da janela. Gaia ficou preocupada com a cor azulada, sarapintada do bebê, mas admirou suas formas surpreendentemente pequenas, perfeitas. Passou um dedo pelos lábios e raspou rapidamente o fundo da garganta. Nada. Deitando-o numa toalha limpa, comprimiu o peito várias vezes, cobriu a boquinha e o narizinho com a boca e soprou suavemente. O bebê sacudiu-se. Gaia soprou de novo e deu mais um tapinha no bebê, então ele chorou, um gritinho miado, irritado. O alívio percorreu Gaia inteira, e a mãe virou-se para encará-la.

A cor do bebê começava a mudar a cada choro mais vigoroso.

"Ah, Gaia", Bonnie disse, erguendo os braços. "Deixe-me pegá-lo."

"É uma menina", Gaia disse e entregou-a.

As mãos de Gaia tremiam. Observou a maneira carinhosa e delicada com a qual a mãe aproximou a bebê do rosto, e sorriu com o silêncio repentino quando o bebê parou de chorar e, em vez disso, fazia um barulhinho suave e estalado com os lábios pequeninos. Foi um dos menores bebês que Gaia ajudou a nascer e, como os anteriores, também estava coberto por uma substância cor de creme. Por baixo, a pele avermelhava-se cada vez mais, assumindo uma cor saudável.

Gaia voltou a atenção para a mãe e viu que havia algo de muito errado na maneira que o sangue continuava a escorrer dela aos poucos. Gaia limpou a placenta e massageou o abdome da mãe, direcionando o útero a se contrair. Fez tudo que sabia para fazê-lo parar, mas o sangue descia mais do que deveria.

"Mãe", ela disse, "você ainda está sangrando. O que devo fazer?"

"Tem um pouco de bolsa-de-pastor aí?"

Gaia sacudiu a cabeça. "Não tenho nada aqui. Nada mesmo."

A mãe se contorceu e parecia estar segurando o fôlego. Lambeu os lábios e virou-se para encarar Gaia, que não conseguia suportar enquanto a mãe tentava sorrir.

"Vamos lá, mamãe. O que mais posso fazer?"

"Está tudo bem, Gaia", a mãe disse.

No entanto, não estava tudo bem. Gaia conseguia perceber. Massageou novamente o abdome da mãe, mais forte, e observou o rosto dela se contorcer de dor. A culpa de Gaia era uma lâmina cortante, afiada, pois ela percebeu que fora sua culpa; se não tivesse tentado resgatar a mãe, se a tivesse deixado na torre, era muito provável que ela estivesse descansando em segurança e não tendo uma hemorragia, esvaindo sua vida em toalhas brancas.

"Vou buscar ajuda", Gaia falou.

"Não. Não me deixe."

"Mas isso é tudo minha culpa. Ao menos na torre você estava segura."

"Não poderia estar mais enganada. Agora, cuide deste bebê."

Gaia limpou uma lágrima com os nós dos dedos e arrancou uma faixa estreita do lençol para amarrar o cordão umbilical do bebê. As mãos estavam trêmulas, desajeitadas, mas a mãe apenas sorria.

"Desculpe, mamãe."

"Está fazendo um trabalho ótimo", Bonnie murmurou. "Enrole uma toalha limpa em mim e me deixe descansar."

Gaia enrolou uma toalha limpa e macia entre as pernas da mãe e tentou deixá-la confortável. Praticamente esquecera onde estavam, ou que todos as procuravam, até ouvir um grande tumulto e um barulho no corredor.

É agora, ela pensou. E ficou feliz. Alguém os ajudaria agora. Alguém salvaria sua mãe. Ela se curvou com o rosto ao lado do da mãe, protegendo o corpo cansado com o braço, e dobrando a mão sobre a da mãe, onde estava a recém-nascida. Naquela posição, ouviu a porta se abrir e sabia que alguém estava olhando a sala. A centímetros de distância, os olhos da mãe abriram-se para encontrar os dela e se fixaram, mantendo-a em silêncio.

Veio um barulho de decepção. "Rapaz", alguém disse, "precisam arrumar melhor esta lavanderia."

"Está vazia?", veio outra voz.

A primeira voz distanciou-se. "Está fedendo. Feche a porta."

Quando a porta se fechou, Gaia piscou para a mãe, surpresa.

"Idiotas", a mãe murmurou, sorrindo.

"Vou lá buscá-los", Gaia falou baixinho, apertando a mão de Bonnie. "Eles podem buscar uma médica."

"Não, Gaia. Não quero mais ninguém aqui."

Gaia enrolou os dedos na manga do vestido da mãe. "Por favor, mamãe", ela sussurrou.

A mãe suspirou pesadamente e fechou os olhos, ainda sorrindo. "O nome dela é Maya."

Gaia conteve um soluço e deitou a testa contra o ombro da mãe. "É um nome lindo", ela falou, tentando soar calma. "Por que Maya?"

"Significa 'sonho'. Ela é o meu sonho, todas as coisas que nunca pensei que veria."

"Ai, mamãe", Gaia falou, o coração partido pela dor.

"Além disso", a mãe falou com uma risadinha, "rima com 'Gaia'. Seu pai iria gostar."

Gaia sentiu os dedos da mãe acariciarem suavemente seu cabelo, consoladores. "Vamos, Gaia. Você precisa ser forte."

Gaia suspirou e endireitou-se. A pele da mãe estava tremendamente lívida, mas os olhos vibrantes como sempre, até mesmo luminosos na luz difusa da tarde que entrava naquele pequeno espaço. Gaia enrolou uma toalha mais forte ao redor da pequena Maya. A pele do braço da mãe estava estranhamente pegajosa e fria.

"Cuide dela para mim", a mãe falou. "Não deixe nada machucá-la."

A preocupação disparou o nervosismo de Gaia. "Como assim?"

A mãe ergueu uma das mãos, e Gaia sentiu as pontas geladas dos dedos contra a pele da sua bochecha esquerda. Em algum instante durante o nascimento, o restante da máscara de Gaia tinha caído, e naquele momento a cicatriz estava sensível de novo.

"Sinto muito pelo seu rosto", a mãe disse.

Gaia sentiu um bolo na garganta e não conseguiu falar, mas fechou os lábios e sacudiu a cabeça, virando o rosto.

"Não", a mãe falou. "Olhe para mim, Gaia. Pensamos que isso a salvaria. Nunca imaginamos quanto você sofreria, de tantos jeitos diferentes. Foi egoísta, eu sei, mas seu pai e eu, depois de perdermos Arthur e Odin, nós quisemos muito ficar com você. Quanto mais perto chegava o dia no qual devíamos te entregar, menos poderíamos arriscar, e foi a única maneira. Será que você vai nos perdoar?"

Gaia engoliu seco, enquanto a perda e a angústia guerreavam no seu coração.

"Vocês me machucaram de propósito?".

"Ah, querida. Sinto muito. Sinto muito mesmo."

Gaia lutava para entender, em um instante, tudo que poderia ter sido diferente se nunca tivesse aquela cicatriz, se tivesse uma chance de ser entregue, se tivesse crescido sem os seus pais. E era inconcebível imaginar uma vida sem o amor diário deles.

"Tudo bem. Vocês fizeram a coisa certa. O que eu teria escolhido para mim", ela falou. "Não me deixe, mamãe."

O rosto da mãe contorceu-se num momento de dor, e então suas feições aliviaram-se novamente. Ela parecia quase calma. "Quero estar com o seu pai", ela falou num sussurro. "E agora você chegou para cuidar de Maya. Proteja Maya. Promete?"

"Mãe, por favor", Gaia implorou. "Você não pode. Olha, eu encontrei Odin aqui, no Bastião. Ele é alto, loiro, soldado. Sargento Bartlett. Você já o viu? Eu descobri quem ele era apenas poucos dias atrás, e ele fugiu. Deixou o Enclave, e ninguém o viu mais. Precisamos de você. Todos nós."

A mãe acariciou sua mão. "Tem certeza?"

"Ele tem os dedos inquietos do papai. Ele gosta de cantar."

A mãe soltou uma risadinha. "Queria ter visto esse rapaz. É tudo que eu queria, apenas vê-lo uma vez e saber que estava bem. Eles viviam prometendo que, se eu me comportasse, poderia ver os meus meninos, mas nunca deixaram." Ela parou para piscar, sonolenta. "Tantos erros que cometemos."

Gaia tombou a cabeça sobre o peito da mãe, abraçando seu corpo frágil com força. "Não, mamãe, por favor."

Ela conseguia sentir a mão suave da mãe no seu cabelo, acariciando-o de leve. "Boa garota", a mãe murmurou. "Tão bonita."

Gaia soluçou, apertando bem os olhos. Aquilo não poderia estar acontecendo. O peito da mãe parou, e Gaia ergueu os olhos para encarar o rosto cinzento, parado. Uma pulsação no pescoço, e soltou seu último e profundo suspiro. Gaia observou, aguardando, esperando outro suspiro que nunca viria. Baixou os olhos para as pernas da mãe, e então virou o rosto rapidamente. O sangue havia encharcado a toalha e a parte de baixo do vestido. Gaia buscou o rosto da mãe outra vez, desejando que ela respirasse, mas o olhar estava fixo na janela acima, cego, e quando o bebê balançou a mãozinha contra o rosto da mãe, não podia mais reagir. A pele pálida do pescoço estava parada, sem pulso.

"Não", Gaia sussurrou, fechando os olhos de novo. "O que eu vou fazer?", ela disse, a voz trêmula pelo sofrimento. Deveria haver algum jeito de salvar a mãe, algo diferente que ela poderia ter feito. "Preciso de você, mamãe", ela resmungou, acariciando o rosto e o cabelo. "Por favor." Seus dedos tremiam, e o coração transbordava de tristeza. Ela se recostou contra a parede e abraçou-se, enquanto o corpo imóvel da mãe aos poucos começava a perder o calor.

Capítulo 24
Um lago perfeitamente circular

Mais do que qualquer outra coisa, Gaia desejava enterrar a cabeça ao lado da mãe e apenas ficar ali, desistir de lutar. Contudo, quando seu olhar turvado pairou sobre a irmã bebê, sabia que a escuridão teria de esperar. Não conseguia suportar olhar para o rosto da mãe, ou para a pele macia, gasta dos nós dos dedos. Não conseguiria ficar ali, ao lado do corpo dela por muito tempo. Os guardas poderiam voltar, ou mesmo as pessoas que regularmente cuidavam da lavanderia poderiam vir para dar um jeito nas caixas de lençóis e toalhas sujas. O mais urgente de tudo, a bebê precisaria logo de sustento ou também morreria.

Gaia afastou-se cuidadosamente da mãe e se curvou para erguer com suavidade a criança dos braços sem vida da mãe.

"Ei, irmãzinha", ela sussurrou. A mãe havia pedido para Gaia cuidar dela, e ela cuidaria. Não importava a que preço.

Maya era pequenina nas mãos da irmã, um pacotinho hesitante e sólido, mas sem coordenação. Gaia limpou-a o máximo que pôde e enrolou-a com segurança numa toalha branca e limpa. Pousou-a sobre uma pilha de lençóis, e então viu as calças e o casaco manchados de sangue. Ninguém mais a tomaria por aprendiz de padeiro naquele estado, mas tinha o manto de Pearl. Jogou a jaqueta na caixa de roupa suja, depois os últimos pedaços da máscara do rosto e a corda que ela nunca usaria. Ficou com a camisa azul, enrolou as mangas para esconder outras manchas de sangue.

Rapidamente, enrolou as pernas das calças até os joelhos e pegou um dos lençóis limpos e dobrou ao meio. Arrancando parte da costura como cinto, enrolou o tecido ao redor da cintura como uma saia e apertou bem forte. Ficou horrível, mas não poderia fazer nada mais que aquilo, e ao menos lhe dava a impressão de uma saia embaixo do manto azul escuro de Pearl. Pegou a irmã e encostou-a junto ao corpo.

Diante da janela, observou de passagem a silhueta fantasmagórica do seu reflexo para tentar se orientar. Nuvens haviam se movido para obscurecer o sol vespertino. Ela espreitou os painéis solares sobre os telhados, vendo pelos ângulos voltados ao sul que ela deveria estar no lado oeste do Bastião, longe da torre sudeste e da escola. Não tinha uma ideia clara de como sair, ou o que fazer assim que conseguisse, mas com uma espécie de urgência entorpecida, sabia que precisava tentar.

Gaia tinha plena ciência do corpo da mãe, deitado numa pilha no canto da sala de roupas de cama, estranhamente parado. Quando estava pronta com o bebê nos braços, olhou pela última vez para a mãe, e então curvou-se para cobrir seu rosto com uma toalha limpa. Não conseguiu dizer adeus. As palavras ficaram engasgadas em sua garganta, sabia que era a última vez que estaria com a mãe, e por um momento recostou-se contra a parede para dominar o sofrimento. Um peso invisível a pressionava de todos os lados, e fechou os olhos para evitar as lágrimas, sem sucesso.

Tentarei ser corajosa. Abraçou bem a irmã e deu um suspiro profundo, trêmulo.

Em seguida, virou-se e empurrou as caixas de roupa suja e seguiu até a porta. Piscou forte, tentando se concentrar e ouvir ruídos lá fora. Como não ouviu nada, empurrou a porta alguns centímetros, verificando o corredor. *Como posso fazer isso?*, ela se perguntou, desesperada. *Você precisa fazer*, veio sua própria resposta. Furtiva, saiu na ponta dos pés até o fim do corredor, temendo que a qualquer segundo um grupo de guardas aparecesse. E então percebeu que estava cometendo um erro: encolher-se era a última coisa que deveria fazer se quisesse escapar de ser descoberta. Devia agir como a Irmã Khol, que caminhava a passos largos com autoridade firme, contumaz.

Com um suspiro profundo, Gaia puxou o capuz do manto para a frente e começou a caminhar pelo corredor num ritmo constante. Na escadaria seguinte, desceu e, quando passou diversos patamares, chegou de repente a um solário claro, ensolarado, com um telhado de vidro alto e abaulado. Levou apenas um instante para reconhecer as portas duplas e perceber que do outro lado estava o saguão do Bastião, onde a grandiosa escadaria dupla descia até as portas principais.

Arcos brancos de madeira ladeavam o solário, enquanto a folhagem exuberante de samambaias e o gorgolejar de água corrente criavam um oásis de paz e grande beleza. A delicadeza, contrastada com o horror de perder a mãe, era quase mais do que podia suportar. Gaia parou em uma passagem arcada aberta, sentindo o ar fragrante, úmido, sentindo a maravilha e o pesar de um lugar daqueles existir. Folhas verdes de todos os tamanhos, corolas coloridas e frutas tentadoras espalhavam-se em uma variedade imensa ao seu redor. *Será*, ela se perguntou, *que a Terra foi assim no passado?* Não resistiu à atração, seguiu até o som da água e encontrou, no centro do solário, uma piscina que formava um círculo perfeito. Sua superfície serena refletia a parte debaixo das samambaias que o margeavam e um pouco do céu. Nunca tinha visto água usada apenas como decoração, e aquilo revolveu um misto de ressentimento e surpresa dentro dela. Tocou um botão amarelo claro com o dedo, fascinada por suas frágeis pétalas, e seu olhar ergueu-se para onde uma palmeira se erguia contra o teto arqueado e envidraçado. A água e a energia necessárias para manter este espaço desafiou sua imaginação.

Um pássaro trinou, e então vozes aproximaram-se da esquerda. Gaia recuou rapidamente. Deu a volta para direita até o corredor mais próximo e caminhou direto para o saguão de entrada do Bastião.

Os ladrilhos familiares, brancos e pretos, estendiam-se diante dos seus pés como um campo minado, onde qualquer passo poderia resultar em sua descoberta. Ela hesitou no último momento indeciso de medo e decidiu atravessá-lo diretamente, na direção da escola. Não chegou a dar quatro passos antes de ouvir vozes descendo a escada e ergueu o olhar para a esquerda, vendo a família do Protetorado, toda vestida de um branco impecável: a garota loira, adolescente, que Gaia vira antes, o irmão mais velho, Genevieve correndo levemente o dedo pelo corrimão e, ao lado dela, o próprio Protetorado. Gaia estava na metade do caminho sobre os ladrilhos brancos, virada para uma porta aberta do outro lado do saguão, esperando desesperadamente que ninguém a reconhecesse, quando a porta da frente à direita foi aberta com tudo e dois guardas irromperam aos berros. Empurraram um homem diante deles que caiu de uma vez com os joelhos e um ombro no chão. Gaia suspirou, encostando-se bem perto de um pilar.

A garota na escada berrou, alarmada, e o Protetorado desceu num pulo para ficar diante da família.

"O que acham que estão fazendo?", o Protetorado rugiu.

"Irmão", o guarda disse, com firmeza, em voz baixa, "encontramos este homem tentando invadir o Bastião." E arrancou o chapéu preto do homem.

Os olhos de Gaia lançaram-se sobre a figura no chão, o jovem em roupas azuis gastas que estava se erguendo, o cabelo uma rajada de castanho e os olhos azuis reluzentes.

Apesar de ter as mãos amarradas às costas, Leon Grey reequilibrou-se e ficou em pé.

Genevieve arfou, e Gaia instintivamente deu um passo a frente. Os olhos de Leon brilharam na direção de Gaia, percebendo as roupas e o bebê, e em seguida, com fúria sombria, encarou o pai.

"Gaia", Leon disse, "gostaria que conhecesse minha mãe, Genevieve Quarry. Esta é minha irmã, Evelyn, e meu irmão, Rafael." Sua voz assumiu um tom irônico: "O Protetorado você já conhece."

Ele não o chamou de pai. O Protetorado era um homem alto, distinto, cujas feições eram acentuadas por um bigode preto. Seu cabelo grisalho era bem curto, e seu terno branco bem ajustado delineava um físico forte. Gaia viu sua imagem no Tvaltar, projetado numa tela vinte vezes maior do que a realidade, mas era mais imponente ao vivo. O poder frio e calculista emanava dele, como se pudesse carregar as partículas do ar ao seu redor mesmo quando parado. O instinto de Gaia lhe disse para desaparecer, correr e se esconder, mas ela deu um passo à frente e forçou-se a se endireitar.

"Como vão?", a voz dela saiu um pouco mais alta que um sussurro.

O homem a ignorou.

"Leon", Genevieve disse, descendo os últimos degraus. Sua voz era baixa, com compaixão perplexa, "o que aconteceu com você?"

"Oi, mãe", Leon disse da mesma forma. Seu olhar não se desviava do Protetorado.

"Saia de perto dele, Genevieve", o Protetorado disse.

Ela fez uma pausa ao lado do pilar da escadaria, e sua filha juntou-se a ela. À esquerda de Gaia, o porteiro apareceu com o Irmão Iris, fechando a porta atrás dele, em silêncio.

"Leve o bebê para o Berçário, Winston", o Protetorado falou em voz baixa. "Então, leve os outros dois lá para baixo e fuzile-os."

O rosto de Leon empalideceu, e Gaia correu pelos ladrilhos para ficar ao seu lado.

"Não, Miles. Você não pode", Genevieve disse, apressada, agarrando o braço do Protetorado.

Winston estava se aproximando, e Gaia chegou mais perto de Leon, protegendo o bebê nos braços.

"Ela está certa, pai", Rafael disse. "Ele é a única pessoa que você não pode eliminar. Seria suicídio político."

Gaia fuzilou o irmão de Leon com os olhos. Não era surpresa que não tivesse a mesma semelhança física com Leon. Suas feições uniformes e cabelos castanho-claros, cuidadosamente penteados, eram familiares a ela dos Especiais do Tvaltar, mas havia algo naquela expressão intensa que lhe chamava a atenção. Talvez fosse na sua atitude, ou na noção inata de poder, mas de alguma forma ilusória o irmão mais jovem lembrava Leon.

"Aprecio a preocupação de vocês", o Protetorado falou, seco. "Mas vou arriscar."

"Miles, pense", Genevieve implorou. "Ele é mais importante do que nunca agora... seu próprio filho entregue de fora das muralhas. Ele tem até as pintas. Ele é o futuro. E Gaia Stone é praticamente uma heroína. Olhe para ela!"

"Papai, por favor! Você não pode matá-los!", Evelyn falou.

A boca do Protetorado fechou-se numa linha raivosa, e seus olhos parados não diziam nada. Winston estava em pé bem atrás de Gaia, e quando encostou uma das mãos no braço dela, ela se desvencilhou.

"Você é desprezível", Gaia falou para o Protetorado com a voz embargada. "Um homem que mataria o próprio filho. Como você pode se chamar de Protetorado?"

O Protetorado mal olhou para Gaia antes de virar-se para a Genevieve. "Ele não é meu. Nunca foi meu. Tentei trazê-lo à razão quatro dias atrás, e o que ele fez? Fugiu. É uma catástrofe iminente. Sem mencionar que trouxe uma esfarrapada tagarela e plebeia de fora das muralhas."

Leon virou-se para Genevieve e falou em voz baixa. "Como você aguenta ficar com ele, mãe?"

Com dois passos para a frente, o Protetorado deu um soco na boca de Leon. O rosto dele virou-se para o lado, e ele cambaleou para trás.

"Silêncio!", o Protetorado ordenou.

Gaia viu a pele de Genevieve empalidecer, e a irmã de Leon arfou, cobrindo a boca. Um pingo de sangue escorreu do canto dos seus lábios, mas Leon empertigou-se mais uma vez, em lenta ponderação.

"Chega dessa bobagem. Quem é o bebê?", o Protetorado quis saber.

Irmão Iris avançou e, nervoso, ajustou os óculos.

"É o filho de Bonnie Stone. Estava vindo neste momento contar ao senhor que localizamos o corpo da prisioneira na lavanderia do terceiro andar. O bebê, como o senhor sabe, tem grande chance de ter o gene supressor, como qualquer um do Setor Oeste Três. Como a garota aqui também tem", Irmão Iris voltou-se para Gaia. "É um menino ou uma menina?"

"É minha, seu desgraçado", Gaia falou. "Não vai pegá-la."

O Protetorado virou-se novamente para Winston. "A garota foi criada fora das muralhas. Dá para ver como ela é. Livre-se dela agora."

"Mas, pai, pense no acervo genético", disse Rafael, aproximando-se do Protetorado. "Precisa pensar nos genes dela."

Para desespero de Gaia, o Protetorado de repente pegou-a pelo queixo, sacudindo-a tanto que ela tropeçou para trás, o rosto claramente exposto para inspeção.

"Você ficaria com isto?", o Protetorado chiou para o filho.

Os olhos de Rafael se estreitaram em uma inspeção lenta, enquanto ela devolvia o olhar, desafiante. O rapaz hesitou, sua visão pairou por um momento sobre Leon, e então baixou-se. A resposta era óbvia: não.

E, apesar de tudo, frente a todos os outros perigos mais importantes que a ameaçavam, ainda doía que alguém, um garoto, a achasse feia. Gaia de repente ferveu de ódio por todos eles.

O Protetorado viu. E deu um sorrisinho.

"Achei que não", o Protetorado disse, soltando-a com um empurrãozinho. Ele se voltou para a família. "Não posso empurrá-la para qualquer família que conheço, não importa quais são seus genes. É uma aberração, não uma heroína. Prefiro transformar Myrna Silk em heroína."

Leon ficou ali, parado, tenso durante toda essa conversa. "Eu assumiria Gaia", Leon falou, sua voz baixa ressoando no espaço.

Gaia tomou fôlego e virou-se para vê-lo observando-a com seu olhar firme, intrépido. Ela percebeu que ele mal falara uma palavra na presença do Protetorado, como se Leon detestasse e desconfiasse dele tão completamente que não daria ao seu pai adotivo a satisfação de vê-lo tentando se defender. Mas Leon estava defendendo Gaia.

O pai de Leon riu, zombeteiro. "Perfeito."

"Ele está certo, Miles. Não consegue enxergar?" Genevieve falou. "Pense em como seria se os aceitássemos. Ele seria recuperado, totalmente submisso, e ela seria a esperança do Enclave. Poderiam até mesmo ter um filho, uma das crianças que você necessita, tudo sob nossa orientação e nós... nós seríamos os heróis."

O rosto do Protetorado retesou-se. "Você esquece o que ele fez", disse com amargor.

Houve um silêncio, durante o qual a bebê fez um pequeno barulho, como se engolisse, nos braços de Gaia, e sacudiu-se por um instante. Por um instante, ela a aproximou mais do corpo, fazendo-a se aquietar.

"Não esqueci", Genevieve falou em voz baixa.

O olhar de Gaia pairou de um rosto tenso para o outro. As mãos de Genevieve agarraram-se ao peito e, um pouco distante dela, Evelyn parecia perdida em pensamentos. Rafael, também em pé e distante, tinha as mãos enterradas nos bolsos. O Protetorado era uma rocha. Finalmente, ela se virou para ver a boca apertada de Leon, seus olhos brilhantes e vívidos, desafiadores. Por um curto momento, Gaia sentiu a presença da irmã que faltava, uma ausência palpável, como se uma gêmea viva tivesse acabado de descer a escadaria ao lado de Evelyn apenas para desaparecer.

Um toque de vermelho subiu pelas maçãs do rosto de Leon. "Pela última vez", ele disse suavemente, "eu nunca a toquei."

O Protetorado falou de forma clara e lenta "Você é um pervertido e um mentiroso. Pelo que sei, você poderia também ser um assassino." De repente, ele se afastou. "Seja discreto, Winston", ele disse. "Agora."

Gaia sentiu Winston e os guardas se aproximando, e Evelyn deu um grito em protesto. Genevieve e Rafael, porém, haviam esgotado suas objeções, e Gaia percebeu, assustada, que Leon ficou paralisado, sem fazer nada para resistir, como se algo que seu pai lhe dissera provasse que ele merecia ser assassinado. Que poder insidioso era aquele que o pai tinha sobre ele?

"Não!", Gaia exclamou.

Por impulso, puxou o braço de Leon na única direção inesperada, lançando-se escadaria acima. O Protetorado tentou agarrá-los, mas Genevieve perdeu o equilíbrio e caiu sobre os braços dele. Gaia empurrou Rafael com força e, quando ele agarrou o braço dela, ela se desvencilhou com uma sacudida. Então, Leon e ela subiram pela escadaria grande e sinuosa, ganhando segundos cruciais de vantagem sobre os guardas que se enroscaram com a família.

Gaia subiu dois degraus por vez. Próximo do topo da escadaria, Leon a alcançou. Suas mãos ainda estavam presas às costas, mas ele a seguiu rapidamente para a direita.

"Rápido!", ele gritou para Gaia, e ela fugiu atrás dele, virando em outro corredor e ricocheteando na parede com uma das mãos para se equilibrar. Ele escorregou até parar diante de uma porta pequena, metade de uma normal. "Abra!", ele ordenou, e Gaia apertou o botão da tranca e puxou. Ela o seguiu, esgueirando-se às cegas, fechando a porta atrás de si e, por um instante, temeu que estivessem presos na sacada.

Um segundo olhar mostrou que estavam no telhado do solário, e uma estreita passarela de ferro passava pelo arco dos painéis de vidro.

Leon foi à frente. "Fique bem perto. Segure a minha mão."

Ela esticou o braço até onde as mãos estavam presas e sentiu a pegada firme dos dedos dele. Se escorregasse ou perdesse o equilíbrio, não teria chance de se agarrar antes de atravessar os vidros e cair quinze metros até o chão do solário.

"Pronto, peguei", ela falou, e encaixou a criança bem forte no braço. Forçou o pé sobre os trilhos estreitos. Atrás deles, vinha o ruído de guardas passando às pressas pelo corredor. Podia apenas esperar que ignorassem a portinha. Ela e Leon chegaram ao ápice do telhado e começaram a descer pelo outro lado. O terror a incitava a acelerar mais o passo do que teria ousado e arfava enquanto seu equilíbrio vacilava. Leon a puxou de volta para a trilha e, então, balançou-se enquanto ela se agarrava a ele.

"Para a frente", ele disse, feroz. "Agora, Gaia. Não me puxe para trás."

Eles chegaram ao outro lado do telhado com sua portinha correspondente bem quando uma voz gritou atrás, e então uma bala estourou na parede ao lado do rosto de Gaia, espalhando pó de reboco quebrado.

"Depressa!", Leon disse quando ela pegou a maçaneta, então a acotovelou para dentro. Gaia puxou-o, em seguida correram por outro corredor, para outra escadaria, uma que descia em uma espiral na escuridão crescente. Paredes de pedra aparente sem janelas ecoavam o estampido dos pés apressados. Ela cambaleou uma vez e arfou, raspando a mão contra a parede.

"Gaia!", ele chamou, virando-se para ela. "Tudo bem?"

"Sim", ela respondeu, sentindo a dor ao longo de sua mão, e mal percebendo a linha escura de sangue. Reposicionou o bebê na dobra daquele braço para que a mão boa ficasse livre. O ar era frio e tinha cheiro de bolor, de serragem velha e cebolas. "Onde estamos?", ela quis saber.

"É a adega de vinhos", ele falou. "Deveria ter luz aqui. Ah."

Eles deram a última volta, e um detector de movimento acendeu uma luz, revelando um recinto longo de teto baixo com arcos de cantaria. Enquanto ela se apressava atrás de Leon, contorcendo-se entre uma dúzia de mesas e prateleiras cheias com potes antigos, batatas e nabos, Gaia vislumbrou cavidades como criptas com garrafas e barris. Leon deu um chute irritadiço em uma mesa de trabalho alta de madeira que tinha uma fileira de gavetas.

"Aqui", ele falou para Gaia, mais alto que o barulho do chute. "Veja se tem uma faca."

Gaia olhou para a entrada, ouvindo passos.

"Rápido!", Leon ordenou.

Ela abriu gaveta por gaveta, espalhando o que havia nelas no chão, até Leon bater a bota numa faca afiada de serra. Gaia deixou a bebê na mesa e agarrou a faca. Deslizou por dentro da corda que amarrava os pulsos dele, e com três movimentos, ela o libertou.

"Isso!", Leon sussurrou, girando os punhos livres diante de si.

Gaia agarrou a bebê assim que o primeiro guarda apareceu. "Parados aí!", ele gritou.

"Aqui!", Leon disse, segurando a mão dela e agachando-se em um dos nichos. Ouviram um tiro, outra bala atingiu a parede ao lado de Gaia. Ela se encolheu no chão. Leon estava puxando barris para longe da parede ao fundo, e ela suspeitou por um momento terrível que ele a levara para um beco sem saída, mas então uma escuridão mais profunda abriu-se na parede, e o ar frio e úmido lhe tocou o rosto. Leon agarrou seus ombros e a empurrou, ela tropeçou frente para o nada, preparando o corpo para proteger a bebê enquanto caía contra uma parede de pedra.

Sentiu que Leon caiu atrás dela, então a porta fechou-se atrás, e foram lançados na mais completa escuridão.

Capítulo 25

Os túneis

Os olhos de Gaia arregalaram-se na escuridão, buscando qualquer vislumbre de luz, mas as trevas eram completas. Conseguiu ouvir Leon empurrando algo ao lado da porta, e então batidas e vozes abafadas vieram do outro lado.

"Ajude a empurrar", Leon disse.

Totalmente cega, ela esticou a mão e sentiu-o empurrar algo sólido e pesado contra a porta. Encaixou o ombro ao lado dele e empurrou o melhor que pôde com Maya no outro braço. A porta balançava, mas não se movia.

"Não vai segurá-los por muito tempo", Leon falou.

A bebê parecia ainda menor na escuridão, e Gaia envolveu-a com os dois braços. "Onde estamos?", ela quis saber.

"É o túnel da adega", ele comentou. "Lembra-se do mapa?"

Ela ouviu um raspar, então a explosão de brilho da ponta de um fósforo. O rosto contorcido de Leon apareceu na incandescência antes de ele erguer o pavio de uma vela. Um barulho violento e agressivo veio da porta, e Gaia deu um pulo. Viu que eles haviam encaixado um banco nos batentes da porta, mas ele já entortava.

"Estão nos seguindo!", Gaia disse.

Leon pegou mais algumas velas na caixa que estava em uma prateleira, e então começou a caminhar. Ele ergueu a vela na direção de um túnel estreito escavado no leito de rocha e protegeu a chama com os dedos curvados da outra mão. "Agarre-se em mim."

"Pode ir, eu acompanho."

Ela pegou nas costas da camisa e seguiu atrás dele. A chama era suficiente para revelar as paredes de pedras escuras e o teto do túnel, onde, em intervalos, vigas de madeira foram encaixadas para sustentar as paredes e o teto. Uma vez ela ousou olhar para trás, onde suas formas lançavam uma sombra imensa e assustadora no pretume. Assim que o túnel se bifurcou, Leon tomou o lado direito. Então se dividiu novamente, e ele foi à esquerda. Houve um estouro e um barulho de estilhaços atrás deles, e vozes altas.

"Segure firme! Rápido!", Leon disse, aumentando a velocidade tanto que a chama tremeluzia loucamente.

A cada virada, as vozes dos homens ficavam mais distantes.

"Silêncio!", Leon falou, diminuindo o ritmo até quase parar. Gaia tropeçou, segurando ainda mais forte na camisa azul dele para se equilibrar.

Ele parou. "Tudo bem?"

"Sim", ela disse, retomando o equilíbrio.

Ele começou a andar outra vez. Quando a distância entre eles e os guardas aumentou, as vozes diminuíram e logo desapareceram por completo. Gaia conseguia ouvir apenas sua própria respiração difícil e os passos dela perseguindo Leon pelo chão desnivelado. Em alguns lugares, o túnel havia cedido, então precisavam engatinhar e se arrastar nos escombros e nas pedras empoeirados. Maya choramingou um pouco nos braços dela, e viu Leon olhando sobre o ombro para ela.

"Tudo bem?", ele perguntou de novo.

"Estamos perdidos?", ela quis saber.

Ele soltou uma risada. "Fiona, Evelyn e eu costumávamos brincar aqui embaixo", ele falou. A voz dele tinha uma característica sombria, abafada naquelas paredes fechadas. "Lembra-se de quando você me perguntou sobre brincar de esconde-esconde? Aqui. Pegue meu braço agora. É um pouco mais largo aqui."

"É um pouco sinistro", ela falou. Algo suave como uma pluma tocou seu rosto, e ela ergueu os olhos para ver que o teto estava cheio de teias de aranha alinhadas, finas e cinzentas na escuridão. Ela voltou o olhar para o lugar onde tinham acabado de passar. "Não ouço ninguém", comentou.

Leon assentiu e ergueu a vela no ar parado. "Eles virão", ele disse. "Estão apenas mais lentos porque precisam descobrir que caminho viramos em cada bifurcação." Ele avançou novamente, protegendo a vela. "Segure firme."

"Aonde vamos?"

"Tem um lugar adiante onde precisaremos decidir. Se não estiver desmoronado", respondeu.

Aceleraram a marcha mantendo silêncio por vários minutos até chegarem a uma ampliação do túnel, uma área onde os caminhos se separavam mais uma vez. Quando Leon finalmente parou, ela soltou do braço dele e olhou ao redor. Várias caixas de madeira para vinho estavam dispostas em uma espécie de círculo, fechando uma área pequena ao lado da parede mais próxima. Aos pés dela, uma almofada velha cinzenta tinha sido usada como ninho de rato, coberto por fezes pretas e cascas de sementes. Leon estava acendendo algumas velas novas com o toco da antiga e passou a primeira para ela.

"Tome", disse.

Ela ergueu a vela para lançar luz sobre as caixas. Pedaços de papel mastigado revestiam as caixas, restos de histórias em quadrinhos e revistas, e misturado com essas viu as formas distintas de um ioiô e um punhado de dados espalhados. Uma prateleira mais alta continha pilhas de papéis. Um mapa do Enclave e de Wharfton, codificado com marcas coloridas e manchado pela umidade, estava pregado à parede. O cheiro fresco e terroso do ar era frio para ela, nada convidativo, era difícil imaginar crianças brincando ali. Crianças normais, ao menos.

"Que lugar é este?"

"Central de comando. Nosso forte. Fiona, Evelyn e eu costumávamos nos esconder aqui, há muito tempo." Com a ponta da bota, ele empurrou um engradado de latas e bolinhas de gude rolaram lá dentro. "Fiona era obcecada em descobrir quem eram meus verdadeiros pais e onde podiam viver. Especialmente quando fiz 13 anos. Foi quando eu precisei decidir se viveria fora das muralhas ou não, mas, claro, ninguém nunca fez isso. Era um jogo com infinitas possibilidades e nenhuma solução." Seu olhar pairou do rosto dela para o mapa na parede. "Como é irônico estar aqui agora, quando finalmente sei a resposta. Temos apenas poucos minutos, mas a partir daqui temos uma escolha do caminho a seguir. Você está bem?"

Ela assentiu. "Considerando tudo o que aconteceu, estou bem o suficiente."

"Acho que você encontrou sua mãe, então", ele falou.

Gaia tentou encontrar palavras para dizer que ela havia morrido no parto, mas não vieram. Em vez disso, olhou para a bebê nos braços e viu que os olhos azuis nebulosos dela estavam focados na vela de um jeito vago, sonhador.

"Foi ruim, não é?", ele disse. Com sua manga, limpou o canto da boca, tirando o resto de sangue que ficara do soco do Protetorado.

"Eu não consegui salvá-la", Gaia falou, então parou antes que a perda pudesse inundá-la.

"Sinto muito, Gaia. Queria poder ter feito algo."

Ele havia tentado, percebeu. Foi pego tentando chegar até ela. Mais tarde, talvez, poderia permitir-se pensar na mãe, mas agora precisava salvar a irmã. "Maya precisará de comida em breve", ela falou. "Para onde vão esses túneis?"

Ele ergueu a vela à esquerda. "Este caminho vai para nordeste, na direção onde a muralha encontra um desfiladeiro. Termina na adega de um bar. Se pudermos sair do bar, estaremos perto da muralha, e poderíamos correr até ela." Ele apontou para a direita com a cabeça. "Este caminho corta um pouco para o sul e para leste, até o cemitério próximo do café do Ernie, onde eu a vi naquele dia."

"Perto do jardim com as pedras?", ela perguntou, caminhando até perto do velho mapa na parede. "O café está aqui nesta pracinha?"

Ele assentiu. "Sim. O túnel desmoronou em alguns lugares, mas poderíamos passar. Da última vez que estive aqui, dava para passar, mas isso foi há muitos anos."

"Quem mais sabe para onde os túneis levam?"

"Meia dúzia de pessoas, provavelmente. Minha irmã Evelyn, com certeza. O Protetorado deve saber da saída do bar. Era uma mina de ferro muito antes de o Enclave ser construído, mas a maior parte dos túneis caiu, e não são seguros."

Gaia tinha aprendido que os fundadores do Enclave escavaram fundo, muito fundo, até uma mina de ferro desativada para alcançar uma fonte de energia geotérmica a vapor, mas ela raramente pensara naquilo. Tentou olhar para os túneis procurando uma pista de qual caminho tomar. Era como se estivessem soterrados.

"Tem mais alguma coisa?", ela perguntou, examinando o mapa.

"Apenas outro ramal de túneis além deste", ele falou, "mas que leva para longe da muralha, de volta para o Bastião, próximo ao Berçário e ao apiário."

"O Berçário?", ela perguntou.

"Fiona quem encontrou o caminho. Ela gostava de ir ver os bebês." Ele apontou um lugar no mapa que era logo ao norte do Bastião.

O olhar de Gaia deslizou pelas velhas marcações coloridas no mapa, principalmente os pequenos "x" espalhados por Wharfton, e então deu um mergulho dentro de si enquanto a mente girava. Uma ideia assustadora, brilhante, lhe ocorreu. Um ruído leve, distante veio de trás deles, e ela se sobressaltou, alarmada.

"Leon", ela disse, "você queria encontrar seus pais legítimos quando era criança, mas quais informações tinha?"

"Nenhuma, na verdade, além da minha data de nascimento. Fiona estava tentando encontrar famílias de fora das muralhas que tivessem filhos um ano ou dois para a frente ou para trás da minha data de nascimento, não crianças da minha idade. Era como tentar encontrar onde *não* havia peças em um quebra-cabeças, com nenhuma delas juntas."

Gaia assentiu. "Isso porque não conhecia informações sobre os pais legítimos de fora das muralhas. Você não tinha o código da minha mãe."

"Eu sei", ele falou. "Ninguém tinha o código da sua mãe. Buscamos em nossos registros familiares, mas não havia informação nenhuma sobre meus pais legítimos. Às vezes, eu achava que poderia me lembrar de algo de quando eu era um bebê, mas não fazia sentido."

"Mas havia informações sobre quem adotou você", ela disse.

A luz da vela os cercava, tremeluzindo pelas feições de Leon enquanto ele a observava, curioso. "Claro. Aonde você quer chegar?"

Ela agarrou o braço dele. "Tudo que minha mãe queria, tudo que ela realmente queria, era saber que meus irmãos estavam bem, mas ela não conseguiu descobrir quem eram dentro das muralhas. Ai, Leon." Um arrepio percorreu seu corpo. "Temos de chegar ao Berçário. Preciso tentar encontrar os registros de quem adotou os bebês entregues assim que entraram no Enclave."

"Quem os recebeu aqui dentro?", ele perguntou, com um lampejo de concentração perplexa.

Outro ruído atrás, dessa vez mais próximo.

"É o reverso do código da minha mãe", ela falou, persistente. "É a informação que precisamos para as pessoas de fora das muralhas, pessoas como a minha mãe. E terá leite em pó para Maya lá. Temos de *ir*!"

Leon pegou-a pelo braço e avançou pelo túnel mais estreito. Ela arfou com a cera quente que se derramou sobre seus dedos e com isso sua vela apagou.

"Desculpe", ele falou.

"Tudo bem. Continue. Eu te acompanho de novo. Depressa."

Ela agarrou a camisa dele novamente, enquanto Leon seguia pelo caminho com a vela. Ele desviou dando mais uma volta e, gradualmente, ela teve a sensação de que estavam subindo. Passaram pelos ossos secos de um pequeno animal e, em seguida, onde o túnel ficava mais largo novamente, as condições pioraram. Pedras grandes tombaram em lugares onde o teto desmoronara, deixando passagens estreitas, irregulares. Uma vez Leon arrastou-se pela primeira, deixando-a quase na escuridão, e ela passou o bebê por um buraco e escalou logo depois. Duas vezes pararam para ouvir os ruídos vindo de trás, e tudo que Gaia conseguia perceber era sua respiração rápida no silêncio tenso.

"E se eles nos pegarem na saída?", ela perguntou.

"Não sei", Leon respondeu.

Na escuridão, o tempo perdeu o sentido, e para ela parecia que estavam se arrastando para sempre pelos antigos e tortuosos túneis da mina. Maya fazia ruídos baixinhos, queixosos, mas raramente se movia e, com apenas olhares raros, Gaia tinha de confiar que estava bem. No fim, pensou ter visto um brilho cinzento à frente. Fizeram mais uma curva e ela conseguiu ver, bem adiante e um pouco mais alto, um reflexo cinza na pedra.

Leon soprou a vela, e eles se arrastaram para a frente e para cima. O túnel estreitou-se mais uma vez, abriu uma curva e o reflexo acinzentado expandiu-se e ficou mais claro. O chão do túnel inclinou-se para cima como uma laje grande, desnivelada, com água pingando em suas fendas. Ela teve de se agachar, apoiando a mão livre contra a parede de pedra áspera, e Leon rastejou à frente dela. Estavam em uma caverna natural e, quando ela se virou, não conseguiu ver sinal do túnel escondido atrás. Quando se aproximaram da luz, o som de água ficou mais alto, num eco chiado. A abertura para fora quase era insuficiente para que passassem engatinhando, e um emaranhado de raízes e vinhas escondia ainda mais a abertura. Através das raízes, ela viu uma cortina de chuva constante que fluía barulhenta no chão e, adiante, mal discernível, os contornos encurvados e quadrados de colmeias.

"Está chovendo", ela disse, surpresa.

Não chovia lá há meses. Meses! A água da chuva transformava a vida fora das muralhas, como riqueza pura caindo do céu. E o cheiro dela! Ela conseguia sentir a umidade doce, como se a própria terra molhada se tornasse um tempero.

"Leon, olhe", ela falou.

"Eu sei", ele sussurrou, sua voz perto do ouvido dela mal audível sob o barulho da chuva. Ele apoiou uma das mãos no espaço apertado, e curvou-se para a frente, na direção da abertura. "Deixe-me ver se tem alguém lá fora. Espere um minuto. Eu já volto."

Antes que ela pudesse protestar, ele desapareceu. Um relampejar foi seguido de perto pelo estalo alto do trovão, e a garota pulou de susto. A bebê soltou um gritinho de descontentamento. Gaia a apoiou no pescoço, enrolando a ponta do manto ao redor dela enquanto apoiava a cabecinha quente. Um minuto passou, e Gaia espreitou com atenção, esperando ouvir o som de um tiro. Leon reapareceu de repente lá fora, na abertura.

"Não faça isso de novo!", ela gritou.

"Gaia! Rápido!", ele disse. "Não tem ninguém aqui. Venha comigo!"

Ela piscou, enquanto se arrastava para fora na chuva forte, e quando ela se equilibrou para ficar em pé, ficou encharcada com a água. Puxou o manto para cobrir a bebê. Leon voltou a pegar a mão dela e eles correram pelo apiário, passando pelas colmeias e embaixo das árvores ensopadas. Os relâmpagos coriscavam no céu, e o trovão estrondou, parando o palpitar em seu peito. Ela gritou e largou Leon para segurar o bebê com mais segurança.

· "Para onde vamos?", ela quis saber, quando alcançaram o limite do apiário.

"É ali na frente, uns poucos metros", Leon gritou sobre o som da chuva.

Eles correram por um beco e viraram uma esquina. A chuva espalhava-se e fluía ao redor deles, inundando os sapatos de Gaia. Ela mal conseguia ver a calçada diante dela, e o tumulto apressado enchia seus ouvidos.

Então, Leon puxou-a contra si e apertou-a forte contra uma parede. Uma projeção de telhado baixo oferecia milímetros escassos de proteção. Ela lambia os lábios, sentindo o gosto da chuva. Olhou para a bebê nos braços e viu a boca da irmãzinha fazendo um biquinho.

"Chegamos", ele disse. "Aqui é o Berçário."

Ela observou o comprimento do muro e ergueu os olhos para onde a chuva batia contra as janelas superiores. O Berçário era uma casa pequena e branca de dois andares, com persianas verde-escuras e quatro floreiras de janela com gerânios que tinham jorros de chuva caindo dos cantos para a rua. Gaia ficou surpresa. Por algum motivo, esperava algo maior, mais institucional, mas parecia quase amigável. A área onde estavam tinha várias lixeiras altas, e o odor distinto de alvejante e fraldas sujas misturava-se ao cheiro de chuva.

"Como vamos entrar?", ela perguntou.

"Tem certeza de que quer fazer isso?"

"Como você e Fiona entravam para ver os bebês?"

Leon apontou para a sacada que se projetava embaixo de uma janela no andar de cima. "Eles ficam ali."

Uma treliça frágil alinhava-se ao muro, e Gaia engoliu seco quando se imaginou subindo com Maya em um braço. "Vocês subiam? Eram malucos?"

"Fiona subia", Leon falou. Ele puxou a manga molhada dela. "Venha. Há uma porta nos fundos."

Ela olhou à direita quando outra cortina de chuva desceu a rua na direção deles, golpeando a parede e o chão e fazendo barulho sobre o telhadinho em cima deles. Ele a puxou para dar a volta no muro, levando-a por um portão de madeira até um quintal estreito. Duas galinhas cacarejaram alto de uma capoeira ao longo do muro dos fundos. Bem baixo, sobre o ruído da chuva e das galinhas, ouviu o choro de um bebê. Leon levou-a para trás da casa, onde alguns degraus conduziam a uma porta traseira.

"Vou entrar", ele disse. "Sei onde fica o escritório. Verei o que posso encontrar."

"Vamos ficar juntos", ela falou. Quando ele virou o rosto para ela, pronto para protestar, limpou a chuva dos olhos. "Isso não é negociável", acrescentou.

"Você não pode, Gaia", ele falou. "É suicídio. Se alguém reconhecer você, chamarão os guardas."

"E você? Não está sendo procurado também?", ela reclamou.

"Eu tenho lábia para me safar."

A certeza arrogante dele quase a fez rir.

"Sério, isso eu gostaria de ver", ela falou.

"Irmã Khol talvez esteja lá dentro."

"Eu a deixei dopada na torre."

"Mas isso foi há horas", Leon contestou.

Gaia não tinha ideia de quanto tempo havia passado, mas sabia que não poderia ficar ali na chuva com a bebê. Ela agarrou a maçaneta de metal da porta e girou-a, surpresa por estar destrancada. Sem esperar convite, entrou e se viu numa cozinha limpa e escura.

Leon entrou atrás dela e fechou a porta, impedindo o vendaval ensurdecedor de entrar. Na falta do som, um gotejar da torneira era surpreendentemente audível. Os balcões e a mesa estavam vazios, exceto por uma peneira de feijões ao lado da pia. Uma trança de alho pendurava-se de um gancho ao lado da janela. A parede ao fundo era feita de pedra, com um forno embutido e lareira, e um fogareiro amplo de pedra. O recinto era quente e agradável, e Gaia viu um pequeno fogo atrás do gradil. Uma fileira de caixas baixas fora incorporada em um balcão, e pequenos cobertores empilhavam-se, alguns amarrotados, dentro delas. O olhar de Gaia concentrou-se em uma dúzia de mamadeiras de vidro que estavam secando de boca para baixo sobre uma prateleira.

"Oi?", chamou a voz de uma mulher. O som era fatigado, mas tranquilo, e a voz carregava os tons altos de uma flauta. "Franny, é você?"

Leon foi na direção da voz e, naquele momento, uma mulher jovem de vestido vermelho atravessou a porta, segurando um bebê contra o ombro, dando tapinhas nas costas com dedos firmes, constantes. Ela parou, claramente surpresa.

"Posso ajudá-lo?", a mulher perguntou a Leon. Era pouco mais que uma garota, apenas poucos anos mais velha que Gaia, com bochechas cheias, rosadas e mãos rechonchudas. O olhar dela foi rapidamente de Leon para Gaia, e sua expressão aliviou-se quando seus olhos pousaram no bebê. "Meu nome é Rosa", ela disse. "Já nos conhecemos?"

"A Irmã Khol está?", Gaia perguntou.

Rosa inspecionou as roupas molhadas dela com curiosidade. "Não. O que aconteceu com você? E o que está fazendo com um bebê todo molhado?" Ela deixou a criança que estava nos braços dela em um dos berços-caixas no balcão e enrolou um cacho solto de cabelo com cuidado atrás da orelha. Então, esticou o braço na direção de Gaia. "Venha aqui, amorzinho", ela sussurrou.

Quando Gaia instintivamente recuou, Rosa ergueu o olhar, confusa. Virou-se por um momento para Leon, e então sua expressão ficou séria. "Você é Leon Quarry. Ou Grey. Certo?"

Leon não disse nada. O olhar de Rosa pairou outra vez entre ele e Gaia, e então baixou os olhos para Maya. Gaia estava prestes a falar, mas Leon sacudiu a cabeça, dando um aviso.

A jovem pigarreou e olhou mais uma vez para Leon. "Bem", ela disse, e sua voz estava um pouco mais baixa, com uma insinuação de entendimento, "há uma primeira vez para tudo."

Antes de Gaia perceber o que ele estava fazendo, Leon pegou um jarro de louça sobre o balcão e ergueu-o em um arco rápido para bater com tudo contra a cabeça de Rosa. O impacto causou uma pancada firme, e ele a agarrou quando ela começou a cair. Rosa não soltou nenhum ruído, nem mesmo um grunhido de dor.

Os olhos de Gaia arregalaram-se em choque. "É isso que você chama de lábia?"

Ele deixou o corpo inerte de Rosa no chão e agarrou um avental no espaldar de uma cadeira. Surpresa, Gaia observou enquanto ele amarrava os pulsos de Rosa atrás das costas sem hesitar.

"Fique aqui", ele disse, pegando o jarro novamente.

"Mas o que você está fazendo?"

Ele já estava cruzando a porta pela qual Rosa entrara, e um momento mais tarde, ouviu passos rápidos subindo as escadas. Um choro de criança, e então o som de outro corpo sendo arrastado. Gaia olhava a prisioneira no chão, tentando ver se ela ainda respirava. Os olhos de Rosa estavam fechados e seu rosto pálido à luz da lareira, mas os lábios estavam abertos e o peito se movia.

Leon desceu as escadas mais uma vez e entrou na cozinha. "Foram todas", ele disse. "Temos apenas alguns minutos até uma delas se recuperar. Você pega a comida para sua irmã lá em cima e eu vou até o escritório. Tenho uma ideia. Gaia?"

Ela tirou os olhos de Rosa e abraçou a irmã mais forte.

"Precisava fazer isso?", ela sussurrou.

Ele inclinou o rosto, olhando-a com seriedade e sem pedir desculpas. Ela percebeu que não deveria ter se surpreendido em como ele agiu rapidamente. Era da guarda, treinado. Sempre fora capaz de ser violento.

"Desculpe", ela falou.

Ele olhou sobre o ombro, ouvindo, e então deu um passo para a frente até ela e falou de forma mais gentil. "Quer cuidar de sua irmã ou não?"

A lembrança acordou seu senso de urgência. Ela deixou o manto ensopado de Pearl no espaldar da cadeira. Deu uma olhada para o bebê no berço do balcão para ver se não estava irritado e, em seguida, passando por Rosa, esgueirou-se para fora do cômodo e subiu as escadas, apressada. Leon partiu para o escritório.

Havia pouca luz natural nas escadas estreitas e íngremes. No topo, duas portas abriam-se para os dois lados. O quarto à esquerda estava mais escuro, com uma fileira de berços. Ela se voltou na direção de algum som leve, indefinível no quarto à direita e entrou no berçário pequeno, limpo e de teto baixo. Um cheiro suave e fragrante de sabonete de lavanda e algodão perpassou o ar. Fileiras de pequenos berços alinha-vam-se pelas paredes, lado a lado, mais de uma dúzia, mas Gaia viu que apenas um punhado estava ocupado por bebês, todos dormindo. *Quais são as chances disso?*, ela pensou. Eles sabem como cuidar dos bebês em um cronograma aqui? A chuva corria pelas duas janelas grandes de várias folhas, que deixavam entrar a luz fria e cinzenta. Um relâmpago reluziu lá fora, seguido pelo estouro abafado do trovão, mas o clima apenas enfatizava quanto era seguro e quentinho ali dentro.

Em seguida, Gaia virou-se para o último canto do quarto. Uma mulher idosa em vestes brancas estava caída sobre uma cadeira de balanço, o queixo no peito, os pulsos amarrados a um dos braços da cadeira. Com medo e fascinada pelo que Leon fizera, Gaia observou a mulher de perto para ver se o peito subia e descia, indicando que respirava. Ao lado dela, uma mesa com fraldas e cobertores empilhados e um cesto

323

meio cheio de roupinhas. Um dos bebês fez um barulhinho estalado com a boca, e Gaia instintivamente deu tapinhas em Maya. A qualquer momento, um dos bebês acordaria, e o choro poderia acordar os outros, e daí quem cuidaria deles? Gaia não ousou aproveitar o tempo para trocar e limpar Maya, mas enrolou muito bem dois cobertores limpos ao redor dela, então pegou rapidamente algumas fraldas e cobertores. Jogou-as no cesto de roupas e, agarrando as alças, correu para fora do quarto o mais silenciosamente possível.

Às pressas, desceu as escadas na ponta dos pés.

"Leon?", ela sussurrou.

Gaia espiou a outra porta. Uma mesa entulhada ficava no meio do escritório principal cercada por gabinetes e prateleiras. Um par de berços vazios ficava contra a parede, como se mesmo ali alguém pudesse precisar deitar um bebê com segurança. A chuva era um zumbido abafado, e uma luminária com cúpula verde na mesa fazia o cinza da tarde recuar. Leon estava sentado na mesa, os dedos movendo-se sobre um teclado, enquanto o brilho da tela do computador lançava uma luz azul pálida no seu rosto e nas costas das mãos.

"Encontrou alguma coisa?", ela quis saber.

"Nada ainda."

Gaia sabia que deveria pegar leite em pó, mas Maya havia adormecido de novo, e ela não conseguiu se conter e deu uma olhadinha na sala. Havia bilhetes pregados em um painel de cortiça sobre um aparador e, no canto direito, um folheto familiar de papel que parecia um convite, apenas um pouco mais grosso. Ela se aproximou.

Solstício de Verão de 2409
Membros existentes do
Grupo de Entregues de 2396
são convocados neste ato a solicitar
a devolução.

Gaia abriu na primeira página e viu colunas de nomes. *Já vi um desses antes*, ela pensou, tentando se lembrar de quando. A impressão era pequena, e havia muitas páginas. Calculou um instante e percebeu que havia mais de cem nomes.

"Leon", ela falou, tirando o folheto do quadro, "o que é isso?"

Ele digitou mais algumas letras e então parou, seus dedos pousados sobre as teclas. Ele ergueu os olhos e apertou-os para ela e depois para o papel na sua mão.

"É uma nota de devolução", ele falou. "O Enclave publica uma a cada verão para quem tem 13 anos. É uma formalidade. Para as aparências."

"Mas não é uma lista? De todos os bebês de um determinado ano?" Uma luz despontou. "Você não encontrou uma dessas no kit de costura do meu pai? Quando vocês prenderam os meus pais?"

Ele esticou uma mão e ela entregou o folheto. "Encontrei", ele disse, pensando. "É uma lista. Mas não tem nenhuma data de nascimento."

"De que ano era aquele que meu pai tinha?"

"Era uma nota de um dos anos dos seus irmãos. O mais jovem, pelo que eu me lembre."

"Então, não era apenas um papel para alfinetes", ela falou. "Meu pai tinha uma lista com o nome do meu irmão nela?"

"Isso mesmo. Talvez ele esperasse poder no fim das contas descobrir qual o nome era o correto", Leon falou, e então virou o rosto, alerta. Gaia ficou quieta também, ouvindo. Um choro sonolento de bebê veio do andar de cima e, em seguida, silenciou-se. O olhar de Leon cravou-se em Gaia.

"Ai, não", Gaia suspirou. Seria apenas uma questão de segundos antes de o bebê soltar um grito mais alto, mais enfático, e então os outros bebês começariam a acordar. "Preciso encontrar o leite em pó."

"Estarei bem aqui."

Gaia já estava correndo na direção da cozinha quando outro choro, mais alto, veio do andar de cima. Assim que saiu da cozinha, viu Rosa se mover para mais perto da lareira de pedra cinzenta. Tinha as pernas curvadas para se erguer e estava tentando saltar para poder ficar de pé. O pano vermelho do vestido estava enrolado de um jeito estranho ao redor dos joelhos dela.

"Não se mexa", Gaia falou.

Rosa virou o rosto na direção de Gaia. Os cabelos pretos caíram sobre metade do rosto dela, e uma mexa de cabelo prendeu-se no canto da boca. "Você precisa me soltar", ela falou, sua voz ainda um soprano claro. "Tenho de cuidar dos bebês."

A criança no berço do balcão abanava a mão e fazia um ruído divertido, gargarejante. Outro grito veio de cima e uniu-se a uma segunda voz de bebê.

"Onde está o leite em pó?", Gaia perguntou, procurando prováveis recipientes na cozinha. Uma parede tinha bufês e armários alinhados. Ela colocou um cesto com Maya no meio da mesa e começou a abrir as portas o mais rápido que podia. O primeiro móvel tinha comida de adultos, a segunda pratos, e a terceira estava cheia de potes de louça com tampa. Gaia puxou um para fora e ergueu a tampa com um som estalado: pó cor de creme.

"Não leve", Rosa falou. "Precisamos disso."

Gaia enterrou o dedo no pó e experimentou, então agarrou um dos potes e jogou-o no cesto. Pegando três mamadeiras ao lado da pia, encheu com água e rosqueou tampas com bicos enquanto mais berros vinham lá de cima.

"Leon!", ela gritou, enfiando as mamadeiras no cesto com os cobertores de bebê. Ela voltou a agarrar a irmã e segurou as alças do cesto cheio. "Existe uma lista das datas de nascimento dos bebês? Um registro em algum lugar?"

Rosa deu uma risada. "Acha que eu entregaria para você? Sabe que eles vão pegar você", ela falou, movendo-se mais uma vez, avançando com o corpo na direção da lareira. "E vão enforcar na praça do Bastião enquanto eu assisto."

"Leon!", Gaia chamou de novo. Ela não conseguia dizer o que mais a perturbava, os choros cada vez mais urgentes dos bebês lá em cima ou as previsões sinistras da voz clara e aguda da garota.

Ele apareceu na porta. "Não consigo encontrar nada", ele falou. "Deve ser tudo restrito." Ele abriu um dos armários e pegou dois mantos vermelhos. "Segure isso."

"Ela sabe onde tem uma lista", Gaia falou. "Mas não quer me dizer."

Por um momento, Leon encarou os olhos de Gaia, como se ponderasse algo importante. *Faça*, Gaia pensou. *Faça o que precisar.*

"Vocês nunca sairão das muralhas", Rosa sibilou no chão. "Terá gente observando cada janela e guardas em todos os lugares."

Leon deslizou um manto sobre os ombros de Gaia, e ela se encolheu dentro do tecido quente e macio. Então, deixou outro manto na mesa e esticou a mão para pegar uma faca que saía de um bloco de madeira. Sua lâmina afiada, curta, serrada brilhava azul à luz da janela chuvosa. Enquanto os gritos do primeiro andar ficavam mais desesperados, ele deu um passo para mais perto de Rosa, que ainda estava presa no chão. Ele apontou a faca na direção da garota.

"Você não ousaria", ela falou. Seus olhos apertaram-se de medo.

Leon girou a faca na mão. "Onde está a lista?", ele perguntou.

Gaia respirou fundo, mordendo o lábio. Rosa recuou o máximo que pôde. A voz ficou ainda mais alta pelo temor.

"Não sei!", ela falou. "De verdade, não sei!"

O bebê no balcão começou a chorar, acrescentando um contraponto áspero, dissonante com a súplica de Rosa.

Leon deu mais um passo na direção dela e curvou-se para tocar a ponta da lâmina no meio da garganta dela.

Gaia agarrou a irmã, aterrorizada com o que Leon seria capaz de fazer.

"Fale", ele disse, a voz baixa e resoluta. "E não estou falando do computador. Um registro escrito. Sei que a Irmã Khol tinha uma cópia de segurança."

A lâmina apertava a pele para baixo. Rosa deu um suspiro de medo. "Não me machuque! Veja no fundo da gaveta do gabinete grande. Na última parede", Rosa falou. "Eu juro que lá têm algumas pastas. A gaveta do fundo à direita. Vá olhar! Por favor!"

Leon ergueu o olhar para Gaia e assentiu.

Gaia deixou a irmã e o cesto na mesa novamente e correu para o escritório. Ela escancarou a gaveta inferior do gabinete maior e lá havia uma pilha de pastas finas. Folheou rapidamente as capas, vendo em cada registro um período de cinco anos, uma olhada mostrou que havia nomes e datas de nascimento em letras pequenas e precisas. Ela puxou a pilha inteira nos braços.

Quando ela voltou à cozinha, Rosa estava com os olhos marejados. Leon não se movera um milímetro.

"Estão aqui", Gaia falou. "Leon. Já peguei. Pode deixá-la."

Capítulo 26
Botas brancas

Não se via nada naqueles olhos frios e graves, mas ele tirou a ponta da lâmina da garganta de Rosa. Ela irrompeu em soluços quando Leon se endireitou para ficar em pé. Do berço no balcão, o choro do bebê diminuiu em um soluçar solitário, enquanto os outros bebês no andar de cima continuavam a chorar.

"Você é um monstro", Rosa falou, engolindo metade das palavras. "Um esquisitão. Como eles sempre disseram."

Ele jogou a faca no chão. Ela pousou bem atrás dos pulsos atados de Rosa, onde seria capaz de alcançá-la e se libertar sozinha.

"Venha", ele falou para Gaia, agarrando as alças do cesto e lançando a outra capa vermelha sobre os ombros. Abriu a porta traseira, e ela hesitou por um momento na soleira da porta, encarando a chuva fria. Seu corpo estremeceu uma vez, forte, e ela ergueu o olhar para o rosto irreconhecível de Leon. Como ele mudava completamente, como ficou implacável no momento em que esteve com Rosa na ponta da faca. Quanto era genuinamente ele, e quanto daquilo era Leon atuando em favor de Gaia? Precisava assumir que alguma responsabilidade era dela, e não gostava daquilo.

"Está pronta?", ele perguntou, e ela ficou aliviada em ouvir que a voz dele perdera o tom impiedoso.

Ela concordou com a cabeça. Ele tomou as pastas dela e jogou-as no cesto. Com um movimento, puxou o capuz do manto ao redor do rosto e, contrastando com o vermelho, suas bochechas pareciam ainda mais pálidas.

"Nunca vai parecer uma garota", ela falou.

Ele deu um sinal mínimo de um sorriso. "Por aqui", ele falou e conduziu-a ao redor do prédio.

A chuva estava estiando, e com o casaco seco ao seu redor, Gaia não sentia mais cada gota golpeando sua cabeça e seus ombros. Encaixou Maya sob o tecido e abraçou-a bem perto e de lado.

"Para onde vamos agora?", ela perguntou.

"Para a padaria de Mace Jackson. Tem alguma ideia melhor?"

Não tinha. Mas quando chegaram à esquina da rua da padaria, um grupo de soldados estava lá, e Gaia parou-o, alarmada.

"Ei!", um soldado gritou.

"Rápido! Por aqui", Leon falou, puxando-a de volta. Eles correram por um beco e, em seguida, ele a empurrou através de uma porta estreita para um jardim. Ela fugiu pelas plantas encharcadas até outro pequeno pátio e para fora, por outro portão. Uma escadaria encaracolava-se na lateral de um prédio, e Leon pegou na mão de Gaia e levou-a para cima. No topo, um telhado plano era coberto por cordões de varal, todos vazios naquele momento, e correram para o outro lado. A cisterna estava cheia, transbordava água da chuva, e atrás dela uma tábua que poderia ser usada como ponte acompanhava um cano de água central que cruzava para outro telhado.

"Consegue atravessar?", ele perguntou.

Comparado à corrida sobre o topo do solário, aquilo não era nada, e Gaia estendeu a mão. Estavam no telhado seguinte num estalo de dedos.

Gaia vislumbrou o obelisco e as torres do Bastião, mas em seguida ela e Leon desceram outra escada, e Gaia estava de volta ao nível da rua, em outro beco. Fizeram uma pausa, procurando os soldados, e então correram para atravessar a estrada e subiram uma viela. Leon parou diante de um portão familiar de metal trabalhado.

Ele enfiou o braço para dentro e, naquele instante, Gaia reconheceu o jardim murado onde ela e Leon haviam entrado antes.

"Não podemos", ela disse. "É um beco sem saída. Uma armadilha."

"Não temos escolha. Temos de nos esconder em algum lugar enquanto pensamos em um plano."

Ele empurrou o portão, e ela se esgueirou atrás dele. O portão molhado fechou-se com um estalo, e ela olhou, temerosa, na direção da casa. Janelas cinzentas, vazias, misturavam-se ao estuque ensopado, e ela observou Leon, surpresa. "Foram embora?"

"Devem estar na festa de aniversário da minha irmã", ele falou. Seguiu para o terraço, mas Gaia recuou.

"Não, Leon. Não podemos entrar aí."

"Precisamos de abrigo, Gaia. Precisamos pensar em alguma coisa."

Ela se afastou, balançando a cabeça. "Vamos nos esconder aqui fora, no jardim, só até descobrirmos uma maneira de sair da muralha." Ela fungou quando uma grande gota de chuva caiu nos cílios, e ela a limpou.

"Se você insiste", ele disse. "Ao menos estará mais seco sob a árvore. Venha."

Ela mal reconheceu o jardim quando ele a levou para os fundos, na direção do grande pinheiro. A luz do poste de rua inundava o muro em um ponto, iluminando as cascatas insanas de chuva, e o efeito golpeador dela nos arbustos e nas flores, mas, além disso, o jardim era um labirinto de sombras ensopadas. Uma corrente de vento soprou no rosto de Gaia, roubando-lhe o fôlego, mas ela o enfrentou.

"Aqui!", ele disse, e ela apertou os olhos na penumbra. Eles haviam chegado ao pinheiro gigante e à sua sombra profunda, seca. Ela precisou se encolher para entrar embaixo dos galhos mais baixos e inclinados.

Maya soltou um grito e, com a boca aberta, a bebê esfregou a bochecha contra a toalha, buscando instintivamente por comida. Gaia limpou o dedo no tecido úmido do manto e colocou o dedo mindinho na boca da bebê. Era um truque que aprendera com a mãe, mas ficou surpresa em como a menininha sugava forte.

"Ela precisa de mamadeira", Gaia falou.

"Não temos tempo."

"Não posso carregar um bebê chorando pela rua."

Ele franziu a testa para a pequena Maya e para o dedo que Gaia colocara na boca da criança. "O que eu faço?"

Gaia pediu para ele tirar uma das mamadeiras de água e explicou como adicionar o leite em pó e sacudir a mamadeira para misturá-la.

À esquerda, uma tela de chuva cinzenta marcava a beira do penhasco, e ela conseguia distinguir apenas os prédios borrados lá embaixo. Com Maya nos braços, agachou-se no chão. Umas poucas correntes de água da chuva corriam pelas fragrantes agulhas mortas do pinheiro. Quando Leon entregou a mamadeira, ela a empurrou entre os lábios de Maya, e a bebê prendeu-a vigorosamente.

"Monstrinha faminta", Gaia disse baixinho. Ela lambeu a água da chuva dos lábios.

Ele estava sentado ao lado dela. "Percebeu que os guardas não deram tiros em nós? Estávamos na linha de tiro. Acho que eles têm ordens para nos capturar, não nos matar. O Protetorado quer nos executar quando puder fazê-lo em segredo, talvez não queira que sejamos executados em público."

Ela ergueu os olhos da bebê para ver o rosto de Leon perto o bastante do seu, de forma que ela via as gotas, uma a uma, nas maçãs do rosto dele. "Isso é bom, não é?"

Ele olhou de lado, assentindo. "Sim. Mas estão com guardas passando o pente fino em cada esquina do Enclave e ao redor das muralhas também."

Ela pensou sobre isso e estremeceu.

Ele se moveu para mais perto e pousou um braço ao redor dos ombros dela. "Frio?"

"Não muito."

Ele apertou o ombro de Gaia e se encaixou ainda mais perto, e ela pôde sentir o calor do torso de Leon ao longo do braço através do manto molhado.

"Acho que poderíamos ter mais chance se nos separássemos", ele disse.

"Quê?"

"Estão procurando por nós dois juntos. Se você for sozinha, direto até o portal sul, como se você tivesse negócios a cumprir fora das muralhas, poderia conseguir chegar bem perto e depois correr."

Ela o encarou, piscando. "Você deve estar maluco."

"Que você acha que devemos fazer, então?"

Gaia não sabia. Desejava mesmo uma multidão. Se pudessem se misturar a uma multidão, poderiam ter uma chance. Maya quase acabara com a mamadeira, e os olhos dela estavam fechados como se caísse no sono. "Não sei", Gaia respondeu. "Não há nenhuma outra saída da muralha?" Ela se lembrou do caminho pelo qual entrou, e a torre de guarda bem acima. Não seria uma boa escolha. "Você não disse que entrou pela usina de energia solar?"

"Fica do outro lado do Enclave. Nunca chegaríamos lá."

"Então, não há saída."

"Se não abrirmos a nossa própria saída, não."

"E a parte onde a muralha encontra o penhasco? Não poderíamos descer o penhasco?"

"Só se você tiver uma… Não acredito. Onde está sua corda?"

Ela riu. "Deixei no Bastião. Com a minha mãe."

"De qualquer forma, não funcionaria", ele comentou. "Têm torres de guarda no penhasco também."

Gaia ergueu o rosto enquanto a chuva diminuía cada vez mais, e olhou para o penhasco, de onde ela veria o Deslago se a chuva e a escuridão não o obscurecessem. A noite caía, e o luzir dos postes vinha lá de baixo. "Então, estamos presos", ela falou. "Ainda está com as pastas?"

"Estão bem aqui."

Ela voltou os olhos para o cesto de suprimentos arrumado às pressas, pensando que nunca poderia ter a chance de usá-los, tão poucos que eram. Era quase engraçado, de certa forma, sentir-se tão segura por um instante, enquanto os guardas deveriam estar se aproximando deles em todas as direções. Algo desacelerou dentro dela e ficou mais tranquila, como se aceitasse um grande fardo.

"Gostaria de levar a lista lá para fora", ela disse. "Para as pessoas em Wharfton. Elas têm direito de saber o que aconteceu com seus filhos."

"Gaia. Parece que você está desistindo."

Para ela, não parecia. Parecia que estava encarando o futuro de forma realista. Ela apenas esperava que pudessem ser mortos de uma vez e não ter de passar por uma cena na praça do Bastião, com uma execução formal. Ela não gostaria que isso acontecesse. "É apenas a realidade, Leon. Não há para onde escapar. A única pessoa que poderia nos levar para fora das muralhas à noite seria o Protetorado em pessoa, ou talvez Genevieve. E não acho que eles queiram sair do aniversário de Evelyn para nos oferecer escolta", ela acrescentou, irônica.

Leon soltou o braço dela e levantou-se. "Incrível."

"O quê?"

"Estamos pensando como fugitivos. Precisamos pensar como a realeza."

"Não entendi."

"Fique aqui", ele disse.

"Você não vai me abandonar!", ela retrucou.

Ele agachou ao lado dela e pegou nos ombros de Gaia. "Ouça", ele começou. "É a noite da festa da minha irmã, certo? As pessoas mais ricas do Enclave estarão lá fora, seguindo para o Bastião. Os guardas estarão procurando por nós de vermelho, desesperados e encharcados. Tudo que precisamos é nos vestir de branco, Gaia. Temos apenas de agir como se fôssemos parte da lista de convidados. Os guardas nunca pararão um casal de branco."

O fardo pacífico começou a se desmontar ao redor do seu coração, deixando a esperança entrar novamente e, com ela, o medo.

"Mas e o bebê? E meu rosto?"

Leon ergueu-se e ajudou-a se levantar. "Tudo vai funcionar", ele falou. "Venha."

Ela prendeu mais forte sua irmã adormecida nos braços, enquanto Leon erguia o cesto com suprimentos, e em seguida estavam correndo através do jardim na direção da casa. A chuva virara uma garoa, e o trovejar ficou mais distante. Embora soubesse que a casa estava escura e vazia, ainda a assustava esgueirar-se para o terraço. Com uma pedra, Leon deu uma batida contra uma das janelas de uma porta dupla para quebrar o vidro. Um momento depois, o rapaz abriu a porta e eles entraram. Era difícil ver mais do que as formas dos móveis e as aberturas das portas, mas Leon parecia saber por onde andava, e ela o seguiu para o primeiro andar até um quarto.

"Como você conhece este lugar?", ela perguntou.

"Um dos meus amigos de escola mora aqui. Tim Quirk. A família dele é amiga da minha. Estive aqui uma centena de vezes, mas não ultimamente." Ele estava fechando as cortinas, bloqueando a última fresta de luz, e um momento depois ela ouviu um clique, quando ele acionou um interruptor no armário. Gaia teve medo de tocar em qualquer coisa, especialmente quando viu que tudo no armário era branco com apenas tons pastéis muito claros para decorar. Havia prateleiras especiais para chapéus e uma dúzia de compartimentos apenas para sapatos.

"Aqui", Leon falou. "Pegue alguma coisa. Vou buscar algo do quarto de Tim."

"Não tenho a mínima ideia do que usar", Gaia falou.

Ele se virou para ela, franzindo a testa, e ela apenas conseguia imaginar a própria imagem, pingando, de capa vermelha e com um bebê enrolado em cobertores nos braços. O cabelo estava molhado e, provavelmente, bagunçado, e sob uma camada de lama ela ainda vestia a calça de Jet manchada de sangue e sua saia improvisada.

"Queria que tivéssemos tempo para tomar banho", ele murmurou.

Ela riu. "Bem, não temos. Não vamos pensar tanto como a realeza."

Leon virou-se para o armário mais uma vez e tirou imediatamente um suéter longo e estreito, cor de creme com mangas macias e finas. Em seguida, puxou um vestido branco que ia abaixo dos joelhos dela. "Provavelmente o estilo não é de uma jovem como você, mas é tudo que temos. Aqui, uma capa. Não acho que seja impermeável, mas a chuva está parando. Acho. E tem um bom capuz. Consegue escolher uns sapatos?

"Que tal botas?", ela perguntou, apontando uma fileira de botas, algumas de salto alto, algumas de cano alto, tudo em branco imaculado.

"Espero que elas sirvam", ele falou e pegou um par de botas baixas. Lembravam Gaia das botas de caubói do Tvaltar, mas mais curtas, delicadas.

"Tudo bem", ela sussurrou e deixou a capa vermelha cair ao chão. Não podia esperar para se livrar das roupas apertadas e encharcadas. Deixou a bebê dormindo em cima do monte de roupas. Quando pegou o vestido, olhou sobre o ombro para ver se Leon já saíra. Ele estava na porta, os olhos percorrendo o corpo de Gaia com interesse desvelado, e ela se perguntou se estava pensando se as roupas serviriam.

"O que foi?", ela perguntou.

O olhar dele fugiu do dela, e então ele se virou de uma vez, saindo.

"Volto já", ele falou.

Isso foi... estranho, ela pensou. *No mínimo.* Gaia tirou as roupas e enfiou-se no vestido. Havia botões nas costas, e seus dedos frios tremiam enquanto ela torcia as mãos para trás para alcançá-los. Na escuridão, com apenas a luz do armário para guiá-la, agiu com rapidez, e então foi na ponta dos pés até um espelho de corpo inteiro que brilhava ao lado da cama. Olhou sobre o ombro para garantir que havia fechado todos os botões, e ficou surpresa pela maneira graciosa que o tecido branco se ajustou às suas formas. Parecia outra pessoa. Alguém privilegiado. Especialmente com apenas o lado direito do rosto virado para o espelho.

"Está perfeita", Leon disse.

Ela se virou para vê-lo na porta e sorriu. Além das botas pretas, estava vestido de branco impecável, casaco e calças de alfaiataria. Ele deixou o blazer aberto para pousar um punho na cintura, e ela viu a pequena adaga pendurada na bainha do cinto: um adorno militar apropriado. Ele deu um puxão na manga. "O casaco é um pouco curto", ele falou.

Ela riu. "Você está incrível. Com certeza bom o suficiente para enganar os guardas. Agora, o que fazer com a bebê?"

Ele mostrou um pacote dourado de papel. "Encontrei isso", ele disse. "Talvez ela caiba aqui, como um presente."

Gaia ficou em dúvida.

"Veja se consegue fazer algo com o cabelo", ele disse. "Colocá-lo para cima ou algo assim? Sei lá. Eu vejo o que posso fazer com Maya."

"Olha, deixe que eu posso fazer isso." Os cobertores de Maya tinham se soltado, e Gaia dobrou-os novamente ao redor da irmã de forma que, de um casulinho compacto, apenas o rosto da bebê aparecesse.

"Obrigado", Leon disse.

Gaia foi até uma penteadeira, onde encontrou uma escova e alguns grampos. Rapidamente, penteou os nós piores e escovou as mechas curtas para trás, prendendo-as no alto da cabeça o melhor que conseguiu. Parecia estranho para ela deixar a face tão exposta, mas quando vestiu o suéter e o manto branco, sua aparência ficou aceitável. A cicatriz seria perceptível apenas se alguém olhasse direto para o capuz, para o rosto dela.

"Estamos bem", Leon falou.

Ele estava em pé com um pacote de presente casualmente embaixo do braço.

"Ela consegue respirar aí dentro?", Gaia quis saber.

Ele tombou o pacote para mostrar que o rosto adormecido da criança estava para cima, e as pastas também estavam lá dentro. Ela parecia confortável, quentinha e contente. Gaia não conseguia acreditar em como era pequena.

"Está um pouco grande e não tem espaço para o leite", ele admitiu. "Mas se ela dormir e não se mover, ficaremos bem."

Temos apenas de sair das muralhas, ela pensou. Nada mais importava.

Quando ele apagou a luz do armário, ela pegou na mão dele dentro da escuridão com naturalidade. Juntos, esgueiraram-se para a escadaria e deram a volta até a porta da frente. Leon destrancou e, quando a abriu parcialmente, viram a garoa. Uma luz de candeeiro presa a um dos pilares de entrada iluminou o caminho até a rua.

"Quase parou", ela disse.

"Devemos esperar mais um minuto", ele falou.

Ela assentiu, postergando o próximo salto para o perigo ao ficar no abrigo temporário da casa quieta e escura. Ele soltou os dedos dela para pegar um chapéu branco em um gancho atrás da porta, mas voltou a pegar a mão de Gaia e trazê-la para perto do seu corpo, aconchegando os dedos dela ao lado do cotovelo. O pacote com Maya parecia seguro no outro braço.

"É assim que andaremos", ele falou.

"Então, você tem um plano de verdade?"

Ela ergueu os olhos para encontrar os dele sob a aba branca. Ele a observava com sua concentração habitual, mas a boca curvava-se num sorriso muito leve.

"Tenho que dizer uma coisa. Estou tentado a levar você de volta ao Bastião e entrar direto na festa da minha irmã. Você devia estar lá."

Ela riu. "Agora eu tenho certeza de que você enlouqueceu."

Ele tombou o rosto um pouco. "Eu deveria ter conhecido você há muito tempo."

"Fora das muralhas?"

"Em primeiro lugar, não deveria nem existir muralha", ele respondeu.

"Mas existe", ela falou, olhando a garoa à luz do poste.

"Veja só", ele falou. "Se algo der errado, se nos separarmos, queria que você fosse adiante com seu plano de ir para a Terra Perdida. Siga para norte."

"Não vamos nos separar."

"Eu sei, mas se acontecer…"

"Leon", ela falou, tocando o braço dele, "isso não vai acontecer. Vamos ficar juntos."

Ela esperou que ele assentisse, mas em vez disso seu olhar voltou-se novamente para a porta aberta. Ela imaginou se fazia alguma diferença se esperassem mais alguns minutos ou não. Quase tinham certeza de que seriam pegos quando chegassem às muralhas, se não antes. Ainda assim, preferia ser pega dessa forma do que desgrenhada e desesperada.

"Você precisa saber algo sobre mim", ele disse em voz baixa.

Ela ergueu o olhar para ele e esperou.

"Não sei se estou fazendo a coisa certa para você", ele acrescentou.

Ela tocou uma mecha dos cabelos escuros, sem saber como reagir. "Como assim?"

"Quero apenas ter certeza de que você está fazendo suas próprias escolhas. Não sou o melhor juiz do que é o certo para outras pessoas."

Ela soltou o braço dele. "O que você está dizendo?", ela perguntou.

Bem abaixo dos pilares, a chuva caía suave na calçada e na grama, cobrindo tudo com um tom cinza, úmido. Leon parecia estar olhando através da penumbra para outro tempo, e embora ela sentisse de alguma forma que ele a deixaria, também sentia que estava a um passo de se aproximar dele como nunca antes se aproximara. Ele se virou lentamente para a mesa estreita que ficava no vestíbulo, deixando com suavidade o pacote de presente com Maya, e cruzou os braços.

"Dois anos atrás", ele falou, "quando minha irmã Fiona tinha apenas 12 anos, ela e eu estávamos jogando xadrez à noite no solário. Caía uma tempestade forte, como esta."

Uma névoa fria passou pela porta aberta, mas ela sentiu uma frieza ainda mais profunda dentro dela quando percebeu que ele confessaria algo que nunca dissera a ninguém. Tentou imaginar como seria estar sob aqueles vidros com toda a chuva despencando. "Por que não jogavam em outro lugar?"

"Ela gostava da tempestade", ele disse. "Parecia que a eletricidade se espalhava pelo ar, e ela gostava daquilo. Mas, então, acabou a energia. Não havia nada além da escuridão, como o túnel sem uma vela. Os relâmpagos desordenados, aleatórios, coriscavam pela sala. Parecia que o vidro do teto estava quebrando sobre nós."

"Deve ter sido apavorante."

Ele assentiu. "Fiona perdeu completamente o controle. Ficou aterrorizada, muito mais do que eu já tinha visto. Não conseguia nem respirar. Ela pulou no meu colo e implorou para que eu a abraçasse. Ficou quase histérica e eu... bem, eu meio que ri dela. Não foi muito legal, mas não sabia o que fazer. A menina ficou realmente apavorada. E, então, ela me agarrou em pânico e..." Ele parou.

Gaia mordeu o lábio por dentro, esperando. A postura dele ficou ainda mais rígida, e seu rosto virado não permitia que ela lesse seus olhos.

"Ela era minha irmã", ele falou, a voz muito baixa. "Ela me beijou. Não da maneira que uma criança faz."

Gaia observou o distanciamento estranho, frio que se instalou nas feições dele, como uma máscara mortuária. Ela pôde ver que ele reprisou essa memória um milhão de vezes.

"O que você fez?", ela perguntou.

"Eu fiquei em choque. Não queria ferir os sentimentos dela. Não podia simplesmente empurrá-la. Ela estava agarrada à minha gola e eu... eu estava tentando me afastar quando Rafael nos encontrou."

"Ai, não", Gaia falou. Seu instinto lhe disse para tocá-lo, mas ele ficou distante e cauteloso.

"E fica pior", Leon falou, sua voz melancólica. "Fiona tinha um diário com uma lista de todas as coisas boas que eu fiz para ela, não importava o quão pequenas. Tinha desenvolvido toda uma lógica sobre como não éramos biologicamente relacionados, então as leis de irmãos casados não se aplicava a nós. Imaginou uma vida inteira para nós dois em um chalé fora das muralhas." Os olhos dele fecharam-se. "Quando Fiona viu o problema no qual eu estava metido, ela tentou negar, mas era tarde demais."

Fora da porta, uma rajada de vento trouxe uma chuvei-rada de pingos maiores das árvores próximas, espalhando-os nas poças da calçada.

"Acho que no fim das contas eles teriam acreditado em nós", ele falou. "Mas Fiona morreu."

Gaia estremeceu, puxando o manto para mais perto ao seu redor. Finalmente, ele se virou para ela, os olhos escuros e perturbados, sua voz um murmúrio.

"Gaia", ele falou. "Quando minha irmãzinha veio até mim se desculpar, quando quis tentar consertar as coisas, eu estava furioso com ela. Disse que ela era doente. Uma garotinha doente. E foi quando ela fez aquilo." A voz dele virou um sussurro agonizante. "Minha irmã se matou por minha causa."

Gaia sacudiu a cabeça, incrédula. Era terrível demais para imaginar. Fiona tinha apenas 12 anos! E como Leon podia se culpar pela morte dela? Uma tragédia como essa não podia ser culpa de um comentário cruel.

"Mas foi um acidente", ela falou.

"Não", ele retrucou. "Evelyn viu. Não conseguiu impedi-la. Não foi um acidente."

"Sinto muito, muito mesmo", Gaia sussurrou. Conseguia entender agora como os rumores frenético se espalharam. A família de Leon, em pedaços pelo suicídio de uma das gêmeas, deve ter ficado completamente devastada. Naquela confusão de descrença e confusão, como deve ter sido fácil concentrar a raiva e a dor em Leon, culpá-lo. Ele absorveu aquilo tudo, cada pedacinho. Quantas pessoas conheciam a verdade?

"O pior de tudo é que eu acho que ela era de fato doente", Leon falou. "Eu pensei sobre isso e acho que ela precisava de ajuda. Eu acho que estava amedrontada, e não apenas naquela noite de tempestade. O humor dela oscilava de forma insana o tempo todo. Alguns dias ela não conseguia nem sair da cama, e em outros tinha toda aquela energia extravagante e não sabia por quê. Estava tentando me pedir ajuda, mas eu não consegui enxergar. Eu apenas piorei tudo." Ele virou o rosto novamente, olhando para um lugar que Gaia não via.

"O que aconteceu não foi sua culpa", ela falou. "Não sei o que havia de errado com Fiona, mas ela deveria ter buscado ajuda em alguém mais experiente que vocês. Genevieve sabia o que estava acontecendo? O Protetorado?"

"Você não entendeu", ele falou. "Minha irmã está morta. Se eu não a tivesse maltratado quando ela mais precisou de mim, estaria viva hoje." A voz de Leon era baixa, com um vazio que vinha de dentro dele, lá do fundo. "Uma vez você perguntou por que eu entrei para a guarda. Honestamente? Não havia razão para fazer mais nada. Não havia mais razão para fazer nada, ponto. Arranjei um emprego. Não questionei regras ou ordens. Não ligava para nada."

Ela retorceu as mãos e olhou para ele, impassível. "Esse foi seu único erro", ela falou. "Desistir de você mesmo desse jeito. Não deveria ter feito isso."

Ele deixou escapar uma risada breve, amarga, e afastou-se dela. "Você está me julgando?"

Gaia não sabia o que lhe dizer, mas sabia, de coração, que o suicídio da irmã era uma perda profunda demais, sem mencionar sua própria culpa para levá-lo ainda mais para o fundo. Então, de novo, ficou incerta. Como ela poderia realmente saber o que Leon sentia? A família inteira foi despedaçada ao perder Fiona, e ele foi desonrado quando mais precisava dela. Teve de passar o luto sozinho. Não sabia como ela lidaria com uma solidão, uma tristeza dessas. "Sinto muito", ela disse, devagar. "Você perdeu tanto, Leon. Não apenas Fiona." Ela pensou, com tristeza, em seus pais e que nunca mais os veria. Nem uma vez, por um instante. Era mais do que ela podia aguentar. "Sinto muito", ela sussurrou de novo. Era isso.

Do pacote sobre a mesa ao lado deles veio um soluço. Gaia olhou lá dentro para a pequenina e então ouviu de novo. Hesitante, Gaia tirou a bebê do embrulho e ergueu-a no ombro para fazê-la arrotar. Os soluços pequenos, bonitinhos vibravam entre as mãos dela, e ela teve de rir, mesmo que se sentisse em frangalhos por dentro. Ergueu os olhos para encontrar Leon observando-a num misto de carinho perplexo.

"Você cuida bem dela", ele disse.

Os lábios dela se curvaram. "É minha irmã."

Ele sacudiu a cabeça, como se ela dissesse algo notável. "Sabe de uma coisa?", ele falou. "Eu estava bem, de verdade. Estava indo bem até aquela noite, quando me mandaram para fora das muralhas para interrogar uma parteira jovem e difícil."

Ela tomou fôlego quando o som abafado começou em seu peito. "Eu não fui tão ruim assim."

Ele riu. "Você foi extremamente corajosa. E impossível. Olhe tudo o que você fez. Entrou na torre do Bastião para salvar sua mãe. Quem mais poderia ter feito isso? Eu não conseguiria. Encare os fatos, Gaia. Quando você decide uma coisa, não há nada que possa impedir você de fazer."

"Matei minha mãe por isso", ela falou quase num sussurro. "Não se esqueça disso."

"Eu *não* acredito nisso. E duvido que você realmente acredite também. Acha que sua mãe culparia você por qualquer coisa que aconteceu?"

Ela olhou para as mãos, virando-as devagar, como se ainda houvesse manchas de sangue nela, mas estavam limpas. "Não", ela respondeu num sussurro.

"Viu?", ele falou. "Por isso somos diferentes. Você não tem nada pelo que se culpar. Nunca terá."

Ela sacudiu a cabeça. "Não me transforme num ideal, Leon. Não sou nada disso."

"Não. Você é mais real do que isso." Ele ergueu a mão até a testa, tombando o chapéu para trás. Em seguida, ajustou-o devagar e franziu a testa. "Eu odiava saber que você não me respeitava. Mesmo quando eu pude salvar sua vida, da primeira vez que você foi presa, isso não importava para você."

Ela buscou o rosto dele e a solidão estranha, incerta atrás dos seus olhos.

"Não é por isso que eu respeito você agora", ela falou.

"Isso é tudo que você sente? Respeito?"

Na penumbra, as bochechas dele assumiram um tom pálido, azulado, mas não havia nada de frio em sua expressão. Uma tensão fina emanava dele, como um zumbido mudo, e ele deu um passo para mais perto. Ela estava segurando a irmãzinha de um modo desajeitado diante de si, estranhamente nervosa, como se ela pudesse a qualquer momento soltá-la.

"Leon", ela disse, "não sei o que você espera de mim."

Em resposta, ele deu mais um passo até a aba do chapéu quase encostar na testa de Gaia. Ela sabia que se erguesse o rosto, os olhos dele ficariam próximos.

"Quem disse que eu quero algo?", ele perguntou e tirou o chapéu.

Ela conseguia sentir o calor subindo pelo rosto, e ainda assim manteve a cabeça baixa. Ele encurtou a distância entre eles e deslizou o braço ao redor dela e do bebê. Quando os lábios quentes de Leon tocaram a pele sensível da cicatriz de Gaia na têmpora, ela sentiu algo ceder por dentro. Inclinou o rosto, deixando a boca mais próxima à dele, e então os lábios dele tocaram os dela num beijo dos mais leves, dos mais delicados. Ela deu um suspiro rápido, e ele a beijou mais uma vez. O desejo subiu por sua garganta, e ela ergueu o queixo, encontrando os lábios dele mais diretamente. Lá fora, outro respingar de gotas imensas caiu nos arbustos e na calçada. Uma vez ela se perguntou se alguém a beijaria e se ela saberia o que fazer. Agora, mal conseguia pensar. Sentiu a mão de Leon passar pela nuca, e então o beijo se aprofundou. Sentiu o mundo girar, e a irmãzinha deu outro soluço.

Gaia se afastou, Leon a observava através de pálpebras pesadas. "Você é tão, tão doce", ele disse, carinhoso.

"Você não precisava ter me beijado", ela falou. Ficou surpresa como sua voz saíra quase num sussurro.

"Permita que eu discorde." Os lábios dele tocaram os dela mais uma vez.

Ela lutava para se concentrar. "Temos de sair do Enclave."

As sobrancelhas dele se ergueram. "Agora?"

Ela se afastou de forma mais decidida, e ele abriu os braços para deixá-la ir. "Parou de chover", ela falou. "É a nossa chance."

Ele olhou para fora da porta, arrependido. "Você não gosta de mim mesmo."

"Leon!", ela deu um murro no braço dele.

Ele deu um sorrisinho malicioso. "Tudo bem. Só estava testando." Então, ele a ajudou a colocar Maya no pacote de presente de novo. O papel era de um tipo grosso, resistente, mas estava ficando amarrotado de tanto manuseio. Gaia observou cuidadosamente enquanto ele reposicionava o pacote no braço esquerdo. Ela desejou que parecesse correto ela carregá-lo, mas era lógico para um cavalheiro oferecer-se para carregar o pacote.

Ela agarrou o chapéu dele que caíra no chão. "Tome", ela falou. "Tem um problema básico com nosso plano, sabe. Quando seguirmos na direção do portal, estaremos seguindo para o lado errado, longe da festa."

"Você está ficando exigente demais." Ele colocou o chapéu.

Gaia deslizou os dedos ao lado do braço direito dele e, antes que ela percebesse, ele se curvou para dar outro beijo suave no rosto dela. "Queria que tivéssemos mais tempo, Gaia."

Ela assentiu e passou com ele pela porta de entrada.

Capítulo 27
Confiança

De braços dados, Gaia e Leon caminharam pelas ruas molhadas, serpenteando pelos caminhos para chegar mais próximo das muralhas. Quando encontraram um grupo de soldados, Gaia hesitou por instinto, mas Leon puxou-a discretamente, mal olhando para eles e, embora ela esperasse o tempo todo que fossem parados, os guardas lançaram apenas um olhar apressado.

Gaia suspirou aliviada quando viraram a próxima esquina.

"Viu?", Leon falou.

O céu havia escurecido ainda mais com o cair da noite, mas uma luminosidade sinistra brilhava diante deles, como se um excesso de luz branca ricocheteasse acima para refletir nas nuvens baixas.

"Devem ter iluminado as muralhas", Leon falou. "Para que as câmeras de vigilância não perdessem nada."

"Têm câmeras nos rastreando aqui?"

"Têm câmeras instaladas na maioria dos postes", ele disse. "É provável que já tenhamos sido captados uma meia dúzia de vezes."

"Então, estamos enganando a todos?"

"Não sei. Eles podem estar apenas esperando para nos pegar nas muralhas."

Eles desceram mais uma rua molhada e cruzaram para uma viela estreita, onde os toldos de loja se projetavam acima das calçadas. Pingos caíam dos toldos, e Gaia desviava a cabeça a cada vez que passavam embaixo de um.

"Como está o presente?", ela perguntou.

"Está bem."

Passaram por um segundo grupo de soldados que pareceu ainda mais despreocupado que o primeiro, e Gaia começou a sentir alguma esperança. Porém, quando viraram outra esquina, ela ouviu o som de passos atrás.

"Estão nos seguindo?"

"Não olhe para trás", Leon falou.

Gaia continuou caminhando, virou com Leon numa rua mais larga que descrevia um arco amplo e suave até o portal sul. Fachadas brancas de loja, riscadas de cinza pela chuva, alinhavam-se pela rua, e os postes lançavam trilhas de reflexos nos paralelepípedos molhados. De algum apartamento acima, o cheiro temperado de um ensopado mesclado ao cheiro da chuva lembrava Gaia de forma zombeteira que o resto do mundo estava preparando o jantar cotidiano enquanto ela poderia estar dando seus últimos passos. Gaia deu um passo mais largo para evitar uma poça. Havia guardas no parapeito das muralhas e diante do portal, mas os portões estavam bem abertos. Gaia teve até um vislumbre de Wharfton através da passagem arcada, uma fileira de casas feias, cinzentas, encolhidas e molhadas na noite. Havia um movimento lá fora, pessoas passando.

"É uma armadilha", Gaia sussurrou. "Estão esperando por nós."

"Mantenha-se firme", Leon disse.

Naquele momento, um par de homens de branco saiu de uma porta à esquerda. Eles olharam para Leon e Gaia com curiosidade, e então um dos homens parou. Ergueu a mão em um aceno rápido.

"Ei! Grey!", ele chamou. "Não sabia que você estava indo para a festa. Tem ficado tão recluso nos últimos tempos."

"Temos de ir!", Gaia sussurrou.

Entretanto, Leon a soltou e esticou o braço para apertar a mão dos dois homens. "Pensamos que poderíamos assistir aos fogos das muralhas", ele falou. "Bom ver vocês."

"Ainda vão soltar fogos, mesmo com a chuva?"

"Acho que sim", Leon falou. "Esse é o plano."

Os homens olhavam Gaia com curiosidade. Ela manteve o rosto virado para Leon, de forma que não viam o lado com a cicatriz no rosto.

"Lembram-se da minha amiga, Lucy Blair", Leon mentiu com tranquilidade. "Das aulas de arco e flecha. Este é Mort Phillips e Zack Bittman."

Os homens olharam surpresos, mas ofereceram as mãos para cumprimentar. "Claro!", o primeiro disse.

"Bom vê-los de novo", Gaia disse, tímida.

"Eles vão mesmo deixar vocês subirem na muralha?", Mort perguntou. "Parece que estão ocupados com alguma coisa. Ouviram falar sobre os fugitivos?"

"Não", Leon respondeu, despreocupado. "Bem, bom vê-los. Nos encontramos na festa."

"Ótimo", Mort falou. "Não importa o que fizerem, não percam o bolo. Está marcado para a meia-noite."

"Não perderia por nada no mundo", Leon falou, com voz cômica.

Os homens riram e partiram rua acima. Leon ofereceu o braço outra vez, e Gaia deslizou os dedos entre o cotovelo dele.

"Você conhece todo mundo?", ela sussurrou.

Ele lhe deu um sorriso sociável. "Sim."

É um ator melhor do que eu jamais poderia ser, ela pensou. Os guardas atrás deles pararam durante a conversa de Leon com os amigos e tinham se juntado naquele momento de cabeça baixa. Os guardas lá embaixo viraram-se, incertos, na direção do líder, um homem alto, de cabelos brancos, com um pomo de adão acentuado.

"Even Lanchester?", Gaia perguntou.

"O quê?"

"Eu conheço o chefe da guarda, sargento Lanchester", ela falou.

Eles estavam quase no portão naquele momento, quase próximos o bastante para passar correndo. Gaia pensou que o coração sairia do peito. Os guardas, mais resolutos agora, erguiam os rifles. Aqueles no topo das muralhas já tinham os seus virados e apontados para Gaia e Leon.

"Confia em mim?", Leon perguntou.

"Sim."

"Então, pegue isso", ele disse e passou o pacote de presente dourado com a irmãzinha dentro dele. No próximo instante, agarrou o braço dela e torceu-o para trás, bem forte, contra ele e com a outra mão ele desembainhou uma faca diante do queixo dela. Ela deixou escapar um grito e lutou instintivamente, agarrando em desespero a irmã.

"Deixem-me passar ou eu a mato."

"Solte-a", o sargento Lanchester gritou.

Os homens estavam se movendo até a saída arcada para bloquear a passagem, as armas apontadas para Leon e Gaia. Eles fecharam uma das imensas portas.

"Saiam do caminho!", Leon falou. Ele torceu o braço dela para cima de forma dolorosa, e ela soltou outro grito.

"Pare!", ela disse. "Por favor! Pare!" E, então, ficou em silêncio, pois a faca estava riscando sua garganta.

"Saiam!", Leon disse novamente, aproximando-se ainda mais da arcada.

"Para trás!", o sargento Lanchester disse aos homens. "Não atirem! Não arrisquem matar a garota! Gaia, é você?"

Ela estava com medo demais para falar. Leon em parte a carregava, em parte a empurrava na direção do grande portal aberto, e ela estava aterrorizada com a possibilidade de derrubar a irmã. Tinha certeza de que o pacote estava rasgando. Leon torceu o braço de novo, e ela ofegou quando a dor chegou ao seu ombro esquerdo. Sargento Lanchester estava se aproximando, a arma apontada para a cabeça de Leon, que segurava Gaia como um escudo diante de si e avançava para o portão.

"Apenas solte-a", o sargento Lanchester falou, a voz deliberadamente calma. "Ela nunca fez nada para você. Deixe-a ir e conversaremos sobre isso."

"Não se aproxime mais", Leon falou. "Baixe a arma."

Contudo, o sargento Lanchester chegou ainda mais perto, e sua pistola estava nivelada com eles. Gaia conseguia ver por baixo do cano preto da arma.

"Não atire!", ela implorou. Sentiu as lágrimas encherem os olhos. Não achava que conseguiria mais aguentar a dor no ombro. Podia sentir o pacote com a irmã escorregar, e Leon a empurrava para a arcada.

"Por favor, Leon", ela sussurrou. "Você está me machucando…" Ela ofegou de novo quando outra torcida de agonia a perpassou e então fechou os olhos quando a cabeça começou a girar de dor.

"Solte-a!", Lanchester ordenou novamente.

Quando ela sentiu um mínimo afrouxar do braço de Leon, abriu os olhos e ficou surpresa ao ver que haviam chegado à arcada. Quase tinham passado pelas portas. Praticamente livres! Ele ainda a mantinha presa contra ele, seu rosto colado com a orelha dela, a faca na garganta, mas por um momento, quase impossível de tão longo, a esperança dela se intensificou, bem como a dor cruel.

"Corra", Leon falou, baixinho.

Ela não entendeu.

Ele a soltou completamente, empurrando-a aos tropeções para fora do Enclave. Ela deu meia dúzia de passos correndo antes de perceber que ele não estava com ela. Ela se virou e viu-o fechando a porta. Com Leon lá dentro.

"Não!", Gaia disse. "Leon!"

Ela caminhou aos tropeços de volta até a porta, mas através de uma fenda estreita viu o cabo de um rifle bater com tudo na nuca de Leon e ele cair. Por um instante ínfimo, Gaia não conseguiu pensar em nada, e então deu as costas para as luzes e para a muralha. Segurou o pacote quase rasgado com sua irmãzinha contra o peito e correu cegamente.

Capítulo 28

A quem de direito

Enquanto as vozes raivosas do alto da muralha seguiam-na, Gaia avançou direto para o meio de uma multidão de pessoas. Eles gritavam por ela também, tentando tocá-la, mas ela se desviava e corria. Havia grupos de pessoas em todos os lugares nas ruas, sentadas em fileiras no meio-fio e em banquinhos que trouxeram de casa. Ela quase caiu sobre um grupo de crianças, e seus pais gritaram com ela. Era bizarro, surreal, e não conseguia parar para tentar entender. Tudo que conseguia fazer era se manter na escuridão, evitando quaisquer luzes que pudesse expô-la ao sistema de vigilância e correr o mais rápido possível. Seu braço direito ainda estava mole pela dor e quase inútil. Um grito agudo interior havia dado um curto-circuito nos pensamentos normais, e a coisa mais próxima que ela podia chegar de um pensamento coerente era a última imagem que tinha de Leon caindo, inconsciente ou morto.

"Ele não pode estar morto", ela sussurrava. Parou para tomar fôlego e se apoiou contra a parede de um prédio. Um estalo alto veio de trás e ela pulou. Então, uma luz explodiu no céu. A multidão ao redor soltou um satisfeito "ooh!". Ela se virou, surpresa, para olhar na direção do Enclave, e viu fogos de artifício se desintegrando no céu nublado sobre a torre. Quando uma segunda bateria de fogos explodiu, ela percebeu o que estava acontecendo afinal: a celebração do aniversário de Evelyn havia continuado, ininterrupta, mesmo enquanto ela e Leon se esfalfavam para salvar suas vidas.

Ela espreitou ao redor para reassumir o controle e viu que seus pés a levaram para o Setor Oeste Dois, perto da casa de Emily, sua amiga de infância. O ar úmido tinha gosto de fumaça de madeira. Enquanto mais fogos de artifício pipocavam no céu atrás dela, desviou-se para a esquerda e correu mais duas ruas até uma pequena casa ao final da via. Bateu na porta de Emily e Kyle, buscando fôlego.

Quando a porta se abriu, ela praticamente caiu para dentro, e mãos fortes a agarraram.

"Gaia Stone!", Kyle disse, assustado. "Emily! Venha, rápido!"

Ela sentiu um desejo sufocado de gritar outra vez, e uma nova onda de dor passou pelo ombro. Kyle guiou-a até uma cadeira ao lado da lareira. Emily veio do quarto nos fundos, de olhos arregalados. Quando ele fechou a porta, os barulhos de estouros foram abafados.

"Gaia!", ela disse. "O que aconteceu com você?"

Gaia voltou-se para o pacote nos braços, fuçando para ter uma visão clara da irmã. Os olhos do bebê estavam abertos, mas ela permanecia quieta. Gaia deixou o pacote rasgado e as pastas caírem ao chão enquanto erguia o bebê diante de si, segurando a cabeça gentilmente na palma da mão. "Você está bem, Maya?", ela perguntou.

Os olhos da criança piscaram, e ela fez um biquinho. Gaia suspirou aliviada e aconchegou a irmã mais perto do corpo outra vez.

Emily e Kyle trocaram um olhar, e Emily caminhou para o lado de Gaia, passando um braço ao redor dos ombros da amiga. "Kyle", Emily disse, "veja se alguém está seguindo Gaia."

Kyle pegou um casaco de um gancho. "Vou dizer aos outros e trazer o seu pai. Não se preocupe, Gaia. Vamos observá-los. Se os guardas vierem, vamos tirar você daqui."

Gaia olhou para Emily pela primeira vez e viu seu rosto mais cheio, os cabelos avermelhados mais longos do que a última vez que a vira. Seus olhos tinham o mesmo azul bonito e tão cheios de preocupação como sempre.

"Você está bem?", Emily quis saber. "O que aconteceu com você?" Ela puxou suavemente o tecido branco e fino do manto de Gaia.

"Tenho de me trocar", ela falou, devagar. Precisava pensar dali para diante. Leon não estava com ela. Não viria. Não poderia. Isso ainda era quase inacreditável. "Preciso ir embora o mais rápido possível. Você tem leite em pó? Alguma coisa que eu possa levar para a Floresta Morta?"

Emily olhou-a, assustada. "Claro", ela respondeu. "Mas tem certeza que quer ir para lá?"

Gaia mal sabia por onde começar e quando tentou resumir tudo que havia acontecido desde que entrara nas muralhas, não conseguiu. Era demais: o pai, a mãe, Leon. "Não consigo explicar tudo", ela disse. "Mas sei que preciso ir."

"Sabíamos que eles estavam procurando por você", Emily falou. "Colocaram sua foto no Tvaltar, mas não explicavam por quê. Em que encrenca você se meteu?"

"Não é seguro para mim aqui", Gaia falou. "Também é perigoso para qualquer um que me ajudar. Eu só percebi… Eles sabem que você é minha amiga. Sinto muito, Emily. Eu não deveria ter vindo para cá." Ela se virou para a porta e começou a se levantar.

Emily a acalmou e a fez sentar-se outra vez. "Não diga isso. Não pode sair desse jeito. Ficamos felizes em ajudar, e tenho certeza de que Kyle conseguiu alguém para vigiar."

Gaia esfregou o ombro esquerdo, tentando tirar um pouco da dor.

"Você se machucou, não foi?", Emily falou. "Olha, deixa que eu ajudo você a se trocar. Seu bebê precisa de mamadeira?"

O coração de Gaia ainda estava acelerado, mas conseguia respirar mais regularmente agora. "Ainda não. Ela é minha irmã. Maya."

"Sua irmã? Onde está a sua mãe?"

Gaia baixou os olhos para o rosto da irmãzinha, infinitamente triste. "Está morta."

"Ah, Gaia."

Gaia buscou a mãozinha da irmã e ergueu os dedinhos à luz da lareira. Mais explosões abafadas vieram do Enclave. Se pensasse sobre a mãe, as lágrimas viriam e não sabia se parariam.

"Sinto muito, mesmo", Emily disse com suavidade. "Era uma mulher maravilhosa."

Gaia fechou bem os olhos, sentindo as lágrimas começarem a surgir apesar da determinação de impedi-las. "Por favor", ela falou. "Não posso pensar nela. Não posso."

"Claro que não", Emily disse, com gentileza. "Espere bem aqui. Vou trocar Maya, colocar uma roupa limpa e seca nela, e trago algumas coisas para você. Quer me dá-la?"

Gaia assentiu, muda. Com cuidado, passou a criança para Emily, e suas mãos ficaram mais vazias do que nunca. Emily saiu em silêncio do quarto. Gaia despencou no banco próximo à lareira e deixou o rosto cair entre os dedos. Cada osso, cada músculo do seu corpo estava exausto pela dor e pelo esforço, mas era o fundo do coração que estava mais esgotado pelo sofrimento.

Um estouro alto de explosões seguidas lá fora e um reluzir na janela sinalizaram o grande final. Logo as ruas ficariam uma loucura, quando as pessoas seguissem para casa. Lentamente, ela pegou a pilha de pastas que tinham caído no chão aos seus pés e arrumou-a no colo. Não eram consolação, pois ela havia perdido muito. Abriu a primeira pasta e examinou a primeira página. Era a lista de bebês adotados, uma simples linha para cada:

*4/jan./2385 — Garoto saudável. Lauren e
John McManus. — "John Jr."*

*16/jan./2385 — Garoto saudável. Veronica
e Nabu Nissau. — "Labib"*

*17/jan./2385 — Garota saudável. Beatrice Mairson
e Ed Pignato. — "Joy"*

E assim por diante, ano após ano seguiam. Foi o que ela teve de deixar para trás do legado da mãe e do pai: um guia ou uma maneira de abrir as feridas de perda para cada pai ou mãe fora das muralhas que se perguntava o que acontecia com seu filho entregue. Naquele momento, se quisessem, poderiam conhecer quem adotou seus filhos e, se investigassem ainda mais, se estivessem dispostos a arriscar uma busca por informações dentro do Enclave, poderiam descobrir se seus filhos haviam vingado ou morrido. Quantos pais, ela se perguntou, gostariam mesmo de saber? Sua mãe, claro, teria morrido por esses registros. Na verdade, morreu.

Gaia virou as páginas e, lentamente, correu o dedo pelas colunas de datas até chegar a um registro que importava mais ainda:

*12/fev./2389 — Garoto saudável. Jodi e Sol Chiaro. —
"Martin"*

Era o seu irmão, Arthur. Havia se tornado Martin Chiaro. Saber disso não melhorou em nada; ele estava tão perdido para ela quanto sempre esteve.

Gaia fechou a capa e, quando o fez, percebeu algo brilhante no chão, misturado com o papel dourado e um cobertor que Leon enfiara no pacote de presente. Ela se curvou para pegá-lo e puxou um pedaço de corrente, ergueu-o diante do brilho da lareira. Na ponta da corrente, um disco familiar de metal ergueu-se e girou devagar à luz dourada: o relógio-medalhão.

"Ai, Leon", ela murmurou.

Ela quase conseguia ouvir a voz dele insistindo que aquilo pertencia a ela, especialmente agora que estava livre. Ela abriu a pequena trava para ver as palavras gravadas dentro da tampa: *Primeiro a vida*. Ela enrolou a corrente devagar nos dedos e agarrou o relógio frio, pressionando o punho contra a testa. Havia um tique-taque. Não choraria. Não.

"Tudo bem?", Emily perguntou, entrando com Maya e um braço cheio de roupas.

Gaia sacudiu a cabeça. Não estava bem. Não sabia se ficaria bem algum dia. Esfregou o pulso sobre os olhos. Quando ergueu o olhar para Emily novamente, observou o balanço das costas da amiga enquanto ela segurava o bebê e a curva sutil de sua barriga. Gaia franziu a testa. "Está esperando outro filho?"

Emily riu. "Como você percebeu?"

Gaia olhou ao redor da sala com mais cuidado, vendo a mobília simples e uma cadeira alta em um canto. O som de pessoas rindo percorria a rua lá fora. "Onde está seu bebê?"

"Paul? Ele já dormiu." Ela sorriu de novo. "Assim espero. Olha, por que você não se troca? Quer dizer, você está parecendo uma princesa, mas não é muito prático aqui fora."

Gaia tirou as roupas brancas e colocou um vestido marrom e um suéter azul manchado de branco. Teve de tomar cuidado com o braço esquerdo, mas não parecia estar quebrado.

"Aqui, pegue-a", Emily disse, deixando Maya com Gaia. "Vou buscar um pouco de cozido para você."

"Não estou com fome. Estou sem tempo. De verdade."

"Mas vai comer mesmo assim."

Emily saiu apressada, levando as roupas brancas deixadas por Gaia e trazendo para ela uma tigela fumegando com uma colher. Gaia tentou levantar e deixar suas poucas coisas em uma pilha, mas ela ainda estava trêmula, em choque e exausta. Ela afundou no banco outra vez, segurando Maya e erguendo a colher da mesa ao lado dela.

"Que é isso?", Emily perguntou, apontando para as pastas.

"Quero que você cuide deles", Gaia falou. "São os registros dos bebês entregues e quem os adotou dentro do Enclave."

A testa de Emily enrugou-se, incrédula. "Tá falando sério?"

Gaia ergueu uma colherada de sopa diante dos lábios e soprou de leve. O cheiro era bom, salgada e bem temperada, com batatas e carne. "Sim", ela falou. "Você consegue fazer cópias? Tem pessoas em quem confiar? Seus pais?"

Emily sentou-se ao lado de Gaia e virou algumas páginas. "Isso é incrível", ela disse, assentindo. "Têm alguns de nós, não muitos, mas uns poucos que começaram a se reunir." A expressão dela ficava cada vez mais sombria. "Algumas semanas atrás, uma coisa me deixou muito assustada."

"Quando o corvo foi baleado? Na praia?"

Emily virou-se para ela devagar, com óbvio assombro no rosto. "Como você sabe disso?"

"Eles estavam me mostrando", Gaia falou. "Queriam me provar quem eram."

A voz de Emily ficou mais baixa. "Eles provaram. Foram longe demais, Gaia. Levaram os seus pais e então subiram a cota para cinco. Um padeiro foi espancado no Setor Leste Um outro dia por dois guardas. Pessoas estão começando a falar. Os fogos de artifício não serão suficientes para manter todo mundo feliz."

"Você acha que pode ter uma revolta ou algo assim?", Gaia perguntou, engolindo mais uma colherada.

"É muito cedo para dizer. Mas isso aqui", Emily bateu nas pastas, "isso pode mudar as coisas. E se as pessoas pudessem pegar seus filhos de volta de verdade?"

"E as cotas de bebês?", Gaia perguntou. "O que vão fazer sobre isso?"

Emily assentiu, pousando a mão sobre o ventre. "Eu não conseguiria", Emily falou. "Não conseguiria abrir mão do meu filho. E sei que duas outras mães pensam da mesma forma. Não sei o que vamos fazer se…" Ela baixou o olhar. "Digo, sei que é o seu trabalho", ela continuou.

Gaia deixou de lado o ensopado. "Não. Nunca mais."

Emily olhou, surpresa.

"Está fora de questão", Gaia disse.

Gaia olhou para a irmãzinha, que adormecera, tranquila. O nariz ainda era achatado e tinha apenas vestígios leves de sobrancelhas. Um poder ardente e possessivo cresceu em Gaia enquanto ninava a irmã nos braços. "Tenho de cuidar de Maya."

Emily fechou os dedos num punho sobre as pastas. "Essa é uma ideia terrível", ela falou. "Mas você realmente quer levá-la para a Terra Perdida? Eu poderia cuidar dela para você. Ela estaria segura aqui."

Ela não precisou dizer com todas as letras para Gaia entender: Emily acreditava que elas morreriam. Gaia não conseguia imaginar aquilo e não podia deixar a irmã para trás. Já estava farta de famílias separadas.

"Obrigada, mas vamos ficar juntas."

Uma batida leve na porta, e Emily levantou-se para deixar o marido entrar. Atrás dele veio Theo Rupp.

"Gaia!", Theo falou. "Amy e eu ficamos malucos de preocupação. Você está bem? Onde estão seus pais?"

Gaia levantou-se e sentiu os braços grandes envolverem-na e à irmãzinha num imenso abraço.

"Tem alguém vindo?", Emily perguntou para Kyle.

"Os guardas estão procurando casa por casa", Kyle disse a Gaia. "Eles perderam você no meio da multidão, mas agora estão vindo. Pedi para Rufus ficar de olho lá fora."

"Então, não há tempo a perder", Gaia disse, virando-se para Emily. "Ajude aqui com as coisas."

"Não entendi", Theo falou. "O que aconteceu?"

Emily pôs uma das mãos no braço de Gaia. "Gaia está indo embora, pai. Jasper e Bonnie estão mortos. Ela quer ir para a Floresta Morta com a irmãzinha."

Os outros trocaram olhares, e então Theo tirou o chapéu. Ele o envolveu com suas mãos grandes. "Vou com você", ele falou.

Gaia negou com a cabeça. "Não pode, Theo. Você tem sua família aqui."

"Mas, querida, você lá sabe o caminho?"

"Você sabe?", Gaia perguntou.

A expressão desconcertada de Theo ecoou nos rostos ao redor dela.

"Foi o que pensei", Gaia disse.

A família de Emily começou a juntar as coisas para colocar numa mochila. Emily trouxe uma faixa de tecido cinza para carregar a bebê e que ela usara com o filho, mostrando para Gaia como arrumá-la sobre o ombro direito bom e no lado esquerdo da cintura para que pudesse carregar o bebê confortavelmente numa bolsa de tecido sobre o peito. Kyle colocou uma caixa de fósforos e uma faca, uma frigideira pequena e um saquinho de fubá, um pedaço de micoproteína e um pacotinho de nozes-pecã na mochila. Então, encheu duas garrafas de água e juntou aos outros itens. Theo enrolou uma lona e dois cobertores em um pacote bem amarrado e atou com tiras de tecido no lado de fora. Emily acrescentou fraldas, três latas de leite em pó e duas mamadeiras, até a mochila ficar estufada.

"Leve isso no caso de chover de novo ou ficar com frio", Emily disse, entregando um casaco cinza limpo que chegava aos joelhos dela. O tecido tinha sido impermeabilizado com cera de abelha.

"É melhor viajar de dia e tentar percorrer uma boa distância", Theo disse. "Se você puder chegar bem ao norte, a Terra Perdida se transforma em floresta. Lá terá água. Será o que você mais precisará."

"A Floresta Morta", Gaia disse.

"Sim", ele falou. "Foi o que ouvi dizer."

Gaia olhou ao redor para o lar aconchegante e a família forte e amorosa e sentiu uma pontada que era metade perda, metade inveja. Estava deixando aquele lugar para sempre e tudo que ali poderia ter sido.

"Obrigada", Gaia falou. "A todos vocês. Mais do que eu consigo expressar."

"Vamos acompanhar você até onde der nas margens de Wharfton", Kyle falou, encaixando a mochila dela nos ombros.

Ela ergueu os olhos para ele, vendo a determinação, e não conseguiu recusar. "Cuide dessas pastas", Gaia disse para Emily.

"Cuidarei. Prometo. E você, cuide-se, tudo bem?", Emily lhe deu um abraço apertado, caloroso. "Sentirei saudades."

Gaia abraçou-a sem dizer palavra, e então ela, Kyle e Theo se esgueiraram pela porta.

A chuva havia parado por completo, e as ruas de Wharfton estavam quietas. Apenas alguns grupos de pessoas ainda permaneceram lá após os fogos de artifício. A névoa ainda pairava no ar e havia um cheiro forte de fumaça amarga dos explosivos. Uma vez, Gaia ouviu vozes altas e batidas em portas, mas quando se apressaram para longe da muralha e mais perto do Deslago, os sons diminuíram. Ela e os homens andavam rápido, evitando as poucas luzes que poderiam deixá-los visíveis a uma lente de câmera. Gaia não tinha dúvida de que o Irmão Iris estava na sua mesa de tela, observando qualquer centelha, pronto para ordenar que seus soldados os interceptassem.

Quando chegaram ao Deslago, viraram para oeste. A extensão do Deslago era um vazio pesado de escuridão à esquerda, que sugava os regatos e os pingos de água que cruzavam sob os pés. Logo, passaram a Sally Row e a antiga vizinhança de Gaia. Por um momento, lembrou-se da velha casa, o alpendre dos fundos que fazia sombra, o cheiro de tecido tingido ao sol, o retinir do sino de vento. Conseguia ouvir o pai trabalhando nos pedais da máquina de costura.

Conseguia ver a mãe enxaguando sua chaleira azul. Tentou imaginar o que a vida teria sido se os guardas nunca tivessem prendido a mãe, se ela pudesse ter ficado em casa, grávida e saudável, feliz com aquele bebezinho temporão e seu marido. Então, olhou na direção do Cemitério dos Indigentes, invisível à noite, e perguntou-se se tinham enterrado sua mãe ali também, ao lado do pai.

Gaia espreitou a escuridão, mantendo o olhar adiante, até chegarem à última rua, à última casa, ao último quintal.

"Aqui está bom", ela falou.

Então, Kyle transferiu a mochila para as costas de Gaia. Ela a amarrou na frente sobre os ombros, ajeitando o peso, e verificou se a faixa com a irmã ainda estava equilibrada no peito dela. Ela ergueu um pouco a saia e riu quando percebeu que ainda usava as botas brancas. Ao menos eram confortáveis.

"Boa sorte, Gaia", Kyle disse, calmamente. Ele deu um abraço rápido e passou-a para Theo para outro abraço.

"Você pegou tudo?", Theo perguntou.

Ela apalpou o medalhão ao redor do pescoço e colocou-o para dentro do vestido. "Sim", ela falou. "Diga a Amy que eu a amo."

"E sabe quais estrelas seguir?", Theo perguntou.

Ela olhou para o céu acima, escuro e nublado. Uma área de luz pálida mostrava que a lua estava atrás das nuvens, que se moviam rápido. "Saberei", ela respondeu. "Quando elas aparecerem."

Theo lhe deu um último abraço. "Você é uma menina corajosa."

Ela não pensava assim. Estava apenas fazendo o que tinha de fazer. Com o último aceno, seguiu sozinha para dentro da noite, descobrindo que seus olhos haviam se ajustado e que havia apenas luz suficiente para evitar tropeçar sobre as pedras e na grama. A estrada ficava cada vez mais acidentada e estreita, até desaparecer por completo. Grilos cricrilavam na noite úmida. Quando ela percorreu certa distância, virou-se para ver se os outros ainda a observavam, mas não conseguia discernir nada além das luzes do Enclave que se espalhavam morro acima na direção do Bastião.

Tirou uma mecha de cabelo dos olhos e as pontas dos dedos roçaram a pele com a cicatriz familiar na bochecha esquerda. Ajustou o peso morno do bebê na faixa de tecido, então virou-se, erguendo com cuidado as botas a cada passo que o chão se elevava.

Os restos de chuva pingavam entre as pedras, e uma neblina com cheiro de cascalho molhado subia do solo. Conseguia sentir o espaço aberto da noite diante dela: nenhuma árvore, viva ou morta, deste lado do horizonte.

No topo da primeira elevação, fez uma pausa para olhar uma última vez para trás. A linha branca e curvada das muralhas visível sob os holofotes distantes, dividindo o imenso monte em duas partes. Abaixo, pálidos reflexos espalhados e luzes raras, isoladas. Sobre as muralhas, pontinhos de luz sarapintavam o Enclave inteiro até as torres do Bastião, erguidas na direção do céu escuro. Àquela distância, as luzes pareciam alegres, convidativas, tão inofensivas quanto vaga-lumes, mas Gaia sentiu um tremor fugidio de medo percorrê-la.

Onde estaria Leon agora?, ela se perguntou. Tinham-no colocado na torre onde sua mãe há pouco fora prisioneira? Mataram-no?

Ele a salvou. Sabia disso muito bem. Ele deu aos guardas um novo alvo apenas para ela ter tempo suficiente de fugir. Não conseguia evitar a pergunta: por quanto tempo ele planejou aquilo, ou se sabia quando a beijou que a mandaria seguir em frente sem ele. Esperava que, se ainda estivesse vivo, acreditasse que seu sacrifício valera a pena e, mais ainda, esperava que ela lhe fizesse jus.

Leon lhe disse para seguir para o norte, para a Floresta Morta, para um lugar que ele nem mesmo acreditava que existia. Talvez tivesse decidido não acreditar. Se pudesse encontrá-la e voltar a se juntar a ela, teria de ser lá.

Gaia olhou para sul, para o Deslago, e ouviu o piar de um pássaro em algum lugar à esquerda. Virou-se para a direita e sentiu o espaço vasto e aberto da Terra Perdida se estender diante dela sob o céu opaco, uma escuridão tão fina e derradeira quanto o forro aveludado de uma mortalha. Um toque de vento ergueu-se pelo rosto de Gaia e balançou sua saia. O pacotinho de irmã era sólido e quente contra o seu peito. "Vamos para o norte, Maya."

Enquanto caminhava pela escuridão, pisando suavemente nas pedras molhadas, olhou adiante, para onde as primeiras estrelas cautelosas conseguiam brilhar através das nuvens.

Este livro foi composto com tipografia Electra LT e impresso
em papel Pólen Bold 70 g/m² na Gráfica EGB.